臺灣文學的來世

陳芷凡、詹閔旭
謝欣芩、王鈺婷——主編

代序
作品因而被記得

邱貴芬（國立中興大學臺灣文學與跨國文化研究所終身特聘教授）

　　《臺灣文學的來世》由陳芷凡教授擔任召集人，連同王鈺婷、詹閔旭、謝欣芩等中壯輩臺灣文學研究學者擔任共同主編，邀請同輩或更年輕輩、活躍於臺灣文學場域的學者撰稿，以「文學來世」作為核心概念，以1980年代出生且於目前臺灣文壇位居要角的千禧世代為對象，探討他們創作的主要關懷、美學特色與新意。這群作家究竟構成甚麼樣的臺灣文學風景？而文學創作出版面臨影音媒介不斷更新的衝擊，又如何開拓生機，回應時代的挑戰？千禧世代作家如何想像和試圖創造臺灣文學的來世，創造文學的續航力與影響力？這是《臺灣文學的來世》主要的命題。《臺灣文學的來世》全書十三章，作者也幾乎都是中壯輩的臺灣文學研究者。他們就「新興主題與美學形式」、「媒介與文學環境」、「新主體與身分認同」這三大面向展開這個世代彼此之間的對話，讓讀者一窺二十一世紀初臺灣文學的風貌。

　　臺灣文學由兩個關鍵詞組成：「臺灣」與「文學」。我認為對於這兩個關鍵詞的探討，是解讀臺灣文學的金鑰。回顧百年前臺灣新文學的啟動，就主題而言，我們可看到當時殖民地臺灣的作家的徬徨。他們關切的，乃是「臺灣」如何面對殖民統治和急速現代化的臺灣社會環境。賴和的〈歸家〉、呂赫若的〈牛車〉、龍瑛宗的〈植有木瓜樹的小鎮〉、王昶雄的〈奔流〉、吳濁流的《亞細亞的孤兒》、乃至試圖透過超現實主義讓臺灣與他們所想像的「世界」接軌的風車詩社

詩人楊熾昌等，他們的創作呈現了不同面向的「臺灣」和「臺灣人」。如今這些創作已經成為臺灣文學的經典，歷經百年存活下來。這些經典展現了本書四位主編在導論裡所言文學作品的「續航力」和「影響力」，成為具有「文學來世」的作品。

　　當時的作家在創作這些作品時，面對的挑戰，不僅是時代所帶來的新主題——「臺灣究竟是甚麼？可以是甚麼？」，這樣的臺灣的來世問題。「文學」究竟該透過甚麼樣的媒介和載體來因應社會環境的變遷？這同樣也困擾當時的作家。這也就是「文學是甚麼？可以是甚麼？可以做甚麼？」問題。這兩個問題基本上也是本書「文學來世」的提問。在二十世紀初以古典漢文為文學主要載體的時代，臺灣作家應該採用甚麼樣的文學語言創作，以回應時代所需、創造新局？這是日治時期臺灣作家的一大課題。這些前輩作家，有的（如賴和）主張創立具有臺灣特色的臺灣話文，而不少作家更因時勢所趨（迫）和讀者對象的考量，採取日文創作。甚或有些作家突破對於固有「文學」的想像，填詞以歌曲作為媒介，推動「聽歌識字」的民眾啟蒙運動。[1] 1930年代陳君玉與鄧雨賢合作的〈跳舞時代〉是早期文學的跨媒介嘗試，展現了當時臺灣人對於「現代文明社會」的憧憬。而〈奔流〉作者王昶雄戰後與呂泉生合作的〈阮若打開心內的門窗〉更是文學跨媒介的成功案例。文學該採用甚麼樣的媒介才能創造時代性的革命？二十一世紀的臺灣文學，從日治的臺灣話文、皇民化時期的日文書寫、戰後的中國抒情美文、現代主義的西化實驗、鄉土文學納入本土語彙的混語書寫，到原住民作家凸顯漢字象徵性暴力的原漢夾雜的語

1　陳培豐，《歌唱臺灣》（臺北：衛城出版社，2020），頁97-100。

言使用，作家在不同歷史情境和媒介環境裡對於文學「媒介」的思考從不間斷。

　　那麼，臺灣千禧作家關切的議題是甚麼？面對的挑戰又是甚麼？這些作家所處環境的文學跨媒介樣態又是如何？如同四位主編在導論裡所言，這些在 1980 年代之後出生，並於二十一世紀初開始嶄露頭角，在 2010 年都陸續出版第一本書，成為臺灣文學生力軍。了解這群作家文學關懷的主題、美學形式和文學環境，是二十一世紀初臺灣文學研究的重要課題。回顧過去數十年間的臺灣文學史著，不同的史家在不同的時間點試圖站在不同的角度描繪臺灣文學史的歷程，從民間學者葉石濤出版的劃時代之作《臺灣文學史綱》（1987）、彭瑞金的《臺灣新文學運動 40 年》（1997）、宋澤萊的《臺灣文學三百年》（2011）、陳芳明的《臺灣新文學史》（2011）、乃至李時雍等 12 位千禧世代作家合力完成的《百年降生：臺灣文學故事 1900~2000》（2018），大致呈現了二十世紀臺灣文學作家的關懷與作品，但是因出版年份或範圍設定之故，這些史著仍不及探討二十一世紀的臺灣文學創作與環境。《臺灣文學的來世》以新世代臺灣文學研究者的視角來探討千禧作家的創作和環境，也因此別有意義。

　　「新興主題與美學形式」與「新主體與身分認同」的九篇文章呈現千禧世代作家如何承續二十世紀末臺灣後殖民時期臺灣作家對於歷史記憶與身分認同的關懷，而他們就性別、族群、移民、國族的演繹又如何另闢蹊徑，開展新局？紀大偉、湯舒雯、與陳國偉等人的章節以歷史記憶書寫為重點，湯舒雯凸顯千禧作家時空錯位的歷史書寫模式、陳國偉則闡述作家如何以妖怪文學文類來展現作家的歷史想像。其中湯舒雯所提的歷史記憶書寫問題，美國學者 Yomi Braester 在 "Taiwanese Identity and the Crisis of Memory: Post-

Chiang Mystery" （2007）[2] 和范銘如解讀賴香吟小說歷史書寫手法的
"Democracy Detoured and a Narrator Detached in the Political Fiction
of Lai Xiangyin" （2023）[3] 裡也都有觸及，不同的解讀可以對照來
看。無論是二十世紀臺灣文學作品為主的 *Writing Taiwan: A New
Literary History*（2007）或是以二十一世紀臺灣文學為對象的 *Taiwan
Literature in the 21st Century* 和《臺灣文學的來世》，臺灣作家的歷
史記憶書寫都是重要的研究議題，顯然可視為 1980 年代以來臺灣文
學的特色。但是新世代作家歷史書寫的方式與前輩作家有何不同，則
是研究的新課題。李淑君與紀大偉的論文則著眼於文學系譜問題，分
別以左翼和同志書寫為重點，但是兩者所討論的作家（顧玉玲和楊双
子）創作也可歸類為歷史書寫，加上馬翊航探討旅行與歷史記憶的篇
章，印證歷史記憶在千禧作家創作裡的份量。

　　而承續上世紀末臺灣文學對於身分認同政治的探討，性別政治
和原住民在本書中也扮演重要角色。陳芷凡的論文提供一個宏觀的視
野，探討原住民文學獎場域裡同志議題與非寫實風格兩大特色，在臺
灣原住民文學創作裡在主題、形式美學上的意義。王鈺婷則以馬翊航
作品為例，深入解析其中同志身分與原住民認同的多重身分如何展開
新世紀「原住民」的辯證。呂樾的論文主張千禧作家的自然導向書寫
有「自我轉向」的趨勢。如是，這與周序樺（Shiuhhua Serena Chou）

2　Yomi Braester, "Taiwanese Identity and the Crisis of Memory:Post-Chiang Mystery," in *Writing Taiwan*, eds. David Der-wei Wang and Carlos Rojas (Duke University Press, 2007), pp. 213-232.

3　Ming-ju Fan, "Democracy Detoured and a Narrator Detached in the Political Fiction of Lai Xiangyin," in *Taiwan Literature in the 21st Century*, eds. Chia-rong Wu and Ming-ju Fan (Springer, 2023), pp. 15-25.

所指出的新世紀國際間環境文學的跨國轉向（the transnational turn）[4]
大異其趣，值得再深入探究。詹閔旭的論文則把千禧作家的創作放在
一個「全球南方」（Global South）的視野，認為這些作家的關懷已「不
再侷限於臺灣本土，跳脫後鄉土文學系譜，朝全球南方與世界邁進」，
提出另一個理解二十一世紀臺灣文學的方法。

　　「新興主題與美學形式」與「新主體與身分認同」的論文大致以
「臺灣」為何，重新思考臺灣的內部記憶、身分認同，與外部的連結
（日本、「全球南方」）。輯二「媒介與文學環境」的四篇文章則以
文學的跨媒介活動為討論對象。其中王萬睿與謝欣芩分別討論《天橋
上的魔術師》電視劇改編和臺灣文學紀錄片，可歸類為「文學電影」
研究論文。前者為電影改編（adaptation）研究，後者討論的文學紀
錄片則多以文學挪用（appropriation）來串聯文學與其他媒介的關係。
文學電影其實在臺灣出現得相當早，瓊瑤是一個膾炙人口的例子，林
芳玫早在 1994 年出版的《解讀瓊瑤愛情王國》裡即對瓊瑤現象進行
深入分析。[5] 但是，從媒介角度出發的改編研究課題，則有待開發。
張俐璇討論文學解謎遊戲，介紹臺灣文學館的「藏品轉譯」遊戲如何
提供文學記憶的再生。蔡玫姿則在分析在臺馬華作家馬尼尼為書寫的
特色之餘，闡述作家如何以木刻、繪本等方式嘗試「小眾文創」。

　　自古以來，文學作品改編和文學作品翻譯，即是創造文學來世
的兩大重要途徑。早期的改編以平面媒介為主，插畫、繪畫是常見的

4　Shiuhhuah Serena Chou, "Wu's The Man with the Compound Eyes and the Worlding of
　　Environmental Literature," *CLCWeb: Comparative Literature and Culture* 16.4 (2014): <https://doi.
　　org/10.7771/1481-4374.2554>

5　林芳玫，《解讀瓊瑤愛情王國》（臺北：時報出版，1994）。

形式，晚近利用科技時代的媒介，如電影、電視、電腦遊戲、甚或AI，管道更加繁複。科技急速進展，文學跨媒介活動勢必愈趨頻繁，但是這方面的研究仍方興未艾。本書裡「媒介與文學環境」的四篇論文開闢臺灣文學研究新課題的企圖，值得重視。不過，我也注意到這個單元並未納入有關新媒介（new media）的相關論文，這不僅意味此研究課題之「新」所帶來的挑戰，也反映了作家的跨媒介活動涉及新媒體的案例還相當不足。

在此脈絡下，何敬堯的妖怪術創作的跨媒介活動特別值得注意。何敬堯在 2023 年 7 月出版的《臺灣妖怪百寶圖》（九歌）是具有鮮明特色的圖文共構妖怪書寫，內附 108 種臺灣妖怪獨特造型的手繪彩圖，並進一步超越文學「書」的想像，在 YouTube 平台上建立「臺灣妖怪散步道」，以短片走訪妖怪傳說的景點，以 google blogspot 架構「臺灣妖怪寰遊記」的資料庫（https://yokaiwalk.blogspot.com/），補充實體書內容之外的臺灣妖怪與怪談景點之踏查資料，並以 google map 標示實體書裡的妖怪景點（https://www.google.com/maps/d/u/2/viewer?mid=1HDwWCNkyhLHGNhQnhn2WR6KFsx1xP_c&ll=23.581799577459723%2C120.65125599999999&z=7），上有妖怪簡介、景點實景照片等等，皆為公開且讓讀者互動、免費使用的網路平台。作家這樣多層次文學跨媒介活動的意義，尚待研究者探討。但是，文學跨媒介活動耗時耗力，且須駕馭多種媒介特性與技術，實需團隊合作來展開。

《臺灣文學的來世》與吳家榮、范銘如合編的 *Taiwan Literature in the 21st Century* 這兩本都同樣以二十一世紀臺灣文學為對象，且在 2023 年先後出版的臺灣文學研究，我們可參照來閱讀。在這兩本書中，歷史記憶與族群、性別政治都是重點議題，顯示千禧世代作家

的傳承和關懷。*Taiwan Literature in the 21st Century* 並未對媒介這個議題多所著墨，但設計了 "Genres, Forms, and Ideas"，收錄三篇討論美學形式的論文，其中兩篇由張誦聖與奚密分別撰述，探討王文興與夏宇的實驗美學風格，利文祺的篇章則分析伊格言的科幻小說如何以類型小說包裝嚴肅的主題，與陳國偉在《臺灣文學的來世》所討論的妖怪文學一樣，闡述千禧作家以類型小說包裝嚴肅主題，挑戰傳統文學位階，拓展讀者群的趨勢。兩部書最大的不同在於，《臺灣文學的來世》輯二「媒介與文學環境」對於臺灣文學跨媒介的探討，而 *Taiwan Literature in the 21st Century* 則有 "Taiwan Literature in the Age of Globalization" 的設計，討論陳思宏、楊小娜、李琴峰的跨國文學出版。跨媒介和跨國出版均為跨界，但是「跨界」的意涵與實踐大不相同。而無論是哪種跨界，跨媒介或是跨國翻譯出版均為創造文學來世的重要途徑。

　　《臺灣文學的來世》以「文學來世」為核心概念，其貢獻不僅在於各作者論文的精闢分析，更在於四位主編企圖回應新世紀臺灣文學的挑戰所展現的擔當與格局。身為資深臺灣文學研究者，我了解研究其實也意在參與文學來世的創造：有人閱讀，有人傳播，作品因而被記得。我有幸應邀撰述序文，恭喜四位主編與所有作者戮力完成這部有新意、有其特殊貢獻臺灣文學來世之作，也欣喜後浪推前浪，臺灣文學研究來世可期。

推薦語

　　《臺灣文學的來世》討論千禧世代作家的創作，這個正在崛起的作家群，展現了和前行世代不同的感性與風格；全書十三篇論文的撰述者則是「臺灣文學」進入大學體制後令人矚目的專業學者。從創作到研究，臺灣文學在新主題、新美學、新形式和新興文化結構中繁榮昌盛，生生不息，既是傳承，又有創新。本書之所以借用班雅明的「來世論」以標舉現階段臺灣文學的複數思考與多重策略，殊為允當。這部有著嶄新視野和宏觀理論的專書，是當今創作者與研究者的經典性讀物。

陳萬益（國立清華大學臺灣文學研究所榮譽退休教授）

　　這部論文集所呈現的，是臺灣近一、二十年來，經數位革命、新自由主義翻騰過的新世紀文學地景。大體以千禧世代作家為主力的文學創作，不只在題材上越出前輩肯認的位階壑域，在信念上也反映出不同的美學及倫理典範。撰著論文的青壯學者多出身於解嚴後始茁生的臺灣文學研究體制，認同本土，諳習當代理論，不論是平實描繪新崛起的地標，或潛心構築詮釋當下的概念框架，均展露出優越的專業素養。本書的出現在文學史上的里程碑意義是無庸置疑的。

張誦聖
（美國德州大學奧斯汀校區亞洲研究學系、比較文學研究所教授）

　　從文學發展的角度來看，創作肯定要推陳出新，所謂「若無新變，不能代雄」；文學知識當然也是，要有新觀念、新方法，才能對應環

境變遷、科技日新月異和寫作之競秀與奔流，將作家與作品置放於文學史的脈絡去安頓。本書集結新一代學界精英，共同面對當代臺灣文學的時代性、世代性、社群性，以及他們更為關切的「永續性」。後者亦即從班雅明到埃爾所開展的「文學來世」，「追問文學作品所具備的續航力和影響力」，我以為這是二十世紀後期，尤其是跨世紀以來，關係著環境、社會和經濟「永續發展」的呼喚，往文學領域的深度探求，實有賴於健康的文藝生態系統，是非常重要的人文新課題。

李瑞騰（國立中央大學人文藝術中心主任、出版中心總編輯）

當今之世，文學面臨日新月異的科技衝擊，傳播形式與路徑也生出無窮變化；當人文智慧與人工智慧綰合糾結，再遇上風雲詭譎的人情世態，多歧的大道就在眼前。文學的參與者如何體察時變，為「文學來世」創造空間？在此刻臺灣，更是嚴峻的考驗。本書集合本土新一代文化精英，批大郤，導大窾；從文學主題與形式的新變、媒介與文學環境的拓展，以至身分認同與主體性的出格思辨等不同面向與層次深入探索，想像來世文學體性與光影的種種可能。

陳國球（國立清華大學玉山榮譽講座教授）

臺灣文學研究的青壯世代大集結，環景式的角度探討臺灣青壯世代創作者及其文本。研究題材和方法涵蓋層面廣泛，包括正統的創作主題和形式美學、歷史社會與身分政治的關懷，以至時新的生產環境、跨媒介與改編，取徑別出心裁，觀點新穎鮮活。是一本由學術論述介入當代臺灣文學與流行文化的強棒連擊。

范銘如（國立政治大學臺灣文學研究所特聘教授）

　　本書集合臺灣文學學界中壯輩的學者，一同探索臺灣文學的當代議題，並以千禧世代作家為核心，提出對於未來文學發展的願景，引領我們再思當代文學的意義與功能。二十一世紀初期臺灣文學開展出全新風貌，既有對於文學傳統的承繼，也面臨到文學傳播環境的改變，和複雜社會環境與跨媒介網絡產生互動，也在臺灣文學生產場域進行新興主題與形式的實驗。期待《臺灣文學的來世》一書，所呈現臺灣文學之歷史回顧與發展視野，能夠與不同地域之間對於文學「未來性」的探索，持續深度對話，發揮出臺灣軟實力與多元的「文學力」。

林巾力（國立臺灣文學館館長）

　　《臺灣文學的來世》，是所有見證並浸淫於臺灣文學研究 2.0 者的必讀之作。回首我的學界出道，就是 2003 年於臺灣文學館舉辦的臺日研究生臺灣文學學術研討會。有幸身為 2000 年臺灣文學體制化後，站在巨人肩上的世代，我們不僅在這二十年間開拓出臺灣文學的嶄新視野與道路，更持續在全球文學研究的舞台上，展現出臺灣文學的迷人之處。在此謹懷抱著既興奮又深受鼓舞的心情，邀請各位一同透過這十三位學者的研究，徜徉於臺灣文學研究 2.0 的世界吧！

赤松美和子（日本大妻女子大學比較文化學部教授）

　　《臺灣文學的來世》以千禧世代作家為核心，但延伸的觸角絕不僅止於千禧世代。十三位頂尖研究者以其銳利視角，從美學形式、媒體表象與身份認同各主題深入探討。在時間軸上縱觀臺灣文學百年來的傳承與展望，勾勒出千禧世代作家們的歷史／當代定位；在地理軸線上更以臺灣為起點，橫跨南洋、日本、歐美西方世界，探問全球化境況下臺灣書寫的邊界與張力。除了時空軸線之外，同時正視文學與

其他領域之間的互媒性，其野心與突破不可謂不大。

明田川聰士（日本獨協大學國際教養學院副教授）

　　作為學術自我表述的典範，本書型塑出自己的理論與方法語言，也向讀者展示了文學作品本身即是「臺灣作為方法」的例證。她不僅強化了臺灣的自我認識，同時亦提供一個臺灣自我表述的平台，呈現了 1980 年代以降出生的臺灣作家的「文學來世」。本書從臺灣解嚴後的新世代文學創作切入，再現他們如何理解存在於世界以及之於世界的關係，並揭示千禧世代在新千禧年代的文化景象中，自我書寫的重要與可能性。它透過描繪這些 afterlives 與他們的 afterlives，追溯了這一代人如何感知多層次的過去，應對脆弱的現在，以及如何想像未來。

Irmy Schweiger（瑞典斯德哥爾摩大學亞洲與中東學系教授）

　　「前人的傳承總是在悄聲無息間留下了足以詮釋它的線索」（德希達）

　　這本精采的論文集探討了臺灣千禧世代作家與前輩作家的文學傳承，揭示了這一代人在文學（風格、文類等）、社會與政治（歷史、語言、地緣政治、族群、移民等議題）上的復興及創新；同時也讓我們理解，在一個國際民主社會裡，似乎已經過時的文學試圖發出新鮮、強力且特殊的聲音是一件多麼困難的事。它回顧了現在與過去，更點出了一個時代的光明與黑暗，不僅是對臺灣文學的近況和未來深入研究，也是對當代臺灣社會，甚至是對文學在當今世界所扮演的角色進行反思。

Gwennaël Gaffric

（關首奇，法國里昂第三大學中國文學語言學系副教授兼系主任）

目次

導論

陳芷凡、詹閔旭、謝欣芩、王鈺婷

　　臺灣文學的史觀形構與文學場域的變遷，是我們理解臺灣文學發展的重要脈絡。抵抗殖民與霸權的精神，是臺灣文學這一學科建置的起點，1990年代有關後殖民與後現代的論辯，延伸了我們對於「臺灣」與「文學」的想像。為了讓臺灣文學與世界有更為密切的對話關係，研究者將臺灣文學放在東亞脈絡、冷戰脈絡、華語語系論述、世界文學、全球南方之研究範疇，邀請不同脈絡的學者感知臺灣文學的獨特性與普世價值。為了創造臺灣文學與民眾、以及不同領域社群交會的精彩，國立臺灣文學館、學者、文史工作者、出版界共同思索文學轉譯的多向實踐，桌遊、虛擬實境遊戲、文創商品等成果，深化了我們對於「文學」與「臺灣文學」的當代關照。這些研究與推廣，都在回應一個重要且深刻的思索：如何想像臺灣文學的未來。

　　《臺灣文學的來世》此一專書便是回應這樣的思索。本書以1980年代以後出生的臺灣作家世代及其文學作品為主要研究對象，希冀透過新一世代作家研究想像臺灣文學的未來，描繪臺灣文學的世代傳承。此一世代作家約莫在2010年陸續出版第一本書，嶄露頭角。[1] 近幾年，《文訊》、《聯合文學》、《幼獅文藝》、《聯合報》等舉足輕重的文學媒體都曾推出1980世代作家企劃。范銘如留意到這一

1　范銘如，〈臺灣小說概述──臺灣小說的五代同堂〉，國立臺灣文學館主編《2010臺灣文學年鑑》（臺南：國立臺灣文學館，2010），頁20。

世代作家「展現了異於前行世代的感性與文學風格」。[2]邱貴芬更進一步主張「傳承臺灣文學的書寫位置」正是這一世代的嶄新特色。[3]無論如何，不少論者紛紛指出，一個正在崛起的臺灣文學書寫世代值得關注。[4]奠基在既有研究基礎，本書的研究目的有二：（一）勾勒1980世代作家的創作核心關懷、美學特色與新意。此一世代作家成長於臺灣解嚴之後，普遍經歷臺灣社會民主化、在地化、全球化的轉折，展現新一世代截然不同的文學樣貌與觀點，無疑耐人尋味；（二）儘管1980世代作家逐漸在臺灣文壇承擔要角，隨著人們傾向透過影音媒介接受資訊遠勝於文學媒介，嚴重衝擊文學出版品銷量和創作環境。透過這一世代作家的深入探討，本書希望思考當下臺灣文學所面臨的挑戰以及可開拓的生機。

　　理論架構上，本書挑選「文學來世」作為核心概念。[5]本書所定義的「來世」，並非宗教輪迴說，而主要沿用班雅明（Walter Benjamin）的翻譯來世論。一般討論原文和譯文的關係時，往往把譯

2　范銘如，〈向大師取經，向大眾學習：二十一世紀小說 20 年〉，《文訊》422（2020.12），頁 39。

3　邱貴芬，〈千禧作家與新臺灣文學傳統〉，《中外文學》50.2（2021.06），頁 17。

4　除了上述提到范銘如、邱貴芬的論著，另可參見王國安，《小說新力：臺灣一九七〇後新世代小說論》（臺北：秀威經典，2016）。林宇軒，《詩藝的復興：千禧世代詩人對話》（臺北：臺灣師大出版社，2023）。古遠清，〈臺灣「七年級作家」小說創作掫論〉，《中國現代文學論叢》12:1（2017.6），頁 104-110。

5　本書主編均曾在不同篇章探討過「文學來世」的內涵，這些論述都在回應當代文學面臨科技與傳播形式改變之下的各式挑戰。可見詹閔旭，〈媒介記憶：黃崇凱《文藝春秋》與臺灣千禧世代作家的歷史書寫〉，《中外文學》49:2（2020.06），頁 93-124。另一位主編王鈺婷為清華大學人文社會學院文論中心成員，與文論中心召集人陳國球講座教授與臺灣師範大學全球華文寫作中心主任須文蔚教授共同籌畫「跨地域文學生態與生機工作坊」（2021），也與陳國球講座教授合作，於擔任《中國現代文學》41 期客座主編時規劃「文學的來世」研究專題。

文視為原文的附屬品，不過班雅明主張，翻譯並不以原作為依歸，而屬於原作的來世（afterlife）：一方面凸顯譯作是原作生命的延續，[6]另一方面也強調譯作擁有獨立生命，展現與原作大異其趣的面貌。[7]放在臺灣文學研究框架，班雅明的翻譯來世論無疑深具啟發性。來世論試圖描述文學原有生命型態——無論是主題、美學形式、傳播等面向——皆面臨嚴峻挑戰與侷限，以致於繼起者不得不思考文學如何突破困境，賡續文學的生命。埃爾（Astrid Erll）更進一步闡述「文學來世」（literary afterlives），頗能呼應近年來文學面臨的危機。她關切文學作品生命型態的變化，包括如何被接受、討論、經典化，或者遭到遺忘。「文學來世」追問文學作品所具備的續航力和影響力，包括：這一些文學作品如何設法存活下來？如何維繫作品自身對於讀者的意義？也包含文學作品如何在這樣的過程裡介入複雜的社會、文本與跨媒介關係？[8]為此，埃爾梳理出三種探討文學來世的方法論，不妨可作為探討文學新生命的切入點，部分方法學的實際運用也可參見本書內容。第一種是社會觀點，強調不同社會情境和不同世代通常採用迥異方式詮釋同一文本，賦予文學作品截然不同的來世面貌（見第一章、第十三章）；第二種是媒介文化觀點，勾勒文學作品和不同媒介之間的互文、改編、重寫，這同樣也不失為一種延續文學生命的方式（見第五、六、七章）；第三種是文本觀點，仔細剖析文學作品究竟具備何種文本特質，導致它可被重讀，進而持續發揮影響力，而另

6　Walter Benjamin, "The Task of the Translator," in *Walter Benjamin: Selected Writings Volume 1 1913-1926*, ed. Marcus Bullock and Michael W. Jennings (Cambridge: The Belknap Press of Harvard University Press, 2004), p.254.

7　Benjamin, "The Task of the Translator," p.256.

8　Astrid Erll, *Memory in Culture* (Hampshire: Palgrave Macmillan, 2011), p.168.

一些作品卻終究被遺忘。[9]文學的來世指向未來，是一種複數的想像，不同的方法學有助於拓展新的論述空間。本書雖然未能全方位展示文學來世方法學的具體應用，但也期盼這樣一個承上啟下的位置，能邀請大家啟動一個討論的契機，一個觀察與關心臺灣文學來世的起點。

　　全書共十三章，區分為三輯，分別從文本內緣與外緣分析，全面性勾勒臺灣 1980 世代作家的各種創新形式、美學、主題、創作環境、跨媒介改編、政治關切與自身認同。輯一「新興主題與美學形式」（詹閔旭主編）從作品內緣角度出發，探討此一世代文學作品所揭示的嶄新主題、人物、場景與美學形式。輯二「媒介與文學環境」（謝欣芩主編）從跨媒介角度出發，探勘文學作品改編成電視、電影、遊戲等媒介背後蘊含的意義與議題。輯三「新主體與身分認同」（王鈺婷、陳芷凡主編）從作者與作品裡的人物認同的角度出發，闢拓當代認同政治、寫作主體與位置（positionality）的新變貌。綜合來說，無論是形式美學、跨媒介敘事或寫作主體的演繹，本書結合文本內外緣的考察，探問並創生臺灣文學的多重未來性。以下詳述本書章節架構與各章重點。

輯一　新興主題與美學形式

　　輯一收錄四篇論文，分別從歷史書寫、妖怪書寫、空間書寫、自然導向書寫等文類勾勒千禧世代作家文學作品裡出現的新興主題與

9　Erll, *Memory in Culture*, pp.166-168.

美學形式。值得注意的是，「新興」並非橫空出世，而需從兩個層次的「新」加以理解，帶出臺灣文學來世的內涵。首先，「新興」指的是「舊瓶裝新酒」。臺灣文學自 1980 年代之後出現不少新興文類，諸如後殖民歷史書寫、自然書寫、原住民文學等，千禧世代作家的創作類型基本上並未超越臺灣文學史上既有的主題分類。然而，這一群新世代作家卻又勇於透過各種文學形式實驗，擴大文學世界觀，賦予舊主題截然不同的嶄新面貌。其次，「新興」呼應威廉斯（Raymond Williams）的「新興文化」（emergent culture）一說。威廉斯把社會文化結構區分為「主導」、「新興」、「殘餘」三種文化，新興文化用來描述正在浮現且與主導文化分庭抗禮的另類文化概念與實踐。[10] 從這個角度來看，我們必須探問：臺灣千禧世代作家的世界觀、文化養成與世代認同如何形塑他們筆下的新興創作關懷？二十一世紀初臺灣社會與文學場域的變遷如何讓這些新興主題與美學形式蘊含反思主導文化的批判潛能？事實上，無論是新主題、新美學、新形式或新興文化結構，千禧世代作家文學創作展現出從社會觀點詮釋文學來世的實踐。它提醒讀者留意，儘管創作主題相似，但是不同社會環境與歷史條件的差異往往讓不同世代創作者採用大異其趣的創作手法，理解文學，甚至重新啟動文學的來世面貌（receive and re-actualize literature）。[11] 本輯收錄的四篇文章均有類似特質。

　　第一章湯舒雯〈「轉型（期）正義美學：臺灣千禧世代的時空錯位歷史書寫〉探討千禧世代作家的歷史書寫。自 1980 年代臺灣本土

---

10 Raymond Williams, "Dominant, Residual and Emergent," in *Marxism and Literature* (Oxford: Oxford University Press, 1977), pp.121-127.

11 Erll, *Memory in Culture*, p.167.

意識高漲以降，不少臺灣文學作品紛紛以重建臺灣本土歷史與記憶為己任，千禧世代作家也繼承了歷史書寫的關懷。但是，湯舒雯在這一章特別強調，儘管同樣以歷史為創作題材，臺灣千禧世代作家在美學形式上別有抱負，偏好以「時空錯位」（anachrony）類型的美學形式來摹寫臺灣歷史。湯舒雯指出，時空錯位美學是西方淵遠流長的文學手法，過去半個世紀更結合後殖民主義、轉型正義訴求等思潮，藉著「時空錯位」來凸顯與現實歷史發展截然不同的「烏有史」。從這個角度來看，「時空錯位」美學難以從後現代主義式的戲耍來理解，更懷抱一種歷史行動主義與轉型政治書寫的政治企圖。時空錯位既是歷史奇想，亦是後殖民歷史觀的美學投影。

　　第二章陳國偉〈妖怪身體如何作為歷史記憶的裝置──從「言語道斷之死」系列及其衍生作談起〉同樣探討歷史書寫，不過有別於湯舒雯從臺灣當代社會的轉型正義政治發展脈絡切入，陳國偉分析妖怪歷史小說背後強烈的「翻譯日本」驅動力。無論是瀟湘神《臺北城裡妖魔跋扈》、《帝國大學赤雨騷亂》或《金魅殺人魔術》，陳國偉留意到，1980 年代之後出生之創作世代的歷史書寫早已具備全新面貌，包括：（一）親民、易讀的大眾文學類型成為新的敘事容器；（二）妖怪書寫成為重構歷史記憶的重要手法。陳國偉在此章更進一步強調，妖怪歷史書寫的翻譯日本驅動力不宜窄化為模仿日本妖怪小說形式美學，而是帝國混血與介入而生產出的主體。正是通過妖怪身體多層次的翻譯驅動力與歷史記憶想像，陳國偉這一章提醒我們，大眾文學的政治關懷值得被嚴肅對待，或者說，大眾文學與純文學之間涇渭分明的論述框架早已不再適用。

　　前兩章側重千禧世代作家的歷史書寫，第三章詹閔旭的〈千禧世代作家的南方書寫〉則聚焦於空間書寫。如果後鄉土書寫是 1990 年

代至 2000 年之間臺灣文壇最值得留意的創作特色，詹閔旭觀察發現，2010 年代之後的臺灣文學出現不少以南方為創作主題的趨勢，此現象在臺灣千禧世代作家身上尤為明顯。舉例來說，楊富閔《花甲男孩》與陳又津《準台北人》裡不斷登場的東南亞移民工、黃崇凱《新寶島》與連明偉《藍莓夜的告白》裡流露的全球南方世界觀，皆是南方作為一種新興創作題材的具體例證。而在南方語言美學方面，陳育萱《不測之人》調度拉美魔幻寫實主義、楊双子《臺灣漫遊錄》招喚臺灣殖民地熱帶風土書寫，亦是值得留意的作品。詹閔旭強調，此南方轉折必須放回到臺灣過去三十幾年多元文化主義與南向政策的歷史脈絡，導致千禧世代的創作關懷一方面跳脫後鄉土文學系譜；另一方面，也指出臺灣千禧世代作家認識論、世界觀、文學養成與美學表現的質變。

第四章呂樾〈從公共行動到自我追尋：千禧世代自然導向文學史芻議〉呼應詹閔旭論文裡提到的多元文化主義思維，但呂樾在這一章透過千禧世代作家的自然導向書寫，把討論重點從「跨族群接觸」擴大到「跨物種共生」的景觀。呂樾認為，1980 年代至 2000 年代的自然導向文學偏好書寫環境保護、物種保育等公共議題，相形之下，千禧世代作家則出現一種「自我轉向」。不過，呂樾特別強調，千禧世代作家自然導向文學的「自我轉向」並未落入人類中心主義的窠臼，無論是陳怡如《泥地漬虹》展現的小農運動實務路徑，抑或是徐振輔《馴羊記》對自然書寫知識論的反芻，兩位千禧世代作家轉向自我的路徑其實皆鬆動固著的人類主體性。

輯二　媒介與文學環境

　　輯二收錄四篇論文，分別從電視劇、紀錄片、遊戲與跨界出版，四種不同的媒介探討新世紀以來的臺灣文學跨媒介創作與當代文學環境。二十一世紀以來，隨著科技進步與網路普及，人們的閱讀習慣隨之改變，文學傳播與跨媒介創作也朝向更為多元的發展途徑。臺灣文學，自 1980 年代新電影發展以來，即為重要的電影創作泉源，文學改編電影讓臺灣作家筆下的島嶼地景、人物故事、日常生活以及多元文化躍上銀幕。延續上一世紀的創作能量，媒介的高度發展，帶動另一波臺灣文學的跨媒介創作，2000 年以後，除了臺灣文學經典作品的影視改編以外，千禧世代作家作品如劉梓潔《父後七日》、楊富閔《花甲男孩》改編成為電影與電視劇之後，也受到廣大觀眾的迴響。另一方面，史料的挖掘、詮釋與轉譯亦是新世紀的新興趨勢，轉譯作為一種策略，不僅賦予史料與文學新生命，同時促成當代與過去的對話，展演想像與書寫臺灣文學史的新方法。既有的跨媒介研究，尤以文學改編電影為例，多以「互文性」（intertextuality）為主要的考察方法，思索文本與文本之間的關係、連結與歧異，然而，我們同時得留意文學、影像、遊戲乃至其他形式的跨媒介創作中，媒介的特質如何影響改編與轉譯的過程與成品？跨媒介創作在何種文學環境與文化場域中生產？改編或轉譯後的文本如何傳播，藉此帶動文學生命的延續？此外，有別於傳統的出版方式，藉由線上平台集資或是尋求其他管道與小眾出版社合作，亦開創文學傳播的新途徑。臺灣文學的跨媒介創作與出版，可視為創作文學來世的主要方法之一，呼應埃爾文學

來世論的媒介文化觀點。[12]本輯四篇論文將各自探討不同媒介的改編、轉譯、創作與傳播過程，聚焦媒介與文學環境的發展等外緣因素，如何激發跨媒介創作與共生，並揭示四種展演臺灣文學來世的策略。

第五章王萬睿〈文學的來世，或膠卷的再生：論《天橋上的魔術師》的互媒性〉，以臺灣文學改編電視劇《天橋上的魔術師》（2021）為焦點，觀察 2010 年以來，受到多媒體、行動裝置與串流平台興起的影響，閱聽人的觀影習慣改變之時，文學改編電視劇如何因應這樣的媒介環境，發展出不同以往的影像美學。吳明益的《天橋上的魔術師》（2011）聚焦臺北「中華商場」的空間與時代記憶，王萬睿認為小說中的魔術師角色象徵「具有影迷傾向的後設小說敘事策略」（頁134），十篇小說皆以影像的視覺性作為集體記憶的想像策略，體現空間消逝與人物慾望，同時納入「迷影」視角，將侯孝賢《戀戀風塵》（1986）寫入文字世界。基於此特質，這篇論文進一步指出「楊雅喆文學改編的策略之一，可謂是將〈雨豆樹下的魔術師〉小說文字與《戀戀風塵》的寫實實景重新聚合，除了透過數位後製建構了商場空間的擬真視覺性，更透過特定經典電影段落創造綿延的懷舊時空，重新部署敘事與影像之間的因果關係來創造特殊的動情力。」（頁 140），此部電視劇一方面善用影像媒介的特質強化小說中的魔術師形象與空間置換的能力，同時也向《戀戀風塵》與一九八〇年代新電影致敬。透過新媒體的技術將擴延影像與原始影像結合，我們在劇中即可看見時間流動、空間轉變與集體記憶相互映照的魔幻時光，亦展現串流平台所帶動文學改編電視劇的風格與類型正逐步形成。

第六章謝欣芩〈影像啟動文學的來世：當代臺灣文學紀錄片的

---

12 Erll, *Memory in Culture*, p.167.

三種路徑〉以紀錄片為核心，觀察二十一世紀以來臺灣文學紀錄片的發展、創作策略與傳播功能。這篇論文探究文學如何透過影像化展現生機，文學紀錄片如何成為方法之一。謝欣芩將當代文學紀錄片分為三種類型，第一類為作家紀錄片，藉由紀錄片為作家作傳，進行作品詮釋與作家在文學史上的定位，然而單向的創作與傳播方式，觀者僅能被動接收，難以有效達成文學傳播功能。第二類為風格化的文學電影，導演對作家作品的解讀佐以獨有的影像風格與音像部署，不僅體現作家的文學世界，為文學紀錄片建立嶄新的創作模式，同時藉助商業化宣傳手法，推動文學紀錄片的傳播，同時增加紀錄片的觀影意願與作家作品的重新閱讀。第三類為實驗電影，以黃亞歷《日曜日式散步者》（2015）為例，別於前兩種類型以單一作家為傳主，運用實驗性手法拍攝日治時期的風車詩社與文藝現象，謝欣芩指出「這部片採用許多的留白、跳躍、停格等手法，以及各式的蒙太奇剪接，都可以視為邀請觀眾進行文學閱讀和歷史詮釋的創作策略。」（頁 161）。就文學傳播功能而言，這部紀錄片所設下的觀影門檻甚高，十分仰賴觀者的積極參與和背景知識的延伸探索。這篇論文指出文學紀錄片推動文學傳播，藉由影像保存作家身影與聲音，同時延續文學作品的生命，而傳播的有效性與紀錄片的創作策略高度相關。

　　第七章張俐璇〈拾藏的紋理，轉譯的路徑——從章回小說《小封神》到闖關遊戲「藏寶圖」〉擇以《小封神》之遊戲轉譯為個案，思考臺灣文學由紙本轉譯數位遊戲，新媒介形式如何造就文學的傳承與轉生。這篇論文首先爬梳許丙丁寫於 1930 年代的《小封神》，在1990 年代重新整理與收錄的版本問題，根據張俐璇的觀察，九〇年代以降的版本出版著重「漢字台語」，亦有助於台語文學研究與創作的發展。以《小封神》為基底，《小封神藏寶圖》是由章回小說形式

設計的闖關解謎遊戲，並結合臺南在地文化與廟宇特藏，這篇論文強調遊戲轉譯臺灣文學的獨特性，在史料整理與重新出版的奠基之上，結合當代媒介環境，張俐璇認為「利用數位符號的特性，在主線許丙丁《小封神》的故事外，另開支線葉石濤《臺灣男子簡阿淘》的故事，經由「藏寶」的設計，以具體物件作為文化記憶的轉喻，兩位臺南作家文學文本，由此組構為重層的『城市文學』」（頁189）。在文學改編影視作品之外，這篇論文點出遊戲作為另一種文學轉譯的模式，得以保存傳統與文化記憶，也將帶領我們一同探索臺灣文學的各種未來。

　　第八章蔡玫姿〈漂移、賤斥與不滿：在臺馬來西亞華裔女作家馬尼尼為的小眾創作〉關注從馬來西亞來臺唸書、定居的馬尼尼為。蔡玫姿留意到這樣一位缺乏人脈的新住民藝術家，反思「在臺馬華文學」、「母職」與「文青」的既定框架，進而走出了一條自己的路。馬尼尼為的憤世感，部分源於她移動來臺結婚的感觸，使得其主體建構來自於論文所提到的雙重「賤斥」：賤斥母職、賤斥新家園。有意思的是，對母職與新家園的思索，也在舉辦七年的臺灣移民工文學獎得獎作品中有所體現。這些複雜的感受能喚起些許新移民的共同心聲。然而，不像參與移民工文學獎作品需要中文翻譯，憑藉文學獎這一機制現身，馬尼尼為思索網路募資以及與小出版社結盟的跨界合作，發展出一套「小眾文創」的能動性。這種突破傳統出版的思維模式，回應了阿君‧阿帕度萊（Arjun Appadurai）所提出的「全球文化流」。蔡玫姿的這一篇文章，以馬尼尼為此一個案說明新移民主體經驗的複雜性，揭示了「小眾＋網路募資＋文創實踐」的發展路徑，同時凸顯跨界合作出版所具有的文學傳播力。

輯三　新主體與身分認同

　　輯三收錄五篇論文。這五篇論文共同展現了新主體與身分認同交織性的複雜面向。「主體」的內涵與多重視野，是當代文化論述關懷的核心議題，諸如後殖民理論概念，被殖民者如何在抵抗殖民主流話語下反思其主體位置，以實踐其批判論述，諸如學者愛德華・薩伊德（Edward W. Said）與學者史畢娃克（Gayatri Chakravorty Spivak）都對以歐美為中心的系統話語形式進行探討，[13] 以檢視殖民者對於被殖民身分建構、文化認同與歷史層面的影響。此外，學者班納迪克・安德森（Benedict Anderson）建構民族此一想像的共同體，著眼於十九世紀報刊雜誌與小說二大媒介，如今，此一想像的機制隨著媒體的變化而有所調整。學者阿君・阿帕度萊因應全球化的影響提出一個新的詮釋框架，他指出媒體和遷移是兩個主要且相關的分項，兩者對於想像的作用（work of imagination）──現代主體性的構成要素具有聯合效應。[14] 電子媒體提供新的資源和學問建構自我和世界，而電子媒體加上伴隨全球化而來的遷徙移動，成為想像作用的新動力。因此，全球文化流的五大向度──族群、媒體、科技、財金與意識形態景觀的流動關係，不僅形構了現代主體，亦是從全球文化流的脈絡指出「我」與「我們」建構的當下局勢與資源。由後殖民批判論述到當代全球化

13 薩伊德（Edward W. Said）著，王志弘、王淑燕、莊雅仲譯，《東方主義》（臺北：立緒，1999）；史畢娃克（Gayatri Chakravorty Spivak）著，張君玫譯，《後殖民理性批判：邁向消失當下的歷史》（臺北：群學，2006）。
14 阿君・阿帕度萊（Arjun Appadurai）著，鄭義愷譯，《消失的現代性：全球化的文化向度》（臺北：群學，2009），頁6。

脈絡，從後殖民身分的建構到現代主體的構成，透過主體性的確認，得以重新省思身分認同政治如何辨識社會文化、歷史情境與全球文化流加諸於自我定位與定義。

　　環顧二十一世紀初臺灣文學環境，當代身分政治的複雜性，促成主體與多重身分之間的協商，在多元交織性（intersectionality）中，照見性別身分、社會身分、階級、族群、種族相互構造的現象。從解嚴後臺灣作家介入性別身分認同政治，在後現代與同志議題的多聲部合唱，千禧年後在社會上對於自由性別平權的重視，同婚通過的性別風景、性別研究與社會議題和社會運動的諸多連結，與身分認同遭逢的種種議題與肯認政治成為核心關懷。同樣地，族裔文學與研究的重點也從「邊緣發聲」跨越至「望向多方」的趨勢。邊緣發聲之視角側重第一人稱書寫。第一人稱書寫除了是一個宣稱主體的有利位置，作品所呈現的主體經驗，也具備過渡「我」至「我們」的力量。

　　因此，伴隨遷徙和媒體而來，這一種新的想像主體模式，也表現在當代臺灣文學場域的實踐，輻射出幾個面向的議題，其一為主體身分認同建構的新形態肯認機制，包括在全球化時代，政治、社會、經濟如何促成身分認同的變化，更由於資本介入、跨國移動與性別運動的衝擊，所造成身分認同的差異與衝擊，以促使主體思考更彈性與多元的身分認同策略；其二為新主體所開拓的寫作風貌與不同文學跨界視野的連結，如：非虛構文類、電影、動漫、BL 百合小說等；其三為主體的實踐性，包括透過性別與族裔寫作位置之演繹，其所開展與臺灣當代，抑或是全球性別／族裔運動與文化思潮的交鋒與對話，更進一步展現出社會的介入與改革視野。這三大向度提醒我們留意，新一世代臺灣文學的內涵和意義恐怕必須放在跨國文化流動與多重媒介

養成的脈絡底下思考，同時展現文學來世的社會觀點與跨媒介觀點。[15]
不過，有別於埃爾過度強調單一文學作品如何延續自身生命，本書毋
寧更希望指出，文學來世論也必須納入作家創作主體位置的反思。唯
有作家不斷拓寬創作格局和視野，反倒更能帶出文學來世的活力。

　　第九章李淑君的〈零餘地與間隙者：《餘地》的多重史觀與敘
述〉，探究顧玉玲從非虛構文學轉向虛構文學，勞工文學轉向白色恐
怖主題的創作軌跡，深入分析顧玉玲文學創作與社會介入結合的深刻
面向，探討其中所展現的多重史觀、間隙之人、尋根與背叛等議題。
從多重史觀的角度提出《餘地》主題回應臺灣殖民歷史與戰後左翼思
潮的臺灣本土左翼史觀，特別是臺灣本土與左翼之間並非斷裂的重要
觀察；其次，《餘地》以畸零地的意象，回應論者援引霍米・巴巴
（Homi Bhabha）之「culture's in between」的概念，提出三種層次間
隙者的分析，十分深刻。藉由以上推論，論者指出顧玉玲塑造尋根者、
行動者與失落者的角色，以提出「民主完成式」論述的反思，對於今
日民主的完成式提出警語，深具洞見，具有歷史眼光。

　　第十章王鈺婷的〈家庭、性別與族群的三重奏——以馬翊航《山
地話／珊蒂化》為例〉，提出馬翊航 2020 年推出的首部散文集，在
臺灣散文書寫中展現出新聲腔，回應新世代創作的新潮流。本文首先
定位馬翊航身具「二十一世紀臺灣文學工作者」（張亦絢語），與
1980 世代崛起之「臺灣千禧世代作家」（詹閔旭語）之身分的形塑，
使其具有多元性，其透過參與《百年降生—— 1900–2000 臺灣文學故
事》與《終戰那一天——臺灣戰爭世代的故事》的創作實踐，回應埃

---

15 Erll, *Memory in Culture*, p.166.

爾提出「文學來世」的說法。《山地話／珊蒂化》是其對於過往成長經驗、家族書寫、性別認同與族群記憶的書寫，一則透過成長過程中自我認同的確立，以及父系母系認同糾葛的諸多面向；一則探討陰柔男同志形構的多重面向，其中有對於跨文化酷兒主體的議題，也提示出馬翊航在二十一世紀成為原住民身分的返鄉路徑與原住民作家彈性的定位。

　　第十一章紀大偉的〈少女投胎──楊双子百合小說的女性主義現象學閱讀〉，從美國女性主義學者艾利斯揚的文章〈像女孩那樣丟球〉啟發，檢視楊双子筆下的「少女」角色的「意向性」（intentionality），詮釋出楊双子筆下「少女」的「投胎」，與受殖民現代性薰陶的少女其身體舉止和人生志願的意向性結合，並歸納出出生門第、階級與國族等客觀因素的行動與不同情境少女行動的多元交會，以此定錨出少女在狂放與收斂之間「重新找方向」（reorientation）的行動，其研究新穎，具有獨創性。

　　第十二章陳芷凡於〈成為原住民（文學）：原住民族文學獎場域中的同志議題與非寫實風格〉一文，指出這一批千禧世代原住民寫手多半為都市原住民，接受高等教育的他們，受到主流社會對於性別平權、政治與公民權論述的影響，這些經驗無疑成為年輕族人創作的靈感與反思。千禧世代書寫者透過各式媒介，依據社會網絡的流動關係建立新的主體經驗。他們以自己為圓心，書寫成長歷程、媒介中介下所經驗的多重身分認同與性別反思，反省不斷被社會召喚的原住民符碼或集體文化認同。成為「作家」之前，在「作品」尚未出版之前，這些感受得以透過文學獎機制展現出來。陳芷凡指出原住民文學獎得獎作品以同志題材為策略，從中揭示性別認同與文化認同的折衝。當這些得獎作品刻意再現出櫃而來的風險，角色們即透過性別認同揭示

身分認同的張力，並在「成為什麼樣的原住民」的思索下展開主體協商與選擇。相較於寫實風格、單向的文化復振，千禧世代原民書寫者透過各式媒體取得文化資本，得獎作品實驗了時空穿越、後設、後現代等方式，這些得獎作品的書寫形式勾勒了內容的現實感，成為作品脫穎而出的關鍵。陳芷凡透過分析千禧世代原民得獎作品，在成為什麼樣的原住民族（文學）的探討中，展現都市原住民、文化養成與身分認同之間的複雜關係。

　　第十三章馬翊航〈路線問題：《殖民地之旅》、《新寶島》、《橫斷記》的位移、體感與文學方案〉一文，則關注作家、作品真實與想像的各式移動。文中所探討的三部作品，正是透過旅行與移動，觸及身體經驗、私密記憶、歷史遺產、空間感（與空間生產）的反覆交錯，以及透過文學表述，形成來往過去與未來、公眾與私人、思辨論述與感性經驗的特殊通道。馬翊航指出瀟湘神《殖民地之旅》實踐其「後外地文學論」。該作品一方面擺脫「外地文學」的印象與成見，進行對佐藤春夫的追蹤與重讀；另一方面以「後外地文學」的概念，將歷史記憶的回溯，轉化成空間的旅行與位移。同樣是重走與追蹤，高俊宏《橫斷記》以殖民帝國繪製的地圖行走山林，除了思考被排除的生命，那些「線」外的掙脫──包含人之生命如何游離於書寫、文明、規章系統之外；山林動物之活動，如何在人造林道系統上產生新的路線，改異以人類為中心的地景。相較於《殖民地之旅》、《橫斷記》，《新寶島》的新，並非表面上的未來、改造、推想，而包含諸多既「推進」又「返回」的狀態下，所產生的速度不均等，進而伴隨遷徙和媒體而來，這一種新的想像主體模式，也表現在族裔文學的實踐上引發的張力、批判與提示。馬翊航指出這三部關於移動與旅行的作品，反覆顯現的是緩慢、猶疑、逗留，得以在表述形式各有差異的寫作「旅

程」上，產生了肉身、空間、歷史關懷、文學想像的複雜交會。

　　以上十三篇文章由學者各自的領域與關懷出發，臺灣文學的過去、現在與未來也都銘刻在所有創作者與研究者的生命中，同時展現臺灣文學來世的複數思考與多重策略。我們期待本書能回應二個層次之命題：（一）建構「文學來世」的積極意義：本書結合主題、書寫形式、媒介、文學場域與社會關懷討論文學功能、意義的建構與流變，從中思考文學所帶來的可能願景；除了闡釋文學作品的能動性與反身性，亦探討這份願景如何成為我們面對未來的重要方式。（二）深化臺灣文學史的論述：新興主題、美學形式以及作家的出現，呈現了不同層次的文學場域變遷；揭示新興主題、書寫形式、轉譯媒介與文學場域彼此互涉的網絡，以期豐富臺灣文學學科論述之內涵。

　　學者邱貴芬分析千禧作家時，除了探索這一批作家開發什麼樣的寫作模式與策略來傳承臺灣文學，也從中確認「傳承」的意義。邱貴芬援引了雅克・德希達（Jacques Derrida）對於「傳承」（inheritance）的思考：這是一種選擇，是一種再肯定、更是一種傳遞給後代而繼續存活的動作。[16] 我們期許這本專書所觸及的議題，能延續「傳承」的思索與實踐，一起看見臺灣文學來世的動人風景。

---

16 邱貴芬，〈千禧作家與新臺灣文學傳統〉，頁 15-46。

「轉型（期）正義美學」：
臺灣千禧世代的時空錯位歷史書寫

湯舒雯

一、前言：千禧世代的歷史書寫

　　已有許多論者觀察到，出生於 1980 年代的臺灣「千禧世代」（the millennials）作家，自新世紀以來在臺灣歷史主題方面的文學表現，即使置放在臺灣自解嚴以來即蓬勃發展的後殖民書寫浪潮之中，仍顯得獨樹一幟。[1] 在這些漸具共識的看法中，一個引人側目、卻仍少被正眼以待的文學現象，[2] 是千禧世代有一種偏好以「時空錯

---

[1] 如劉乃慈討論黃崇凱小說的風格技術時，曾同步勾勒其同世代寫作者「相對自由民主」的文化養成、「具有歷史視野卻相對沒有那麼沉重的歷史包袱」、以及較前輩作家「有彈性、有更大的想像與個人詮釋空間」的創作特徵。邱貴芬則直指 2010 年代為臺灣文學的一個轉捩點，認為由千禧世代作家群為代表，「把『臺灣文學』視為一種資產，並以臺灣文學為創作取材對象的寫作模式」，「堪稱二十一世紀後臺灣文學的一大特色，與二十世紀的臺灣文學明顯有所不同。」參見劉乃慈，〈從偉大到日常－《黃色小説》的情色矛盾與自我技術〉，《臺灣文學研究學報》30（2020.04），頁 326；邱貴芬，〈千禧作家的臺灣新文學傳統〉，《中外文學》50.2 期（2021.06），頁 17-19。

[2] 少數例外如鄭芳婷討論楊双子的《花開時節》是「藉由時空錯置的形式置疑並顛覆線性史觀與官方敘事……實踐具在地時空屬性的自反性社會改革」；「穿越」的機制因此「指向一種酷兒行動，一種近乎科幻的烏托邦想像與介入」。參見鄭芳婷，〈打造臺灣酷兒敘事學：楊双子《花開時節》作為「鈍角」行動〉，《女學學誌：婦女與性別研究》47（2020.12），頁 100。

位」（anachrony）³ 類型的文學裝置（literary device）來書寫歷史的集體傾向。相較於此前臺灣作家往往視臺灣文史記憶為「被搶救的對象」⁴ 而戮力「以小說建立歷史紀念碑」，⁵ 千禧世代作家視臺灣歷史元件為考掘、拼湊、協商與重新組配（assemblage）的對象，從中建構新的倫理義務關係。本文由此指認一種「轉型（期）正義審美」（aesthetics of transitional justice），認為那是在 2010 年代臺灣文學場域特定時空處境下新興的一種美學；⁶「文學」的任務、功能和範疇在這種形構中得到重新定義，而它的影響也值得密切關注。

二、「時空錯位」裝置及其潛能

2015 年瀟湘神（1982-）以「新日嵯峨子」之名出版《臺北城

3　本文所使用「時空／年代錯位」概念，主要參照法國美學思想家 Jacques Rancière 的相關學說，參見後文詳述。

4　詹閔旭，〈媒介記憶：黃崇凱《文藝春秋》與臺灣千禧世代作家的歷史書寫〉，《中外文學》49.2（2020.06），頁 10。

5　朱宥勳，〈從負債，變成資產：重回「臺灣」的新世代文學創作〉，網址：https://chuckchu.com.tw/article/228，瀏覽日期：2022.07.26。

6　本文所討論之「美學」（或審美），屬於被 Rancière 歸類為「藝術的美學體制」的範疇，在這個體制中，「美學不是一般而言的藝術理論，也不是指關注在感性層面產生各種效果的藝術理論，而是各種藝術的思想與其辨識的某個特定體制」；因此，本文中所使用的「美學／審美」一詞，亦接近 Rancière 所定義的「審美行為」，即「創造新的感官知覺模式並引發新形式的政治主體性的經驗配置」。參見 Jacques Rancière 著，楊成瀚、關秀惠譯，《感性配享：美學與政治》（臺北：商周出版，2021），頁 21-22；以及 Jacques Rancière, *The Politics of Aesthetics: The Distribution of the Sensible*, trans. Gabriel Rockhill (London and New York: Continuum, 2004), p.9。

裡妖魔跋扈》，在設定日本未參與第二次世界大戰的「烏有史」
（uchronia）框架中，描繪了一個直到1950年還在日本統治下的臺灣
妖怪世界。[7] 2017年楊双子（1984- ）出版《花開時節》，[8] 以「時空穿越」
體裁架構「百合」[9] 歷史小說，講述2016年一位臺中的大學畢業生穿
越至日治時期臺中地方望族後的見聞遭遇。同年，黃崇凱（1981- ）
出版《文藝春秋》，[10] 書中多篇以科幻手法打造（近）未來場景，想
像人類移居火星、意識上傳雲端後，如何閱讀臺灣文學、打撈地球文
化。2021年黃崇凱推出《新寶島》，[11] 以更大手筆講述一個融穿越、
烏有史、近未來於一爐的「臺灣、古巴全民大交換」時代：在2024
年臺灣史上首位原住民總統宣誓新任就職午夜，兩千三百萬臺灣人與
一千一百萬古巴人，無故互易至相隔萬里的對方島嶼上。小說卡夫卡
式地由此開展在換湯不換藥的大國陰影下，島與國換位重組後的小機
會與小命運。[12]

7　蕭湘神（新日嵯峨子）以同一烏有史架構為背景的妖怪小說「言語道斷之死系列」，目
　　前已出版《臺北城裡妖魔跋扈》（臺北：奇異果文創，2015）、《帝國大學赤雨騷亂》（臺
　　北：奇異果文創，2016）、《金魅殺人魔術》（臺北：奇異果文創，2018）等三部。

8　楊双子，《花開時節》（臺北：奇異果文創，2017）。

9　根據楊双子：「『百合』（yuri），意指女性與女性之間的同性情誼。百合作為一種文類，
　　即指描繪女性同性情誼的作品。」參見楊双子，〈百合是趨勢！──立足2020年的臺灣
　　百合文化回顧與遠望〉，網址：https://www.creative-comic.tw/special_topics/48，瀏覽日期：
　　2022.07.26。

10　黃崇凱，《文藝春秋》（新北：衛城，2017）。

11　黃崇凱，《新寶島》（臺北：春山，2021）。

12　黃崇凱在2018年發表的短篇小說〈無人稱〉也圍繞同一母題（motif）：故事設定某天
　　臺灣本島忽地開始往東漂移，「脫亞入美」指日可待，而金門、馬祖卻徒留原地，漸行
　　漸遠。見黃崇凱，〈無人稱〉，網址：https://art.ltn.com.tw/article/paper/1168984，瀏覽
　　日期：2022.07.26。

「時空錯位」作為文學裝置在千禧世代作家的歷史書寫中盛行，[13] 而且不少相關作品正在經歷快速的經典化。[14] 以下，本文首先就討論範圍內的「時空錯位」概念進行梳理，尤其關注此一概念近期在文學研究領域與「反霸權時間性」（counter-hegemonic temporalities）、「歷史行動主義」（historical activism）等理路的交集，認為這是理解一種在 2010 年代臺灣新興的「轉型（期）正義美學」形構的最佳路徑。

（一）「時空錯位」與「多重時間性」

文學史上，「時空錯位」作為一種文學裝置有其悠久傳統，但作為一種哲學概念的「年代錯誤」（anachronism）則在西方史學脈絡中久經污名，直至二十世紀後半全球民主化與平權運動浪潮中，經與後殖民主義、「轉型正義」等新思潮的交匯，此一詞彙才漸次得到翻案，也讓「烏有史」等次類型文學開始蓬勃發展，如今時常與政治抱負或社會理想的集體投射有所關連。近期，法國美學思想家 Jacques Rancière 便在一場以重估「年代錯誤」觀念為主旨的研討會中，統整了他自九〇年代以來對這個概念的翻新；透過指認年鑑學派等主流歷史敘事賴以建構其科學性的虛構機制，他再次反對十五世紀以來將

---

13 除了本文所討論黃崇凱、瀟湘神、楊双子相關作品，使用時空錯位裝置的千禧世代小說至少還有黃暐婷的《少年與時間的洞穴》（臺北：時報出版，2021）、朱嘉漢的《醉舟》（臺北：印刻，2022）、朱宥勳的《以下證言將被全面否認》（臺北：大塊文化，2022）等。

14 如《文藝春秋》獲「吳濁流文學獎」小說正獎（2018）、《花開時節》入圍「臺北國際書展大獎」（2018）、《新寶島》獲「臺灣文學獎金典獎」（2021）等。2020 年《聯合文學》雜誌選出「二十位最受期待的青壯世代華文小說家」，黃崇凱、楊双子入列。同年，《文訊》雜誌推出「21 世紀上升星座：1970 後臺灣作家作品評選」專題，本論文主要討論對象：瀟湘神的《臺北城裡妖魔跋扈》、黃崇凱的《文藝春秋》、以及楊双子的《花開時節》，皆包括在內。參見《文訊》422（2020.12）與《聯合文學》434（2020.12）。

「年代錯誤」視同「文本中消極的年代錯置」的西方本質主義進步史觀，而主張將其理解為一種「關於『多重時間性』的歷史敘事的潛能」。[15] 並且為了開展新概念的詩學程序，Rancière 選擇在英文裡使用「anachrony」（時空錯位），而非包袱沈重的同義詞「anachronism」（年代錯誤），以彰顯前者強調時間序列中介入者／能動者的積極含意。由此，總的來說，Rancière 對「時空錯位」的正向建構，是對「多重時間性」的「恢復」與保障，他有意挑戰和解構的，實則是「標定時代的特定真理體制」。[16]

Rancière 對非線性的、「多重時間性」的肯認與賦權，與歐美學界近年對「後殖民時間性」（postcolonial temporalities）、「酷兒時間性」（queer temporalities）等概念的發展共享了類似的思路。例如 Elizabeth Freeman 認為，這些「反霸權時間性」得以中斷 Walter Benjamin 所謂為「進步」和「國族」服務的「空洞的、均質的日曆時間」，[17] 也抵制 Valerie Rohy 所謂的「序列的監管技術」（regulatory technologies of sequence）。這些學者以此解讀美國的種族和性別問題，有力地反對了線性和單向的異性戀／霸權時間觀（straight/hegemonic time）。[18]

---

15 該會議（Anachronisms Conference）由紐約大學比較文學系主辦，日期為 2017 年 4 月 14 至 15 日，網址：https://tisch.nyu.edu/cinema-studies/events/spring-2017/anachronisms-conference，瀏覽日期：2022.07.26。

16 引文參見王曦，〈「年代錯位」與多重時間性：朗西埃論歷史敘事的「詩學程式」〉，《文藝研究》5（2020.05），頁 15-26。特別需要說明的是，不同於王曦之譯文，本文認為將 anachronism 譯做「年代錯誤」、anachrony 譯做「時空錯位」，是更為適切的中譯。

17 Elizabeth Freeman, *Time Binds: Queer Temporalities, Queer Histories* (Durham and London: Duke University Press, 2010), p.xxii.

18 Valerie Rohy, *Anachronism and Its Others: Sexuality, Race, Temporality* (Albany: State University of New York Press, 2009), pp.xiv, 128.

（二）文學「歷史行動主義」及其階段性

比起史學或哲學領域，文學體制可說是在本質上與「多重時間性」相容，讓文學史上自始不乏「反事實想像」（counterfactual imagination）與「幻想小說」（speculative fiction）。其中尤與本文相關的，是選擇以「時空旅行」、「烏有史」等時空錯位體裁營造歷史相關主題時的文化形構與美學表現。就此，Catherine Gallagher 曾直指戰後的美國小說和歷史敘事中有一種她所謂的「歷史行動主義」在作用，促使「反事實小說」成為當代社會道德工程和政治議程的一部分：「它們試圖修補過去的錯誤並減輕其對當前的影響，將歷史視為一個可修復的連續過程，在此過程中，人們有意識地積極干預以取消或扭轉某些令人遺憾的事件進程。」值得注意的是，這個「歷史行動主義」的形式訴求，在美國戰後民權發展與人權運動的不同歷史階段，皆有不同表現：「首先是以一般補救性福利方案形式出現，然後是平權行動，最後才出現求償的呼聲」；更重要的是，「相關議題的小說在上述的每個階段也都發生了變化。」[19]

本文認為，解嚴後的臺灣社會，有著與戰後美國十分相似、只是遲到而週期壓縮了的「歷史行動主義」軌跡：八〇年代以來，臺灣社會對於政治受難者的補救系統，亦陸續經過類社會福利式補償措施、風起雲湧的平反運動階段，而後約莫就在 2010 年代，即千禧世代作家開始嶄露頭角的時刻，恰好也正是臺灣以「轉型正義」（transitional justice）為形式的歷史行動主義，進入對加害者究責和求償的階段。[20]

---

19 Catherine Gallagher, *Telling It Like It Wasn't: The Counterfactual Imagination in History and Fiction* (Chicago: University of Chicago Press, 2018), p.148.
20 在臺灣，近年標誌性的轉型正義法案通過與任務機關之成立，應可視為對「歷史行動主

在這個階段登場的千禧世代文學作品，以時空錯位的歷史書寫為特徵，展示了什麼樣的美學變化？此時臺灣文學場域的結構性特質、以及新興的審美位置，是如何中介（mediate）這些變化？這些問題為本文關切所在。

三、「黃金時間點」的遲到與轉型：臺灣千禧世代感覺結構

　　張誦聖為黃崇凱的《文藝春秋》作序時，曾提及對當代史的文學性處理存在一個「黃金時間點」，認為距解嚴三十年後，「塵埃落定」，出生於 1981 年的黃崇凱得與筆下故事背後的政治暴力陰影拉開距離：「終於可以把這些孽業放置在文學史的知識脈絡裡來觀看。的確，書寫當代史是有一個黃金時間點的。」[21]

義」此一階段的「求償」呼聲（「賠償」而非「補償」）所作出的回應。2017 年 12 月臺灣立法院三讀通過《促進轉型正義條例》，隔年 5 月任務型機關「促進轉型正義委員會」正式掛牌成立，至 2022 年 5 月底完成階段性任務而解散為止，期間負責「規劃、推動開放政治檔案；清除威權象徵、保存不義遺址；平復司法不法、還原歷史真相，並促進社會和解；不當黨產之處理及運用及其他轉型正義事項」，並與 2016 年成立的行政院任務編組機關「不當黨產處理委員會」各自獨立運行。後者職掌事項是臺灣戒嚴時期之「政黨、附隨組織及其受託管理人不當取得財產之調查、返還、追徵、權利回復及政黨及其附隨組織不當取得財產處理條例所定之其他事項」。見「促轉會」網站，網址：http://webarchive-sys.ncl.edu.tw/disk6/30/202204000030/8765606641/web/TJC_GOV/INDEX. HTM，瀏覽日期：2022.07.26，以及「不當黨產處理委員會」網站，網址：https://www. cipas.gov.tw/，瀏覽日期：2022.07.26。

21 張誦聖，〈迂迴的文化傳遞〉，出自黃崇凱，《文藝春秋》，頁 299。

　　然而，引人注意的是，在千禧世代作家的自況中，這個「黃金時間點」往往被呈現得曖昧不明，而更常見是「遲到」作為了一個普遍的意象，頻繁出現在他們的表達中。例如《文藝春秋》中俯拾即是文藝青年／知識份子對自身文化「滯後」的時間焦慮（「我們來得太晚」、「我們的歷史太短促」）、以及對臺灣大眾因歷史文化積累不足而視野「狹隘」的感慨（「見過的世面太少」）。[22] 類似地，在一場紙上對談中，楊双子與瀟湘神也由同樣的「遲到意識」出發，一再強調在這個時間點上「書寫臺灣題材」已屬「遲到」，是「如夢初醒」，以此駁斥「這世代的臺灣書寫不過是政府刻意培植」一類的批評說法，而隱然將「過於政治化、市場化」的一類憂慮，劃入歷史觀更為保守遲到、「無法適應這樣的時代」的對象。[23] 同為千禧世代作家的朱宥勳索性倡議「遲到」為理解臺灣文學史的文眼，主張年輕世代應以「遲到」位置「翻譯時間」、「跨越差距」，「打造出一整代人……『遲到青年』的大平台」。[24] 於是，在此，「遲到」一時間亦

---

22 黃崇凱，《文藝春秋》，頁 215。

23 如楊双子表示：「其實所有『正常國家』所生產的作品，本來就會自然存在它的在地特色，也會自然地與當代議題進行對話，是過去的臺灣創作受到扭曲而畸形，導致『臺灣的現實世界』被避談了半個世紀，近年重新獲得正視而且得到該有的鎂光燈，我認為這並不能粗暴地視為行銷操作。」或瀟湘神的説法：「對我們這樣的作者，書寫臺灣題材是自然而然、未加造作之事；其實不只我們，在戰後初期……不，早從戰前開始，臺灣的作者們就在書寫臺灣的故事了，只是直到這幾年，臺灣才走到鎂光燈下，被大家「發現」，如夢初醒。」見〈楊双子 vs. 瀟湘神／我們所有人都正在重新學飛〉，網址：https://reading.udn.com/read/story/7048/6435702，瀏覽日期：2022.07.26。

24 朱宥勳，〈遲到的青年如何翻譯時間：《臺灣男子葉石濤》觀後〉，網址：https://chuckchu.com.tw/article/344，瀏覽日期：2022.07.26。

毒亦藥（pharmakon），[25] 在「接上被截斷的歷史之芽的努力」[26] 中，似乎潛在地作為了千禧世代定位自身、凝聚共識、團結美學的歷史行動主義依據，以型塑出臺灣文學史內新的倫理命題。

　　本文認為，正是這個「遲到意識」，促發了千禧世代許多以時間錯位為文學裝置的歷史小說。在這些小說中，「遲到」與「進步」的關係時常夾纏不清，但「遲到意識」以高度自覺、自況「處於承先啟後的歷史轉捩點上」為特徵，對歷史正在「轉型」、「過渡」的使命感強烈。也正是由這種明顯與同一時期臺灣「轉型正義」感覺結構以及目標進程連動的「遲到／轉型意識」[27] 所促發的審美形構（aesthetic

----

25 邱德亮曾對 Jacques Derrida 所詮釋的 Plato「亦毒亦藥」論作出精彩闡釋：首先，pharmakon 一詞本身就具有模稜兩可特性的不可決定性，既指稱毒藥又是解藥，因此具備一種「必須被駕御卻無法駕御」的奇特吸引力，讓城邦政治秩序為了降服它，必得製造一套用來明辨是非的語藝（rhetoric），「正確地」以良藥轉化／驅逐毒藥。在這過程中，明定何者是毒、何者是藥的醫生或藥師「可能也是／也會變成另一個巫師或下蠱者」。同時，由於「醫巫同源」的歷史事實，「亦毒亦藥」論同時也指涉所謂的「醫」如何在操弄科學論述與理性話語的支配過程中壓制、排除、剿滅巫醫的過程。最後，正如邱德亮強調的，亦毒亦藥的邏輯結構在語義的層次上將發揮到極致：「利用 pharmakon 來管理監控或支配它的論述語藝，難道可以不被 pharmakon 所支配嗎？」所有對於 pharmakon 的指控，例如指控某種文學為毒、是欺騙或妖術，都將被這個指控自身所癱瘓：因為所有對文學之毒（媚藥）的指控，都無法排除其自身的文學毒性（媚藥）。更詳細的闡釋參見邱德亮，〈亦毒亦藥與鴉片政權〉，《新史學》20.3（2009.09），頁 139-142。

26 「1998 年，伍佰推出了台語專輯《樹枝孤鳥》。這張專輯的概念，始於一個問題意識：『如果 1950 年代的台語歌傳統沒有斷絕，演變到現在會怎樣？』這是一次令人動容的、重新發明歷史傳統的嘗試。……楊双子的小說確實讓我想起伍佰，這兩者都是『重新發明歷史傳統』，一種接上被截斷的歷史之芽的努力。」見朱宥勳〈推薦序－女子的文明開化之夢〉，收錄於楊双子，《花開少女華麗島》（臺北：九歌，2018）。

27 值得注意的是，由於臺灣轉型正義進程公認相對緩慢，「遲到」話語也充斥民間推動者的論述中。例如「促轉會內部人員及外部的學者都表示，臺灣轉型正義錯過了『最好的時間』，而這個關鍵，是臺灣社會發展的脈絡、執政者的漠視與社會的噤聲所造成，導

formations），本文稱之為「轉型（期）正義美學」，它在臺灣文學
中已明顯指向一種新的文學典律與審美政治，而可由千禧世代小說中
的「時空錯位」裝置被首先察覺。

四、「轉型（期）正義審美」的文化形構與美學型態

　　根據聯合國（United Nations）定義，轉型正義係指「一個社會透
過各式程序與機制，試圖慢慢接受過去大規模人權侵害情事之存在，
並對其問責、伸張正義、尋求和解」。[28] 1980 年代以來，推動轉型正
義是第三波民主化國家的普遍特徵，也是冷戰結束下政治和經濟自由
主義「勝利」所造就的一種國際人道主義產物；它的論述形式（form
of discourse）通常以進步史觀為基礎，自由和救贖為目標，認為對
歷史不正義（historical injustice）進行檢討和補償，可產生一個以民
主、人權文化、法治和永續和平為特徵的非暴力未來。[29] 值得留心的
是，轉型正義本質上具有強烈的「過渡」（transition）時間特質，但

致臺灣社會長期對轉型正義感到漠不關心。何時是最佳時機？吳乃德指出，威權體制崩
潰初期是處理轉型正義的黃金時期，因為民眾對政治壓迫記憶猶新，充滿道德的憤怒，
然而，在前總統李登輝執政下，錯失了時機。」。參見王怡蓁，〈臺灣促轉會走入歷史，
轉型正義的「未竟之業」何去何從？〉，網址：https://theinitium.com/article/20220530-
taiwan-transitional-justice-commission-disband/，瀏覽日期：2022.07.26。

28 United Nations, *Guidance Note of the Secretary-General: United Nations Approach to Transitional Justice* (New York: United Nations, 2010), p.2.

29 Agathe Mora, "Transitional Justice," in *Humanitarianism: Keywords*, ed. Antonio De Lauri (Leiden, The Netherlands: Brill, 2020), pp.215-217.

此項特質在中文語境中卻時常被忽略，周婉窈便因此認為「轉型正義」應改譯為「轉型期正義」較為適切。[30] 特別在臺灣的案例中，由於臺灣民主化過程為學理上公認的「協商式轉型」模式（negotiated transition），轉型正義進程相對緩慢，[31] 直至 2018 年「促進轉型正義委員會」（促轉會）成立，解嚴以來「賠償被害人但不追究加害人」的模式，才逐步轉向「對加害者進行法律或道德上的追訴，以及對真相的嚴肅調查」。[32]

　　於是，誠如前述，當臺灣轉型正義進程來到 Gallagher 所稱「歷史行動主義」的「求償」階段，恰好也正是本文所關注的這些千禧世代歷史小說生成、發表的同一時期。在此一時空背景中，本文所謂「轉型（期）正義美學」、或轉型正義的文學審美型態，是以進步史觀的傾向，朝著自由和救贖的目的設想未來，而認為對歷史創傷的象徵性彌補是重要途徑。在這種美學生產中，西方的人權與人道主義話語是重要思想資源，而文化生產（如寫作）和文史推廣格外被視為一種自由和民主價值的實踐。這種由「轉型期」、「過渡性」等時代感覺結

---

30 本文認同周婉窈對「轉型期正義」此一譯法的提倡，以強調「轉型正義」在學理上具有自威權體制過渡至「民主『化』過程」中的強烈「時期」特質。然而，同時考量「轉型正義」在臺灣的話語應用與傳播已有歷史積累，文中權且採以兩種譯法通用處理。「轉型期正義」譯法的相關立論，參見周婉窈，《轉型正義之路：島嶼的過去與未來》（新北：國家人權博物館，2019），頁 14。

31 「這種經過協商所得政治轉型的結果，具有保守性與妥協性。除了專制威權的政黨繼續掌握相當大的政治優勢，代表民主進步的一方則為求國家運作的安定與民主體制的延續，反而自願將轉型正義限縮在一定的範圍內。」黃長玲，〈結語：那些我們該記得而不記得的事〉，臺灣民間真相與和解促進會編，《記憶與遺忘的鬥爭 卷三 面對未竟之業》（臺北：衛城，2015），頁 165。

32 陳俊宏，〈博物館與轉型正義國家人權博物館的民主實驗〉，《臺灣民主季刊》18.3（2021.09），頁 149-150。

構所催生的美學，特別反映在各種關於「時間性」的設想與辯證上；本文所討論的「時空錯位」歷史書寫便是一例。[33] 儘管以科幻為政治書寫提味，在臺灣文學史上並不罕見，新世紀以來，使用時空錯位裝置講述政治幻想的作品也不乏前人，但那些前輩小說中的諷喻美學或政治議程，皆與千禧世代作家迥然不同。如果此前臺灣文學中的政治科幻或烏有史小說，往往傾向強調政治之虛妄和失敗，那麼千禧世代的政治科幻書寫有另外一種心態。在新世紀群起對自由主義文學自主（autonomy）審美觀的撻伐聲中，臺灣年輕世代小說家們發展出新的時間觀語言，用來頌揚前人在否定特定「霸權時間」時所受的磨難。

　　以下，為了更方便說明「轉型（期）正義美學」的文化形構，首先可把握「臺灣民間真相與和解促進會」（真促會）所列之轉型正義原則性目標：「一、呈現真相；二、返還權利；三、追究責任」，作為一個簡便參照。[34] 臺灣千禧世代觸及相關主題的作品，莫不與此類「轉型正義常民論述」保持或隱或現的對話關係，因此值得參照討論。特別需要說明的是，下文並不意指這些小說的動機或成果，是對轉型

---

33 值得強調的是，這樣一種「轉型正義審美」的美學位置（position）顯然並不只佔據在文學場域，例如 2020 年 7 月出版的《藝術觀點 ACT》82 期，便有專題企劃討論「轉型正義」在臺灣當代藝術中的實踐。而在電影、電視劇、電玩、舞台劇、桌遊等市場出現的相關作品更不勝枚舉。其中，主打臺灣白色恐怖時代元素的電玩遊戲《返校》（2017），應可說是近年最為人熟知的「轉型正義 IP」。參見《藝術觀點 ACT》82（臺南：國立臺南藝術大學，2020.07）；以及勵心如、楊卓翰，〈他們用電玩說臺灣故事攻佔全球〉，網址：https://www.businesstoday.com.tw/article/category/80394/post/201701260047/，瀏覽日期：2022.07.26。

34 根據真促會，轉型正義工作的原則性目標包括：1. 對遭受政治迫害的人給予正義，被沒收的財產必須歸還；遭受肉體、自由和生命損失的人或其家屬，必須加以賠償。2. 對從事政治迫害的人，必須在法律上或道德上予以追究。3. 對過去政治迫害的真相和歷史，必須完整地加以呈現。詳見臺灣民間真相與和解促進會，〈什麼是轉型正義〉，網址：https://taiwantrc.org/transitional-justice/，瀏覽日期：2022.07.26。

正義目標的一比一實踐工程；相反地，臺灣文學場域之自主性審美規範，如何中介這些政治話題，是本文的觀察重點。

（一）「逼真」歷史：文學記憶術與想像共同體

　　如果說「轉型正義」的首要工作為對「真相」的挖掘和呈現，那麼文學的「轉型正義審美」型態的首要特徵，即為對考據、史料與寫實主義的推崇。這一特徵在 2020 年代的臺灣文學中蔚然成風，朱宥勳便曾以「臺灣文學史上的『第三波現實主義浪潮』」命名之，並且精確地將時間座標於 2014 年的「三一八學運」之後。[35] 其中典型如黃建富評論黃崇凱的《文藝春秋》是「透過相當的寫實描述，小說化歷史……主動採集故事、經驗，實作，田野調查，織出臺灣圖景」，[36] 或賀景濱認為黃崇凱的《新寶島》超越一般科幻小說或另類架空歷史之處，在於「整本書都有個非常堅實的歷史事件當基礎，每個章節都是根據許多歷史事件寫出來的」。[37] 而瀟湘神對史料與寫實主義的倚重，格外表現在他謹慎的考察工作中；[38] 邱貴芬便曾論及瀟

---

[35] 朱宥勳論及的「第三波現實主義浪潮」特色包括：對本土歷史和庶民日常集體記憶的強烈興趣、帶著鮮明的政治意識處理現實議題、展現「實驗性」（「純文學」）的傳承成果、以及大舉吸納類型文學的書寫模式等。參見朱宥勳，〈從負債，變成資產：重回「臺灣」的新世代文學創作〉，網址：https://chuckchu.com.tw/article/228，瀏覽日期：2022.07.26。

[36] 黃健富，〈之間的風景，與（應有的）潛行──青壯世代臺灣小說家創作觀察〉，《聯合文學》434（2020.12），頁 62。

[37] 董柏廷文字整理，〈我們在《新寶島》幹過的蠢事，以及尬聊小說：黃崇凱 X 賀景濱〉，網址：https://www.openbook.org.tw/article/p-64791，瀏覽日期：2022.07.26。

[38] 瀟湘神主張「真實的地理空間」能成為「通往歷史的門扉」，並且強調：「實際地景具備身體經驗的基礎，得以成為有力的想像參照點。」因此特別重視對實際地景的考據工作：「寫《金魅殺人魔術》時，我考察淡水英國領事官邸好幾次，仔細觀察房間的門窗

湘神「歷史資料與虛構想像交揉」的概念與實踐、楊双子以「非一般作者可為」的「嚴謹的考據所召喚的歷史記憶……細寫日治昭和時期的日常生活」，使他們的歷史小說「凸顯了文學作為一種記憶術（mnemonic）」。[39]

　　千禧世代作家致力於對真實歷史場景的寫實描繪，鋪展的卻時常是時空錯位的奇幻情節，在此或可與武俠小說的美學形構相參照。黃錦樹曾檢視金庸武俠小說中製造「真實－幻覺」效果的文本機制，察覺有兩種不同「代現法則」在金庸的小說中相互制約，而「達致一種美學平衡」：一種是把文本世界「自然化」的擬「歷史－寫實」法則，另一種是「被類型本身合理化的奇幻色彩」，承載著世俗文化的集體（潛）意識。黃錦樹認為，「以假擬的、奇幻化的中國事物」，及「布景化」、「尚未被現代變遷所摧毀的中國細節」來構築文本世界的金庸小說，是「一場規模龐大的世俗增補」，成功提供了 1949 年後海外華人建構文化想像共同體的美學資源。[40]

　　同理，假使千禧世代以「時空錯位的歷史小說」真能作為一種「記憶術」，那麼和作者動機同樣重要的，應是它們製造「真實－幻覺效果」的代現法則為何。首先，和金庸的武俠小說相同，「把文本世界自然化」的擬「歷史－寫實」法則，也是這些千禧世代小說中念茲在茲的重要工作：除了大量史料與地理細節敘事，書中時常還有種種訴

構造，確認個別的門鎖構造跟門縫大小，務求犯人設計的詭計，確實可以在英國領事官邸內施行……」見《魔神仔：被牽走的巨人》（臺北：聯經，2021），頁 226-227，以及《金魅殺人魔術》，頁 418-419。

39 邱貴芬，〈千禧作家的臺灣新文學傳統〉，《中外文學》50.2，頁 27-33。

40 參見黃錦樹，〈否想金庸：文化代現的雅俗、時間與地理〉，《文與魂與體》（臺北：麥田，2006），頁 114-116、124-125。

諸逼真性的「製圖實踐」，戮力於地圖、手稿、剪報、照片等副文本（paratext）、甚至「偽文本」的經營。例如《花開時節》中提供的「楊家知如堂」平面圖、《臺灣漫遊錄》中虛構的作家手稿和剪報；以及瀟湘神在「言語道斷之死系列」中引用 1950 年代臺北城地圖、臺北帝國大學校園地圖，但不時將其與「殺人鬼K的來信、警方證物照片」等虛構史料，並置對讀。於是，一旦文本世界的「自然化」與「奇幻化」達致美學平衡，這些假擬的、奇幻化的「臺灣事物」，及「尚未被戒嚴時期所摧毀的日治時代細節」，便可作為建構臺灣想像共同體的美學資源。而對此一終極目標，瀟湘神也並不諱言：

> 在現代，臺灣人對臺灣還沒有共同的想像。就算有，也很容易成為剝削式的想像。但對臺灣人來說，那個尚未出現的臺灣想像，才是理想的故鄉，不是嗎？期待這樣一個想像出現，是我書寫後外地文學的殷殷盼望。[41]

（二）「共情」與賦權：「轉型正義情境」及其潛能化

　　「對遭受政治迫害的人給予正義」，可說是轉型正義最素樸、也最核心的一項工作，而這樣的工作特別仰賴對「共情」[42]（empathy）

---

41 瀟湘神，《魔神仔：被牽走的巨人》，頁 228。

42 「共情」概念在美學領域由來已久，此處主要基於 Benjamin Morgan 的歸納：「同情與共情描述的是個體何以能夠分享並理解另一個體的感受。因此，人們普遍認為文學與共情之間的聯繫的重要性在哲學上就體現於倫理，在心理學上就體現於利他主義。……努斯鮑姆認為小說是培養共情的重要場所，因為它將讀者放在了『強烈關注他人的苦難和厄運的人』的位置上。」參見 Benjamin Morgan，楊晗譯，〈批評的共情：弗農・李的美學及細讀的起源〉，《澳門理工學報：人文社會科學版》21.3（2018.07），頁 155。

的建構。吳乃德曾論及一種「轉型正義情境」的存在,是當代推動轉型正義的基本動力,即一種召喚出旁觀者的同情心、使其「心有所感」的情境中。[43] 由於文學一向被認為是培養共情的重要場所,當歷史行動主義在臺灣發展到 2010 年代,文學作品本身也時常被視為「轉型正義情境」的一種。新興的「轉型正義美學」主動尋思「由文學賦予正義」的途徑,最顯著的表現,即以鮮明的臺灣島史觀,積極在虛構中賦權(empower)臺灣史上政治、種族、性別和階級等方面的弱勢群體。[44] 其中,以文學裝置打造「強弱翻轉」的思想實驗,將歷史重新「潛能化」以作為有效的「轉型正義情境」,來召喚讀者的共情與換位思考,時常是這些小說的重要動能。

更確切地說,一種期望以文字告慰歷史上受壓迫與排擠者、還其「公道」的傾向,存在於這些千禧世代歷史小說的核心。例如黃崇凱《新寶島》以時空錯位裝置企圖成就的,除了是一場臺灣古巴大交換,或許更是臺灣史上的第一個原住民總統。書中漢人記者「得略微克制自己對眼前這個英挺、黝黑男子的好感」,才能專業採訪這位「臺灣歐巴馬」。饒富趣味的是,原住民總統主修文科,擁有中文系學士、

---

43 「在二二八事件或接續的白色恐怖中,你的家庭沒有遭遇過這些不幸。可是你認知到蔣介石為無數同胞帶來的痛苦,當你走過中正紀念堂時,你心有所感。這時你就處在『轉型正義情境』。……『我們這個社會還有正義嗎?』這樣的感受正是推動轉型正義的基本動力。」引自吳乃德,〈民主時代的威權遺產——轉型正義的使命和難題(上)〉,網址:https://www.storm.mg/article/69941?page=1,瀏覽日期:2022.07.26。

44 由曹永和於 1990 年提出,臺灣島史觀主張將臺灣視為全球化空間過程中的一個基本單位,以時間為座標、以生活於臺灣的人民為主體,來看待臺灣自身的歷史,尤其關注不同年代臺灣的商業貿易與地緣政治如何受地理特性、位置以及各種外部結構力量的制約與影響,強調「應將臺灣島放在當代的國際架構內,進而從世界潮流的走向、國際局勢的動態演變中,認識臺灣所扮演的角色」。參見曹永和,《臺灣早期歷史研究續集》(臺北:聯經,2001),頁 445-449。

臺灣文學碩士學歷，不時還撰寫文學書評、主持 Podcast 節目，可說是打造「轉型正義情境」的文學專業者。書中一篇以 Podcast 節目的逐字稿形式，講述主軸為二二八受難者高一生之女高菊花、及其長子湯尼兩人生平的一個臺灣白色恐怖受難家族故事時，[45] 總統的敘事聲音便頻頻引導聽眾（讀者）代入自身於高菊花處境：「**我們試著從這個女孩子的角度來想像一下……在路上，妳可能會不停想，忍不住想，為什麼自己要遭受這種折磨。……好，這樣你應該比較能理解湯尼的媽媽、舅舅、阿姨的處境。**」[46]

　　在想像中讓歷史／世界中的「弱者」現身和發聲的，還有楊双子以呼應臺灣島史觀的《花開時節》實踐對「大中華中心史觀」的「校正」，[47] 且以「花開宇宙」系列頻頻觸及階級問題；[48] 以及瀟湘神，在對於臺灣神怪世界的多元描繪中影射了臺灣史上不同型態的「移民實

---

45 高菊花（鄒族名 Paicu Yatauyungana）1932 年生於臺灣，為白色恐怖之受難原住民菁英高一生（鄒族名 Uyongu Yatauyungana）之長女。其生平參見周婉窈，〈優雅內面的創傷——素描高菊花女士〉，收錄於《暴風雨下的中師——臺中師範學校師生政治受難紀實》（臺中：臺中市政府文化局，2018），頁 288-301。

46 黃崇凱，《新寶島》，頁 98、102。

47 楊双子質疑臺灣言情小說「穿越」回中國古代的類型慣習，實為一種大中華中心主義的、違背歷史真實的「被發明的傳統」：「為什麼沒有現代臺灣女主角穿越時空回到古代臺灣的作品？」書中主角亦將此疑竇宣之於口：「以前瞽議總是心裡嘀咕，中國女人穿越回到中國大陸土地上的古時候，或許能夠理解為是地理空間的時間倒轉，那麼臺灣女人穿越以後還是在中國又是為什麼？同樣的邏輯，回到臺灣土地上的古時候更合理吧？」、「還真是沒有看過穿越到臺灣的日本時代的小說呢。」見邱貴芬，〈千禧作家的臺灣新文學傳統〉，《中外文學》50.2，頁 28；以及楊双子，《花開時節》，頁 47。

48 「我的書寫有自己的內在發展脈絡，比如從《花開時節》開始書寫日本時代的上流階級少女日常生活，而後是補充中產階級、底層女性生存姿態的《花開少女華麗島》，再是殖民者女性旅居外地的《臺灣漫遊錄》。」見楊双子、瀟湘神，〈楊双子 vs. 瀟湘神／「臺灣書寫意識」萌發的時刻〉，網址：https://reading.udn.com/read/story/7048/6424643，瀏覽日期：2022.07.26。

邊」，[49] 其中各種階級鬥爭、弱弱相殘，更觸及了複雜的「灣生」議題。[50] 而當黃崇凱的《新寶島》書中總統時常將智慧歸功於文學，[51] 或許我們應將這樣的話語、與當代的「文學之死」[52] 話語一起理解，然後可以察覺，此一「政治受難者遺屬兼原住民文科總統」的設定，和楊双子的「女性／女同志」或瀟湘神的「灣生」主角們一樣，與其說是作者對歷史真實的挖掘，不如說是一種集體的心理需求，帶有強烈的「許願」成分；而那或許正是「時空錯位」裝置在這些歷史小說中存在的原因與功能。

　　Gallagher 在討論美國種族議題為主的烏有史小說時，觀察到它們的目標都在於「復活一種未實現的歷史潛力」，在這種潛力中，底層或少數族群的「獨特性」（uniqueness）並沒有被強迫臣服或妥協，

---

49 參見朱宥勳，〈妖怪的後殖民生活：讀瀟湘神《臺北城裡妖魔跋扈》〉，網址：https://chuckchu.com.tw/article/175，瀏覽日期：2022.07.26。

50 在《臺北城裡妖魔跋扈》內一場文學沙龍辯論中，書寫「灣生」議題（及其所影射的當代問題）的多種文學意見與立場，最後是由書中最強勢而深不可測的灣生角色聲音（新日嵯峨子）做成結論：「在場的各位誰不是灣生呢？我們都是人，都在臺灣出生。……寫灣生的故事便是寫我們自己的故事，寫我們自己的故事就是寫灣生的故事。」見瀟湘神（新日嵯峨子），《臺北城裡妖魔跋扈》，頁 157-163。

51 「人家看我是第一個原住民總統，其實我更希望說自己是第一個文科總統。……讀文學，反而讓我可以在日日夜夜面對應接不暇的公務之餘，稍微沉澱下來，退一步反思。而且文學也會時常提醒你，事情不是你想得那麼簡單。永遠都要盡可能多角度變焦，試著換位思考。」引自黃崇凱，《新寶島》，頁 127。

52 根據范銘如 2016 年對文學市場的觀察報告：「任何從事文學寫作或研究的人都知道，九〇年代中後期、尤其是 2000 年以降，文學書市每況愈下。……本土純文學創作書籍的銷售量從八〇年代動輒萬本的榮景到目前的一兩千本。微薄的版稅根本難以支撐創作者的生活，本土文學的發表和出版管道亦相當受限。嚴寒的景氣目前看不到有甚麼觸底反彈的回暖跡象，業界普遍流傳的預測是，沒有最差只有更差。」見范銘如，〈文學市場萎縮中的穩定支柱〉，《國家文化藝術基金會 20 週年回顧與前瞻論壇會議手冊》（臺北：國藝會，2016.06），頁 70-71。

而是得到了完整的發展和發揮。換句話說，這些小說的興趣集中在如何「妥善地實現了一種現實中不可能實現的狀態，這種狀態在想像中特別適合特定族群的衝動和能量。」[53]。我們在千禧世代的歷史小說中也已經看到，無論是原住民、女性、新移民、日治時期的常民記憶、戒嚴時期的本土文化、甚至是當代的純文學體制……等，都被時空錯位裝置擺放在了某種「適合特定族群的衝動和能量」的環境中，重新潛能化。

　　值得注意的是，在千禧作家這種將歷史重新潛能化的書寫中，同時展現出的是臺灣千禧世代對民族的同質性想像已經改變，以及以這個新的想像重新「參與世界」的慾望。林怡君曾指出，臺灣本土化政治勢力雖自九〇年代末期以來逐漸取得國內主流地位，仍須面對「中國崛起及全球華文熱」的國際處境，這正是臺灣文化生產「轉而需要強調日本記憶，以便區隔臺灣與中國，甚至臺灣與其他華人地區」的主因。[54] 這固然解釋了千禧世代歷史小說中的部分傾向，但在《新寶島》中的臺灣與古巴、《魔神仔》中的臺灣和沖繩、「花開宇宙」中的臺日女性、甚至是《文藝春秋》中的《狄克森片語》和《新英文法》、「道斷之死系列」中的妖怪與神明[55]……我們都可以看見一種「跨國底層結盟」的精神，在企圖掙脫現實地緣政治中的「維持現狀」，如

---

53 Catherine Gallagher, *Telling It Like It Wasn't: The Counterfactual Imagination in History and Fiction*, pp.176-177.

54 林怡君，〈書寫的斷裂：日本記憶在臺灣的轉換〉，《臺灣學誌》7（2013.04），頁 89-120。

55 如朱宥勳曾評論《臺北城裡妖魔跋扈》小說結尾為「跨國族底層結盟方案（妖怪加神明、底層日本人加臺灣人）」，認為「將之視為小說家的政治提案，引伸至當代，也是很有啟發的。」參見朱宥勳，〈妖怪的後殖民生活：讀瀟湘神《臺北城裡妖魔跋扈》〉，網址：https://chuckchu.com.tw/article/175，瀏覽日期：2022.07.26。

同《新寶島》所展演，在實行自己重新選擇「對蹠點」的思想實驗：
「朋友告訴我，臺灣的對蹠點是在烏拉圭與阿根廷交界，一個也叫做
福爾摩沙的地方。……但我覺得位於憂鬱亞熱帶兩端的臺灣跟古巴，
才是彼此的對蹠點。」[56]

在這種對歷史的重新潛能化中，一人或一島之命運，可以通
過重新選擇盟友或參照點而位移；遭受過歷史迫害者也可能「在另
一個新世界成長」[57] 而得到正義——即作為一種文化記憶（cultural
memory）[58] 的「文學世界」中。由此觀之，千禧世代歷史小說中的時
空錯位傾向，或也可說是臺灣作家於如斯窘迫的國際現實處境中，傾
力設想「特別適合臺灣的衝動和能量之時空環境」的衝動和能量。

（三）「問責」與啟蒙：從轉型正義到文學轉譯

轉型正義工作中最為棘手的，政治上，往往要屬究責與求償，亦
即「對從事政治迫害的人，必須在法律上或道德上予以追究」。而若
自文學觀點出發，「在道德上予以追究」所牽涉的，實際上時常是「啟
蒙」問題。本文認為，臺灣轉型正義發展至 2010 年代階段特別強調
的「問責」（ensure accountability）精神，在進入文學場域時經過了
Pierre Bourdieu 所說的「折射」（refraction），[59] 成為了千禧世代作家

---

56 黃崇凱，《新寶島》，頁 339-340。

57 同上。

58 在文化記憶理論裡，文學向來在文化記憶的傳承體制當中舉足輕重；其所連結和召
　喚的是「認同」的塑造，代表的是一種歷史意識而非歷史知識。參見 Aleida Assmann,
　"Communicative and Cultural Memory," in Cultural Memory Studies: An International and
　Interdisciplinary Handbook, ed. Astrid Erll, Ansgar Nünning, and Sara B. Young (Berlin: Walter de
　Gruyter, 2008), pp.112-113.

59 「在布赫迪厄的分析架構裡，文化生產場域存在於一般權力場域（general field of

對於文學的「實用性」、「普及」或「文學轉譯」等啟蒙運動式主張普遍的呼應或參與。在千禧世代的歷史書寫中，由於歷史不正義之不可逆轉，作為後人的「當代讀者」往往在倫理或審美層次上也宛如廣義的受害者、也成為作家書寫時欲重新潛能化的對象。就此而言，無論是黃崇凱念茲在茲的「自我教育」[60]或瀟湘神倡議的「引導大眾」，[61]歷史小說的教育功能都在千禧世代的小說中重振旗鼓，也折射出此一時期不斷變化的政治與社會格局。

　　如果將千禧世代與前輩作家的文學態度相比較，其特色將更形清晰。比如黃錦樹討論九〇年代初登場的「內向世代」，[62]指出「文學的純粹性」是其特徵，而「較少見對於特定社會議題的關切」；雖

---

power）之內，但是有它自己的運作規律。權力場域裡政治和經濟的力量只能依循一種折射關係對文學生產產生作用。」、「馬克思學者所論及的『外在決定因素』（external determinants）——例如經濟危機、科技演化或政治革命——只能透過它們在文學場域結構裡造成的變化來呈顯其影響力。」參見 Pierre Bourdieu, *The Field of Cultural Production: Essays on Art and Literature* (Cambridge: Polity Press, 1993), pp.181-182. 中譯引自張誦聖，《現代主義·當代臺灣：文學典範的軌跡》（臺北：聯經，2015），頁 289-290。

60 黃崇凱在多次受訪中都強調寫作之於他為一種自我教育：「寫作者不是因為關注了什麼議題，或是什麼東西，以致能夠寫作。相反的，寫作者是在自我教育的過程，慢慢地探索出自己想要對某東西，提出一個更好或是更準確的問題，再慢慢地推演。」見廖紹凱，〈陳雪 x 胡淑雯 x 黃麗群 x 黃崇凱看二十一世紀臺灣小說：青壯作家座談會側記〉，《中外文學》49.2（2020.06），頁 132。

61 瀟湘神：「要是當代已喪失對歷史的關心，我們要如何談論臺灣？身為小說創作者，我對這個問題的關注是：我們怎麼引起讀者對臺灣史的興趣？」參見瀟湘神，《魔神仔：被牽走的巨人》，頁 225。

62 根據黃錦樹，臺灣文學史上的「內向世代」即「被林耀德命名為『新生代』的於八〇年代末、九〇年代初登場於文學舞台的一代人」，主要討論對象以黃啟泰、邱妙津、賴香吟、駱以軍、袁哲生、黃國峻、童偉格等為代表。見黃錦樹，〈內向世代——跨越書寫邊界〉，《謊言或真理的技藝：當代中文小說論集》（臺北：麥田，2003），頁 402-405；以及黃錦樹，〈內在的風景——從現代主義到內向世代〉，《論嘗試文》（臺北：麥田，2016），頁 325-343。

是野百合學運世代的同代人，兩者卻構成強烈對照：「並不回應社會政治議題，不反思歷史，而是從自我出發，繞一圈，又危顫顫的回到自我。」[63] 就此而言，千禧世代作家著實大異其趣。千禧世代作家是三一八學運的同代人，而兩者構成強烈呼應。例如楊双子多次強調其小說創作作為「社會運動」或「戰鬥位置」，意圖在「女性／女同志歷史的建構」；[64] 瀟湘神亦不諱言「想以通俗文學寫嚴肅的社會議題……主動回應包含社會風氣在內的議題最前線。」[65]

　　除了學運帶來的感覺結構變化，或許也因崛起於臺灣文學體制化和「（純）文學之死」兩種話語交會的歷史時刻，相較於內向世代作家致力於「更深的挖掘自我存在之謎」，千禧世代作家顯然更著迷於「浪漫化地挖掘臺灣歷史之謎」：以吸引當代讀者為要務，認為透過小說功能將臺灣文史知識普及化、浪漫化，得以達到在後學運時代中深化啟蒙、以及在出版產業崩壞的閱讀市場中尋求利基的雙重目的。當千禧世代作家時常在生產小說的同時，還得為小說這種媒介的保值提供理由，小說的「教育功能」自然成為延續小說這種媒介的重要養分。綜合前述，與內向世代作家相比，臺灣千禧世代作家和社會歷史的關係顯然更以「調查」、「研究」、甚至「現身參與」為標榜，並且在著重文學啟蒙與實用功能的時代氣氛中，傾向更為「類型化」的審美，漸行疏遠對「文學的純粹性」的信仰。

---

63 黃錦樹，〈內在的風景──從現代主義到內向世代〉，《論嘗試文》，頁 339、341、325。

64 「楊双子多次強調『小說作為社會運動』、『百合作為戰鬥位置』，說明其創作意圖中的政治性，其戰鬥性在於女性／女同志歷史的建構。」見鄭芳婷，〈打造臺灣酷兒敘事學：楊双子《花開時節》作為「鋩角」行動〉，《女學學誌》47（2020.12），頁 98。

65 楊双子、瀟湘神，〈楊双子 vs. 瀟湘神／我們所有人都正在重新學飛〉，網址：https://reading.udn.com/read/story/7048/6435702，瀏覽日期：2022.07.26。

　　由瀟湘神標舉的「後外地文學論」，是可用來說明這些審美特徵如何組配、更新當代文學倫理義務關係的一個實例。在介紹島田謹二於日治時期發表的「外地文學論」三元素（異國情調、寫實主義、鄉愁）時，瀟湘神先自「殖民地文學」的脈絡為讀者「科普」，說明此一文論所挾帶的「異國情調」凝視如何致使臺灣主體缺席，因而在臺灣文學史上臭名昭著。然而很快話鋒一轉，瀟湘神表達，由於日常地景確實容易使人「審美疲勞」，在「怎麼引起讀者對臺灣史的興趣」這一難題上，「異國情調」實際上情有可原；而「浪漫化」作為一種文學手段，尤其對「正站在一個重要的時代交岔口」的臺灣想像共同體，猶有可用。[66]於是，瀟湘神在原「外地文學論」三元素的基礎之上，以確立臺灣主體性的「實際地景」取代文學概念上的「寫實主義」，來定調他個人小說方法論的「後外地文學」三元素（異國情調、實際地景、鄉愁）。[67]

　　本文認為，比起「後外地文學論」的內容本身，是它對於前身「外地文學論」的方法論姿態，更能說明被本文稱之為「轉型（期）正義美學」的審美形構。我們可以看見，小說家對殖民主義的「引述、轉譯修正後、再利用」姿態，是辯證性的，也是實用主義式的。基於對殖民現代性「亦毒亦藥」性質的認知，發展出「後外地文學」以毒攻毒的邏輯，此處呼之欲出的，是隱隱仍有與「內地」語境對抗的一種

---

66 瀟湘神，《魔神仔：被牽走的巨人》，頁 224-226。

67 「所謂異國情調，即是臺灣元素的浪漫化、幻想化，誇大非日常，甚至鬼影幢幢，魔魅叢生。實際地景，則是故事舞台確有其地，以此作為讀者通往幻想的門扉……鄉愁，則是思考何謂臺灣，並描繪未來的圖景。」見楊双子、瀟湘神，〈楊双子 vs. 瀟湘神／「臺灣書寫意識」萌發的時刻〉，網址：https://reading.udn.com/read/story/7048/6424643，瀏覽日期：2022.07.26。

企圖心在作用；尤其當千禧世代所指涉的「內地」語境也可能與時俱進，已經另有「他者」。正如張誦聖指出，在東亞，晚近一種「新本土主義」意識型態浪潮的背後驅力，除了有「新自由主義全球化」的反挫、後殖民研究的影響，就臺灣而言還包括「中國」作為集體意識中一個新的「他者」和焦慮。[68] 回看臺灣千禧世代的成長過程，即適逢所謂「中國崛起」、「中國模式」一度居於未來的時代。[69] 正因如此，只簡單地將這些歷史小說中的「時空錯位」特徵視為從類型文學（科幻、奇幻、推理、言情）和次文化（妖怪、百合）中汲取資源的一種寫作策略、或僅僅由後現代文化全球化現象中的「拼貼」或「懷舊模式」來理解，都不能完全把握住臺灣千禧世代的「轉型（期）正義審美」。這些時空刻意錯亂的小說，幾乎帶著一種「有我所不樂意的在你們將來的黃金世界裏，我不願去」[70] 的況味，企圖以將未來描繪成某種可以協商的東西，作為一種駕馭未來的方式。從這個角度來看，臺灣千禧世代的轉型正義審美形構，顯露出一種危機意識和相應的行

---

68 張誦聖觀察到後冷戰時代的臺灣、中國、香港三地，晚近不約而同出現一股「新本土主義」的新興論述浪潮，由在地知識菁英「高姿態呼籲大家重新覓回當地歷史中一段『黑暗時代』的文化遺產」。見張誦聖，〈戰時臺灣文壇：「世界文學體系」的一個案例研究〉，《臺灣文學學報》31（2017.12）：頁 9。

69 「中國模式這個詞首先出現在西方學術界。隨着中國經濟的快速發展，從學術界到智庫，產生了一股『中國模式』熱。最早也最著名的，是由英國學者拉莫在 2004 年提出的『北京共識』……總的來說，這些討論是對中國發展的成功原因的不同總結。……通過把國家主義同一黨制威權國家相結合，這些『中國模式』普遍着眼於用幾個要點來闡釋中國的成功：選賢任能、黨的強力領導、黨代表全部人民、以及中國文化。」參見八貓，〈「中國模式」如何變成一種政治成功學？〉（來源：https://theinitium.com/article/20201001-opinion-china-model/）。

70 魯迅，〈影的告別〉，收於王海波編，《魯迅全集（卷二）》（北京：人民文學出版社，2005），頁 169。

動主義，亦與當代臺灣文化民族主義（cultural nationalism）的發展息息相關；而它在臺灣文學場域上作為一種社群的形成，與它作為一種美學一樣重要。[71]

五、結語

　　穿越、近未來、烏有史等時空錯位裝置集體性地出現在 2010 年代以降的臺灣千禧世代歷史書寫中，以最大程度切斷、拼湊、組裝、協商所有歷史元素的方式，書寫對歷史不正義的「後記憶」（postmemory）。[72] 本文認為，在與三一八學運同構的感覺結構中，具代表性的臺灣千禧世代作品，顯露出在「轉型／過渡」時間意識下的一種「轉型（期）正義美學」：注重史料與行動主義、致力於召喚共情（無論是浪漫主義式的或寫實主義式的）、重視文史知識普及（轉

---

71 對一種新興審美的討論不能忽略擁護它的社群，這也是本文選擇透過臺灣千禧世代，來討論當前文化場域上的「轉型正義審美」的主要原因。正如討論前衛美學時：「前衛（avant-garde）是一種審美也是一個社會群體，它作為一種獨特類型的社群的形成，與它作為一種革命性的美學一樣重要。」引自 Timothy Yu, *Race and the Avant-Garde: Experimental and Asian American Poetry since 1965* (Stanford, CA: Stanford University Press, 2009), p.2.

72 瑪麗安娜・赫希（Marianne Hirsch）以「後記憶」（postmemory）一詞指稱倖存者後代所繼承的「二手」（second-hand）記憶；這個概念最初用來闡釋猶太大屠殺倖存者及其子女的記憶關係，現今更加廣泛地被使用於描述各種「非經由回憶（因為非在場見證或受難的世代），而是藉由想像力與創造力之中介，與記憶對象建立緊密關連性」的記憶現象。參見 Marianne Hirsch, *Family Frames: Photography, Narrative, and Postmemory* (Cambridge: Harvard University Press, 1997), p.22.

譯）與文學教化功能、有意識地將文學創作活動視為積極扭轉歷史詮釋、介入政治倫理議題的一種媒介。基於在文學史上「遲到／進步」的自覺、以及對政治現實「維持現狀」的不滿，「轉型（期）正義美學」將「美學」視為一種可修復的對象，認為以文字「重演」美學選項、重現複數史觀，是對歷史不正義的一種指認、匡正和救贖。一方面，「中國崛起」作為新他者，使得這些小說與當代以自由多元文化主義（liberal multiculturalism）形式呈現的臺灣文化民族主義抱負有所重疊，另一方面，當臺灣文學學術體制的深化提供了這些小說以史料為方法的可能性，國內嚴肅文學市場的持續萎縮，也驅使了千禧世代作家對文學的「普及」與「實用」功能分外抬舉，而重新啟動文學的啟蒙與教化功能。對千禧作家之中的某些人而言，正義的意義不在哲學的領域，而是在文學的實踐與推廣行為上。他們和九〇年代以降的諸多臺灣文學前輩一樣，期盼作品和書寫行動將轉變為新的「文化記憶」，[73] 而作為全球化浪潮之後出生的第一代，這種文化記憶所企圖塑造的新共同體意識中，特別強調跨國（族）底層結盟的可能。

　　以臺灣歷史為背景，千禧世代文學以「時空錯位」與「異國情調」的綜合體面貌，一方面嶄現出臺灣文學對民族同質性的國家想像已經改變，另方面，一個不避諱理念先行與行動主義的年輕文學社群，正以其新興審美，持續刺激、挑戰著解嚴以來具主導地位的各種「純文

---

73 根據邱貴芬的觀察，1990 年代臺灣文學研究即環繞著後殖民理論的相關課題開展，「努力讓臺灣文學從非官方的『民間記憶』提升為『集體記憶』，並進一步透過體制化的各種機制（如課程開授、研討會、演講、論文發表等等）來記錄、詮釋、傳播臺灣文學，使其轉化為被認可、被承認的臺灣『文化記憶』。」邱貴芬，〈從「臺灣文學大典」到維基百科詞條建置：（臺灣）文學的轉譯與研究課題〉，《人文與社會科學簡訊》23.2（2022.03），頁 40。

學」審美範疇（如文學自主、抒情美文等）。臺灣文學的任務和功能在這種形構中得到不同定義，「轉型正義審美」的發展和影響也因此值得持續關注。

妖怪身體如何作為歷史記憶的裝置[1]：
從「言語道斷之死」系列及其衍生作談起

陳國偉

一、前言：新世代作家的歷史記憶迴路

　　崛起於 2010 年代的年輕世代書寫者，對於歷史記憶的書寫型態，有著截然不同的思考進路。大眾文學類型成為新的敘事容器，乘載了新的歷史意識與書寫意圖。其中以「城市還魂」為訴求的團體——臺北地方異聞工作室，在瀟湘神的領軍下，創作了一系列以書中角色新日嵯峨子掛名的妖怪推理作品《臺北城裡妖魔跋扈》（2015）、《帝國大學赤雨騷亂》（2016）與《金魅殺人魔術》（2018）。在這個講述日本因為沒有參加二戰、臺灣至 1950 年仍是殖民地，卻因為統治需求而派遣日本妖怪移居臺灣，引發總督府、臺灣神明界、宗教界之間權力角力的另類殖民史寓言中，妖怪身體成為通往歷史記憶的重要

1　本論文同時為筆者 104-105 年度國科會計畫「在世界與華語之間：臺灣推理文學的跨國想像與場域重置／製」（計畫編號 MOST 104-2410-H-005-042-MY2）、107-109 年度國科會計畫「現代的闇影：臺灣大眾文學中的怪物身體」（計畫編號 MOST 107-2628-H-005-001-MY3）以及 110-111 年度國科會學術性專書寫作研究計畫「身體力行的現代：怪物與臺灣大眾文學的類型混成」（計畫編號：110-2410-H-005-048-MY2）之部分成果。

取徑。

　　在前兩部完全以日本妖怪為主的作品中，妖怪身體所連結的是殖民帝國的「喻體」，演繹了日本在二戰前後對於國體的執迷與野望，更充滿了建立文化血緣源頭的欲求。但到了《金魅殺人魔術》，小說回到日本殖民初始，現代性尚未覆蓋臺灣的時刻，藉由作品中日本妖怪在臺灣的生成裝置，「灣生」妖怪透過自身血緣的駁雜與混成，將原本充滿文化中國符號（漢字性）的妖怪神異世界，轉化為具有「超克」可能的臺灣新主體。正如 Judith Halberstam 的怪物研究所指出的，作為「意義機器」（meaning machine）的怪物（妖怪）身體，可以再現性別、階級、國族等一切，[2] 因此本文將通過展演「言語道斷之死」系列三部作品的問題性，結合華語語系（Sinophone Studies）的論述，探究其如何透過翻譯日本大眾文學類型的取徑，建構怪物身體作為歷史記憶的裝置，並回應了民族國家地緣政治與內部種族的權力圖景，進而提供臺灣近代殖民／後殖民史、以及主體性的辯證新可能。

二、所謂日本殖民的喻體 [3]

　　臺灣近幾年「妖風大作」，各種妖怪書寫如雨後春筍般紛紛破土

2　Judith Halberstam, *Skin Shows: Gothic Horror and the Technology of Monsters* (Durham, NC: Duke University Press, 1995), p.1.

3　本小節標題文字完全取自《臺北城裡妖魔跋扈》第三章標題。詳參新日嵯峨子、瀟湘神、臺北地方異聞工作室，《臺北城裡妖魔跋扈》（臺北：奇異果文創，2015）。

而出，特別是臺北地方異聞工作室（以下簡稱「北地異」）[4]團隊推出的《唯妖論：臺灣神怪本事》（2016）、《尋妖誌：島嶼妖怪文化之旅》（2018）、「言語道斷之死」系列（2015～）與「說妖」系列（2017～），都受到廣大的矚目。

其中，由筆名瀟湘神的羅傳樵，[5]以及其領導的北地異成員，共同創作的系列奇幻推理小說「言語道斷之死」系列及其衍生作《金魅殺人魔術》，更可說是當代臺灣此一結合妖怪的跨類型代表作。2015年先出版的「言語道斷之死」系列首作《臺北城裡妖魔跋扈》，故事講述1895年臺灣納入日本帝國版圖後，為更有效統治臺灣，總督府安排了以大妖狐言語道斷為首的日本妖怪移居臺北城，建立了臺北結界，成功地壓制了以霞海城隍廟為首的臺灣神明界，以及日本與臺灣的宗教勢力。由於在這個時空中，日本沒有參加第二次世界大戰，因

4　「臺北地方異聞工作室」為瀟湘神（羅傳樵）與臺灣大學奇幻藝術研究社、政治大學奇幻社成員於2010年共同創立，致力於將臺灣日治時期歷史、日本妖怪和臺灣神祇帶入實境角色扮演遊戲，已設計十多款取自臺灣不同古蹟、歷史的遊戲。目前已出版《臺北城裡妖魔跋扈》、《帝國大學赤雨騷亂》、《城市邊陲的遁逃者》（2017）、《說妖 卷一 無明長夜》（2017）、《說妖 卷二 修羅妄執》（2019）等多本小說，以及文史著作《唯妖論：臺灣神怪本事》（2016）、《臺灣妖怪學就醬》（2019）。官方網站：http://taipei-legend.blogspot.tw/。

5　瀟湘神，本名羅傳樵，1982年生，臺灣大學哲學所東方組碩士，專長為中國儒學，興趣為腦科學、民俗學、城市發展史，曾獲臺大文學獎、2012年角川輕小說獎短篇組銅賞、2014年金車奇幻小說獎特優，並獲選《文訊》「21世紀上升星座」小說類、「21世紀臺灣大眾文學代表作家」等，曾擔任臺灣大學奇幻藝術研究社的創作組長，規劃〈金魅殺人魔術〉、〈西門町的四月笨蛋〉等實境遊戲，早期作品多與臺灣地方異聞工作室合作，近期開始發展獨立創作，作品包括小說《都市傳說冒險團：謎樣的作家》（2020）、《魔神仔：被牽走的巨人》（2021）、《廢線彼端的人造神明》（2023），散文集《殖民地之旅》（2020），並分別與楊双子、盛浩偉、陳又津、何敬堯合作小說接龍《華麗島軼聞：鍵》（2017），以及參與三津田信三、夜透紫、薛西斯、陳浩基等共著的跨國合作小說接龍《筷：怪談競演奇物語》（2020）。

此直到 1950 年臺灣仍被日本統治，但卻在此時出現了一名連續殺人鬼 K，他不僅在臺北結界內針對人類、滿州國貴族大開殺戒，甚至輕易地消滅了言語道斷以及其他日本妖怪，嚴重擾亂了臺北城的秩序，並使得原本平衡的各方勢力產生重大變異。

在此同時，甫崛起於臺灣文壇備受矚目的美女作家新日嵯峨子，在連續五次缺席自己發起的沙龍聚會後，卻在此時現身，並且向受邀的西川滿、池田敏雄、池田夫人（黃鳳姿）、高山凡石（陳火泉）、子子子子未壹等作家講述自己的小說寫作計畫，但內容竟與妖怪界所發生的真實事件不謀而合。與未壹要好但實為臺灣神明石敢當附身的女學生東野雪夜得知詳情後，懷疑新日嵯峨子就是 K，於是與「境主公」化身的《臺灣新民報》記者柳青蘭積極介入調查，希望能阻止 K 的殺戮，但意外解開真相，原來只有前五件殺人案是 K 所為，自言語道斷開始的妖怪獵殺，其實都是日本來臺的除魔大師空海法師在西本願寺臺灣別院的立花輪番協助下所為，目的是希望引發日本妖怪與臺灣神明的戰爭，讓日本宗教能坐收漁翁之利。最後在臺灣神務局的介入下，由地位僅次於言語道斷的犬神與滑瓢為代表，與城隍爺簽訂了和平協定，空海與立花輪番交由日本妖怪處置，事情彷彿就此告一段落。新日嵯峨子也決定離開《臺灣日日新報》的工作，放棄這個「筆名」到國外去尋找自由。然而就在故事的最後，臺北帝國大學（以下簡稱臺大）收到殺人鬼 K 的來信，預告將在 5 月的開學式上殺掉一人，但若開學式停辦，K 將每天殺掉一名該校人士，直到他落網。

承接系列第一集最終的殺人預告，第二作《帝國大學赤雨騷亂》的故事主要場景便以臺大校園為主。由於日本妖怪與臺灣神明都想要掌握 K 的身份，經神務局協調後，雙方在開學式當天可各派三名代表進入臺大，但不料工學部部長仍是在眾目睽睽之下全身被以 K 字型

剖開而死，而臺大地質學第三講座助手東方二茗，因為隨身攜帶的隕石綺羅石散發妖氣而被懷疑是 K。經過在場的冷訾堂書店店長推理，連續兇案第一死者的最大嫌疑人尹浩然，在 2 月隕石墜落七星山的那晚，極可能沒有遇難，反而受到隕石的妖氣影響變身成殺人鬼 K。然而謎團的解開反而帶來了新的衝突，在臺灣神明的用計之下，過於輕信的犬神無端慘死，鐮鼬化身的警察觀世不動也因故喪命，和平協議徹底破滅。但在此同時，第三講座實驗室的所有成員都慘死於 K 之手，甚至身體被裂解，綺羅石被偷走，這時冷訾堂店長才驚覺，K 已獲得精神轉移的能力，能夠在活體跟屍塊間變身，成為類似妖怪的存在。而一直夢到 K 殺人景象的大眾文學作家子子子子未壹，原本趕到臺大想警告東野雪夜，但不料目睹了妖怪世界的一切，以及犬神化身《臺灣日日新報》文藝欄編輯的和歌原姬神，是為了就近監視他；但沒想到的是，其實犬神真正要保護的，是讓言語道斷的妖氣能夠順利轉移，重新建構起臺北結界，而未壹，其實就是言語道斷的繼承人。

　　此系列最特出之處，便在於它處理殖民的方式。在整個殖民統治的現代性體系中，真實歷史中扮演國家機器運作最重要的總督府、軍隊與警察體系，顯然在這個世界中只是基層，為了讓統治更穩固，帝國需要更高層的穩定力量，於是有如移民村的政策一般，日本妖怪被驅遣移居臺灣，以言語道斷為核心建構出臺北結界，但總督府對於她的力量又極度畏懼，因此將她一併困於臺北結界內無法離開。而且從日本妖怪界三巨頭犬神進入人類生活的策略來看，只描述了她安排觀世不動進入警界，她自己與觀世不語反而進入報社，顯然妖怪無須滲透進國家機器中，便擁有凌駕其上的統御力量。

　　這種處理方式，其實與此系列的殖民史觀互為表裡。小說中的臺灣並沒有如史實那樣，自 1945 年後脫離日本統治，反而因為日本沒

有參加二次世界大戰,所以臺灣繼續處於日本版圖之中,沒有進入第一度的後殖民。然而一如鄭梓、吳乃德、陳明通等許多學者的觀點,戰後國民黨政府其實延續了日本殖民政權的統治架構,[6]因此猶如陳芳明在《臺灣新文學史》中所定義的,臺灣進入了「再殖民」的階段。[7]所以無論1950年代的統治者是日本還是國民黨政府,臺灣仍然是處於殖民體制的延長線上,小說並沒有超出真實的臺灣歷史經驗。此外,在小說中關於日本帝國的疆界描述,似乎僅限於日本內地、滿州國與臺灣,沒有涉及南洋或中國;若結合小說世界觀的基本設定,也就是日本沒有參加二戰來看,我們可以推測「南進政策」與「大東亞共榮圈」並沒有被實踐,也因此在日本的殖民版圖中,臺灣成為唯一的核心。

　　而在殖民地的種族(物種?)關係上,內地(日本)高於外地(臺灣)的位階,仍舊是存在的,甚至擴及妖怪的世界。來自日本的大妖狐言語道斷擁有最原生的強大力量,僅次於她的三巨頭之一犬神,因為在臺灣的傑出組織化與在地化工作而建立了地位,然而在臺灣神宮一役,她對K精心設下的誘捕圈套,最後卻告失敗,當場她的權威便一落千丈。[8]甚至她苦心安排協助鐮鼬兄妹融入臺灣社會,但觀世不動只願意效忠言語道斷,不斷挑戰犬神的權威與決策,甚至在言語道斷死後嚴重暴走,揚言若言語道斷的妖氣真的可以被繼承,他仍然

6　詳參鄭梓〈戰後臺灣行政體系的接收與重建──以行政長官公署為中心之分析〉,以及吳乃德、陳明通〈政權轉移和菁英流動:臺灣地方政治菁英的歷史形成〉,均收入張炎憲、李筱峰、戴寶村編,《臺灣史論文精選(下)》(臺北:玉山社,1996),頁264-266、355。

7　陳芳明,《臺灣新文學史》(臺北:聯經,2011),頁24-42。

8　新日嵯峨子、瀟湘神、臺北地方異聞工作室,《臺北城裡妖魔跋扈》,頁223-246。

會殺掉對方，因為顯然對他而言，言語道斷的妖氣猶如日本人的血統一樣，是不可被侵犯的「法統」，不能被其他「妖怪身體」所承襲，更不能被在殖民地誕生的「灣生身體」所污染。因此在後來臺大的開學式混亂中，當他意識到子子子子未壹可能跟言語道斷的「妖氣」繼承有關時，他處心積慮將未壹牽制在案發現場，連帶影響了意欲保護未壹的犬神，最終不僅導致犬神在沒有防備下被城隍府罰惡司的司徒笑岳所殺，自己也因為擊殺未壹不果而被另一臺灣神明渚紅樓消滅。[9]

　　而日本妖怪對臺灣神明所造成的巨大壓制，也確實複製了殖民地常見的權力位階關係，表面上看來言語道斷所支撐起的臺北結界，維持了各種力量的暫時均衡；但言語道斷一死，原本暗潮洶湧的張力一觸即發，各方勢力虎視眈眈。不過在其中，也有如東野雪夜與柳青蘭這樣的臺灣神明，不放棄能夠製造和平的契機，主動調查連續殺人鬼K的犯罪真相。甚至在《臺北城裡妖魔跋扈》的最後，也是靠著被囚禁在西本願寺的東野雪夜跟觀世不語的臺日聯手合作，才能將日本妖怪連續被殺的真相傳遞出來，而由於她們當時都是抱持著必死的決心，因此可以說是對彼此完全的信任。但東野雪夜的想法，仍然被以紅樓掌中劇團為掩護的臺灣神明渚紅樓斥責太天真，她提醒雪夜，「大學裡的本島人和內地人和平相處，就表示全臺灣島的本島人和內地人和平相處了？……你知道大學以外，內地人是怎麼看不起本島人的？你知道雙方擁有的權力如何不平等嗎？你知道就算是現在，也有人深深受這種迫害之苦嗎？」（《帝國大學赤雨騷亂》，頁327）而原本就致力於宣傳反日、無政府主義及共產主義的渚紅樓更進一步地

9　新日嵯峨子、瀟湘神、臺北地方異聞工作室，《帝國大學赤雨騷亂》，頁275-323。

指出，問題的本質除了民族／種族外，更關鍵的是階級與資源分配：

> 臺灣神明為何與日本妖怪敵對？只因為日本妖怪是外來的？
> 不是吧。不就是因為日本妖怪從神務局那裡得到了好處，讓
> 我們的關係不對等了？本島人跟內地人也是，這對立乍看來
> 是民族主義的，其實不是；本島人在血統上永遠無法成為內
> 地人，但想成為內地人的本島人還少了嗎？那沒機會成為內
> 地人的怎麼辦？動亂的原因，永遠都是不平等。（《帝國大
> 學赤雨騷亂》，頁 327）

　　不過針對這個問題，作為從內地來扮演帝國權力角色的言語道
斷，顯然有不一樣的思考，在《臺北城裡妖魔跋扈》一開始，她透過
文學作為現實的隱喻，藉由新日嵯峨子在第五次新日沙龍邀請當時臺
灣文壇位居權力核心的西川滿與會，向他提出了「後外地文學」的主
張：她認為外地文學因為定義太侷限，影響力最多不超過五年，因為
「一味的追求地方趣味，對內地來說，一時間是有趣，卻無法持久，
對本島人而言，那卻是平凡之事，並無趣味」（頁 37），最終將會
兩面不討好。也因此，她提議應該像《臺灣文學》的觀點，將讀者預
設為本島人，並且將外地文學原本向內地介紹本島民俗的特色，逆反
為向本島介紹，但是不僅是制度面上的神社參拜一類內容，而是更獨
特具有日本風土情調的，像是「妖怪」這類的事物。[10]
　　但到了在江山樓舉辦的第六次沙龍時，新日嵯峨子面對著張文

---

10 新日嵯峨子、瀟湘神、臺北地方異聞工作室，《臺北城裡妖魔跋扈》，頁 38-42。

環、王昶雄、中山侑、以及吳耿（筆名子子子子未壹），提出了更激進的「灣生文學」，來打破臺灣文學的僵局，瓦解西川滿壟斷的文學界。因為她認為「**無論是內地人遊臺灣的旅情文學，或本島人面對日本統治的處境，都已被書寫到陳腐的程度，灣生卻是被忽略的。無論是本島、內地在價值觀、文化、政治上的對立與妥協，都可以透過灣生的主題來發揮。**」（《臺北城裡妖魔跋扈》，頁 159）灣生雖然身上流著大和民族的血液，卻被認為是次等的日本人，但對灣生來說，無論是內地還是本島，都是故鄉，是兩種文化「對等交流」的結果，沒有誰佔優勢的問題。而她認為灣生的問題，在不久的將來一定會成為社會議論的焦點，也因此採取「灣生」的發言位置，是她認為回應當前殖民體制的可行策略。而具體在文學的實踐上，就是那部殺掉日本妖怪言語道斷的故事計畫，因為「**言語道斷是日本文明移植的隱喻，城隍府則是傳統本島文化的隱喻**」（頁 159），而「**只要言語道斷存在，就等於『中央』存在**」，「**只有她死，才能讓文學上的灣生時代降臨。**」（頁 163）。

　　而這樣一種新的殖民地物種與文學可能，對新日嵯峨子來說，真正的代表便是同時以不同姓名投稿到兩個陣營都深受認可的子子子子未壹（吳耿），在文學上他可作為臺灣的未來出路。但作為創造出新日嵯峨子這個名字、身份、人格與身體的日本大妖狐言語道斷來說，未壹所象徵的是日本妖怪的出路，也是臺灣做為殖民地的出路，因此她主動提出將來要安排繼承人，面對 K 的襲擊時沒有抵抗便從容就死，最終象徵殖民法統的妖氣，也順利轉移到子子子子未壹的「灣生身體」之上。而在「言語道斷之死」系列的階段，瀟湘神與北地異的創作者，便是透過這樣的後設（meta-）手法，同時藉由兩個層次的小說文本，所建構出來的「重層殖民喻體」，也是新一代的創作者們

想傳達的一種新的殖民史觀。

　　而到了同屬「臺北地方異聞」世界觀的衍生作《金魅殺人魔術》
（2018），「妖怪身體」成為更具有生產性的殖民歷史裝置。故事回
到 1900 年（明治 33 年），日本開始殖民臺灣之初，大妖狐言語道斷
剛在臺北城佈下結界之始。在滬尾開設洋行的西洋富商溫思敦・高思
宓於家中自殺，但在此之前高家大宅已有三人連續在上鎖的房內神秘
失蹤，僅留下頭髮與衣物，外界謠傳是因為高家長期豢養妖怪金魅，
雖然獲得暴富，但代價就是必須以人命供養，因此這三人的消失實則
是金魅吃人。由於事有蹊蹺，高思宓的好友日本華族杉上華紋子爵，
與素來交好的臺灣人少年曹懷芝，一同前往高思宓洋行調查，並遭遇
負責偵察的巡查加賀京二郎，以及顯然知道隱情的高思宓摯友萬馬
堂。而在高思宓的葬禮之時，與其敵對的坂澄會社阿求渡社長、夏目
海未副社長、保鏢鐵賀野風不請自來，而具有神通的少女盧順汝也因
為媽祖娘娘的委託而前往，甚至還出現了自稱是遠親的黃斗蓬怪客，
讓死亡事件真相更是暗潮洶湧、詭譎萬分。

　　到後來相關的事實一一地揭露，原來杉上華紋子爵的真正身份
是陰陽師，而他也同時是慫恿大妖狐言語道斷建立臺北結界的始作俑
者；而坂澄會社的夏目海未與鐵賀野風都是日本來的妖怪。更重要的
真相是，長年離家的高思宓妻子白翠思，原來真身竟是金魅，但兩人
因為相愛所以不顧一切成婚，為保護高思宓不被妖氣傷害，與白翠思
情同兄妹的另一金魅白頌將妖氣灌注到高思宓身上，取而代之的是高
思宓不僅要祭祀金魅，更化身成連續殺人魔高腳仔，每年殺害一人吞
食其「氣」，以維持「妖怪之理」覆蓋其「身」。而為了延續兩人所
生育的後代——人與金魅／妖怪的混成生命，不被臺灣的在地神明大
道公追殺殆盡，高思宓讓高家大宅成為了一個不折不扣的「妖怪生成

裝置」，來製造可以不斷綿延後代的「金魅祖」。[11]

　　然而，坂澄會社的人馬之所以要介入這場疑雲重重的死亡事件，關鍵原因在於代表日本妖怪勢力的夏目海未、鐵賀野風，意圖要奪走高思宓所打造的這個「妖怪生成裝置」，而讓原本不能以人工的方式製造日本妖怪的臺灣，可以在原本已經顛倒咒法原理的臺北結界中，尋找到突破口，讓日本妖怪的勢力可以繁衍下去。也因此，夏目海未這麼說道：

> 本來生成妖怪，之所以需要時間，就是要讓妖氣依附在妖怪之理上沉澱，逐漸成形。要是你們陰陽師來做，或許會用紙人形之類的依代來加速生成吧？不過紙人形有紙人形的理，與妖怪本身之理互斥，無法長久。但說到底，在理氣兼備的情況下，缺的也不過是穩定的型態罷了，若是如此，人類不正是完美的附著體嗎？
> 作為精神實體，人類本就很容易被憑依，之所以要「殺死」，是要破壞既有的理，然後在這個瞬間，用妖怪的理與言語道斷的妖氣取代，固著在還穩定的屍體中。之後屍體雖然還是會腐敗消解，也已經完成固定的功能。（《金魅殺人魔術》，頁 294-295）

　　也因此，對日本妖怪來說，在臺灣所進行的本土「人／妖」（人類／金魅）的混生實驗，是一個極其完美的實作場域。人類的「身

---

11 新日嵯峨子，《金魅殺人魔術》（臺北：奇異果文創，2018），頁 381-390。

體」，提供了妖怪生成重要的「物質基礎」，妖怪透過妖氣的附著與沉澱，改造了人類身體的「理」（物質基礎），進而育成擁有完美「穩定型態」的「妖怪身體」。只不過離鄉背井的日本妖怪，無法在臺灣直接進行妖怪身體的再生產，因此唯有透過這種類似「奪胎」的方式，直接將日本妖怪的妖氣附著在即將成形的臺灣妖怪身體之上，同時竄改臺灣妖怪的氣與理，而讓這樣的妖怪身體物質基礎，穩定地朝向日本妖怪演化。

也因此，若將瀟湘神在《金魅殺人魔術》中更進一步建構的「妖怪生成理論」，回扣到《臺北城裡妖魔跋扈》與《帝國大學赤雨騷亂》時，將會發現，他其實是補上了言語道斷將妖氣過渡吳耿（子子子子未壹）的理論基礎，也更合理化了妖怪身體作為「日本殖民喻體」的內涵。因為這種對殖民地所進行的宗主國種族與文化血緣工程，其實與日本殖民政府實質上在臺灣所推動的「皇民化」同化政策如出一轍。然而弔詭的是，雖然表面上看起來是一種透過殖民母國純淨血緣來進行的「抓交替」工程，然而實質上意圖「皇民化」與「同化」的身體與主體，其實是「灣生」甚至土生土長的臺灣人。

只不過，《金魅殺人魔術》所處的 1900 年代，言語道斷才剛到臺灣，一開始的企圖，還是以透過「妖怪生成裝置」來延續日本妖怪的血緣（理氣），大量產製日本妖怪身體。但當日本統治臺灣超過半世紀之後，她終於體悟到，殖民者終將需要在地化，日本妖怪的出路也是在地化，因此方有《臺北城裡妖魔跋扈》與《帝國大學赤雨騷亂》中透過後設文本與現實中的「言語道斷之死」雙層設計。所以對於瀟湘神與北地異而言，以狐妖身體存在的言語道斷，既是日本帝國文明與歷史的隱喻，也是臺灣文學史的隱喻，她身體的存滅，代表著日本殖民歷史／文明史／文學史的斷續，只要她存在的一天，臺灣歷史／

文明史／文學史的主體性就無法誕生。

　　而正如朱迪斯・霍伯斯坦（Judith Halberstam）所指出的，怪物（妖怪）作為一種「**意義機器（meaning machine），他們可以再現性別、種族、國家認同、階級與性向於同一個身體中**」，並且隱喻著現代主體性。[12] 然而這裡的主體性，並非預設著一個純潔無（殖民帝國）污染的臺灣國家／文明／文學主體，而是一個「灣生式」的，已經被日本殖民帝國介入／混血而再生產的主體。這裡的主體生成，並非走向一個殖民宗主國將在地文化建構為「卑賤體」（abject），必然得將在地性「賤斥」（abjection）排除乾淨才能形成的主體，而是一個必得將其涵納才得以壯大的主體，因此作為新一代的書寫者，瀟湘神與北地異甚至將原本在帝國的視線中具有貶抑意義的「灣生」倒轉，而積極地將灣生建構為一個臺灣新主體的可能。也因此，妖怪身體不僅作為政治意義上的殖民喻體的再現，他們更通過「妖怪身體」的多重性，來演繹臺灣在地歷史的嶄新想像。

三、內地的妖怪、外地的推理：翻譯日本的類型取徑

　　然而，這樣的一個所謂建立在妖怪身體上的臺灣歷史與主體想像，卻其實是通過架空在一個「臺灣尚未脫離日本殖民」的歷史架構而催生的，那麼我們如何可以說這是一個臺灣主體性的生成？而不僅只是臺灣尚未徹底解殖的哈日餘音？或許我們可以藉由文化翻譯的角

---

12 Judith Halberstam, *Skin Shows: Gothic Horror and the Technology of Monsters*, p.1.

度，從它的「類型」脈絡來觀看。

　　瀟湘神與北地異所創作的這三本小說，雖然主角是超現實世界中的妖怪神靈，但無論是故事中犯罪事件與推理之間的緊密相嵌，從謎團發展到與最終解謎的整體結構，以及偵探角色的多樣化與功能化，「言語道斷之死」系列毋庸置疑的可以歸屬於推理小說的範疇。然而無論是它故事舞台設定所採取的架空殖民史，或是裡面推動情節主軸的核心角色日本妖怪，甚至是在新日嵯峨子打算要書寫的「小說中的小說」，都讓這系列作品有著強烈的「翻譯日本」傾向。

　　筆者曾在過去的研究中指出，臺灣戰後分別在 1980 年代與進入 21 世紀，有過兩波翻譯日本的推理小說創作浪潮。1980 年代以林佛兒與其主導的《推理》雜誌為核心場域，致力於將日本 1950 年代後期崛起的、以松本清張為代表的社會派引進臺灣，因而造就出一波寫實風潮。[13] 21 世紀開始，由於新一代推理作家對於「本格復興」的欲求，因而選擇島田莊司（島田莊司）作為譯寫對象，而在 2008 年因為臺灣皇冠文化與日本文藝春秋合作，舉辦了臺灣第一個跨國大眾文學獎「島田莊司推理小說獎」達到高潮，而在島田莊司有意識地透過文學獎導入以最新科學為核心的「21 世紀本格」影響下，臺灣創作者明顯地從島田早期具有浪漫主義色彩的幻想性書寫，轉向近乎科幻推理的未來世界想像。[14] 也因此我們可以說，臺灣 21 世紀推理小說翻譯日本的主流，是以科學為核心，架構出現代與（近）未來世界所可能出現的謎團。

---

13 陳國偉，《越境與譯徑：當代臺灣推理小說的身體翻譯與跨國生成》（臺北：聯合文學，2013），頁 42-50。

14 詳參〈典律的生成──從「島田的孩子」到「東亞的萬次郎」〉，《越境與譯徑：當代臺灣推理小說的身體翻譯與跨國生成》第四章，頁 161-211。

　　不過「言語道斷」系列由於它強烈的妖怪神異世界觀設定，雖然有隕石的情節，但顯然與最新的科學技術毫無關係，因此與當前臺灣主流的推理書寫路線有許多差異。那麼究竟它可以被放置在怎樣的推理小說脈絡？我們又如何能證成它與日本之間所具有的文化翻譯關係？

　　或許我們可以回到 1990 年代以降的日本推理發展脈絡，也就是島田莊司登場後，比他更年輕的「新本格」世代崛起來理解。在日本推理史上，新本格通常會以綾辻行人 1987 年在講談社出版了處女作、也就是「館系列」（館シリーズ）的第一本《殺人十角館》（十角館の殺人）為開端，但事實上直到 1988 年綾辻行人出版第二本《殺人水車館》（水車館の殺人）時，「新本格」這個標籤才第一次出現在小說的書腰帶上，自此綾辻行人不僅成為「新本格」推理的代表，一直到三十週年的今天，仍然屹立不搖。而新本格的核心精神，就是讓小說回到西方古典推理小說所尊崇的「解謎」導向書寫，以追求超越現實性封閉世界的秩序之樂，[15] 因此無論是綾辻行人、折原一 [16] 透過敘述上所形成的盲點或假象，而製造出謎團最終推導出文字與敘事上的真相；或是西澤保彥（西澤保彦）結合科幻的平行時空、奇幻的人格轉移等設定，[17] 但最終仍然是在嚴密邏輯的延長線上讓真相予以敞開的書寫方式，其實都是新本格的實踐策略。

---

15 諸岡卓真『現代本格ミステリの研究──「後期クイーン的問題」をめぐって』、札幌：北海道大学出版会、2010、頁 5。

16 其中的代表如「倒錯」三部曲《倒錯的死角》（倒錯の死角，1988）、《倒錯迴旋曲》（倒錯のロンド，1989）、《倒錯的歸結》（倒錯の帰結，2000）。

17 代表作如《死了七次的男人》（七回死んだ男，1995）、《人格轉移殺人》（人格転移の殺人，1996）。

　　但其中最值得注意的便是京極夏彥（京極夏彦），被譽為新本格「御三家」之一的他，在 1994 年出版的處女作《姑獲鳥之夏》（姑獲鳥の夏）[18] 中，以二次大戰後的日本為背景，創造出一個被詛咒纏繞的久遠寺家族，家中的次女懷胎廿個月仍未臨盆，經營的醫院連續有嬰兒失蹤，女婿也消失在家中的密室，而具有陰陽師身份的舊書店老闆偵探京極堂，他的助手好友關口巽在姑獲鳥的妖怪圖卷上看到血的幻影。此後，以京極堂為主角的「百鬼夜行」系列誕生，京極夏彥創造了前所未有的「妖怪推理」。在這個小說世界中，妖怪可能是世間不可解的事物謎團之所在，但也可能是通往真相的鑰匙、解謎的關鍵，有時候偵探以純粹的理性邏輯推導出真相，有時則會以 1930、1940 年代西方發展出來的心理學、認知科學為輔助，但關鍵還是在於解決「妖怪」在故事中所扮演的角色。京極夏彥在臺灣受訪時，曾經提到這世間其實有許多科學無法解釋的事物，而這時候「妖怪」這個文化性的「裝置」便可以提供證明，在日本的傳統中妖怪曾經扮演重要的角色，但隨著二次大戰對於生命存亡的震撼，再加上西方知識的傳入，妖怪失去了它的功能與意義，而京極夏彥希望透過創作恢復它的功能。[19]

　　京極夏彥的理念，很難不聯想到在「言語道斷之死」系列中，妖怪所扮演的相似「功能」。特別是透過小說中刻意安排的作者身份「新日嵯峨子」，所形成小說雙重的文本層次：在外層的《臺北城裡妖魔

---

18 京極夏彥『姑獲鳥の夏』、東京：講談社ノベルス、 1994。

19 陳國偉，〈妖怪，是日本的名字──專訪日本小說家京極夏彥〉，《自由時報》副刊，2012.10.28，網址：http://news.ltn.com.tw/news/supplement/paper/626080，瀏覽日期：2017.10.09。

跂扈》，也是故事的現實中，正如火如荼地發生著殺人鬼 K 的連續
兇案，並且已經傳出言語道斷遇害的消息。然而理論上不應知道妖怪
界動態的新日嵯峨子，卻在與臺灣文壇的作家們互動的過程中，提出
一個與真實妖怪界完全貼合的小說內容（在此姑且將其命名為〈灣生
小說〉），而她意欲在這個文本內層的〈灣生小說〉中，透過殺害作
為日本殖民帝國的喻體的妖怪角色言語道斷，來進行臺灣文壇的「去
中心」。也因此，妖怪作為一個同時串連文本內外層的敘事「裝置」，
提供了具有各自獨立主體，但又可互相支援詮釋的介面。甚至在「言
語道斷之死」系列的兩本作品《臺北城裡妖魔跂扈》與《帝國大學赤
雨騷亂》書封上，都標註了新日嵯峨子為作者名，瀟湘神則是在版權
頁及書封底的折口才現蹤。顯然就是要創造出這種文本內外層游動、
互文的「後設小說」（metafiction）衍義／延異效果。

　　從推理小說的角度來看，這樣設計的意外效果，反倒是增加了
新日嵯峨子身為兇手的可能性，而這種懸疑的緊迫感，不僅在《臺北
城裡妖魔跂扈》持續到最後，甚至因為在結尾安排了新日嵯峨子放棄
一切後寫了一封信，而緊接著就出現了 K 寄給臺大的殺人預告，而
讓這種懸疑性延續到第二本。一方面，無論是這種刻意透過敘述者身
份或盲點以製造意外性的「敘述性詭計」（敘述トリック），以及後
設所共同具備的「新本格」意義。[20] 二方面，對讀者營造出到底這個
系列是正統「猜兇手」的解謎本格推理小說，還是從犯罪者視角所描
寫的與偵探對峙的犯罪小說。直到在《帝國大學赤雨騷亂》最後，揭
露了新日嵯峨子原來是言語道斷創造出來的身份，一切才真相大白。

20 蔓葉信博「「新本格」ガイドライン、あるいは現代ミステリの方程式」、限界研編『21
　　世紀探偵小説　ポスト新本格と論理の崩壊』、東京：南雲堂、2012、頁 229-238。

但卻也留給讀者額外的懸念：究竟為什麼言語道斷要透過新日嵯峨子之口，讓自己成為一個在文學本體論形上意義該殺的對象？真正在故事中她被殺害的真相是什麼？這一切都只是言語道斷自殺遺世的宣言嗎？一如京極夏彥透過妖怪裝置，所創造出推理小說在本體論層次的敘事倫理思考功能，「言語道斷之死」系列的妖怪裝置也具備著同樣的意義。

　　也就是說，言語道斷既是構成「言語道斷之死」系列小說內部故事世界的主體，唯有她／牠作為妖怪身體的存在，才能夠讓這個臺北結界的世界觀成立，甚至可以說小說本身也是她的妖怪身體延伸。在此同時，言語道斷也是這個系列作為「推理小說」成立的關鍵，正因為她的死亡，驅動了這個系列的情節推進，鞏固了其作為推理小說的「文體秩序」。[21] 然而她卻「後設地」安排了自己的死亡，並且讓新日嵯峨子透過〈灣生小說〉去揭露這一切的意義，在鞏固推理小說的同時，卻又提供了自我顛覆的可能。

　　從上述的種種面向來看，「言語道斷之死」系列的確是透過了自身的方式，在翻譯日本的同時，開展出臺灣推理小說、甚至是大眾文

---

21 「文體秩序」（Order of Literary Form）是筆者發展出來的大眾文學類型方法論。過去在描述大眾文學中的類型時，往往認為類型的形成與「敘事公式」息息相關，然而筆者在《越境與譯徑：當代臺灣推理小說的身體翻譯與跨國生成》一書中，提出推理小說的成立往往仰賴著三種身體：屍體（死者身體）、犯罪者身體、偵探身體互動的結果，無論是犯罪者施予死者身體之上的秩序，或是偵探身體和犯罪者身體對決時所仰賴的知識力或肉體力，無論是鑑識科學、警察體系、法律制度甚至是對空間環境的掌握，都構成了推理此一類型在敘事上環環相扣的整體的現代性秩序與美學標準，而筆者將其稱之為「文體秩序」。而從推理類型出發，筆者認為此一方法論，可適用於大眾文學中的各種類型。詳參陳國偉，〈文體秩序〉，收入史書美、梅家玲、廖朝陽、陳東升編，《臺灣理論關鍵詞》（臺北：聯經，2019），頁 47-57。

學的全新表述形式。尤其是過往臺灣無論純文學或大眾文學，在處理殖民的政治性思考與種族議題時，往往還是透過寫實的取徑，以傳統線性歷史的思考方式來書寫。但「言語道斷之死」系列別開生面的將京極夏彥原本用在隱喻人性陰暗面或極限的存在狀態的妖怪裝置，上升到環繞著「殖民」體制各種層次的複雜喻體，透過妖怪作為帝國外來異種的殖民者，與在地臺灣神明的被殖民者之間的權力位階再現，更精巧地處理了過去以日治時期為背景的臺灣大眾文學，鮮少處理的議題與層次，可說是相當難得。

四、華語語系的大眾文學策略：文化翻譯的超克中國性可能

　　然而「言語道斷之死」系列與其衍生作在「翻譯日本」上的意義不僅如此。筆者在過去的推理研究中也曾試圖提出一套關於「身體翻譯」的理論框架，筆者認為，臺灣推理小說其實是透過劉禾（Lydia H. Liu）所謂的「跨語際實踐」（translingual practice）而完成，無論是源於西方或日本的推理類型知識，或是臺灣的各種在地秩序，都會交匯於推理小說中的各種「身體」（偵探、犯罪者、死者）之上，因為一如德勒茲（Gilles Deleuze）在《尼采與哲學》（*Friedrich Wilhelm Nietzsche*）中對於尼采「身體」的闡述，「**每一種力的關係都會構成一個身體——無論是化學的、生物的、社會的還是政治的身體。任何兩種不平衡的力，只要形成關係，就構成一個身體。**」，因此當推理小說跨越國境進入臺灣時，「**交會在身體之上的，是類型及其負載的**

現代知識在『越境』過程中召喚出來的在地翻譯驅力，以及在地現實
語境中各種政治、文化、社會，甚至是殖民現代性遺緒的力場。」[22]

　　這一套關於透過「身體翻譯」而進行的大眾文學類型跨國翻
譯與在地化，其實同樣也可以套用於其他類型之上，當然更不用說
原本就具有推理類型性質的妖怪推理「言語道斷之死」系列。然而
若我們將「言語道斷之死」系列及其衍生作與晚近盛行的華語語系
（Sinophone）論述相互連結時，將更有助於我們看到此系列作在此
一層面上的激進性。

　　在華語語系的重要代表性學者史書美（Shih, Shu-mei）2007 年出
版的《視覺與認同：跨太平洋華語語系表述·呈現》（*Visuality and
Identity: Sinophone Articulations Across the Pacific*）一書中，特別透過
李安電影《臥虎藏龍》（2000）中不同角色南腔北調的「不標準國語
（官話）」，質疑「本質中國性」（essential Chineseness）的存在以
及「大一統」的中國整體性幻象，進而凸顯處於中國及中國性邊緣的
「華語語系社群」聲音上的異質多元性，以及其文化生產網絡如何對
中國文化進行在地化。[23] 在此基礎上，她進一步釐清華語語系社群形
成的三種歷史型態：分別是以中國境內少數民族為代表的「大陸殖民」
（Continental Colonialism），以中國移民在當地組成多數人口（如臺
灣和新加坡）或比例可觀的少數人口（如馬來西亞）的「定居殖民」
（Settler Colonialism），還有「移民／遷徙」（[Im]migration）西半

---

22 陳國偉，《越境與譯徑：當代臺灣推理小說的身體翻譯與跨國生成》，頁 20-22、253-
　　254。
23 史書美，楊華慶譯，《視覺與認同：跨太平洋華語語系表述·呈現》（臺北：聯經，
　　2013），頁 14-20。

球在當地形成族裔化與種族化的華語語系少數社群。並透過對這些在地生產的獨特華語語系文本，批判民族國家的中心主義，以及其對於語言、文化、民族與國籍之間預設的必然關係，特別是祖國情結式的主體召喚，因此華語語系主張「反離散」（against diaspora），進而探索各種不同社群語言、歷史與經驗的分歧性。[24] 也因此正如王德威所指出的，華語語系文學在現當代語境中必然會回應以下幾個層次的問題：國家想像的情結、正宗書寫的崇拜、文學與歷史大敘述（master narrative）的必然呼應。[25]

　　然而華語語系所追求的聲音多元，一旦面臨的是文學文本時，將遇到極大的障礙。因此筆者在另外一篇近年的著作中，便透過武俠小說其實無法如電影那般反映俠客「真實的聲音」，以及臺灣文學中弱勢民族的文學，如客家與原住民仍是需要透過「漢字」來作為書寫工具與更廣大的讀者對話，來說明文學上「聲音視覺化」的困難，以及因為「漢字」的「一形多音」特質，造成民族國家意識型態可以輕易地將聲音的多元性予以收編或取消。[26]

　　不過，若從「漢字文化圈」的地緣政治來看，東亞各國早已擁有不同程度改造「漢字」的在地化歷史，特別是與臺灣擁有著殖民／後殖民複雜葛藤的日本，長期以來便是透過轉化中國性為日本性，並成為明治維新以降「脫亞入歐」的重要文化資本。也就是說，日本近代的文學與文化生產，其實已具備華語語系論述中關於「反離散」的問

---

24 史書美，《反離散：華語語系研究論》（臺北：聯經，2017），頁 9-19。

25 王德威，〈華夷風起：馬來西亞與華語語系文學〉，《中山人文學報》38（2015.01），頁 2。

26 在筆者的文章中，特別舉了甘耀明《殺鬼》中的客語使用，卻因為漢字被讀者直接理解成台語（閩南話／福佬話）。詳參陳國偉，〈無聲無襲？——華語語系、民族國家與聲音的視覺化〉，《中國現代文學》32（2017.12），頁 21-38。

題性，以及對於「文化中國」離心的驅力與動能，甚至可以說完成一個可複製的模型。

　　而從文化翻譯的脈絡來看，由於日本長期在亞洲大眾文學的場域中，扮演著一個「折射」文學現代性的關鍵角色，往往必須要取徑日本，才能獲得類型原生於西方的「現代形式」，而臺灣大眾文學正是透過引渡日本典律，完成了它自身的類型本體敘事秩序。不過這樣的一個跨國（日本）性，在促進在地的再生產以建構自我主體的同時，也提供了對類型母體秩序的顛覆性動能，一種對於中心權力位置的重新反省。而這正是史書美將臺灣放置在「定居殖民」脈絡，所強調的「在地化」意義，以及由此而啟動的霸權生產批判與反省。[27] 是故，具有文化翻譯意義的「漢字」，不僅可以作為日本、中國、臺灣的斡旋介面，透過書寫進行多重的權力位置協商，甚至更能夠積極介入東亞各國對於殖民與後殖民等種種複雜歷史情境的處理。

　　也因此，回到「言語道斷之死」系列，妖怪及其身體，本就是一個匯聚著中國性、日本性、臺灣性等複雜文化符碼與視覺性的產物。來自日本以「女形」現身的大妖狐言語道斷，與中國《封神演義》中的九尾狐妲己顯然系出同門，但中國的狐妖傳說至少可以上溯至唐傳奇與六朝志怪，因此言語道斷的文化血緣身世，可能與中國仍有藕斷絲連難以釐清的關係。然而在中國的系統中，狐妖其實很少有這麼強大的力量，這可說是日本在地化後的產物。也因此在這個最強狐妖的命名上，原來是佛家語「難以言盡」之意的「言語道斷」，到了日文卻有了「惡貫滿盈」、「罄竹難書」之意（《臺北城裡妖魔跋扈》，

---

27 史書美，《反離散：華語語系研究論》，頁 17。

頁 219），同時呈現出「漢字」作為介面所展現出來的複雜意涵。同樣的狀況，在言語道斷所創造出來的新日嵯峨子身上也同樣出現，在《臺北城裡妖魔跋扈》的最後，新日嵯峨子決定拋下一切離開，因而把名字大方贈送出去，但卻提出了唯一的要求，希望她的名字可以被正確地使用，也就是她名字的漢字發音，不應該是大家習慣唸的「しんにちさがこ」，而應該是「しんじつさがす」，也就是「尋找真實」（真実を探す）之意，已經找到自己要的真實的她，最終連名字都可以捨棄了。（頁 371）

　　同樣的例子在最後繼承了妖氣，成為臺北結界之主的子子子子未壹身上也出現。土生土長臺灣人的他，因為想要能夠被文壇接受而取了日文筆名，而「子子子子」來自於深遠典故的日文文字遊戲：嵯峨天皇曾寫下「子子子子子子子子子子子子」十二個字問小野篁怎麼唸，但因為「子」有ね、こ、じ、し四種唸法，所以在小野篁的重組下，竟然把重複的字解答出「貓之子小貓，獅子之子小獅子」（ねこのここねこ、ししのここじし）巧妙意味。而未壹之所以取這個筆名，其實是取「貓獅子」之意，暗指臺灣人其實是獅子，但在殖民者面前只能裝成貓。（《臺北城裡妖魔跋扈》，頁 118-119）而在這邊，表面是漢字日音的文字遊戲，卻演繹出豐富的隱喻，不僅回應了賦予他灣生（灣妖？——日本的妖氣結合臺灣的人種）新生命的言語道斷的命名邏輯，也回應了這整個小說世界在殖民喻體的精巧設計上，在地緣政治、定居殖民與種族權力面向上的種種複雜問題。

　　也因此，在歷史層面的意義上，言語道斷自身展現出來的，其實是一個華語語系論述所定義的定居殖民者的高度自覺，她清楚地理解到殖民者與在地居民之間存在的權力關係，正如史書美常強調的「離散有其終點」，言語道斷相當有意識地要終止（妖怪）殖民者對於殖

民地的過客心態與階級再生產，並透過她的「灣生」繼承者開始發展在地性。而在透過漢字的「語音剝離」與「變體遊戲」的過程中，子子子子未壹（吳耿）、新日嵯峨子與言語道斷是三個既連結又延異的妖怪身體，但也透過他們的「被命名」，從聲音與文字的意義上，進行了對漢字主體的內在裂解，擁有超克中國性的意義。當然，在瀟湘神與北地異的書寫意圖上，架空歷史的「1950 年臺灣從未脫離日本殖民」，更是從源頭上截斷了（中華）民國政治體制與歷史在臺灣的發生，也讓文化中國失去了任何可以「借道」日治時期而在戰後「續命」的可能性。因此，「言語道斷之死」系列不僅展示了華語語系論述的激進性，更透過小說世界中的「妖怪身體」，建構了通往歷史記憶的裝置，更因為其所具備的後設自我瓦解驅力，同時成為了足以「改寫」歷史記憶的「內爆」裝置。

五、結語：大眾文學類型作為應許之地

　　隨著新世代作家逐漸成為臺灣文壇的中堅，他們如何在創作中選擇新的路徑處理臺灣歷史，成為學界愈來愈關注的議題。無論是詹閔旭以成長年代將黃崇凱等七年級作家定位為「千禧世代作家」，指出他們對於臺灣歷史的共同關懷，[28] 或是邱貴芬特別注意到了楊双子對

---

28 詹閔旭，〈媒介記憶：黃崇凱《文藝春秋》與臺灣千禧世代作家的歷史書寫〉，《中外文學》49:2（2020.06），頁 93-124。

於大眾文學類型的挪用以及採取了延續臺灣文學傳統的書寫策略，[29]
都可以看到他們有別於前行世代，更為大膽與新的思維。

　　然而相較於黃崇凱與楊双子對於「重構／重寫」文學史與生活
史，瀟湘神與北地異的成員在「言語道斷之死」系列的階段，顯然更
在意透過「妖怪身體」的取徑，擬造／架空一個不存在的臺灣史，但
內裡卻充滿以民俗與記憶為血肉而填裝的真實歷史零件。雖然小說中
臺灣歷史的演化方向是擬造的，卻是在真實的日治時期殖民地記憶延
長線上，對歷史所進行的全新假設。而這樣的一種假設，目的並非要
提供歷史的不同版本，反而是要重新開啟歷史反思與批判的可能。正
如瀟湘神在受訪時，所回應的這段話：

> 現在我以臺灣妖怪書寫奇幻小說，就是試圖摸索所謂的「臺
> 灣性」。臺灣是什麼？臺灣人又是什麼？臺灣有這麼多族
> 群，誰的歷史才是歷史？有同時承認複數歷史的敘事嗎？其
> 實臺灣的多族群，本就是優秀的奇幻小說舞台，而奇幻小說
> 也是適合摸索這個艱難議題的優秀平台。[30]

　　有別於純文學對於國族、認同、歷史等問題，已經形塑出某些具
有典範性的論述路徑，在像妖怪這樣具有奇幻性質的類型書寫中，其
實反而提供了新的可能，讓既有的討論框架，重新被問題化。

29 邱貴芬，〈千禧作家與新臺灣文學傳統〉，《中外文學》50:2=473（2021.06），頁 15-
46。
30 佐渡守、Openbook 編輯部，〈奇幻之島・小說〉從民俗、道教系統到原住民神話：
用臺灣式奇幻，向國際自我介紹〉，「文策院 TAICCA 產業專題研究及調查報告」，
2021.09.28，網址：https://taicca.tw/article/f0b2ea5a，瀏覽日期：2023.05.01。

　　的確，無論是本文所援引的華語語系論述，或是在分析「言語道斷之死」系列時所涉及的翻譯日本，無一不與臺灣近代歷史的發展息息相關，更可說歷史框架相當程度限制或引導了論述必須回應的問題。但一如瀟湘神在小說中所設定的歷史曲線，若 1950 年代日本沒有加入二戰且戰敗、臺灣仍未脫離日本殖民的統治，那麼關於今日臺灣的國族認同衝突與歧異的框架，文化根源與重層的種種綑綁，便必須被拆解與重置。而如同本文所試圖討論的，一個通過漢字的衍義而發展出的超克中國性，以及其所具備的「文化中國」離心模型，便可以在這種歷史想像中被生產出來。這不是傳統以現代主義或寫實主義美學為圭臬的純文學可以提供的，而是「言語道斷之死」系列這般，通過「妖怪身體」作為渠道，雜糅了奇幻與推理類型的大眾文學所應許的。由於「言語道斷之死」系列目前只完成了《臺北城裡妖魔跋扈》與《帝國大學赤雨騷亂》，以及衍伸作《金魅殺人魔術》，距離瀟湘神最初的寫作計畫尚有一段距離，因此「妖怪身體」還能繼續帶領我們到達哪裡？可以再提供怎樣的歷史論述框架？在方法論與本體論上將可以提供大眾文學怎樣的思考，相信是我們可以拭目以待的。

千禧世代作家的南方書寫[1]

詹閔旭

一、前言

　　范銘如在〈後鄉土小說初探〉提到，1990 年代至 2000 年代的臺灣小說創作偏好鄉土題材，並且往往具備寫實性的模糊、地方性的加強、多元族群與生態意識的增加等形式特色，她把這一類小說稱之為「後鄉土小說」。後鄉土小說的出現，象徵臺灣本土意識的崛起，但這一批小說之所以是「後」，也代表他們經歷後現代主義美學、後殖民與後結構思維的沖刷，讓他們的鄉土書寫蘊含大異其趣的面貌。對此，范銘如強調，後鄉土小說並不抱持復古、懷舊、浪漫的思維看待鄉土，而是「綜合臺灣內部政治社會文化生態結構性調整、外受全球化思潮滲透衝擊的臺灣鄉土再想像產物。」[2]

　　那麼 2010 年代之後的臺灣文學有何新的書寫主題呢？我認為，2010 年代的創作發展仍緊貼後鄉土小說的脈動，但創作主題略有變化。2010 年代以後出版的臺灣小說逐漸跳脫臺灣鄉土主題，轉而浮

---

1 這一篇文章改寫自：詹閔旭，〈南方與多元文化：二十一世紀初臺灣千禧世代作家的南方論述新貌〉，《中國現代文學》41（2022.06），頁 45-66。

2 范銘如，〈後鄉土小說初探〉，《臺灣文學學報》11（2007.12），頁 24。

現一股以東南亞、全球南方為創作主題的趨勢（儘管形式美學上仍延續後鄉土小說的基本特色），值得進一步探究。此現象在臺灣千禧作家世代尤為明顯。連明偉《番茄街游擊戰》（2016）描寫菲律賓的臺灣人移民，張郅忻《織》（2017）呈現紡織業臺商在越南的遭遇，馬尼尼為《沒有大路》（2018）捕捉東南亞外籍配偶回訪馬來西亞的返鄉旅程，陳育萱《南方從來不下雪》（2020）刻劃臺灣南部重工業城市的轉型困局，瀟湘神《殖民地之旅》（2020）重寫百年前日本作家佐藤春夫的南方臺灣行。臺灣千禧世代作家的創作關懷不同，題材各異，卻均影影綽綽指向一個面目模糊、意義紛雜的「南方」，把臺灣放置在南方脈絡加以檢視，耐人尋味。

為此，本章打算探討臺灣千禧世代作家筆下的南方論述。本章的研究目的有二：何以臺灣千禧世代作家描寫南方？作家筆下的南方具備何種內涵？我試圖主張，2010 年代以後臺灣文學創作的南方主題創作，一方面呼應 1990 年代以後崛起的一股以多元文化主義為內涵的新南方論述，另一方面，也涉及臺灣千禧世代作家認識論的轉變。本章擬剖析楊富閔《花甲男孩》、陳又津《準台北人》、黃崇凱《新寶島》、連明偉《藍莓夜的告白》、陳育萱《不測之人》和楊双子《臺灣漫遊錄》，藉此標示二十一世紀臺灣文學作品新貌。

二、「看見南方」的社會趨勢

千禧世代作家的南方書寫源自於他們所成長的社會環境。約莫在 1990 年代以後，臺灣的外交政策、人口結構與中小學教育浮現一股

「看見南方」的趨勢，形塑出以多元文化主義為中心的新南方論述。我認為有三大社會背景值得留意。

首先，南向政策是掀起這一波看見南方趨勢的重要轉捩點。在李登輝總統任內，臺灣在 1993 年推出一系列以經貿外交為取向的南向政策，包括積極鼓勵臺商到東南亞國家從事貿易、在東南亞設立臺北僑校、促成雙邊首長互訪等。日後接任的本土派陣營總統如陳水扁、蔡英文亦接力推動南向政策。儘管不同總統的施政重點有別，[3] 南向政策確實開啟了臺灣具體認識、介入、生產、重新建構東南亞論述的起點。比方說，臺灣學術界出現不少以東南亞為主題的大型研究計畫，大學亦開始增設東南亞研究相關系所——例如淡江大學（1996年）、暨南國際大學（1997 年）。[4] 臺灣千禧世代恰好在 2000 年代左右進入大學就讀，東南亞科系成為他們的志願選項之一。千禧世代小說家連明偉在與我的訪談裡提到，他大學時對東南亞國家的歷史文化引發興趣，甚至原先規劃往暨大東南亞研究所深造。

其次，許多東南亞移民工自 1980 年代之後赴臺灣工作、婚嫁、定居，大幅度改變臺灣人口結構版圖。截至 2021 年 5 月為止，臺灣的東南亞外籍配偶和外籍移工總數高達 87 萬人，[5] 大幅度改變以往原

3　有關於李登輝、陳水扁與蔡英文總統的南向政策內容差異，可見陳鴻瑜的討論。陳鴻瑜，〈評析南向政策的倡議和成效〉，《展望與探索月刊》19.4（2021.04），頁 41-64。

4　蕭新煌，〈重新認識東南亞的幾個課題：臺灣觀點〉，《東南亞區域研究通訊》3（1997.12），頁 6。

5　內政部移民署僅提供越南、印尼、泰國、菲律賓、柬埔寨等國家的外籍配偶數據，東南亞外籍配偶的資料整理自：內政部移民署，〈外籍配偶人數與大陸（含港澳）配偶人數按證件分 11005〉，網址：https://www.immigration.gov.tw/5385/7344/7350/8887/?alias=settledown，瀏覽日期：2021.09.02。東南亞外籍移工的數字整理自：勞動部勞動統計查詢網，〈產業及社福移工人數按開放項目分〉，網址：https://statdb.mol.gov.tw/evta/jspProxy.asp

住民、福佬人、客家人與外省人的四大族群分類。隨著東南亞移民人口增加，臺灣街頭隨處可見越南餐廳、印尼文招牌、泰國情歌，賦予臺灣截然不同的族裔地景。與此同時，臺灣主流族裔對於外籍配偶和移工的認識，從保守變得更趨向開放、接受。[6]柬埔寨裔外籍配偶林麗蟬被推派為2016年中國國民黨全國不分區立法委員，成為史上第一位東南亞移民立法委員，正好銘刻臺灣多元文化價值的變遷。[7]

　　最後，上述這兩項社會變遷促成東南亞多元文化融入於中小學教育。中小學教育在形塑國家人民的自我與世界認知的過程裡扮演重要角色，不同教育內容隱含截然不同的世界觀。戰後臺灣中小學課本一直以來以中華文化價值觀為依歸，但隨著1999年、2000年、2003年一連串針對九年一貫課程的調整，鄉土意識和多元文化觀逐漸成為中小學教育的核心價值。[8]這幾年歷史課綱研討會，政大歷史系薛化元教授、金仕起教授、靜心女中歷史科宋文惠老師皆呼籲把東南亞史納入課綱，[9]儘管最後宣告失敗，但已可看見東南亞新移民文化納入中小學多元文化教育的相關討論，備受矚目。

　　從上面三點來看，多元文化主義是新南方論述的核心內涵。多元文化主義（multiculturalism）主要側重國家內部的族群差異與互動情

x?sys=100&kind=10&type=1&funid=wqrymenu2&cparm1=wq14&rdm=l4y9dcli，瀏覽日期：2021.09.02。

6　陳志柔、吳家裕，〈臺灣民眾對外籍配偶移民的態度：十年間的變化趨勢（2004 － 2014）〉，《人文及社會科學集刊》29.3（2017.09），頁418。

7　陳志柔、吳家裕，〈臺灣民眾對外籍配偶移民的態度〉，頁421。

8　廖如芬、張茂桂，〈從教案徵選看中小學教師「多元文化」想像的一些問題〉，《教育資料與研究》97（2010.12），頁85。

9　陳紅華，〈課綱新議－東南亞史觀何去何從？〉，《教科書研究》13.2（2020.08），頁91-92。

況，泛指當代社會弱勢族裔的異質文化特色如何獲得主流認可，無論是原住民取得自治權利，抑或者對待移民採取更加包容的政策，皆是多元文化主義精神的具體實踐。[10] 放到臺灣場域來看，多元文化主義大約是在 1970 年代開始逐漸冒現，到了 1990 年代成為主流公共論述（如四大族群之說），甚至在 2000 年以後成為基本國策。[11] 這一種對於多元文化主義的思索與追尋劇烈形塑「南方」的內涵。自 1990 年代以來，臺灣公共論述浮現一種透過南島語系、原住民、熱帶風情等元素重新定位臺灣文化內涵的實踐，凸顯臺灣文化的駁雜與多元，以期擺脫以單一大中華民族主義為框架的中華性論述。[12] 與此同時，臺灣近十年策展界掀起的南方熱，展覽內容與論述同樣也標舉多元文化與異質性。[13] 這些現象無不提醒我們，當代臺灣的南方論述內涵早已產生質變，轉而以多元文化主義為核心精神。

　　綜合來說，自 1990 年代以降的南向政策、東南亞移民工、多元文化教育等一系列社會發展，開啟「看見南方」的多元文化視角。臺灣千禧世代作家的成長階段恰好經歷這一股趨勢，帶給他們的作品不小的影響，促使南方想像浮出檯面。接下來，我將透過「南方人物與主題」、「南方場景與世界觀」、「南方語言與美學」三個面向，勾勒千禧世代作家南方書寫所展現的紛陳面貌與特色。

10 Will Kymlicka, *Multicultural Citizenship: A Liberal Theory of Minority Rights* (Oxford: Oxford University Press, 1996), pp.11-18.

11 張茂桂，〈多元主義、多元文化論述在臺灣的形成與難題〉，收入薛天棟編，《臺灣的未來》（臺南：成大社會科學院，2002），頁 223-226。

12 蕭新煌，〈重新認識東南亞的幾個課題：臺灣觀點〉，《東南亞區域研究通訊》3（1997.12），頁 6。

13 呂佩怡，〈製造南方：「南方」作為臺灣當代策展之方法〉，《現代美術學報》41（2021.05），頁 67。

三、南方人物與主題

　　東南亞移民工是近二十年臺灣文學新登場的角色，他們是家中的外籍幫傭、鷹架上的工人，也可能是小說主角的母親。除了少部分標榜以東南亞移民為創作主題的作品之外，東南亞移民工通常屬於次要角色。楊富閔《花甲男孩》（2010）是很好的例子。楊富閔，1987年生，首部作品《花甲男孩》選擇臺南為創作背景，細膩刻畫一座南方小鎮的生老病死與聚合離散，堪稱臺灣千禧世代鄉土文學代表作品。[14]然而，這一本小說潛藏的跨國色彩也不容忽視。收錄在楊富閔《花甲男孩》裡的〈逼逼〉值得一提。小說描寫水涼阿嬤為了替即將臨終的丈夫報喪，隻身一人單車上路。這一篇小說透過水涼阿嬤的單車行，鮮明勾勒臺南鄉間的風土民情，也寫活了臺灣鄉村女性身處在傳統社會被期許為家庭犧牲奉獻的困境。

　　引起我留意的是，這一篇小說提到了一名東南亞移工，蘇菲亞。小說家描寫道，水涼阿嬤行前，眾人先到媽祖廟前焚香祈求一路平安。這時，來自東南亞的看護蘇菲亞由於不熟悉臺灣習俗，竟將三柱香倒插香爐，犯了大忌。這一段深刻展現了楊富閔如何敘述臺灣在地文化與東南亞移工之間的碰撞。長年居住在臺南鄉間的水涼阿嬤面對東南亞移工在拜神時所犯的忌諱，反應極為有趣。小說家楊富閔如此描寫：

---

14 陳惠齡，〈從景觀符號、民俗儀典到資訊媒介：作為「生產地方性」的新鄉土小說書寫現象〉，《東海中文學報》27（2014.06），頁264。

> 她卻忘了蘇菲亞不諳臺灣插香語言，驚見她將三炷香倒插在
> 黃銅大香爐，逗趣直說：「倒插三炷香，代表我要跟媽祖下
> 戰帖就對了！」小孫子應聲：「對啦！跟媽祖輸贏一下！」
> 鏡頭帶到蘇菲亞，拍手：「老闆娘！一路好走！」。[15]

當水涼阿嬤看見蘇菲亞倒插香，她的第一反應是「驚見」（畢竟這是為了報喪之旅祈福），但水涼阿嬤並沒有站在漢人中心主義責罵蘇菲亞觸霉頭，而是自我檢討，「忘了蘇菲亞不諳臺灣插香語言」，責怪自己一時忘了蘇菲亞的東南亞背景，忘了存在於不同文化之間的迥異祭拜習慣。最後，水涼阿嬤用「跟媽祖下戰帖」打圓場，眾人隨即在笑聲中化解這一場祭祀危機。小說裡的這一段語言節奏異常明快，水涼阿嬤打圓場，小孫子幫腔安撫，最後帶到蘇菲亞衷心祝福阿嬤一路平安。楊富閔僅僅以 101 個字帶出臺灣祖輩（水涼阿嬤）、臺灣孫輩（小孫子）和東南亞看護（蘇菲亞）面對這一場跨文化危機的態度和因應之道，一方面充分展現小說家功力，另一方面，我們也看見楊富閔迂迴地透過臺灣本土代表的水涼阿嬤折射出作家的多元文化觀。當水涼阿嬤單車上路以後，她遇到來自泰國的移工，戴鋼盔，打赤膊，口操流利台語，阿嬤感慨：「原來外籍勞工也是很台的」。[16]楊富閔《花甲男孩》裡的東南亞移工角色提醒我們，全球化下的臺灣鄉土早已經不是以漢人為主要人口的社會；即便在鄉土，也蘊含跨國文化湧動的能量。

陳又津散文集《準台北人》（2015）則把視線轉向都市。陳又津，

---

15 楊富閔，《花角男孩》增訂新版（臺北：九歌，2017），頁 44-45。
16 楊富閔，《花甲男孩》，頁 52。

1986 年生，她的《準台北人》娓娓道出父母親移動故事與自身的新二代混血兒認同。熟悉臺灣文學的讀者應能從陳又津書名聯想到白先勇短篇小說集《臺北人》。白先勇《臺北人》刻畫臺灣外省族群遷居臺灣生活的喜怒哀樂，只不過，陳又津《準台北人》裡的外省老兵父親同樣隨國民黨軍隊退守臺灣，境遇卻和白先勇筆下達官顯要大不相同，只能隱身三重夜市，賣餅維生，活得像是都市邊緣的違章建築，讓「臺北人」成為「類臺北人」、「近似臺北人」。尤有甚者，陳又津《準台北人》更進一步帶出來自印尼的母親的移動路線，不少篇章如〈混血兒〉、〈單程機票〉、〈回家〉都觸及東南亞移民的挑戰。母親不甚標準的國語屢屢遭到詢問：「太太你不是臺灣人齁」。[17] 混血兒加新二代，書名「準台北人」顯然是一種耐人尋味的自我認同：誰是臺北人？外省父親？東南亞新移民母親？還是「我」？各種身分的不確定與過渡性，騷動著讀者的閱讀體驗。

　　《準台北人》這一本散文集細膩描述異質（東南亞）文化 vs. 標準（中華）文化之間的緊張關係，深刻展現出陳又津面對新二代認同的曖昧態度。身為新二代，我們一方面可以看到散文裡的敘述者「我」拒絕傳承父系的福州方言，也不願學習母系的印尼語，而致力於打磨一口標準中文：「發誓一定要把這種語言學好」，[18]「至於那些『好樂』『好熱』發音不清楚的同學，永遠不會在我的好友名單之列。」[19] 我們這裡可以看見東南亞新二代如何把臺灣主流的漢人價值觀予以內化，拒絕面對自身的東南亞血緣。另一方面，本書附錄「海風：書寫

17 陳又津，《準台北人》（新北：印刻，2015），頁 126。

18 陳又津，《準台北人》，頁 24。

19 陳又津，《準台北人》，頁 23。

新二代與新二代書寫」是一系列由陳又津撰寫的新二代採訪錄。受訪者均是臺灣的東南亞移民第二代，透過這些訪問，讓讀者更貼近這一群新臺灣人如何思考自身的混雜認同，以及面對東南亞裔母系文化的態度。我認為這一本書的附錄和內文展現大異其趣面對異質文化的心態，耐人尋味。如果楊富閔筆下的南方樣貌呈現出一種多元文化主義的視角，相形之下，陳又津看待東南亞文化血脈的曖昧態度，或許也迂迴地指出臺灣人在二十一世紀之後面對東南亞的複雜性。

四、南方場景與世界觀

　　第二類是把小說場景設定在南方世界的創作。黃崇凱《新寶島》是不可忽視的力作。黃崇凱，1981 年生，早期作品如《靴子腿》、《比冥王星更遠的地方》戮力捕捉現代生活的空洞與無力感，但自《文藝春秋》之後，他對於臺灣人自我認同的興趣日益濃厚。《新寶島》延續這一脈思考，且企圖心十分龐大。這一本小說描寫 2024 年臺灣新任總統宣示就職的隔天，臺灣人一覺醒來，赫然驚覺全體國民一夕之間瞬間移動到同緯度的古巴，古巴人民亦全員移動到臺灣。小說以充滿奇想的筆法刻劃當臺灣人民交換到古巴之後的新生活，兩座島嶼的人口大交換亦牽動美、中各國國際地緣政治的微妙氛圍。《新寶島》顯然嘗試質疑：什麼是臺灣？什麼是臺灣人？如何安置臺灣人認同？以往這些議題往往和土地、人民、風俗民情緊密結合，然而一旦認同與土地脫鉤——透過大交換的形式——我們才得以重新想像臺灣的內涵與主體性。因此，小說提出的建議是，把臺灣人強制交換到南方國

家,從更宏觀的南方比較式角度,思考臺灣所面臨的困局。

其實,臺灣不乏描寫拉丁美洲異國風情的文學作品(如張大春〈自莽林躍出〉、三毛《萬水千山走遍》等),但黃崇凱《新寶島》的意義大不相同。這一本小說雖然也把小說場景設定在南方世界,但他的創作關懷是透過大交換,重新省思臺灣在全球版圖的定位。以往討論臺灣時,往往把臺灣放到與中國、美國等大國的參照系,黃崇凱卻選擇將臺灣與古巴連結,以期勾勒一種以邊緣性與受殖民經驗為節點的全球南方連帶。黃崇凱提到:「古巴跟臺灣彷彿鏡像的關係。緯度、受西班牙殖民的經驗、近代遭遇的戒嚴記憶、國球都是棒球。更重要的是古巴所處的地緣政治,在美國大國邊緣,就像臺灣之於中國」[20]換言之,臺灣與古巴的鏡像關係,一方面可以把臺灣近幾十年遭遇的政治困局拉到全球維度檢視,另一方面,也透過錯置的南方小國,基進地鬆動了全球北方政治版圖的既有秩序。

黃崇凱《新寶島》透過臺灣與古巴的對照交換,把臺灣放置在南方世界;相形之下,連明偉《藍莓夜的告白》雖把小說場景設定在加拿大北國,但小說家聚焦來自亞、拉、非三大洲的南方國際移工,同樣也達到從南方觀點理解臺灣座標的實踐。1983 年出生的連明偉對於南方世界有獨特偏好。他第一本作品《番茄街游擊戰》描寫菲律賓的臺裔移民,業已展開南方思考。《藍莓夜的告白》更進一步深化小說家的南方關懷。這一本小說採取國際移工視角,描寫來自菲律賓、衣索比亞、捷克、韓國、厄立垂亞與臺灣的國際移工在一間加拿大五

---

20 李時雍,〈如果臺灣/古巴、中國/美國人民「大交換」,世界將如何大亂鬥?——專訪黃崇凱《新寶島》〉,《OKAPI 閱讀生活誌》,2021.05.14,網址:https://okapi.books.com.tw/article/14577,瀏覽日期:2021.11.23。

星級城堡旅館打工所面臨的挑戰。這一間五星級城堡旅店勞動條件極度低劣，起薪低、升遷慢、繁忙的工作、無止盡的加班，勞工彷彿某種消耗品。打扮光鮮亮麗的度假客人在飯店大廳喝酒與按摩，工作人員則屈居於飯店地下暗無天日的隧道，感嘆萬千：「分分秒秒日日夜夜步行地下隧道，或大或小的器具都裝載不屬於我們的高級餐點、特色酒飲、優質毛巾、羊毛浴袍。」[21]《藍莓夜的告白》讓全球貧富階層躍然紙上。

　　「南方」在連明偉《藍莓夜的告白》已跳脫地理疆界的限制，而是捕捉了全球資本主義外邊的從屬階級，皆可納入南方的範疇。《藍莓夜的告白》透過一座加拿大度假勝地裡的五星級飯店，細膩描繪南方人民在全球資本主義勞動市場掙扎求生所面臨的勞務剝削、貧富差距。這種對於南方的想像反倒更能凸顯南方的複雜內涵與艱難境遇。這一本小說清楚展現出以南方為思考基點，以南方想像重構世界版圖，投射出作家本人對跨國移工在全球資本主義市場處境的理解。

五、南方語言與美學

　　談到南方語言美學，很容易讓人聯想到臺灣在 1980 年代中期之後掀起流行的魔幻寫實主義浪潮。魔幻寫實主義源自拉丁美洲，這是一種標榜荒誕、怪異、非理性的敘事模式，藉此傳達反獨裁專制、反殖民侵略、反跨國資本主義剝削的反中心思維。作為一種源自南方大

---

21 連明偉，《藍莓夜的告白》（臺北：印刻，2019），頁 11。

陸、表達南方觀點的美學手法,魔幻寫實主義確實已經成為第三世界文學的重要表現手法。[22] 同樣地,魔幻寫實主義之風亦在 1980 年代吹向臺灣,造成不小的影響,從早期與政治題材相關的創作,到 1990 年代以後把魔幻寫實主義與鄉土書寫冶為一爐的後鄉土小說,這種充滿天馬行空的美學手法一直大受好評。[23]

　　陳育萱,1982 年生,她是千禧世代裡最有意識標榜繼承南方美學傳統的作家。她在訪談提到,她的長篇小說《不測之人》(2015)和短篇小說集《南方從來不下雪》(2020)是她的「南方二部曲」。「南方」指的是什麼?根據陳育萱的說法,「南方」一方面銘刻落居臺南、高雄等南方城市多年的所見所感,另一方面,也標示她的自我文學定位。陳育萱筆下的南方,希望向福克納、歐康納等來自美國南方、中南美洲的創作者看齊,把寫作視野投向以往被視為蠻荒、落後、卻又生機勃勃的南蠻之境。[24] 繼承自南方而來的美學傳統,陳育萱的小說瀰漫一股鬼氣森森、潮濕陰鬱的氛圍。《不測之人》是這樣開頭的:

> 蘇進伍,一隻新鬼。
>
> 這件事沒人告訴過他,只是他忽然從時間長洪中撈到這只瓶中信,這條河黃異浩蕩,他懷疑正在荒唐的夢境中泅泳,於是他在沒有疆域的水面練習換氣。好像有空氣的水面之上,其實一絲空氣都沒有,而他的下潛並未換來生之喜悅,淺層

---

22 陳正芳,《魔幻現實主義在臺灣》(臺北:生活人文,2007),頁 242。

23 范銘如,〈後鄉土小說初探〉,《臺灣文學學報》11(2007.12),頁 32-38。

24 沈眠,〈專訪《南方從來不下雪》作者陳育萱:我們一直以臺北為中心,但南方觀點呢?〉,《The News Lens 關鍵評論》,2020.03.03,網址:https://www.thenewslens.com/article/131471/fullpage,瀏覽日期:2020.12.30。

黃色再向下前就是黑，他一伸手踢腿，濃重的腥味連同柏油
質地的黏稠感，就毫不容情地灌入他的耳鼻。[25]

　　小說透過一名意外溺水的亡魂返回陽間，回望人間俗事，徐徐展
開臺灣鄉村面臨的困境。在小說結構設計上，小說家把故事性降到低
點，意識竄流，敘述觀點跳躍，營造出人鬼神共處的鄉土魔幻世界。
而在語言使用上，小說家刻意調度一連串的長句，陌生化字詞，透過
大量充滿細節的場景敘述來延宕故事節奏，造成語句讀起來可產生黏
稠凝滯的感受。到了第二本《南方從來不下雪》的故事較趨近寫實，
但敘事風格遊走於明朗、灰濛、又幻想十足的口吻，仍讓這一本小說
流露非現實的質地。總的來說，陳育萱小說跳脫以往臺灣作家受到中
國文學或西方文學傳統影響的路線，轉而繼承拉美魔幻寫實主義所發
展出來的南方美學風格，誠可謂南方美學的具體實踐者。

　　除了拉美文學傳統，楊双子《臺灣漫遊錄》示範了另一種南方美
學。楊双子，1984 年生，早年以筆名「淺色貓」寫輕小說，後以臺灣
日治殖民時期為背景的歷史小說打響知名度。《臺灣漫遊錄》把時間
設定在日本殖民政府大力推動南進政策時期。小說描述敘述者「我」
（青山千鶴子）是一名日人小說家，1938 至 1939 年受邀赴臺，結識
臺人通譯王千鶴，兩人沿縱貫線巡臺演講，沿途帶出臺灣日本殖民時
期的建設、飲食與風景名勝。楊双子在《臺灣漫遊錄》特別採用日籍
敘述者「我」作為敘述觀點，藉此凸顯出從日本人眼中的臺灣充滿熱
帶情調的南方風土：「豔陽令所見色澤更加飽滿，令萬物氣味更加濃

---

25 陳育萱，《不測之人》（桃園：逗點文創結社，2015），頁 12。

烈。河水的氣味，植物的氣味，市場裡面生肉的氣味、藥草的氣味、水果的氣味，汩汩流湧到我的面前」。[26] 這一本小說一方面描寫南方臺灣的熱帶情調，另一方面，也透過本島人角色批評日本人眼中的南方臺灣充滿了刻板印象與殖民者的傲慢。

　　換句話說，如果陳育萱筆下的南方美學是橫向地向拉美文學傳統取經，楊双子的南方美學則縱向連結至日治文學傳統。從《花開時節》、《花開少女華麗島》到《臺灣漫遊錄》，楊双子的創作有意識地凸顯臺灣的熱帶氣候、異國蔬果、在地飲食與宗廟文化等元素，打造個人美學風格。事實上，這些風格並非憑空降臨，這種奠基於熱帶風土與南方特殊性來呈現臺灣地景的手法不禁讓人聯想到龍瑛宗小說或陳澄波畫作，從而讓這一位二十一世紀開始創作的小說家與百年前日本殖民時期臺灣的文化政策、文學作品與藝術創作傳統重新接軌。更有趣的是，楊双子的南方文學風格不只承繼自臺灣日治殖民時期的藝文創作，更雜揉了當代日本翻譯文學語法：

> 「千鶴子老師思慮周全，並沒有您自稱的疏忽呢。從基隆開始，最南端是高雄，總共有十三個大站。就按照千鶴子老師的心意，在這十三個城市演講好了。」高田夫人笑說，「可是在討論細節之前，先填飽肚子吧？」
>
> 「哎呀。」
>
> 我搗住發出咕嚕巨響的肚子，「不好意思，因為我是貪吃鬼呢。」

---

26 楊双子，《臺灣漫遊錄》（臺北：春山出版，2020），頁 21。

「請不要客氣，看見千鶴子老師大口吃飯的盡興表情，身為
主人也是備感榮幸呢。」[27]

　　這一段引文的語言和文法值得留意，「並沒有您自稱的疏忽呢」、
「哎呀」、「身為主人也是備感榮幸呢」，充滿濃濃的日本翻譯小說
筆法，這種筆法在《臺灣漫遊錄》乃至於楊双子先前的作品隨處可見。
楊双子在訪談提及，她的創作美學主要取材自日本古典文學如川端康
成，或《瑪莉亞的凝望》作者今野緒雪等日本當代輕小說，[28] 她把日
文翻譯小說的語法鎔鑄為個人語言風格，表現出與鍾肇政、李喬、陳
耀昌等當代描寫日治時期歷史截然不同的小說美學。換句話說，楊双
子所展現的南方美學顯然一方面呼應臺灣日治時期的熱帶風土書寫傳
統，另一方面小說的語言風格源自戰後臺灣受到日本古典與大眾文化
的浸潤，讓她筆下的南方與日本殖民經驗有所疊合，重新標示臺灣在
南方世界的位置。

六、結語

　　我在這一章以幾部臺灣千禧世代作家的作品為例，嘗試梳理近期
以南方為創作主題的臺灣文學作品。這一章的主張有二：第一，臺灣

---

27 楊双子，《臺灣漫遊錄》，頁 41。
28 鄭芳婷，〈打造臺灣酷兒敘事學：楊双子《花開時節》作為「鈍角」行動〉，《女學學誌》
　　47（2020.12），頁 97。

約莫在 1990 年代以後受到政府南向政策、東南亞移民工潮、多元文化教育等一系列社會發展，浮現一股以多元文化主義為內涵的南方論述。新南方論述深刻衝擊臺灣千禧世代的世界觀。這一世代作家成長階段恰好經歷 1990 年代「看見南方」的趨勢，讓他們筆下的南方，與其說受到新南向文化政策、全球南方學術理論的影響，倒不如說牽涉到臺灣千禧世代認識論的轉變。第二，我把臺灣千禧世代作家的南方書寫分為三個面向，包括「南方人物與主題」、「南方場景與世界想像」、以及「南方語言與美學」。這三大面向提醒我們留意臺灣千禧世代作家的創作關懷早已無法侷限於臺灣本土，跳脫後鄉土文學系譜，朝全球南方與世界邁進。

　　不過，我在另一篇文章〈望向世界裡的南方：楊牧作品裡的南方論述〉（尚未出版）以楊牧創作為例，批判臺灣作家向來以西方文學為參照，較少關注全球南方文學的發展與創作。從這個角度來看，除了南方人物與主題、南方場景與世界想像、以及南方語言與美學以外，臺灣千禧世代創作日後是否會與全球南方文學傳統更進一步互文、對話、共振，展現更全面的南方意識，仍有待密切觀察。

從公共行動到自我追尋：
千禧世代自然導向文學史芻議

呂樾

一、前言

　　臺灣自然導向文學自七、八〇年代發軔之始，為面對環境遭受破壞的立即性危機，書寫者多採取抗爭的姿態與呼籲的口吻撰寫社論性質的文章。在人與自然的關係上，則多二元對立式的將自然視為人類不可染指的對象，或供人類永續利用的公共財產。九〇年代後，由於環保政策大抵建立，更多元的環境倫理觀也隨之出現。書寫漸漸脫離了以往大聲疾呼的僵化內容，對於自然的想像也從「保護」慢慢轉向為「與之共生」：自然已然被視為公共全體的一員，而非外在於人類群體的他者。另外，此時的書寫者也將「消費」的議題帶入書寫中，他們在作品裡詳盡地記錄了自己旅遊與攝影活動的所見所聞，並以此教育大眾如何行動既可以享受自然的美，又不至於過度耗損自然。但整體來說，此時的書寫者仍多在公共尺度上思考人與自然間的倫理關係。

　　但是，二十一世紀開始，臺灣自然導向文學的書寫主題有了較為明顯的轉向，並多發生於千禧世代作家身上。本文即意圖以陳怡如《泥地漬虹》（2018）與徐振輔《馴羊記》（2021）為例，探悉臺灣千禧世代作家如何在書寫主軸上由公共行動轉向自我追尋。我將指

出，陳怡如取徑小農與同志運動兩條實務路徑，書寫自己對家庭與日
常的想像如何因務農而逐漸改變；徐振輔則有意識的僭越了「自然書
寫」中被奉為圭臬的非虛構特質，表面上書寫自身的創作心路歷程，
實則透過虛實交錯的情節捕捉多物種記憶交織的人類世景觀。前者是
小農、運動的實務路徑；後者則是對吳明益已降「自然書寫知識論」
的反芻，兩條截然不同的自我轉向路徑，其實都拆解了對人類主體性
的固著想像。

　　可以說，兩位書寫者從自己的生命經驗出發，不只在主體想像的
層次中，更在書寫中思考一種被破折號捕捉的「人－自然」關係。千
禧世代作家的種種書寫展示了一套由自身出發的觀看或介入自然的可
能，並勾勒了有別於過往書寫的全新風貌。本文即嘗試以千禧世代作
家的創作為例，勾勒臺灣自然導向文學創作內涵的轉向，以期提出一
份新世代作家的文學史芻議。

二、從保護到共生：臺灣自然導向文學[1]簡史

　　臺灣環境被大量破壞的重要時間點可追溯至美援的挹注，國民政

1　本文以「自然導向文學」（Nature-Oriented Literature）一詞涵蓋與自然相關的文字文本，
乃追隨墨菲（Patrick Murphy）提出的概念。墨菲認為美國過往的自然書寫研究都過於重
視「非虛構的」、「散文式的」文學作品，小說、詩詞等虛構成分較高的文學作品則無
法被納入，故提出「自然導向文學」一詞含括了「與自然相關的」所有文字文本，並以
「文學」（literature）與書寫（writing）區分虛構與非虛構的文字形式，再區分「自然」
（nature）、「環境」（environmental）兩個概念，「自然」一詞多與純粹物種觀察或描
繪為主；「環境」則涉及自然（物）與人的交流、衝突與辯證關係。詳見 Patrick Murphy,
Farther Afield in the Study of Nature-Oriented Literature (Charlottesville and London: University of
Virginia Press, 2000)。

府開始建造基礎工程，同時帶動工業、金融、交通運輸等產業之發展，卻造成了汙染橫生。至七〇年代，吳明益認為，由於此時臺灣媒體的報導逐漸脫離了制式化、公式化的書寫方式，轉型為較具知識型深度的新新聞書寫。而報導篇幅的拉長與文字美學發揮的空間相對增加，不只使報導文學有了發展的契機，也給予了書寫者論述環境保育重要性的機會。[2] 但由於此時環保法規規劃不全，且法規的制定往往處於被動狀態，常待公害發生後才能向政府部門推動立法。再加上當時的立法委員多為執政黨，在面對重大環境議題時往往選擇與公部門站在同一陣線，故一九七〇至八〇年代多僅能倚靠地方知識份子與學界人士在書寫中呼籲環境污染的課題。[3]

在此一階段，寫作者、報導者們面對的是生態被破壞的立即性危機，「報導文學」所具備的「時效性」與「真實性」恰好給了環境保護呼籲者一條發聲的管道。如《人間》雜誌所設立的「人間環境與生態」專欄，即報導了臺灣各地因工廠隨意排放廢水而汙染的即時現況、民眾因汙染染疫，又或呼籲物種保育議題。[4] 無論是 1986 年的鹿港反杜邦[5]、1987 年的後勁反五輕[6] 等環境運動，《人間》雜誌均在紙

2　吳明益，《臺灣現代自然書寫的探索 1980~2002：以書寫解放自然 BOOK 1》（新北：夏日出版，2012），頁 270。

3　蕭新煌，《我們只有一個臺灣——反污染、生態保育與環境運動》（臺北：圓神出版，1987），頁 96-97。

4　如潘庭松著，王華攝〈水不能喝，雞不下蛋，豬養不大〉，《人間》3（1986.01），頁 56；心岱著，王華攝〈向天地贖罪：保衛一條河流的故事〉，《人間》7（1986.05），頁 82；洪素麗著，蔡百峻攝〈消失的蝶道〉，《人間》12（1986.10），頁 26。

5　楊憲宏、鍾喬、盧思岳、范都龐、陳秀賢、蔡明德、李乾朗、林柏樑等人合著及攝影之「《激流中的倒影》杜邦事件特冊 1-7」系列報導。《人間》10（1986.08），頁 10-77。

6　林美挪著，鍾俊陞攝〈後勁要子孫，不要五輕！〉，《人間》24（1987.10），頁 142。

本平台進行即時性的報導，更附上彩色照片以增加控訴的力道；又如臺灣自然導向文學的濫觴《我們只有一個地球》即原於〈聯合副刊〉中連載以呼籲大眾對環境污染、工業開發的省思，並於 1983 年集結成書出版。

　　但是，這並不表示同一時段沒有其他類型的書寫，劉克襄曾出版遊記性質的《旅次札記》（1982）、《旅鳥的驛站——淡水河下游四季鳥類觀察》（1984）、《隨鳥走天涯》（1985），但這些出版仍屬少數，而尚未能發展為一個成熟的文學類型。一直要到九〇年代後，才有更多的作家追隨劉克襄的旅遊踏查書寫。[7]另外，陳冠學的《田園之秋》（1983-5）中也有「**我是森林中的一株樹，小溪中的一滴水⋯我融溶在整體中，安用名號分別為？**」[8]此種「天人合一」的象徵性書寫，與呼籲行動的報導文學差異甚大，但誠如劉正忠的觀察，《田園之秋》中的「田園」未必是客觀的歷史事實，為紀念孔子誕辰，陳冠學甚至虛構了「九月三十一日」。劉正忠因而認為，陳冠學對於古代先賢、知識的熱愛實則更勝鳥獸草木。[9]與其說陳冠學、孟東籬為首的「田園派」試圖思考人與自然的共生倫理，他們更意圖召喚中國老莊哲學下的烏托邦想像，自然的主體性、人類與自然間的辯證性關係並不是他們最為在意的事情。

　　是以，八〇年代的自然導向文學還是以呼籲式的報導為主，但也因為要面對的是立即性的環境破壞，其時的書寫者往往選擇以強力的

7　吳明益，《臺灣現代自然書寫的探索 1980~2002：以書寫解放自然 BOOK 1》，頁 273。

8　陳冠學，《田園之秋》（臺北：前衛出版，2007），頁 89。

9　劉正忠，〈《田園之秋》的辭與物〉，《臺灣現當代作家研究資料彙編 41 陳冠學》（臺南：臺灣文學館出版，2013），頁 183。

道德呼籲試圖召喚讀者行動，無論是文學美學或是倫理哲思都相對簡單淺薄，僅力求宣傳大眾，因此，此時的自然導向文學書寫往往具有強烈的目的性。吳明益就直言，八〇年代的作品往往有一種覺醒後悲壯對抗的激烈情緒，但對實際的環境想像則較缺乏。[10]藍建春更表示，臺灣的生態相關書寫與論述發展，多半伴隨著強烈的道德意識，以及撥亂反正、讓人類與自然重歸於原始狀態的書寫目的。也因此，自然往往被詮釋為「非人類的環境」（nonhuman environment）。[11]

　　此時的研究者、書寫者除了將自然預設為渺無人煙的「原始之地」，並以此劃分出不自然的「文明人類」，「永續利用」的概念也在八〇年代左右出現，並隱含了為人類所用的價值觀。舉例來說，在報導文學〈有這裡才有永遠〉中，雖然作者馬以工反對人們以「是否有利用價值」作為支持或反對環境保育的判斷基礎，並提倡一個「以『公』為出發的觀點」，但此處的「公」指的乃是「全體國民」，而其反對的「私」乃是「發電廠」、「水利局」的經濟盤算。[12]馬以工更認為，即使現在的科技已然有了不起的成果，但尚有許多未解答的謎團，為了「子子孫孫」著想，必須將我們尚未得知的事物保存下來。從上述的例子中可以看到馬以工所倡議的「公共價值」所涵蓋僅是臺灣（人類）公民，自然、動物本身的福祉尚未被納入考量，也使得在「是否有利用價值」的討論中預設的受利者往往是人類。換句話說，無論是馬以工的「保護」或財團的「剝削」，其內在邏輯是類似的，

---

10 吳明益，〈戀土、覺醒、追尋，而後棲居──臺灣生態批評與自然導向文學發展的幾點再思考〉，《臺灣文學研究學報》10（2010.04），頁68。

11 藍建春，〈類型、文選與典律生成：臺灣自然寫作的個案研究〉，《興大人文學報》41（2008.09），頁184。

12 韓韓、馬以工，《我們只有一個地球》（臺北：九歌出版，1983），頁39。

均將自然二元劃分至人類群體之外。

　　總結來說，八〇年代的自然導向文學因必須即刻處理環境遭受嚴重破壞的現況，在策略上往往藉由道德感的施加以要求立即性的行動，而在論述上雖已提出「公共福祉」或「生態體系」的宏觀視野，但此時的「公共」多只限於人類公民而不包含自然，使得人與自然依然處於二元對立的兩造，此時的「自然」在多數時刻仍被視為人類的財產，或為人類不可染指的對象。

　　歷經八、九〇年代本土社會運動的風起雲湧，環境保護意識已大致成為社會共識，相關基礎法令也已大致建立，政府在大型建設的推動上也不若以往強硬，而改為柔性的政策宣導。也因此，九〇年代後的書寫較脫離了以往吶喊、呼籲的抗爭形象，無人荒野的本質性想像也在此被打破。[13] 雖然我們仍可在書寫中看到公共議題的呼喊，但此時對於自然的想像也從保護慢慢轉向為共生：「自然」已然被視為「**公共**」的一員，而非外在於人類群體的他者。如涂幸枝編的《柴山主義》（1993）記載了吳錦發、王家祥、洪田淩等人的文章，目的是倡議「柴山自然公園」的建置。雖書中仍可見呼籲式的宣言，但值得留意的是書中「柴山」之於周遭民里的定位已非過往書寫的單薄，王家祥就提出了都市中「人工荒野」與「自然公園」的概念，能「**在一個快速的時間，即便是中午吃一個鐘頭便當的時間，我能從公司或工廠出走，快速地進入到樹林裡去。**」[14] 不只是都市綠洲的概念，本書更記錄了民眾自發參與的生態踏查與政策倡議的過程，已然不是過往由知識份

---

13 吳明益，《臺灣現代自然書寫的探索 1980~2002：以書寫解放自然 BOOK 1》，頁 283-284。

14 涂幸枝編，《柴山主義》（臺中：晨星出版，1993），頁 46-47。

子「覺醒」後「呼籲」民眾與政府的行動，反而更是里民內部的共識。

　　另外，劉克襄在《小綠山之歌》（1995）中試圖將都市與自然間的界線取消，書中提到的「小綠山」其實只是住家附近的綠地，而非需要跋山涉水方能抵達的深山峻嶺。劉克襄認為，縱使只是住家附近，只要那兒有一座小山、一個池塘，都可能有豐富的生物棲息，自然並非外在於都市或人類。[15] 不只如此，後續劉克襄更在《野狗之丘》（2007）中提倡了野狗的「公民權」，認為野狗應該也具有在都市生活的權利，我們應該要思考的是與野狗生活的可能，而非一味的驅逐。

　　除了都市與自然界線的取消，因旅遊、攝影等活動所帶出的倫理議題也在九〇年代末的書寫中慢慢出現並延續至今。此時的書寫者並非全然反對將自然作為商品，認為旅遊一定是對自然的剝削；或是認為生態攝影一定會傷及動植物，反而是詳盡地記錄了自己活動的流程，並「教育」大眾如何行動既可以享受自然的美，又不至於過度耗損自然。陳月霞《大地有情》（1995）、陳玉峰《展讀大坑天書》（1996）、劉泰雄《臺灣海岸攝影》（2003）等生態攝影文集在此時大量出版，他們的共通點就是均大量紀錄他們所拍攝的地點、物種學名或生態學知識，可以說是一份完整的生態教育圖鑑。劉泰雄的《臺灣海岸攝影》更加上了「臺灣海岸拍攝海鳥地點分布表」、每張相片所用的鏡頭、ISO 值等攝影細節。除此之外，劉泰雄更在書中夾帶大量散文性質的記述文字，並於自序中表示自己作為攝影教育工作者，不只要提供詳盡的攝影知識，更重要的是闡述「環境維護」、「生態

---

15 劉克襄，《小綠山之歌：臺北盆地四季的自然觀察》（臺北：時報文化，1995），頁10。

保育」的嚴肅課題，可見劉泰雄對於教育大眾「拍攝自然」時應具備的知識有所警惕並引以自省。

　　范欽慧的親職生態旅遊文集《跟著節氣去旅行：親子共享的 24 個旅程》（2010）以 24 個農民曆節氣為篇章，每一章節書寫一個與兒女旅遊踏查的地點，並分享自己或兒女藉由踏查過程中產生的總總感想，更於書末提供了完整的旅遊資訊。對范欽慧而言，本書以自然為親子教學實驗的教材，並藉由在自然中與兒女互動得到回饋與自省。不只如此，范欽慧更於每章節安插「分享多一點」或是「貼心小叮嚀」兩種對話框，已針對該篇章的內容進行補述或科普，也試圖進行親職生態旅遊的科普教學。

　　這個階段的書寫者與研究者並不意圖將自然束之高閣，反而將自然「納入」生活之中，並深入探討與自然間可能產生的各式倫理課題。這一套由保護到共生的「文學史」更成為了臺灣自然導向文學研究的共識。吳明益就曾以「建立新倫理的摸索」以稱呼 1995-2003 年間的自然書寫，認為在生態旅遊的發展之下，人與自然的關係由「依靠土地生活」轉為「休閒嗜好」，這其中的倫理關係正是這個時期的書寫者所著力論述的要點。[16] 吳明益的研究雖然只有記錄到 2003 年，但兩千年後續的發展大致不脫離這個脈絡。

　　整體來說，八〇乃至於兩千年的書寫者與研究者仍多在「公共議題」的尺度上衡量與自然的關係。八〇年代的書寫者面對的是自然如何作為公共議題的一部分，並呼籲大眾行動；九〇年代的書寫者雖將自然「重新納入」人類的生活範疇之中，但無論是范欽慧的生態旅遊

16 吳明益，《臺灣現代自然書寫的探索 1980~2002：以書寫解放自然 BOOK 1》，頁 284-285。

寫作、劉克襄的市場旅遊書寫與動物小說、陳月霞等人的生態攝影文集，乃至於吳明益、簡義明、黃宗潔等人的研究，其主題仍不脫書寫「他者」的書寫倫理，或是改善他者處境的「公共」課題。

有別於「公共傾向」的書寫重點，千禧世代作家則更傾向由自身的生命疑問出發，並在與自然的相處中嘗試解決自身的困惑，甚或是改變原先想像自我的方式。換句話說，千禧世代作家的書寫不一定具備向大眾呼籲的慾望，他們的出發點與其說是宣揚動、植物的保育，或是意圖教育大眾與自然共生的重要性，更像是在與自然相處的過程中重新想像自身、或是閱讀世界的方式。但是，書寫上對象由「他者」轉向「自我」的危險性正在於，該書寫是否僅只將自然作為人類內心狀態的某種「象徵」？或是重回了八〇年代陳冠學、孟東籬等田園派的烏托邦想像？事實上，不管是「自然作為人類內心象徵」或是八〇年代田園派「天人合一」的戀古思考，都暗示了自然（物）僅只是一個被架空的符號，毫無能動性的等著人類去填充，並再次回到了人類中心主義的傳統窠臼。是以，對於千禧世代作家「自我轉向」的梳理，勢必不只是自然認識論上的考察，更涉及對「如何書寫自然」的倫理判斷。

三、「農 X 性別」的實踐：陳怡如的生態酷兒書寫

《泥地漬虹》（2018）是陳怡如繼《漬物記》（2016）後的創作，乃臺灣少見的生態酷兒書寫，陳怡如在書中延續了在「土拉客」（Land Dyke）中對於「生活即運動」的思考，書寫了務農生活與同志運動經

驗的種種反思。「土拉客」最早是陳怡如、楊淑華、吳紹文、蔡晏霖四位女同志在 2012 年於桃園大溪義和村成立的多元家庭農場，2014年初四人成為蘭陽平原新農社群的一份子，並前往員山鄉深溝村定耕，2015 年後更名為「土拉客實驗農家園」。「土拉客」一詞源於「Land dyke movement」，原指 1970 年代歐美生態女性主義者歸農實踐生態與性別理念的運動風潮，四位創始人則將「Land Dyke」譯成「土拉客」，一方面取「用土地來招呼人客」的意義，也取「拖拉庫」（台語：卡車）的諧音，以期許自身能用土地拉近人群，並如「拖拉庫」般樸實有力。另外，土拉客的成員除了務農者的身分外，也同時是書寫者與社會運動實踐者，如蔡晏霖除了是陽明交通大學人文社會學系教授外，也與陳怡如、吳紹文在「網氏／罔市女性電子報」、「蘭博電子報」與《宜蘭文獻雜誌》等專刊撰寫文章。她們的文章除了介紹「土拉客」的務農多元成家可能，更重要的是藉由書寫反思農村性別分工不均與農業政策的倡議。雖然陳怡如 2015 年因與伴侶成家而「單飛」，[17] 但我認為土拉客以「性別」作為務農的切入點，實踐「農」與「性別」交織政治[18] 的實驗經驗，讓陳怡如除了在「實踐」上翻轉鄉村中常見「男耕女織」的傳統性別分工圖像，更在「書寫」上提供了有別於都市酷兒的鄉村敘事。

　　陳怡如在書中細緻地描繪了性別、酷兒群體、自我、務農與家庭想像的多方拉扯，對「擁有家庭與孩子」的渴望，身為女同志而無

---

17 土拉客實驗農家園，〈2016 年春。土拉客穀東招募〉，網址：https://landdykecsa.
　blogspot.com/2016/03/?view=classic，瀏覽日期：2022.09.30。

18 蔡晏霖、陳怡如，〈拉子女農的進擊〉，網址：https://bongchhi.frontier.org.tw/
　archives/28582，瀏覽日期：2022.09.30。

法在異性戀為主的法律政策體制內懷有孩子的焦慮，以及此渴望與焦慮如何在與自然相處後有所轉變。首先，陳怡如以過去參與社會運動的經驗指出，女同志母親其實遠比大眾想像的多，懷孕方式也多元豐富，其中，取得精子，並經由醫生進行人工生殖是廣為流傳的方法。然而，由於臺灣法律規範，療程施行的對象僅限不孕夫妻，同志間的人工生殖是違法的行為。因此，女同志與男同志協議結婚，或遠赴他國求醫，都是不得已的作法。陳怡如眼見自己年齡一天天的增長，卻因經濟考量而無法出國求醫，又苦尋熟識男性精子而不得，她因而感嘆自己「**在各方面醞釀母親的模樣，且渴望成為母親，卻因為女同志身分，這顆種子在母親這條路上，一直流浪。**」[19]除了無法成為母親的焦慮，「成家」與「離家」在本書是重要且具多重意義的課題。首先，第一個層次是因為自身的認同取向而從傳統一夫一妻的家庭中「離家」，並與其他的酷兒群體「成家」，組為「**進步的同志家庭**」。[20]但對陳怡如而言，因進步理念而結合的「家庭」缺乏家人般的安定與信任，充其量只是一個女同志共同居住的空間，彼此內心未被深度挖掘、認識，更遑論信任。

> **做同運的理想，大過我想彼此成為家人的真心；在乎事情可以引發多少注目，計較付出與獲得公平不公平，卻連彼此一天過得快樂不快樂，都不知情；打開家門，迎來更多打工換宿，卻對彼此封鎖心門。**[21]

---

19 陳怡如，《女同志╳務農╳成家：泥地漬虹》（臺北：大塊文化，2018），頁 56。
20 陳怡如，《女同志╳務農╳成家：泥地漬虹》，頁 156。
21 陳怡如，《女同志╳務農╳成家：泥地漬虹》，頁 159-160。

　　對陳怡如而言，若只是為反叛異性戀結構對於家庭的想像而與同志共組「進步的」多元家庭，但卻忽略了家庭成員間的「關係」如何被聯結，終將導致「家庭」的虛設，這段經歷也使得她身處於「傳統」（刻板家庭）與「進步」（共組家庭）雙邊都無安身立命的狀態。

　　《泥地漬虹》雖呈現了陳怡如對「家庭」、「孩童」的渴望，甚至務農與漬物的經驗也與其自身生命經驗相互對應。但陳怡如並不將自己培育的農作與漬物視為孩童的替代物，更不擬藉由務農的繁忙生活轉移對同志運動的辛酸回憶。相反的，如同「土拉客」強調的「農」與「性別」交織的政治實踐，陳怡如也將自我認同、同運經歷、農務與漬物經驗等記憶全數交織於書寫之中，以開拓一種非線性的「人－自然」書寫。

> 屬於我的漬物故事，有著漬物與女人之間種種的偶然及巧合，同時也擁有與眾不同的獨特，源自我身為女同志，連結我的身體、感情、務農、原生家庭、同志成家，有諸多辛酸、晦暗的記憶。[22]

　　桑迪蘭茲（Catriona Sandilands）曾以生態旅遊舉例，認為旅客在旅遊中哀悼（Mourning）已逝的自然，並將其浪漫化，同時將自然生活視為一種現代生活的「原初」形式，這種哀悼形式更弔詭的成為了生態旅遊得以進行的重要元素。換言之，自然因資本主義而被破壞，生態旅遊（作為一種資本主義形式）方有進行的合法性，這也使

---

22 陳怡如，《女同志Ｘ務農Ｘ成家：泥地漬虹》，頁4。

得自然在哀悼的邏輯中更容易被商品化與拜物化。也如同布魯斯布勞恩（Bruce Braun）所言，哀悼自然的喪失是資本主義現代性的構成條件，也就是在哀悼自然因現代性而喪失之時，這種心態回過頭來建立了資本主義現代性凌駕於自然的優越地位。可以說，這種佛洛伊德式的「哀悼」是一種建立在超越、克服與進步的線性史觀中。[23]

　　桑迪蘭茲因而以非線性的「憂鬱」（Melancholia）做為文學分析方法的重要建構來源。對她而言，因「創傷」而到自然中尋求慰藉是無效的，因為這依然暗示了一個超克的哀悼邏輯。桑迪蘭茲反而著重觀察文學作品中受到創傷主角，如何帶著自身的創傷經驗走入自然。然而，此種走入自然的方式並非簡單地將自我創傷經驗與生態危機並置閱讀，因為在這種隱喻關係中，自然僅只作為證明自身創傷經驗的合法性而存在。桑迪蘭茲的生態酷兒書寫研究毋寧強調的是生態知識、文學書寫，以及作家生命經驗等的多重歷史，而此種多音複合而非單一線性「超克」的概念，也呼應了海瑟愛（Heather Love）所批判的「正典化政權」（regimes of the normal）。[24]

　　對陳怡如而言，唯有過去參與同志運動給與她的反思、對家庭的渴望、務農、醃漬漬物多種記憶與歷史的結合，方能構成「日常」的生命狀態。《泥地漬虹》中「離家」、「成家」的第二重意義正在

---

23 Catriona Mortimer-Sandilands, and Bruce Erickson, eds., *Queer Ecologies: Sex, Nature, Politics, Desire* (Bloomington: Indiana University Press, 2010).

24 海瑟愛認為，「酷兒」這個詞彙所規劃出的宏大願景就是將族裔研究、女性主義、跨性別研究、批判種族研究，以及殘障研究等理論家齊聚團結，一同對抗「正典化政權」。而此處的「正典化政權」指的正是單一、白種、中產男性的進步史觀。詳見：海瑟愛（Heather Love）著，張永靖譯，〈汙名的比較：殘障與性〉（The Case for Comparison: Stigma between Disability and Sexuality），《文化研究》13（2011.09），頁 282。

於此，在意識到自己並沒有想跟夥伴成為家人，而僅只是為了運動的理想而勉強成家後，陳怡如毅然決然地離開了原有的共組家庭開始務農。也正是藉由務農、醃漬，陳怡如終於意識到「家庭日常」的建立正源自於多種生命的彼此糾纏，而非大寫理念的引導。如同陳怡如寫到的，食譜裡的每一個時間都是良辰吉時，脆瓜的醃漬所依循的「時間」並非人類的，而是「小黃瓜的作息」，此套作息更須被放入四季的變化中考量，春天的醃漬過程到了夏天又須改變，陳怡如的行事曆因而填滿了小黃瓜的各式行程。[25] 而在製作米麴時，不只要順應米飯發酵的時辰，更要依據米飯發酵時的狀態，時時翻攪米飯預防溫度過高，或更換因吸收水氣而潮濕的絲瓜葉，以至於彷若在照顧一個具有生命的東西，「**如果漬物可以開口，它一定能娓娓道來屋子裡每一天的故事**」，[26] 對陳怡如而言，家庭的日常生活，就是在與自然相異的時間互動中逐漸確立。

陳怡如與農作、漬物相處而展開的嶄新家庭日常，不只打亂了原先因身體即將老去而無法孕育孩子的（線性）時間焦慮，更與其筆下的自然物成為了哈洛維（Donna Haraway）所說的親屬（kin）關係。哈洛維認為，共生（sympoietic）思維強調永遠彼此合作，沒有先後順序之分，並如同「翻花繩」（string fingers）一般相連、纏繞，傳遞能量。哈洛威更提出「製造親屬，而非嬰兒！」（Make Kin Not Babies!）的宣言，相較於家族血親關係，親屬的概念所涉及的是與其他生物和非生物的共生。同時，親屬之所以可能，乃因所有生靈（critter）早已彼此糾纏、無法分割，共享同一個肉體（flesh）。相

---

25 陳怡如，《女同志 X 務農 X 成家：泥地漬虹》，頁 105。
26 陳怡如，《女同志 X 務農 X 成家：泥地漬虹》，頁 150。

較於家族血親，親屬總是與其他生物、非生物連結，因而永遠是陌生、異樣（uncanny）的。[27]

　　事實上，陳怡如的書寫一直都是非「家族血親」的，不只是離開原生家庭，她更警覺的意識到，以大寫理念共築的家庭，也絕非共生思維，更重要的是將農作與漬物共組為反覆交流的「家庭」與「日常」。書中寫道：「**人有了牽繫，故斯土有情**」，[28] 而所謂牽繫，正體現在與周遭環境、歷史等人、事、物交陪的過程中。鄭芳婷曾以「銌角」（mê-kak）一詞，指涉從細節與縫隙來顛覆局勢的酷兒方法學，並認為《泥地漬虹》透過描寫各種農事瑣碎細節、與當地女人們的交流往來，甚至是作為女同志的經驗與創傷，以交構出獨特的「銌角」。[29] 如同陳怡如所說：「**想讓人知道的、看見的事情，是因為自己的生活慢慢地被看見。**」延續土拉客「生活即運動」的實踐思考，陳怡如一方面反省了同運群體「進步」的家庭想像；另一方面，也揭示一種不將「自然」視為嬰兒與家庭的替代品，或創傷良藥的思考方法，因這將意味自然物本身的意義被掏空，僅為人們的情感服務。相反的，漬物與人類相異的時間、捉摸不定的發酵期程，乃至於四季不同的氣候，填滿了陳怡如原先空白的日曆，踏實的構成了「親屬」的群體。

27　Donna J. Haraway, *Staying with the Trouble: Making Kin in the Chthulucene* (Durham: Duke University Press, 2016).

28　陳怡如，《女同志X務農X成家：泥地漬虹》，頁 158。

29　鄭芳婷，〈打造臺灣酷兒敘事學：楊双子《花開時節》作為「銌角」行動〉，《女學學誌：婦女與性別研究》47（2020.12），頁 117。

四、「臺灣自然書寫」[30] 2.0：《馴羊記》中的錯身書寫

　　我認為徐振輔《馴羊記》（2021）[31]回應了「臺灣自然書寫知識論」中「非虛構－倫理」的知識範式，但卻不滿足於過往研究中對「真實經驗」的著重，反而刻意以虛實交錯的筆法，表面上探問的是「是否要（對自然）親眼所見」，實則藉由各種尋而不得、無法親眼所見的故事，勾勒了對於自然書寫方法的省思。

　　在臺灣，「虛構」與「非虛構」的論述之爭可追溯到兩千年初，吳明益系統性的義界「自然書寫」（nature writing），並將「非虛構」與「虛構」二元劃分之時。吳明益認為，自然書寫的「非虛構」文學傳統其來有自，西方的自然書寫研究中，一般將「非虛構」（non-fiction）視為現代自然書寫的重要特質，此處的「非虛構」所指涉的就是可被系統性驗證的知識[32]與「真實的」踏查與觀察經驗。

　　對「真實經驗」與「可系統性驗證的知識」的重視，可見吳明益所關注的正是由書寫他者的倫理為立基的倫理關懷，也就是「非虛構－倫理」的連結。但此一論述也遭到有關論者抨擊，蕭義玲即認為「臺灣自然書寫」的研究中，「生態知識」與「科學話語」被過度重

30　雖本文以「自然導向文學」作為相關文類統稱，但此處以「自然書寫」稱之，乃因為我認為《馴羊記》有意識地與吳明益提出的「自然書寫」（nature writing）中的「非虛構」概念對話，並進而開展出 2.0 的範式。

31　本書為作者第一本長篇小説，出版後即榮獲蓓蕾獎及金典獎兩個大型文學獎項。

32　吳明益所謂的知識並不僅只是生態學、地質學等現代專業知識，也涵蓋傳統常民知識等，重點是該「知識」是否能在經驗範圍內被系統化的驗證。是以除非援引他人文獻，本文所提到的「知識」均是吳明益的原文意義。見吳明益，〈戀土、覺醒、追尋，而後棲居──臺灣生態批評與自然導向文學發展的幾點再思考〉，《臺灣文學研究學報》10（2010.04），頁 53。

視，甚至成為了該類型的標誌。並且，若僅倚靠「真實的」、「科學
的」、「客觀的」的知識以呼籲對於生態保育的重視，將流於現代知
識霸權中。因此，蕭義玲認為關注「自然文學」中豐富的科學知識，
倒不如關注文學隱喻如何倡議人與自然間的嶄新倫理關係。[33]

　　除此之外，藍建春也批評吳明益將「非虛構」限縮為「專業知
識」、「客觀知性」，變相將「人」從書寫中排除，藍建春因而呼籲
重新將「人」找回，並將人與自然之間關係的代言權從「專家與權威」
中解套：

> 土地、生態，即使是臺灣的土地、臺灣的生態，顯然不應也
> 不只是某人才得以談論、得以想像、得以靠近，同樣也不會
> 是受過某種知識洗禮的團體才有資格說、規劃人類與之互動
> 的模式……以自然寫作為理論架構的研討，或許也過度放大
> 的科學知識的真理地位，並可能造成以專家、權威形象狹隘
> 化綠色運動之面相。[34]

　　隨後，吳明益在研究中修正了自己過去的論述，認為虛構文學
作品亦能表現出人對環境的態度、或人與環境互動的情境，但值得留
意的是，如其所言：「**自然書寫者應有非虛構的實際行動，但寫作時**

---

33 蕭義玲，〈一個知識論述的審查──對臺灣當代「自然寫作」定義與論述的反思〉，《清華學報》37.2（2007.12）。

34 藍建春，〈自然烏托邦中的隱形人──臺灣自然寫作中的人與自然〉，《臺灣文學研究學報》6（2008.04），頁 265。

容許適當的虛構，兩者並不扞格。」[35] 換言之，書寫時作者本身的感知、判斷、想像的個人性表述部分雖可以為「虛構」的，但是這些書寫者之所以會產生上述的個人性美學抒發，乃是定基於與非人（non-human）的「實際相處經驗」。在此，自然書寫的定義雖被更加擴展，但核心依舊建立在經驗的虛構／非虛構的對立光譜上。吳明益更直言，若有一天讀者發現廖鴻基筆下的出海經驗是假的，甚至造假了鯨豚的紀錄，廖鴻基在臺灣海洋書寫的典範將被動搖；又或是若劉克襄筆下的「小綠山」僅只是心靈漫遊，作為一個專業讀者，勢必會調整對於系列書籍的評價，[36] 吳明益近年更認為「**並非說這類書寫全無虛構或不能虛構，而是部分類型可以允許想像的虛構筆法呈現（但不能虛構事實）。**」[37]

　　然而，相較於吳明益對於「真實經驗」與「事實」的重視，徐振輔《馴羊記》的書寫結構卻僭越了虛構與非虛構二元視角，它不只虛構了一本由宇田川慧海撰寫的《馴羊記》，更在第一小節開宗明義的提問「究竟是否需親眼看到雪豹？」如故事中所言，若我們已然可以透過爬梳文獻，了解雪豹的生理學、生態學，以及被人類認識或遺忘的歷史，更甚者，當人類設計的國際太空站幾乎被敘事者誤認為星星，並感嘆「**原來人類已經可以創造星了**」，[38] 那麼「親眼所見」還有甚麼不可取代的意義？更何況，親眼所見的記憶也可能如宇田川慧海與桑吉仁波切般因罹患失智症而失去；又或可能如〈雲雀〉中的

---

35 吳明益，《自然之心──從自然書寫到生態批評：以書寫解放自然 BOOK3》（新北：夏日出版，2012），頁 23。

36 吳明益，《自然之心──從自然書寫到生態批評：以書寫解放自然 BOOK3》，頁 22。

37 吳明益，〈安靜的演化──我對近幾年臺灣自然導向文學出版的看法〉，《馴羊記》（臺北：時報出版，2021），頁 337。

38 徐振輔，《馴羊記》，頁 13。

藏戲師，其記憶因中共政權對於西藏生活方式的清洗而被全面偏折並被代言。若是如此，則書寫、記憶與尋找「真實的自然（物）」意義何在？

　　針對這個問題，在《馴羊記》中看似是挫敗的，不只是敘事者不斷與野生雪豹錯身，最終只能前往動物園觀看已然被人類馴養的雪豹。更包括敘事者聽聞大昭寺建築於湖面上後，欲聽湖泊的水聲，但湖泊卻未對他說話。甚至敘事者與札西的對話每每如禪宗公案般，在提出問題後永遠等不到解答與回應。敘事者更直言，多年的讀書、行走、寫字、攝影都是為了弄清楚自然究竟為何，但這個詞彙卻像帶了刺，越來越無法輕易被說出。[39] 在《馴羊記》中，所有對自然、記憶的試圖捕捉最終都換來一場空，要不是遍尋不著，就是被偏折、遺忘與代言。

　　可以說，《馴羊記》將「事實」與「真實的」自然與記憶是否存在，以及是否有必要存在的質疑推到了極致，但這是否意味著我們可以不再追尋自然的身影？顯然徐振輔給出了否定的答案。如同敘事者最終決定將「是否一定要親眼所見」的問題放下，取而代之的是承認**「出發尋找雪豹本身是重要的」**，[40] 對敘事者而言，出發、旅行並與旅程中遭遇的各種關係交會，遠比「找到」或「沒找到」雪豹的結果論更為重要。

　　佛教給我的啟示是，任何現象都是由複雜多元的條件暫時拼
　　裝而成，成為一種能夠回應意義的運作系統……當關係隨時

---

39 徐振輔，《馴羊記》，頁 303。
40 徐振輔，《馴羊記》，頁 316。

間變化，邊界終將以某種形式失效，如此一來，執著便成為
苦的種子。我所理解的緣這個字，並非可以累積的量，而是
一種特定的交會——緣起，因交會而生；緣滅，因離散而亡。[41]

關係的「交會」在《馴羊記》中不只涉及旅行的意義，更體現了
人與人；人與非人；非人與非人如何在關係中相應而生。有別於吳明
益以「真實」作為書寫的前提，在《馴羊記》中，徐振輔反覆透過自
然物、言說、記憶的永遠無法及時，或真實的在場，而僅能透過諸如
地質、影像與書寫等媒介的介入，以證明該人、事、物的曾經存在，
重新反省了「真實」與「在場」的意義。在〈雪會記得哪些事〉中敘
事者表示，那些從未能、也未被他感知到的非人生命，冰芯紀錄（ice
core）就如同依照年代整理的標本櫃，記下了各種尺度意義下的生命
細節。正如同本書揭示的：「**每一個故事都必須放在另一些故事裡面
才能活著，好像樹要在森林裡才有生命力一樣**」[42] 若說過往的自然書
寫永遠有一個必然要追求的「真實自然」與「真實經歷」，《馴羊記》
的「錯身」書寫反而告訴了我們，萬事萬物唯有倚靠物種或各種再現
技術做為媒介才得以被揭露，並使自身得以存在。

換言之，《馴羊記》中「是否需親眼看到雪豹」的核心命題，不
只是敘事者自己的書寫困惑，實則指向了潛藏於臺灣自然書寫研究中
對於「非虛構－倫理」的辯證關係。如同《馴羊記》結尾指出的，書
寫擁有同時使事物「在場」與「不在場」的潛能。敘事者曾指出，雖
然照片與文字的留存，無非是在提醒人們改變與失去，但透過孜孜矻

---

41 徐振輔，《馴羊記》，頁 311。
42 徐振輔，《馴羊記》，頁 83。

砭的寫作紀錄，反而令人放下心中對於追求真實（物）的執念，因為書寫者將相信筆下的事物將存在的比自身更多更久。

　　但這並不表示徐振輔全面的駁斥對「親身經歷」的追求，並忽略了「轉譯」的危險性。書中花了近三分之一的篇幅描述中共政權在西藏進行的文化清洗與代言，更直言現代生活的危險性正在於將自然產品與其產地遠遠分開，讓人們忽略了產品原處的生態環境，當人們日復一日的身處在此種空白的地景經驗中，終導致對土地的日漸冷漠。敘事者因而表示，旅行的重要性就在於使身體與地方重新連結，讓意義塗層重新佈滿地圖。[43] 由此可見，徐振輔並不天真地想像一種純然的虛構書寫，而是警覺地意識到，身體力行地回到田野、主動追尋使書寫更具堅實的情感與書寫基礎。如其所言：「**每當我失語我就想回到高原，不光是為了在田野挖掘故事，更是為了找回情感基礎，讓你堅信有些話不說就會內疚。**」[44]《馴羊記》由對「非虛構」的質疑開展故事，並以「錯身」書寫捕捉了人與人；人與自然間的交會，但徐振輔並不滿足於停留在「虛構」之必要，反而僭越虛構與非虛構的對立視角，自反地意識到所有再現與代言，乃至於現代生活形式之於自然的危險性。是以，「追求的執念」以及「與他物的錯身」必然在《馴羊記》反覆出現，徐振輔的書寫正是意圖捕捉此一看似對立於衝突，並創造了突破於「臺灣自然書寫」的 2.0 範式。

---

43 徐振輔，《馴羊記》，頁 315。
44 徐振輔，《馴羊記》，頁 316。

五、結語

　　本文以《泥地漬虹》與《馴羊記》為例，嘗試勾勒千禧世代自然導向文學書寫中的「自我轉向」，但此一轉向並未使自然再次被屏除於「我」之外，也絕非意圖將自然純粹符號化並恣意聯想。相反的，本文指出，八〇年代以降的書寫著重的較為是物種保育、環境遭受破壞等公共性議題，對自然主體的賦權是作家們書寫的主因，但千禧世代作家書寫上的「自我轉向」卻將自然的賦權由「原因」轉換為「結果」。

　　在陳怡如《泥地漬虹》中，務農的初心源自於同志運動的執行，而非原本就對農務有興趣，全書更充滿對於家庭、養育孩子的渴求。但是，延續在土拉客「農 X 性別」的生活即運動實踐，在《泥地漬虹》中，陳怡如並不將自然作為孩童的替代品或治癒創傷的藥劑，而是反思了讓運動優位於農務與生活的過往經歷。並在務農與醃漬的生活中體認到「家庭」與「日常」並非以大寫理念主導，而應在多物種、歷史的纏繞關係中踏實的組成，也變相的反省了育兒焦慮暗示的線性時間邏輯。徐振輔《馴羊記》全書看似在回應「是否需親眼所見」的創作母題，但書中虛實交錯的筆法卻回應了「臺灣自然書寫」中「非虛構－倫理」的連結。透過大量的錯身、不在場，甚至失語的情節，展現了有別於過往研究對「非虛構」經驗的書寫著重。但這並不意味書寫與追尋不具意義，徐振輔的「錯身」書寫反而改變了原有虛構與非虛構的二元命題，洞見了捕捉與錯身、書寫與遺忘、再現與代言中的微觀政治。

　　千禧世代的自然導向文學書寫面向固然不只本文提出的兩種，

但確實可見「自我轉向」的趨勢。陳宗暉在《我所去過最遠的地方》（2020）中表示，其任職黑潮解說員的最大原因是為了改變自己，特別是常因不安與退縮而招致旁人期待落空的特質。張卉君與劉崇鳳的《女子山海》（2020）則是兩人在走過環境運動的挫敗後，藉由書信往返的對話爬梳自身生命史與環境運動史的散文文集。《山與林的深處》（2022）是臺裔環境歷史學家李潔珂（Jessica J. Lee）在外公、外婆逝世後的家族史書寫，本書固然是自身認同的重新梳理，但也更是臺灣生態環境史及植被物種的調查筆記。《再潛一支氣瓶就好》（2022）是栗光繼《潛水時不要講話》後的第二本散文創作，書中細緻的描繪了潛水過程中自己的「身體」如何因為水壓、人際關係、海洋生物等的互動而改變，並且認為所有對物種的觀看都勢必涉及「我」的觀點的投射。黃瀚嶢《沒口之河》（2022）則以「尺度」（Scale）作為全書的關鍵字。書中章節安排與生態調查常見的「穿越線調查法」彼此互文，揭示了一條以作者自身為尺度的敘事軸線。詳細來說，作者並不意圖假設有一塊本質性的「知本溼地」供其調查，反而強調所有的地理空間早已疊加了多重物種歷史。但也因此，巨量的歷史將導致資訊的過載，致使永遠無法以書寫窮盡一地，而僅能以自身的尺度捕捉一地的訊息碎片。在這個意義上，「穿越線調查法」作為不得不為的敘事方案，《沒口之河》也因此變相在學理上提供了朝向自身的書寫範式。

　　種種的書寫創作均展示了一套由自身出發的觀看或介入自然的可能，展現有別於過往書寫的全新風貌。本文即嘗試以千禧世代作家的創作為例，勾勒臺灣自然導向文學創作內涵的轉向，以期提出一份新世代作家的文學史芻議。

文學的來世，或膠卷的再生：
論《天橋上的魔術師》的互媒性[1]

王萬睿

一、前言：製作文化記憶——串流時代的媒介轉向

　　2010 年以來，在多媒體的擴散效應下，從數位匯流、多元行動媒體裝置與跨國影視整合平台的興起，閱聽人的觀影習慣也產生改變。在臺灣電影產業發展相對疲弱的情況下，文學改編影劇成為一個內容開發上相對「超值」的戰略思考。近 10 年來文學改編影集的原著作者群中，1970 年後出生的新世代作家作品逐漸躍上檯面，包括楊富閔（1987-）《花甲男孩》改編的《花甲男孩轉大人》（2017）、吳曉樂（1989-）短篇小說改編的《你的孩子不是你的孩子》（2018）、江鵝（1975-）同名散文改編的《俗女養成記》（2019）和《俗女養成記 2》（2021）、吳明益（1971-）的《天橋上的魔術師》（2021）、劉宗瑀（1980-）同名作改編的醫療喜劇《村裡來了個暴走女外科》（2022）等劇都相繼登上了 Netflix 或 My Video 等數位串流平台。針

1　本文改寫自〈致敬侯孝賢的兩種方法：論《天橋上的魔術師》的跨媒介敘事〉，《대만연구 臺灣研究 Taiwan Studies》Vol.21（2022.12），頁 161-176。

對文學改編電影或影集的研究上，互媒性（intermediality）是當代文學與文化研究的關鍵詞之一。互媒性可說是互文性的延續，具有反本質主義傾向，強調話語的交流與聯繫，鼓勵跨學科研究，就文學與其他的媒介關聯而言，互媒性重申語言的靈活性、開放性與適應性。[2] 上世紀末數位影像技術的急遽發展下，使得串流影像的媒介優位性逐步上升，不只漸漸成為文學來世的隱喻，更提供了電影膠卷的再生與修復的機會。然而，儘管當前非印刷媒介市場競爭激烈，互媒性研究與開放的文化批評語境息息相關，而非輕視文學語言的敘事性。

　　1990 年代初期即踏入文壇的吳明益，新世紀以降的創作進入成熟期，不僅屢獲國內外文學獎肯定，並售出多國翻譯版權。小說《天橋上的魔術師》於 2011 年底出版，10 年後由楊雅喆導演改編成同名電視影集，並可於串流平台上隨選隨看。至 2021 年為止，此小說共有包括日譯本、法譯本和韓譯本三種譯本，雖相較《複眼人》的 13 個譯本與《單車失竊記》的 8 個譯本，《天橋上的魔術師》於國際文學閱讀市場上的知名度或許不是最高，但作為第一部影視改編的小說或許並不意外。2015 年漫畫家阮光民首次與吳明益合作，將其中一篇小說〈石獅子會記得哪些事〉轉譯為漫畫介面。[3] 在影集拍攝的過程中，兩位漫畫家阮光明和小莊則各自改編了四篇故事，於 2020 年出版《天橋上的魔術師 圖像版》漫畫。

　　《天橋上的魔術師》的漫畫改編與串流影集的跨媒介生產，不僅

2　Werner Wolf, *The Musicalization of Fiction: A Study in the Theory and History of Intermediality*, (Amsterdam: Rodopi, 1999), p.2.

3　五年後，2020 年出版的《天橋上的魔術師 圖像版｜阮光明 卷》則榮獲了第 14 屆日本國際漫畫賞銀賞。郭佳容，〈吳明益〈石獅子〉阮光民細雕琢〉，《中國時報》A16 版，2015 年 9 月 28 日。

有民間藝術家的跨界合作，同時也有國家資源的介入。2018 年媒體
披露，文化部以前瞻預算支持公視與產業界合作推動旗艦戲劇，《天
橋上的魔術師》初估預算為 10 集共 1.55 億的製作規模，同時間推動
的另一個計畫是小說《傀儡花》改編的《斯卡羅》。[4] 這兩部獲得國
家前瞻預算大力挹注的文學改編計畫，並由公視主導推向國際影音串
流平台，可謂是臺灣公部門預算介入影視軟實力製作與輸出的範例。
《天橋上的魔術師》與《傀儡花》之所以獲得文化部前瞻預算的挹注，
或許正是兩部文學作品主題皆以另類敘事視野關注本土歷史與文化認
同的議題，而《天橋上的魔術師》更應置於當代文化記憶的再現，從
影響力來看，影像似乎已經成為流行文化記憶的主導媒介。

　　文學和影像可以對個體和集體層面的文化記憶產生影響。阿斯特
莉特·埃爾（Astrid Erll）認為，在集體的層面上，虛構性的文本和
影像可以成為頗有影響力的媒介，甚至能夠在國際上傳播，但這些文
化記憶媒介往往帶有爭議性，因為他們不在於呈現記憶的統一性與一
致性，而是將文化記憶置於某些媒體再現上進行批判性的討論。在個
體層面，媒體再現提供了某些模組與腳本，使我們能夠在自己的心裡
創造某些關於過去的影像，甚至可以塑造自己的體驗和自傳性記憶。[5]
不誇張地說，我們當下的生活的模式來自於媒介文化，而媒介文化塑
造了我們記憶的虛構性。

　　本文認為無論是《天橋上的魔術師》的小說或影集，皆體現了我

4　邱莉玲，〈公視攜產業界推億級旗艦劇 傀儡花、天橋上的魔術師製作預算各砸 1.55 億，
　　創國內電視劇最高規格〉，《工商時報》A11 版，2018 年 3 月 26 日。
5　阿斯特莉特·埃爾（Astrid Erll），〈文學、電影與文化記憶的媒介性〉，收錄於阿斯特莉特·
　　埃爾與安斯加爾·紐寧主編，李恭忠、李霞譯，《文化記憶研究指南》（南京：南京大
　　學出版社，2021），頁 493。

們對於「中華商場」——文化記憶的虛構性，同時展示了小說、電影
膠卷、串流影集等跨媒介邊界的挪移與對話。更重要的是，無論是吳
明益的小說或楊雅喆的影集，皆致敬了臺灣新電影導演侯孝賢《戀戀
風塵》的影像文本，儘管兩種「致敬」的方式皆具有悼念的意味：小
說以後設語言企圖重新建構不存在的中華商場來召喚集體記憶，影集
則是透過擴延臺灣新浪潮的音像動能回訪空間的歷史。本文首先主張
吳明益小說《天橋上的魔術師》展示了後設書寫與魔幻寫實的視覺變
奏；二方面闡述楊雅喆如何透過「再生」侯孝賢的影像遺產轉譯吳明
益的文學語言。最後，本文將《天橋上的魔術師》放在擴延影像的框
架內重新思考，評估文化記憶的互媒性如何作為一種回應全球化影音
串流平台興起後的在地視聽策略。

二、吳明益的小說：魔幻空間的後設視域

　　臺灣文學「新世代」書寫論述是近年來討論的焦點之一，吳明
益與童偉格、甘耀明、許榮哲、伊格言、王聰威、高翊峰、張耀升、
楊富閔等人都被視為「網路族群、媒體時代與全球化世界」的文壇新
秀。[6]不少論者將吳明益的小說創作位置定位於後鄉土小說的框架下，
特別標示出吳明益魔幻寫實的小說形式，讚揚者認為吳明益作品對於
臺灣歷史記憶和自然環境有其獨特觀察，批評者則認為他刻意的敘事

6　陳惠齡，〈從「生產鄉土」到「科幻鄉土」——臺灣新世代鄉土小說書寫類型的承繼與
　　衍異〉，《國文學報》第 55 期（2014.06），頁 261。

設計往往帶來過猶不及的閱讀效果。[7]范銘如認為臺灣後鄉土小說最
主要的特徵乃「寫實性的模糊」，即所謂「在寫實主義的主要敘述形
式中混雜許多非現實的元素，即使觸及到現實議題也保持著一定程
度的敘述距離。」[8]相較於 1970 年代的鄉土文學，後鄉土的文學語言
在批判性與寫實主義色彩表現上淡化不少，其中一個範例，即是吳明
益〈虎爺〉（2003）的奇幻色調提供讀者天馬行空的想像空間。相較
1970 年代鄉土文學的文學語言，周芬伶則強調，新世代的後鄉土小
說雖然延續日治時期以降的寫實文體，但明確受到了後設與魔幻寫實
小說的影響。[9]

　　《天橋上的魔術師》的寫作策略為何？過去論者多聚焦城市移民
的懷舊書寫的轉向，例如侯作珍認為，儘管吳明益一向是自然生態書
寫的佼佼者，然《天橋上的魔術師》可視為臺灣新世代作家的地方書
寫和移民文學的脈絡下，展示他對於空間書寫的魔幻敘事策略實踐。[10]
有別於 1980 年代末興起的「都市文學」類型，郭楓強調吳明益《天
橋上的魔術師》體現了新世代作家的「城市移民」敘事策略。[11]黃宗
潔則將《天橋上的魔術師》定位為帶有城市批判與反思性的懷舊書
寫，透過吳明益的超現實筆法企圖理解小說的「懷舊情感」如何開啟
當代城市變遷的多元視野。[12]綜上所述，構築「中華商場」的空間記

7　王德威，〈微物、唯物與即物〉，《聯合報》聯合副刊，2016 年 6 月 28 日。

8　范銘如，〈後鄉土小說初探〉，《臺灣文學學報》第 11 期（2007.12），頁 32。

9　周芬伶，〈歷史感與再現──後鄉土小說的主體構〉，《聖與魔──臺灣戰後小說的心
　　靈圖像（1945-2006）》（臺北：印刻，2007），頁 123-126。

10　侯作珍，〈吳明益小說的空間日夢、死亡記憶與魔幻敘事──以《天橋上的魔術師》為
　　探討中心〉，《文學新鑰》第 2 期（2015.06），頁 8。

11　郭楓〈新一代城市移民的臺北敘事〉，《中國文學研究》47 期（2019.02），頁 157。

12　黃宗潔，〈論吳明益《天橋上的魔術師》之懷舊時空與魔幻自然〉，《東華漢學》第 21
　　期（2015.06），頁 234。

憶乃小說敘事的主要企圖，然而，有別於寫實主義的筆法，本文以為
魔術師的造型之所以能貫穿整本書，其實象徵了具有影迷傾向的後設
小說敘事策略。後設小說是後現代小說裡經常使用的技巧，即在小說
敘事加入「反身性」（reflexivity），讓小說中的「作者或敘事者在情
節推進的同時，透露小說『被主觀創作』的客觀事實，並使讀者在閱
讀過程中不斷被作者提醒該文本被創作的虛構性和被書寫的現實。」[13]
後設小說被主觀創作的意義，其實就是作者的分身「現身說法」，直
接在小說中談論創作的過程，並挑戰敘事的真實性或作者的權威性。
正如《天橋上的魔術師》的最後一個短篇〈雨豆樹下的魔術師〉讓作
者現身，以「反身性」體現出小說的虛構性。

　　本文以為，小說《天橋上的魔術師》其實將集體記憶投射在一個
想像的戲院空間，雖然主要場景以消逝的中華商場為主，魔術師的角
色如同導演，試圖對「記憶」進行場面調度，十篇小說中不約而同地
透過「電影」的視覺性重建中華商場的想像共同體。譬如，魔術師的
魔術如何形成？當小不點好奇的問，魔術師是如此回答：

> 我小的時候，以為把蝴蝶抓來做成標本，就擁有蝴蝶了。我
> 花了好久的時間，才知道蝴蝶的標本不是蝴蝶，我因為看清
> 楚了這一點，才能變出像小黑人這樣真的魔術，因為我把我
> 腦中想像的，變成你們看到的東西。我只是影響了你們看到
> 的世界，就像拍電影的人一樣。[14]

---

13 賴俊雄，《批判思考：當代文學理論十二講》（臺北：聯經，2020），頁 286-287。
14 吳明益，《天橋上的魔術師》（新北：夏日出版，2011），頁 30。

　　魔術師論及魔術的本質，電影或可謂之幻影。徐瑞鴻認為吳明益將電影與魔術相比，乃是要說明「電影建構的真實並不來自於銀幕上流動的畫面，而是在電影進行中身心沉浸的幽微悸動」。[15] 對於小不點來說，魔術師提供的是一種想像的觀看，吳明益透過魔幻寫實與後設敘事，挑戰庶民記憶的可信度與小說的虛構性，儘管現實中的中華商場已拆除數年，但只能於電影銀幕的想像的觀看裡重生。如郭楓所言：「現實中曾經存在卻無跡可尋的空間，通過小說的重現，可達到逼真感。」[16] 上述文字來自第一篇〈天橋上的魔術師〉中小不點與魔術師的對話，對魔術師來說，假設魔術是一種替觀眾創造奇幻的技法，電影透過光束顯影於白色大銀幕上的影像，魔術師即導演，導演即魔術師。

　　〈九十九樓〉裡的馬克則因為魔術師的暗示，經歷了一段魔幻的電影時間。因為對父親長期的家暴行徑所不滿，一天為了保護媽媽而拿鐵鎚回擊，卻惹得父親勃然大怒，馬克因此躲進廁所，按下通往九十九樓的按鈕，消失了三個月。當他再次出現在家門口，大家好奇這三個月來的行蹤，他說他都在商場中走來走去，只是商場的人看不見他。他說：「不是透明人，我不會講啦，很像在看電影的感覺，很像看到自己在電影裡面的感覺。我跟著我媽走，看她一邊走一邊哭，走到後來我覺得自己再走下去就快要死掉了。」[17] 這為了逃逸而進入異次元的平行時空，即是魔術師的技法，即是「我把我腦中想像的，

---

15 徐瑞鴻，〈觀看與實踐──視覺文化與吳明益小說中的觀看思維〉，《中國文學研究》第 37 期（2014.01），頁 184。
16 郭楓〈新一代城市移民的臺北敘事〉，《中國文學研究》47 期（2019.02），頁 169。
17 吳明益，《天橋上的魔術師》，頁 53。

變成你們看到的東西。」因此，當馬克不想回家，那麼這個信念就被
轉化為一個電影空間，也就是「很像看到自己在電影裡面的感覺」。
於是，魔術師體現了他作為一個導演的潛力，創造魔術即影像的隱喻
系統，小說中的馬克既存在也不存在，存在的是他能看到他隱形的時
空，不存在則是沒有人找到他的身體。儘管馬克失蹤的經驗，間接導
致馬克最後選擇自殺的結果，也許可詮釋為一種幻境與現實之間的鏡
面折射，或是電影的寓言性或預言性。〈石獅子會記得哪些事？〉則
是後者，夢中騎著石獅子的敘事者走過夜晚的商場，直到阿姨經營的
鞋店前才停下，敘事者並不清楚石獅子為何凝視已拉下的鐵門，然而
「當我側頭看石獅子的時候，祂也側過頭來看著我，我發現那眼睛雖
然沒有瞳孔，卻彷彿有一種火燄般的光流轉其間。」[18] 沒有瞳孔的眼
睛裡，火燄般的光如何被看見？這會不會根本不是夢？阿姨後來葬身
火窟的寓言？或是一種電影的隱喻？《天橋上的魔術師》的各篇小說
雖各有其主題與人物，但影像皆為魔術的可視的媒介，是人物慾望的
具體化的視覺性，具象地描繪記憶中的商場時空與情感。

　　商場拆除後，那些被遺忘的空間與時間，透過敘事者的記憶回
溯出一段又一段的懷舊影像，如果商場不曾消失，那是因為電影的存
在。正如〈雨豆樹下的魔術師〉一篇中，敘述者因為在侯孝賢《戀戀
風塵》的一個鏡頭中發現鄰居老李的強烈印象：

**老李就住在商場的屋簷下，他的工作就是一有機車停下來，
就拿著木牌掛在停在商場的機車手把上，名正言順地跟車主**

---

18 吳明益，《天橋上的魔術師》，頁 67。

收五塊的顧車費。當然沒有人允許他這麼做，但事情就這樣開始了。商場也沒有人問過老李是哪裡來的，老李也從來不說。這是千真萬確的事，我童年時住在我家門口的隊伍軍人老李，變成侯孝賢電影裡的一個鏡頭，連法國人都看過，說起來比小說還像小說。[19]

　　商場中的老李之所以能成為小說的一個段落，乃是因為他出現在侯孝賢電影中的一顆固定鏡頭裡，而在吳明益的凝視中，老李的身體，如同影迷的戀物對象，一併建構了「我見故我在」的商場記憶。換句話說，吳明益不僅是本書的作者，更是《戀戀風塵》不證自明的迷影（cinéphile），因此，本書的結尾揭示了作者後設書寫的迷影位置，如同安托萬・德巴克（Antoine de Baecque）對於迷影重要性的肯認，「電影的確需要我們去談論它，因為正是人們對它的記述，正是那些讓它不斷重生的討論，才使它真正地存在著。」[20] 事實上，吳明益小說《天橋上的魔術師》除了是一本關於中華商場的記憶書寫，更因為大量涉及了觀看電影、評論電影與傳播電影文化的形式，體現了迷影文化的一個側面。換句話說，吳明益藉由魔術師的造型，一位擁有幻術的主宰者，負責記憶的場面調度。魔術書如同電影導演，透過場面調度與視覺特效，擾動現實基礎上的時空邊界。更重要的是，吳明益在小說末章以後設書寫放大迷影文化的維度，勾勒商場的集體記憶與《戀戀風塵》真實場景之間的感覺結構。

---

19 吳明益，《天橋上的魔術師》，頁 213。

20 安托萬・德巴克（Antoine de Baecque），蔡文晟譯，《迷影：創發一種觀看的方法，書寫一段文化的歷史》（武漢：武漢大學出版社，2021），頁 3。

　　如同魔術師的魔法，吳明益對於電影的崇拜與迷戀成為一種抗
拒失憶的技法。〈金魚〉一篇裡的魔術師透過畫圖本變出小朋友想像
的物件：「他說如果不斷鑽研這種魔術，只要你在心裡用咒語呼喚想
要變出來的東西，就會發現什麼都可以從畫裡頭走出來，就好像世界
本來是一幅畫。」[21] 這類似拍電影的技／幻術書寫，在不同篇章有不
同程度的著墨，譬如〈一頭大象在日光朦朧的街道〉中的男性角色烏
鴉，大學時期即在攝影、紀錄片和劇情片的課程報告上展現個人天賦：
「把眼睛湊上觀景窗，然後透過那幾片玻璃看到世界，不是開玩笑的，
我自己知道這是我有天份。」[22] 如此的天份，不如說是導演的觀點，
透過限定的畫框，創造出現實與想像的邊界。

　　此外，透過電影的視覺經驗，創造出一種想像的邊界，譬如〈流
光似水〉中的阿卡是小不點的好朋友，因看了喬治‧盧卡斯（George
Lucas）的《星際大戰》（Star Wars）從此愛上模型製作，後來到了舊
金山念視覺藝術，並進入了盧卡斯為了他的系列電影成立的「工業光
魔」（Industrial Light & Magic）特效公司，成為基層技師後，技術更
為精進。回到臺灣後才發現充滿兒時記憶的中華商場已拆除，便開始
蒐集照片建造商場的微縮模型。阿卡認為作為一個微縮模型的技師需
要具備一個關鍵的能力：「那就是具有把閉上眼睛想像出來的世界，
具體實現的能力。簡單地說，就是能呈現腦中光景的能力。」[23] 這種
重建場景的能力，即呼應了一種迷影式的懷舊實踐。黃宗潔曾指出，
吳明益小說《天橋上的魔術師》雖是以 1980 年代都市臺北為場域所

---

21 吳明益，《天橋上的魔術師》，頁 148。
22 吳明益，《天橋上的魔術師》，頁 85。
23 吳明益，《天橋上的魔術師》，頁 193。

進行的居民與空間的對話，但這是一種反思型懷舊書寫策略，著眼於「懷想」而非「修復」，因此「小說中的每一段故事，多半並非指向對商場本身的懷念，甚至這個商場從一開始的『現身』就已是『不在』的狀態」。[24] 以小說文本來說，後設迷影介入影像的書寫，並不侷限中華商場作為某種城市的符號。然而影集改編的策略上則有所差異，楊雅喆乃是透過重建場景空間與 3D 數位影像繪圖技術打造「擬真」的中華商場，以懷舊空間為基礎，透過童年的成長敘事釋放鄉愁。

三、楊雅喆的影集：成長敘事的擴延影像

楊雅喆導演《天橋上的魔術師》改編自吳明益十個短篇，影集也恰好是十集，但敘事結構上已有相當大的差異。原著小說十個短篇由數位中年人記憶倒敘所交織成的中華商場眾生相，影集中則置換為童年成長敘事，儘管戲劇的主題「消失和逝去」仍與原作相符。[25] 這看起來矛盾且互斥的大方向，其實是強化「魔術師即導演」的後設造型，重建中華商場作為當下懷舊空間之餘，透過魔幻空間來回應「消失與逝去」的母題。更重要的是，《天橋上的魔術師》的影集不僅是小說十個短篇的重組與裝配，更可謂是數位時代結合聲音、圖片、印刷文字與影像的跨媒介敘事。

---

24 黃宗潔，〈論吳明益《天橋上的魔術師》之懷舊時空與魔幻自然〉，《東華漢學》第 21 期（2015.06），頁 242。
25 公共電視、原子映象，《天橋上的魔術師：影集創作全記錄》（臺北：木馬文化，2021），頁 33-34。

　　然而，賈克・洪席耶（Jacques Rancière）認為，影像是一種開放性的美學制域（aesthetic regime），具有散佈感官的特性，允許各個階層參與視覺經驗，擴延電影更是對各類影像與各種媒體開放，不強調差異，而是強調融合。換句話說，後電影（post-cinema）時代的文學改編，影像不再從屬於文字，感性也不再從屬於故事。洪席耶因此強調，電影是「巨大意義的聚合」（great parataxis），無論是文字或影像，已不存在操作的標準，任何聚合的媒介元素都是平等的，因而皆可透過隨機部署與混雜聚合來賦予藝術的力量。[26] 楊雅喆文學改編的策略之一，可謂是將〈雨豆樹下的魔術師〉小說文字與《戀戀風塵》的寫實實景重新聚合，除了透過數位後製建構了商場空間的擬真視覺性，更透過致敬侯孝賢的經典電影段落創造綿延的媒介記憶，重新部署敘事與影像之間的因果關係來創造特殊的動情力。

　　侯孝賢《戀戀風塵》的實景拍攝，偶然地記錄了中華商場1980年代的皮鞋店與寄車巷，不僅吳明益注意到了，商場地景也成為楊雅喆影集裡重要的致敬場景。例如，第十集〈超時空手錶〉中的小不點因為被父母責罵，而希望永遠鑽進一個不被打擾的時空，這是在魔術師口中的九十九樓，即是電影膠卷。電影膠卷中的中華商場，是永恆的存在，是不死的記憶，若是小不點鑽進了膠卷，如同進入烏托邦，他的肉身不會死去，如同侯孝賢《戀戀風塵》電影中永遠青春的阿雲與阿遠。但是當放映技術改變，膠卷逐漸被淘汰，數位化後的《戀戀風塵》在〈超時空手錶〉成為敘事主軸，不斷復返《戀戀風塵》的選定段落，遂成為影像擴延的隱喻。反思全球化的影像生產進程，法蘭

---

26 Jacques Rancière, *The Future of the Image* (London: Verso, 2007), p.45.

西斯科・卡塞提（Francesco Casetti）受洪席耶美學制域論點啟發，認為當代電影的擴延（expansion）徑路，體現自身容納多重新領域與不斷滑移的邊界，他認為「對新生產模式、新觀賞形式和新語言的聚合，以及反過來說，能以自身存在染指新的社會環境、新的娛樂工具、新的表現形式，都反映著一個全方位的網路存在，其在結構上與互動上不斷地強化與開放。」[27] 換句話說，擴延電影以開放的態度面對不同的影像內容，如同膠卷時代的臺灣新電影《戀戀風塵》，透過作家文字的書寫化為光影的運動。

　　如果《天橋上的魔術師》首集〈九十九樓〉是一個跨越平行時空之間的媒介，暗示了小不點終究會抵達九十九樓的預言性鏡頭，那麼第十集〈超時空手錶〉即是一個頭尾呼應的結局，讓小不點真的隱形穿梭在商場裡，甚至走進《戀戀風塵》的影片中。侯孝賢的名字在《天橋上的魔術師》中的〈雨豆樹下的魔術師〉這篇短篇小說只出現一次，但事實上，影集首尾皆出現《戀戀風塵》的音像配置，體現楊雅喆刻意部署臺灣新電影作為影像遺產的敘事迴圈。首先，後設的音樂部署形成電影原聲帶與文學影集的超文本互涉。影集首集〈九十九樓〉的片頭音樂，置入《戀戀風塵》電影原聲帶的〈歲月的船〉，演唱者為許景淳，儘管這首歌並沒有出現在《戀戀風塵》電影中，但〈歲月的船〉是原聲帶第一首歌曲。第一集的片頭，是哥哥在小不點左手上用原子筆畫出超時空手錶，而小不點正躺在床上，半夢半醒間，準備到魔術師所說的九十九樓，找回阿蓋的巴西烏龜、阿卡的無敵鐵金剛與自己心愛的寶物。然而這些其實都帶不回來，因為魔術師跟他說：「因

27 Francesco Casetti, *The Lumiere Galaxy: Seven Key Words for the Cinema to Come* (New York: Columbia University Press, 2015), p.125.

為它不見了、消失了，你才會記得它曾經是你的」。這段畫外音是小不點的旁白，搭上〈歲月的船〉的配樂，回應了《戀戀風塵》那隻阿遠爸爸送給他的防水手錶，後來轉送給中國偷渡客，透過旁白表述父子之間的情感。影集中的〈歲月的船〉，其實只有前半部分，無歌詞的樂曲，只有許景淳的聲線與陳明章的吉他和弦，共同創造出隨性的女性柔情，放在影集片頭，意外呼應了現場缺席的母親，以及雖然在小不點旁邊，但之後會離去的哥哥。於是，這首〈歲月的船〉電影配樂具有象徵性意義，它不只是音橋銜接過去與現在兩個時空，而是一個影集中重複使用的配樂段落，象徵時空轉換的聲景。

　　其次，影集《天橋上的魔術師》透過懷舊時空的場景建構與魔幻時空的虛實交錯，一方面強化的魔術師形象與空間置換能力，二方面以複訪電影（cinema revisited）[28]的形式向臺灣新電影經典——侯孝賢電影《戀戀風塵》的成長敘事致敬。楊雅喆談及他對吳明益小說改編的策略：

> 《天橋上的魔術師》有點像中南美洲的魔幻文學，但我改編成影集的處理方法不太一樣，影集形式可稱作「寫實的魔幻」，不似吉勒摩戴托羅執導《水底情深》那種黑暗的魔幻寫實，更不是《哈利波特》那種架空的奇幻想像。在《天橋》劇中，你會看到很寫實、很逼真的中華商場。我們先建造出一個真實存在過的世界，設定確切的年代，接下來，在十集

---

28 孫松榮，〈「複訪電影」的幽靈效應：論侯孝賢的《珈琲時光》與《紅氣球》之「跨影像性」〉，《中外文學》39:4（2010.12），頁142。

影集中變化出時而歡騰、時而陰森的魔幻瞬間。[29]

　　相較起吳明益小說的「反思型」懷舊策略，楊雅喆影集改編比較像黃宗潔指出的「執著於舊痕跡之保存、重建的『修復型』懷舊」。[30]然而，由於吳明益不干預劇組的改編，加上文字與影像的媒介差異，楊雅喆《天橋上的魔術師》作為文學改編影集，所涉及的不只是「忠於原著」，而是一種與臺灣在地影像美學、歷史和理論對話的致敬影像（homage）。以第十集〈超時空手錶〉為例，可發現楊雅喆透過對吳明益小說末節〈雨豆樹下的魔術師〉的後設書寫所進行的影像轉譯，是針對小說「消逝」母題的重新詮釋，一方面透過複訪《戀戀風塵》阿遠機車失竊的片段，觀眾得以自時延與變奏的擴延影像贖回「中華商場」的真實場景；二方面《戀戀風塵》內「中華商場」作為小不點逃逸的異質空間，或許楊雅喆希望贖回的不只是已拆除的巨大商場，更是致敬新電影大師的經典之作。安東·庫茲羅維曾歸類出五種致敬類型，包括電影片段採用、對導演本人致敬、模仿、建立關聯性與重塑，[31]而楊雅喆〈超時空手錶〉可謂是挪移《戀戀風塵》電影片段並重拍（remake）來作為致敬侯孝賢的視聽策略。

　　〈超時空手錶〉最核心的段落，乃是小不點為了逃避父母的打罵式教育，躲進廁所，希望到達九十九樓，隨即聽到馬蹄聲，魔術師伸

---

29 游千慧，〈消失，是「登大人」的開始：《天橋上的魔術師》原著改編 導演楊雅喆紙上導覽〉，《Verse》第四期（2021.03），頁109。

30 黃宗潔，〈論吳明益《天橋上的魔術師》之懷舊時空與魔幻自然〉，《東華漢學》第21期（2015.06），頁241。

31 Anton Karl Kozlovic, "Hollywood, Demille and Homage: Five Heuristic Categories," *Trames*, 13.1 (2009), p.66.

出手，承諾帶他進入「去了就回不來」的異質空間。此時，小不點再次劃下原本點燃不起來的火柴，進入了九十九樓。此後，小不點能夠自由穿梭商場店家或學校教室，因為隱形而覺得有趣，但隨後發現他與真實世界越來越遠。當小不點跟著魔術師進入戲院，此時大銀幕正在放映《戀戀風塵》，小不點不但在銀幕上發現了家中鞋店竟成為電影的一個真實場景，更在阿遠與阿雲尋找機車時，在銀幕中的商場角落發現魔術師的蹤跡，小不點因此從銀幕外跨入銀幕內，如同進入了《戀戀風塵》的魔幻時空。在魔術師和小不點的對話中，「九十九樓」即為「電影世界」。在這個段落裡，《戀戀風塵》與《天橋上的魔術師》成為了互相平行且交叉對話的敘事軸線。敘事中，《戀戀風塵》的阿遠和阿雲找不到機車而懊惱，《天橋上的魔術師》小不點的爸媽找不到兒子而焦慮。

> 小不點：魔術師，為什麼我不能回家？
> 魔術師：因為電影只拍到這個巷子，拍到的東西才會被記得，不然的話，都會慢慢消失。就像你，你之前不是覺得自己沒人愛，要變成隱形人，要幹嘛就幹嘛，但是其實你心裡是想要有人愛吧！
> 小不點：才沒有。
> 魔術師：有沒有你心底最清楚。你想要被看見，被記得，就不是沒人愛的隱形人了。這樣不好嗎？

上面這段對話，出現在第十集〈超時空手錶〉仿造的《戀戀風塵》電影場景中。關於中華商場的動態影像，在影集播出前，可以在《戀戀風塵》影片中看到天橋、皮鞋店、以及巷子裡坐在機車上抽煙的老

李。但影集播出後，觀眾也會對那位曾經被困在電影的真實場景中，綽號小不點的陳明勝印象深刻。如魔術師所言，拍到的東西才會被記得，1986 年《戀戀風塵》影片下檔了，原本被攝影機紀錄下來的中華商場和老李的身軀，透過數位修復技術讓角色與空間永恆轉生。另一方面，〈超時空手錶〉中不斷重複放映著《戀戀風塵》的失車段落，可謂體現導演個人的改編意圖。換句話說，影集裡小不點暫時棲居的電影世界，如同哀悼商場／膠卷之死的影像寓言，分別向中華商場之死與新電影之死，深深致意。

　　當小不點父親到了戲院看最後一場次的《戀戀風塵》，銀幕上的小不點終於轉頭，對著觀眾演出他精彩的賣鞋墊脫口秀，邊哭邊笑。電影下檔了，小不點父親從跑片師傅手上搶到膠卷拷貝，打開片匣，流下眼淚。此時再次響起《戀戀風塵》原聲帶許景淳哼唱的配樂，搭建音橋連結起象徵能夠穿越時空的超時空手錶，才讓小不點移出「視覺特效」封印的電影空間，轉換置「擬真」的商場佈景。在這重要的片段裡，楊雅喆試圖刻意混淆了敘境中電影的真實性與易變性。列夫・馬諾維奇（Lev Manovich）認為，電影作為一種媒體技術，它的作用曾是捕獲和儲存可見的現實，然今的數位化數據的易變性則削弱電影記錄現實的價值，最終回歸了影像的人工建構，如同「電影畫筆」（kino-brush）取代了「電影眼」（kino-eye）。[32] 然而，正因為如此，即便小不點能夠自膠卷內重生，那不過只是一個資料庫裡串流空間的數位檔案，而那早被拆除的中華商場，自然是永遠都回不來了。

---

32 Lev Manovich, *The Language of New Cinema* (Cambridge MA: The MIT Press, 2001), p.307.

四、結語：致敬的書寫與致敬的影像

　　小說《天橋上的魔術師》對於魔術師的角色塑造，或可視為吳明益的影像迷戀，因此整本小說仰賴魔術師對於現實世界的溝通、編纂與重組，折射在每篇不同的人物性格、成長經驗、商場空間與社會景觀，並在最後一則故事以後設的腔調讓作者現身說明寫作動機，挑戰小說寫作真實性與虛構性的邊界。影集《天橋上的魔術師》則化身為「文學時代劇」類型的雲端檔案組列，登上全球網路串流平台，觀眾可隨選隨看。同時，楊雅喆的版本如同媒介記憶的有機體，將其放在影視史的縱深之中，不僅可關注自臺灣新浪潮運動以降，新電影世代之間的美學承繼，同時也是大銀幕到小螢幕的跨界形式的變奏，包含類型的混雜性與串流媒介的擴延性。如果致敬新電影實踐了一種跨媒介敘事策略，吳明益創造了集體記憶的幻術，而楊雅喆虛擬了媒介記憶的星圖。

　　本文認為，楊雅喆的影視改編過程裡，表面上運用場景搭建與視覺特效重構中華商場，除了更動部分情節的發展之外，真正畫龍點睛的敘事意圖，則是暴露了魔術師即編導的創作過程，在擴延影像的媒介部署策略下，讓魔術師的魔術成為電影的魔術，讓《戀戀風塵》商場騎樓的動態影像，成為小不點的逃逸歸屬。正因為新媒體把擴延影像與原始影像結合在一起，開啟了流動文本的軌跡，包容多樣的時間狀態與觀點。也因為媒體科技的轉向，數位電影不再是紀錄真實事件的直接證據，而是得以建構真實事件的媒介。[33] 於是，透過數位技術

---

33 Francesco Casetti, *The Lumiere Galaxy: Seven Key Words for the Cinema to Come*, p.110.

建構的懷舊時空，以演算法「創造」現實，其實不只強化「影像即真相」的虛妄性，更加突出楊雅喆《天橋上的魔術師》的文學改編策略上標誌了臺灣新電影美學遺緒的斷裂與轉向。因此，電影世界作為魔術師創造幻術空間的隱喻，原本也隨著膠卷時代的逝去而終結，卻因為當前的數位科技，讓那早就消失的中華商場，如同被遺忘的臺灣新電影膠卷，經整飭修復後能在串流平台上重生、重映、重組。《天橋上的魔術師》的互媒性研究似乎暗示著，在全球數位影像內容的競爭下，如果臺灣的視聽動能正逐步體現其自身獨特的風格與類型，文學電影史的知識考掘刻不容緩。

影像啟動文學的來世：
當代臺灣文學紀錄片的三種路徑 [1]
謝欣芩

一、前言：文學紀錄片作為一種類型

　　科技發達、視覺媒介繁生的新世紀以來，人們的閱讀習慣從紙本書籍轉移至各式電子書，除了載體的轉變之外，閱讀人口的急劇下降也讓文學創作者與出版業陷入生存危機，在人人依賴媒介而生的當下，影像是否可能延續文學生命，又或帶來另一種生機呢？延續本書導論所論及之埃爾「文學來世」的概念，其中提示數種研究途徑與目的：「意即探討文學作品的後續影響，它們如何『存活』、持續被使用且對讀者產生意義，同時也聚焦複雜的社會、文本和跨媒介的動態過程」，[2] 開啟了想像文學未來的各種途徑，文學作品的傳播與接受、跨媒介的轉譯、不同媒介的互文性等論題，都有助於我們理解文學與媒介的關係。埃爾同時提出：「這些問題都可以從社會、媒介與文本

1　本文改寫自〈影像啟動文學的來世：當代臺灣文學紀錄片的三種路徑〉，《中國現代文學》41（2022.06），頁 5-23。

2　Astrid Erll, *Memory in Culture*, trans. Sara B. Young (Hampshire: Palgrave Macmillane, 2011), p.168.

的觀點來探討,文學來世的現象將是三者平衡結合因而得以延續」,[3]
其中媒介的觀點著重文學作品與其他媒介的動態關係,文學如何因影
像化、跨媒介改編、再創作能夠展現新的生機,亦可回應文學與媒介
的連結,媒介如何(不)可能促成文學的重生。

　　文學紀錄片的命名、定義與分類多元分歧,先從命名思考,文
學紀錄片、作家紀錄片、傳記紀錄片或者上述詞彙的各種排列組合,
皆有研究者和影評人用以討論此類型作品。再者,就定義而言,廣義
的文學紀錄片即是以文學為題材的紀錄片創作,文學的範疇可含括作
家、作品、文學社團及其所衍伸的社會文化現象,較為狹義的作家或
傳記紀錄片,則聚焦在「人」,亦即將作家視為重心,大部分的當代
臺灣文學紀錄片則是結合上述兩者之特質,藉由不同的影像策略去處
理文學題材,因此本文擇以廣義的「文學紀錄片」為論述主軸。

　　臺灣文學紀錄片在一九九〇年代末期悄悄萌芽,與臺灣社會的本
土化與民主化有密切的關聯性,邱貴芬認為紀錄片具有「大眾性」,
除了它所預設的目標觀眾之外,「紀錄片往往透過訪談,採用口述
歷史的形式來進行。這樣的特殊內容形式往往凸顯了普羅大眾的聲
音」,[4]由於這兩層大眾性,紀錄片不僅表達大眾的聲音,同時也將
導演所要呈現的觀點傳遞給大眾。另一方面,本土化帶動臺灣主體性
與認同的建構,文化工作者以臺灣為本從事創作,學界也著手臺灣文
學研究與臺灣文學史書寫的知識生產,以文字撰寫的文學史之外,影
像亦參與其中,對此,邱貴芬指出文學紀錄片的關鍵位置:「在學院

3　Erll, *Memory in Culture*, pp.166-167.

4　邱貴芬,〈文學影像與歷史──從作家紀錄片談新世紀史學方法研究空間的開展〉,《中
　　外文學》31 卷 6 期(2002.11),頁 193。

以文字撰述的臺灣文學史之外，開闢一個民間媒體主導的臺灣文學史和文學經典認可機制，介入臺灣文學史的形塑。被挑選為主題人物意味其文學成就受到肯定，已達『臺灣文學經典作家』的地位」，[5] 此觀點揭示文學紀錄片具有文學史撰寫與介入的功能性。在此之外，影像創作所能開創的文學史書寫策略顯然與文字迥然不同，文學紀錄片作為一種影像類型，其媒介特質如何能介入臺灣文學史的建構、樹立作家作品的篩選機制且將文字影像化，進而以此跨媒介創作達到文學傳播的目的，皆值得深入探討。

　　除了介入臺灣文學史的建構之外，文學紀錄片同時擔任推廣與傳播臺灣文學的重要推手，邱貴芬指出：「觀眾看完影片之後，是否對作家產生興趣，付諸行動閱讀其文學作品，紀錄片因而讓作家一再於不同的時空裡還魂，持續在文壇占有一席之地？我認為這個創造『文學後續生命』的命題，才是作家紀錄片真正的課題，也是最重要的衡量指標。」[6] 如此看法也與埃爾的「文學來世」願景不謀而合，文學紀錄片不僅是記錄文學作品、保留作家身影，更重要的是透過影像的轉譯，觸及更廣泛的觀眾與讀者，延續文學生命。論及文學紀錄片的傳播功能，林淇瀁曾針對一九七〇至一九九〇年代的臺灣文學傳播現象提出觀察，他認為此時期最重要的文學傳播媒介是報紙副刊，「副刊的文學傳播基本上受到歷史脈絡、社會變遷、意識形態及文化霸權與媒介守門人實踐等四個因素（或變項）的干擾（或影響）」，[7] 副

5　邱貴芬，〈以紀錄片創造文學後續生命——《願未央》與《我記得》〉，《文訊》436期（2022.02），頁 70。

6　邱貴芬，〈以紀錄片創造文學後續生命——《願未央》與《我記得》〉，頁 69。

7　林淇瀁，《書寫與拼圖：臺灣文學傳播現象研究》（臺北：麥田，2001），頁 16。

刊為作家重要的發表園地，因意識形態國家機器與文化霸權的介入，報紙與編輯所承擔的文學傳播責任也深受影響。[8] 然而新世紀以來，報業漸趨式微，副刊讀者銳減，網路與科技逐漸取代了紙本報紙與書籍，文學的傳播功能如何延續，文學紀錄片在此中是否能重新肩負起文學傳播的功能，尚待時間的檢驗。於此同時，若是文學紀錄片能成為文學傳播的新途徑，那麼紀錄片如何能從各式媒介中脫穎而出，吸引觀眾的目光，文學紀錄片採用的敘事策略與音像部署即是其中的關鍵，因此本文將新世紀以來的文學紀錄片分為三種模式，試以提出當代臺灣文學紀錄片生產現象的初步觀察。

二、以影像作傳的作家紀錄片：作家身影系列

　　一九九〇年代為臺灣文學紀錄片創作的發軔之始，初期作品多為系列作，且以單一作家為焦點，透過影像介紹作家背景、創作歷程與重要作品，以旁白朗誦搭配影像來呈現文學文本，佐以專家學者對於作家作品的詮釋和定位，因此作家紀錄片可視為記載和保留文學的重要媒介，同時也帶有為單一作家作傳的意味。初期的文學紀錄片多為影視企業籌劃拍攝的系列作品，如春暉影業的「作家身影系列 I、II」、公視的「世界女性‧臺灣第一」及「文學風景」等，這些作品的創作皆是團隊合作，帶有特定的目的與立場，誠如林淇瀁所指出的副刊編輯之於文學傳播的關鍵性，媒介守門人的角色同樣也出現在文

8　林淇瀁，《書寫與拼圖：臺灣文學傳播現象研究》，頁 17。

學紀錄片的生產過程，哪些作家能成為拍攝對象，如何以影像定位作者在文學史的位置，都反映了創作團隊的守門人角色所發揮的篩選機制，一旦作家被選為傳主，即肯定他在文壇的重要性，同時也揭示作家紀錄片作為文學典律化工程的途徑之一。

　　作家紀錄片的敘事結構往往以作家生平為主軸進行線性式介紹，既然作家是傳主，傳主在世與不在世將影響導演處理作家生平的影像手法。以 2000 年由春暉影業出版的「作家身影系列 II：咱的所在、咱的文學」為例，多位作家在紀錄片拍攝時已過世，創作難度因此提高，也讓作家紀錄片在保存與記錄上出現更多的難題考驗。比方說，《笑嘲人生的悲喜──王禎和》製作時，王禎和已過世，本片之始，導演曾壯祥即使用旁白說明拍攝王禎和的動機與難處，同時解說其小說作品的題材與特色，將王禎和定調為「當代最具代表性的作家之一」。由於王禎和不像白先勇有多地遷移的經驗，作品時空背景也多座落在花蓮與臺北，因此本片的敘事結構以王禎和生命的重大事件為段落分界，包括確診癌症、臺大外文系的文學啟蒙、1961 年張愛玲來臺訪問、電視工作經歷、愛荷華寫作會等，再搭配由專家學者的代表作介紹，如〈鬼‧北風‧人〉、〈嫁妝一牛車〉與《玫瑰玫瑰我愛你》。片中置入一段王禎和的錄音檔，是這部作品唯一的王禎和聲音，佐以花蓮地景，強調王禎和的創作發想來自土地與小人物，在此之外，大量依賴專家的評價，如鄭恆雄、尉天驄、呂正惠、陳芳明等人，分別針對王禎和文學啟蒙、小說的語言實驗、創作歷程分期、從美國愛荷華返臺後的作品轉向提出觀察，歸結出王禎和小說特色：「嘲弄是帶著眼淚的」。儘管片中多位學者已就王禎和作品提出深刻的文本分析，並定位他在臺灣文學史上從現代主義到鄉土文學時期的重要性，然而作家紀錄片的目的並非大量學術論述的堆疊，評價固然重要，但

更重要的是作家的思考與書寫，尤其王禎和特殊鮮明的語言美學，並沒有在片中凸顯。回到紀錄片的文學傳播功能上，本片因作家不在世而未能保留作家身影，或能以作品內容去強化作家的代表性，但這部片也沒有善用作品去呈現王禎和的文學特色。

　　作家紀錄片的特色在於以影像為作家作傳，進行作品詮釋並參與文學史的建構，「作家身影系列 II」可視為臺灣文學紀錄片的重要開端，選出日治時期、戰後第一代與第二代的代表作家，著手史料整理、作家身影與聲音的採集與保存，專家學者訪談同時也提供作家與作品的解讀，實踐影像紀錄與保存文學的拍攝目的，觀眾也能對特定作家作品有初步了解，然而在觀影過程中，觀眾對作家紀錄片所傳遞的資訊都是單向的接受，也只能獲得導演主觀呈現的作家樣貌，或許難以發揮誘導思考，甚至因觀影而產生的延伸閱讀行動。邱貴芬對此系列紀錄片的討論中，也提到單向歷史詮釋的問題，她認為原因在於口述歷史的單一性，對分歧意見的消音，乃至創作團隊受體制與出資者影響採用這樣的敘事策略，[9]這些確實都是關鍵點，此外我們亦可將「單向性」延伸至接收端的討論，紀錄片的觀點如何透過影像手法讓觀眾接收，這即是作家紀錄片的文學傳播功能，檢視「作家身影系列 II」的音像部署策略，即可發現觀眾在此過程中都處於單向接受的狀態，當旁白、作家與專家學者的聲音佔據重要地位，產生權威性的功效使觀眾信服，影像反而退居次位作為輔助功能，由此可知這系列紀錄片出現製作與傳播兩層的「單向性」侷限。

9　邱貴芬，〈文學影像與歷史——從作家紀錄片談新世紀史學方法研究空間的開展〉，頁197-198。

三、風格化的文學電影：他們在島嶼寫作

　　相較於早期採用傳記式與單一線性敘事結構的作家紀錄片，隨著臺灣新紀錄片在兩千年以來逐漸朝向「個人化、藝術化、商業化」的趨勢發展，[10] 文學紀錄片亦隨之邁向嶄新的一頁。2011 年由目宿媒體推出的「他們在島嶼寫作」文學大師系列電影，作品上映即受到廣大的關注與迴響，截至 2022 年，已推出三個系列，共十七部作品，同時納入臺灣與香港兩地的作家。多位學者與影像工作者在評論此系列時，不約而同地說出「這不是『作家身影』那樣的紀錄片」，[11] 可見「作家身影系列」作為文學紀錄片初期代表作，其建立的風格成為後繼影像工作者的參照，但顯然「他們在島嶼寫作」將朝向不同的文學紀錄片路徑，張小虹認為其創新之處在於：「每一部片都有兩個創作心靈的呼應與頡抗，一個是使用文字的作者，一個是使用影像的導演，彼此之間的微妙張力，讓影像不再是文字的二次表述，讓文字跳脫懷舊氛圍，重新展現當代感性。」[12] 此觀點即點出「他們在島嶼寫作」突破傳記式紀錄片的傳統，並強調文字與影像兩種媒介迥異性，影像也不是對文學的改編，如何以影像特質轉譯文學世界才是關鍵。

　　「他們在島嶼寫作」三大系列中，跳脫傳統作家紀錄片風格且在敘事與影像美學上呈現較大幅度跨越與突破的作品，像是以王文興為

---

10 邱貴芬，《「看見臺灣」：臺灣新紀錄片研究》（臺北：國立臺灣大學出版中心，2016），頁 35。

11 張小虹，〈影像時代的文學魅力〉，《聯合報全文報紙資料庫》A4 版，2011 年 6 月 6 日；林泰瑋，〈【他們在島嶼寫作】楊順清：這不是「作家身影」那樣的紀錄片〉，《OKAPI 閱讀生活誌》，網址：https://okapi.books.com.tw/article/1061，瀏覽日期：2022.03.17。

12 張小虹，〈影像時代的文學魅力〉，《聯合報全文報紙資料庫》A4 版，2011 年 6 月 6 日。

傳主的林靖傑《尋找背海的人》（2011）與拍攝七等生的朱賢哲《削瘦的靈魂》（2021），兩位同為現代主義小說家，因其創作風格與作品主題殊異，成為臺灣文學史上極具代表性卻也頗受爭議的作家，因此如何以影像呈現兩位小說家極為實驗性的文字風格與聚焦內心世界與人性的作品主題，尤其是要如何用影像讓觀眾理解這些艱澀的作品，是紀錄片導演須面對的挑戰。吳倍華已在其論文歸結出《尋找背海的人》的特色：使用複合媒材與線索敘事，安設 41 條線索，採用後現代拼貼的方式，讓觀眾逐步推敲，並深入作家多元繁複的文學世界。[13] 本節則將焦點放在《削瘦的靈魂》，探究導演朱賢哲採用何種方式去呈現七等生的人生與作品。

　　活躍於一九六〇、一九七〇年代的現代主義小說家，也是內向世代的始祖七等生，作品主題聚焦人性與存在，細膩刻畫人物內心，同時也挑戰道德邊界，以內心為焦點的抽象思考與文學想像，如何以影像具體表現困擾導演許久。導演曾在訪談中提及七等生多次提醒他，紀錄片是導演的創作，與他沒關係，賦予導演極大的創作自由，因此片中置入許多導演的思考，「雖然在片中看不到我，但是因為我的聲音、我的剪接，觀眾看得到我的手痕，更理解我拍攝的心情與狀況」，[14] 此即定調本片的導演主觀風格，並且也回應紀錄片創作目的為導演觀點的傳達。導演主要採用大量的戲劇重演去體現七等生的生命經驗與文學創作，作家、學者和親友訪談為輔，將虛構與真實交

13 吳倍華，《文學作家傳記紀錄片中的人物形象敘事策略：以〈尋找背海的人〉為例》（臺北：世新大學口語傳播學系碩士論文，2013）。

14 袁世珮，〈七等生削瘦的靈魂 朱賢哲用影像捕捉〉，《聯合報全文報紙資料庫》C5 版，2021 年 3 月 16 日。

織，引導觀眾進入七等生的世界。本片開頭使用字卡呈現小說字句，「午睡醒來，我對童年的靈魂邁叟說，『散步去，邁叟』『去哪裡？』邁叟問我」，短暫的畫面停格即能讓觀眾閱讀畫面上的字句，感受七等生的文學，然而受制於畫面所能乘載的文字有限，因此難以用字卡呈現小說的完整段落、上下文乃至通篇的主題，這即是小說此一文類在文學紀錄片中的「不可譯」特質。此外，重演段落皆以黑白色調處理，內容包括虛構的七等生人生與其作品，對比人物訪談的彩色調，做出清楚的區隔，讓觀眾能透過真實與虛構的並置，戲劇表演與訪談聲音，逐步進入導演所構築的影像世界。紀錄片的旁白包括上帝之音與權威性評論兩種，[15] 但導演捨棄這樣的模式，改用畫外音置入自己朗讀七等生作品的聲音搭配戲劇重演，僅是讀出字句未作評論，富有感情且時而激昂的聲音表演即是導演對七等生作品的詮釋，這樣的語音策略反映兩位創作者的緊密結合，而聲音傳遞的訊息與情感也成為觀眾理解七等生作品的途徑之一。

　　有別於「作家身影系列」的作家評價單一性與正向性，《削瘦的靈魂》的訪談對象背景多元，從作家本人、家人、親友到不同立場的研究者，藉由多重立場的辯證，穿插作品重演，讓觀眾去判斷七等生作品的價值。七等生的爭議性之一在於作品晦澀難懂且違背道德倫常，對此導演採用多重觀點與影像策略交織，首先因前輩研究者已不在世，導演擇以《火獄的自焚》（1977）七等生小說評論集的內容，畫面以書影搭配放大的文字，揭示一九七〇年代評論者對七等生的看法，如葉石濤寫道：「不知道他到底企圖表現些什麼？」，「七等生

---

15 Bill Nichols 著，井迎兆譯，《紀錄片導論》（臺北：五南，2020），頁 168。

赤裸地描刻了這羅武格『性』的歷史」，劉紹銘認為「七等生小說
的句子，是患小兒麻痺症的」，同時接著剪入當代作家鴻鴻的訪談觀
點，指出王文興或陳映真等人也有類似的風格，同世代作家因受翻譯
文學的影響有此特色，是以回應前輩研究者的批評性論述。研究者廖
淑芳、七等生大學同學簡滄榕也都在訪談中提及七等生發表〈我愛黑
眼珠〉後所受的責罵，此外亦以重演畫面、文壇合照搭配導演所配的
口白，以第一人稱聲音模擬七等生的心情：「包括很多藝文界的人，
都認為我是個人主義與虛無主義者，認為我病態，從此以後，我就不
再和其他的作家有熱切的交往」，這個節奏緊密且訊息豐富的段落，
為觀眾帶來諸多層次的思考，正反立場的辯證，同時插入戲劇重演與
動畫模擬，重現七等生極具代表性卻也最受批判的〈我愛黑眼珠〉。
在此之後，導演剪入七等生訪談中，對葉石濤與劉紹銘的回應：「他
（李龍第）哪裡有移情別戀？不是嘛，是因為環境的關係嘛，對不對，
所以他變成批評我的人，要攻擊我的人，故意說，對，我的傳統倫理
好像被我抹煞掉了。什麼叫傳統倫理？你們所知道的傳統倫理，你們
自己有沒有了解清楚？」也控訴重量級文學評論家並不了解他的作品
與道德倫常，強調自己獨有的小說美學不容挑戰。此段對於作品爭議
性的音像部署策略，讓不同世代與立場迥異的評論家與作家因為影像
剪輯而跨越時空在銀幕上交鋒，清楚揭露七等生作品的爭議性所在，
讓觀眾在多重聲音的討論中，搭配戲劇重演，深刻體認七等生作品的
道德思辨。

　　七等生的爭議不僅出現在作品評價上，他的人生亦有許多違背傳
統與道德的境遇。影片後半段，將重心移至七等生的家庭與婚姻觀，
〈譚郎的書信〉、〈重返沙河〉、〈思慕微微〉與〈精神病患〉等作
品的戲劇重演，帶出七等生作品與其真實人生中的婚姻、愛情和情慾

主題。透過女兒和兒子的視角勾勒七等生的父親形象，家庭照片佐以堂妹訪談重構七等生與太太的婚姻，七等生的前女友在訪談中描述她眼中的七等生，女兒也不避諱地談及父親的外遇，生而為人所有的慾望都真實地在小說中呈現，導演使用裸身的演員大膽呈現男女性愛，用影像來表現七等生戲劇化的人生，片中的敘事策略都深刻地反映出七等生人生與作品的雙重爭議性，超越以往作家紀錄片正向肯定作家的文學史論述，《削瘦的靈魂》善用影音特質、紀錄片觀點的建構、戲劇重演的策略，讓觀眾在真實與虛構、觀看與聆聽之中逐步接近七等生。

　　傳記式作家紀錄片的模式相對枯燥且讓觀眾只能被動接受訊息，《削瘦的靈魂》作為「他們在島嶼寫作」系列中極具導演風格的作品之一，創作手法和音像部署都為文學紀錄片建立一個嶄新的模式。此部紀錄片的導演風格反映了新世紀以來臺灣新紀錄片的個人化傾向，片中的多重表現手法突破真實與虛構的界線也體現藝術化的趨勢，更重要的是發行「他們在島嶼寫作」的目宿媒體致力於商業化的宣傳手法，上院線，發行 DVD，舉辦作家相關活動，為文學紀錄片的創作與傳播所做的積極推動，延續了紀錄片與作家作品的生命，一方面增加觀眾觀看文學紀錄片的意願，另一方面也帶動作家作品的重新認識與閱讀行動。

四、文學與影像的實驗電影：《日曜日式散步者》

　　廣義的文學紀錄片不只聚焦單一作家，甚至也可擴及一個文學社

團又或一種文學思潮,當題材擴大,紀錄片的主題和表現手法相對多元且複雜,別於上述兩大文學紀錄片模式,黃亞歷《日曜日式散步者》(以下簡稱《日曜日》)打破各種既有的類型與框架,在文學與歷史、影像與聲音、虛構與非虛構、紀實與實驗等邊界中游走,創造出當代臺灣文學紀錄片的新風貌。孫松榮認為電影的實驗性,「展現的即是對(無法)預想的、可能聲影形貌之嘗試(即試看看〔pour voir〕)與構成」,同時也是「電影為一影音現象與狀態的擴張、豐富,以及對影音意念與假設的激發」,[16]《日曜日》即以此實驗性為基調而創生。

　　《日曜日》的焦點是日治時期的風車詩社,創立於 1933 年的臺南,是臺灣第一個現代藝術團體,詩社成員受到法國現代主義與超現實主義的影響極深,詩作體現前衛風格,當時也創辦了同人詩刊《風車》(Le Moulin)。李育霖認為風車詩社在臺灣文學史上具有雙重邊緣性:「一方面由於風車詩社同人及其藝術信念並非當時的文學界主流,而是屬於少數邊緣的;另一方面也因為他們在一般文學歷史的編纂中再一次被邊緣化,同樣因為他們所遵循的美學風格仍不符合當前的文藝思潮與社會論述──亦即以本土論及後殖民為基調的文學史敘述」,[17] 因此藉由紀錄片形式呈現風車詩社的發展史與重要性,還原一九三〇至一九四〇年代臺灣文壇,梳理法國和日本文學思潮對風車詩社的影響,繼而藉由影像傳播重現這段鮮為人知的文學史,讓觀眾

16 孫松榮,〈實驗性紀實〉,王慰慈主編《臺灣當代影像──從紀實到實驗》(臺北:同喜文化,2006),頁 146。
17 李育霖,〈朝向少數的文學史編纂:論《日曜日式散步者》紀錄片的音像配置〉,《中外文學》50 卷 4 期(2021.12),頁 46。

獲知其存在與時代意義深具必要性。

　　既然《日曜日》是以文藝團體為題材的文學紀錄片，風車詩社的成員、風格、文學活動與文學涵養即是敘述主軸。拍攝已不在世的作家時，史料、檔案與訪談是主要的素材來源，即使導演黃亞歷在拍攝過程中，進行大量詩人親友與專家學者訪談與田野調查，但是在這部作品中卻完全捨棄訪談的片段，改以戲劇重演和物件檔案來取代。本片的戲劇重演多用以呈現詩社活動、文學涵養與詩人來往，風車詩社曾發行《風車》雜誌，導演藉由戲劇表演再現當時詩人們印製詩刊並寄發給詩社同人的情景，而風車詩社深受法國與日本文藝思潮的影響，在閱讀之中逐步汲取自己的文學涵養，如普魯斯特、《詩與詩論》、尚・考克多、西脇順三郎等，因此演員翻閱書籍、討論書上內容的片段，反映出詩人的閱讀經驗與文學啟發，對於法國與日本文藝思潮的接收且建構自己的知識系譜，將這些養分融入創作中，同時也藉由書籍的物質性，紙質與翻書發出的聲響，共構而成這部片的文學性。導演善用書籍的本質以及戲劇表演的虛構性，處理文學所帶動的實質行動，召喚觀眾的感官迴響與觸動，此即本片敘事策略與文學傳播的雙重實驗性。

　　延續《日曜日》以實驗性挑戰觀眾觀影經驗的企圖，這樣的手法也可以回應邱貴芬曾指出作家紀錄片經常出現單向詮釋歷史的問題和侷限，除了前述的跨媒介轉譯之外，這部片採用許多的留白、跳躍、停格等手法，以及各式的蒙太奇剪接，都可以視為邀請觀眾進行文學閱讀和歷史詮釋的創作策略。透過大量的物件和聲音去建構日治時期風車詩社的時代意義，它不再是由訪談定調的一家之言，而是多重視角的辯證，從詩人的作品、人際交往出發，擴及該世代的跨文化交流，更觸及臺灣與世界的關係。聲音使用多元豐富，旁白、配樂、對話等

各種畫內音和畫外音的交織，凸顯影像媒介的語音特質。文學作品的語言風格化與精細化，是影像媒介相較口語化的語言無法取代的，但是《日曜日》的音像策略卻同時保留了語音和文字兩部分，以華文與日文並列的字卡呈現詩作或詩論，將畫面停格，有時是靜默，有時置入配樂，這些段落中，觀眾同時也是讀者，在觀影時進行文學作品的閱讀，進而自由發想與思考影像、聲音和檔案之間的關係，並參與文學作品的詮釋，而埃爾提倡由跨媒介創作延續的文學來世，在觀影當下已然迸生。另外，值得留意的是此片主軸為風車詩社，詩的形式與篇幅相較於小說或散文精簡，字卡的使用也結合詩的特質，才得以在短時間內讓觀眾閱讀完畢，體會詩的意涵，達到文學閱讀的目的。

另一方面，這部紀錄片搭配風車詩社詩人李張瑞為視角所擬造的男性日語旁白，可視為李張瑞主觀的詮釋，藉此表達他對當時的文壇狀況、風車詩社的文學主張以及個別詩人的觀點等，例如他提及使用日文寫作臺灣土地與經驗的必要性，臺灣文學的白話文與日文之爭，風車詩社在當時文壇被邊緣化的問題等，捨棄以往透過作家訪談來表現的模式，旁白的使用可引導觀眾透過聆聽李張瑞與其他演員的聲音與閱讀字卡雙重模式，逐步接近風車詩社及其文學。李張瑞的旁白對不諳日語的當代臺灣觀眾而言，是一種陌生化的觀影過程，旁白所傳遞的知識性訊息，事實上是透過字幕翻譯讓觀眾所接收的，佐以畫面停格與字卡共創的閱讀時刻，邀請觀眾成為讀者，在影像以外，觀眾需要持續地閱讀字卡與字幕，才能理解紀錄片的敘事內涵，此即《日曜日》展現文學紀錄片的雙向建構和詮釋空間。在文學傳播功能之外，李育霖亦指出：「這一音像檔案所關注的，顯然是風車詩社同人的生活及其藝術美學如何被看待與被理解。也因此，影片所謀劃的，便不只是另類文學史敘述的建置，而是一個屬於『未來』的文學人物

描寫與文學論述的可能」，[18]《日曜日》朝向的文學來世，不只是文學作品的生機，同時反映在這部片介入臺灣文學史建構的關鍵性，紀錄片的傳播與接收即是達成以上兩重目的之方法。

對照本文前述的兩種文學紀錄片模式，直接提供知識性訊息，描繪作家的文學生命且標示其在臺灣文學史上的位置，《日曜日》採用另類的手法，誠如李育霖所言，這部片的拍攝行動即是一種「少數文學史編纂學」，使得片中「歷史與社會並非透過鏡頭的客觀引述，而是將話語交予影片中的人物與影像，自由言說，並按照自身的動機主題與節奏韻律自由組織。如此一來，影像所呈現的並不僅僅是歷史真相多元的觀點與詮釋，而是社會與歷史事實多重與多層次的摺曲」，[19]這樣的觀點亦可歸結為本片的影像實驗性，以及作品完成後所欲還原風車詩社時代意義並帶動文學史論述的未來性。然而，正因為《日曜日》的實驗性與藝術化手法，這部片成為龐大的資料庫，同時也是精緻的藝術品，而這兩個特質都可能變成觀眾在觀影過程中的阻礙。一方面由於大量且瑣碎的資料堆疊，涵蓋文學、繪畫、電影和音樂等藝術類型，不易凸顯本片以風車詩社為主的拍攝重點，試圖面面俱到描繪日治時期前衛藝術的整體面貌時，卻難以顧及個別詩人的創作細節，儘管導演安排了許多閱讀時光，但因為大部分的詩作都未註明作者與篇名，讀完之後觀眾無法知道該篇作品的具體資訊也難以延伸閱讀。另一方面，從閱聽人的角度思考，觀看文學紀錄片無疑是希冀深

---

18 李育霖，〈朝向少數的文學史編纂：論《日曜日式散步者》紀錄片的音像配置〉，頁 59。

19 李育霖，〈朝向少數的文學史編纂：論《日曜日式散步者》紀錄片的音像配置〉，頁 70。

入了解作家的文學與人生，因此直接表述應是較為立即有效的方式，但是《日曜日》過於藝術化的手法，多處採取音畫不同步的策略，觀眾在文字、影像、聲音三者之間徘徊，十分仰賴觀眾的積極參與而非被動地接收，再加上接近三小時的片長，很容易讓觀眾在觀影過程中迷失方向，無法跟隨導演佈置的線索按圖索驥到最後。綜觀而論，《日曜日》無疑開啟了臺灣文學紀錄片的全新篇章，提供觀眾另類的觀影經驗，其中前衛的影像美學與音像表現更值得肯定，然而回到傳播功能上，本片為觀眾設下的門檻與觀影任務，或可在未來的藝術教育與文學史論述中，持續培養觀眾的文學與影像素養，使之逐步接近前人所留下的文學世界。

五、結語

　　新世紀以來，科技發達與傳播媒介的改變成為催生文學紀錄片的主因，當我們探問「何謂文學」或「文學何用」時，或許可以更積極地思考如何延續文學生命，創造埃爾所謂的「文學來世」。本文梳理一九九〇年代末期至今的文學紀錄片發展並歸納出三種模式，展現臺灣文學與紀錄片之間跨媒介創作的特色。就影像的媒介特質而言，文學紀錄片保留文學的「語音」特質，從訪談、旁白、對話或配樂等，將作家的聲音及文學的語言風格存留下來。當代文學紀錄片往往處理的是前輩作家，跨越時空的拍攝需要借助史料搜集與檔案運用，創作同時也推動史料檔案化過程，不僅僅是對文學史和歷史的建構與詮釋，這樣的跨媒介創作也使得原本生硬艱澀、藏在圖書館、博物館的

史料活化，正因為影像的傳播使這些作家作品或早已被遺忘的歷史時空能觸及更廣大的觀眾與讀者。

文學與影像為兩種不同的媒介，在轉化、詮釋與再現的過程中，必然出現可譯和不可譯性。在紀錄片創作中，導演的主觀抉擇、編選策略和影像手法都成為作品走向的關鍵，既然文學紀錄片不盡然是客觀的呈現，必定反映導演對作家、作品、文學社團、文學思潮乃至文學史論述的自我理解與詮釋。作家生平與創作觀可藉由作家自述、專家訪談和戲劇重演進行建構，作品也可透過字卡和重演呈現，此即從文學到影像的「可譯性」。然而，那些在編劇與剪輯過程中佚失、刪除或刻意忽略的內容，可視為難以用影像表述的「不可譯性」。另一方面文學的特質包括風格化的語言，以及文類本身的差異，如小說與詩篇幅的長短之異，這些都是影像對文學的「不可譯」之處。此外，就文學史介入的功能而言，從「作家身影系列」到「他們在島嶼寫作」，都可以看出創作團隊對拍攝對象的選擇，「具代表性作家」的標準亦是創作團隊所提出的，因此這些系列紀錄片的創作無疑是強化作家成為經典的手段之一。《日曜日》所處理的是一個已然被遺忘乃至邊緣化的文學團體，紀錄片的拍攝並非鞏固其經典性，反倒是從文學史的遺珠之中重新拾回，並且透過影像的創作開啟風車詩社的重新閱讀與文學史論述。

文學紀錄片的傳播亦是許多影像創作者拍攝此類型作品的動機，希冀影像能夠增加文學的能見度，一方面保存作家身影與聲音，另一方面也渴望延續文學作品的生命，以文學紀錄片展開臺灣文學的來世。前文針對三種文學紀錄片模式觀察與分析，在音像部署策略以外，試圖以閱聽人觀點思考文學傳播的（不）可能，以及因傳播與接收而展開的雙向詮釋性。雙向詮釋的契機與策略乃決定於導演所採用

的敘事手法，觀眾的被動接受或者受影像誘發而積極參與，關鍵都在
於觀影過程中所接收的訊息能否引起共鳴。從「作家身影系列」的單
向詮釋，到「他們在島嶼寫作」開啟的雙向對話，再到《日曜日》高
度藝術化與個人化的美學表現，仰賴觀眾的投入與參與，這些紀錄片
在文學與影像的跨媒介創作上各有其特色與功能，然而也各有其侷限
之處，或可將此三種模式相互參照，期望文學紀錄片開展跨媒介創作
的蓬勃生機，同時啟動臺灣文學的下一輪盛世。

拾藏的紋理，轉譯的路徑：從章回小說《小封神》到闖關遊戲「藏寶圖」[1]

張俐璇

一、前言：轉譯行動與文學轉生

　　2021 年國立臺灣文學館舉辦「文學未來式：當代文學博物館發展論壇」，面對「文學如何面向未來」的討論，第一場主題是「擴增研究，轉譯延伸」。[2]「轉譯」這個詞彙在人文領域的頻繁使用，大抵來自文化部從 2017 年以來所推動的前瞻基礎建設計畫，該計畫強調「藉由數位科技工具促進『保存、轉譯、開放、運用』專屬於臺灣

1　本文為科技部補助專題研究計畫「史料與遊戲：數位時代臺灣小說書寫的轉變（2009-2019）」（MOST 109-2410-H-002-201-）成果之一。部分內容曾分別以「文學轉譯與轉譯文學──2010 年代臺灣文學運動」和「且看下回分解：《封神榜》的臺灣演義與轉譯」為題，先後發表於「思相枝：臺灣文學史編輯與纂寫」國際學術研討會（2021 年國立中正大學）和「文圖學與東亞文化交流」國際研討會（2022 年新加坡南洋理工大學）。全文原載於《中國現代文學》第 41 期「文學來世」專題（2022 年 6 月），頁 25-44。此次依循專書審查意見，主要修訂前言和第三節部分論述。

2　第一場主持人為清大台文所退休教授陳萬益，他從過去的經驗指出近年的轉變：「轉譯不是我們這世代會出現的詞語」。黃偉誌側記，〈擴增研究，轉譯延伸〉，《閱：文學──臺灣文學館通訊》73（2021.12），頁 41。

的文化 DNA」。[3] 在這個大方向下，2018 年臺灣文學館開發文學品牌
「拾藏」，取「拾起熠熠發光的藏品」之意，推動「藏品轉譯」故事
與商品。[4] 2019 年，科技部人文司數位平臺「人文・島嶼」正式上線，
公開呈現 25 個學門的研究成果，鄭毓瑜對於「知識轉譯」行動，有
進一步的闡釋：

> 在大數據時代，我們淹沒在海量的資料、數字、記錄、論文
> 和書籍當中，不但考驗研究者統整與意義詮釋的能力，也考
> 驗研究者如何傳達並引起對話的能力。這雙重考驗，不只涉
> 及內容上的理解與溝通，在當代，更牽涉表達媒介由紙面文
> 字至於數位符號的轉變，這表示閱聽者早已超越紙本的有限
> 範圍與閱讀框架。轉譯的效用，這時就顯得特別重要，那不
> 只是翻譯，而是重寫，不只是單向推廣，而是跨領域的橋接
> 與對應。[5]

　　大數據時代，研究者兼有線上的資料庫、期刊論文，以及線下的
出版叢書，可以查找資料。「轉譯」一詞，因此不是前一個世代會出
現的詞語，因為它至少包括了「數位時代」與「海量資料」這兩項結
構性要素。《2020 臺灣文學年鑑》將「轉譯」寫入年度關鍵詞，並

3　文化部「前瞻基礎建設計畫專區」，網址：https://www.moc.gov.tw/content_419.html，瀏
　　覽日期：2022.03.23。

4　館方對於「藏品轉譯」的定義為「轉化藏品印象，譯出核心概念，嘗試不同媒介的表達
　　方式」。2022 年 9 月，「拾藏：臺灣文學物語」由「轉譯研發團」接棒，轉譯對象不限
　　於臺文館藏品。「轉譯研發團」網址：tlvm.com.tw/Create/CreatePlatform，瀏覽日期：
　　2023.05.08。

5　鄭毓瑜，〈轉譯的意義〉，科技部《人文與社會科學簡訊》20.4（2019.09），頁 1。

以文學品牌「拾藏」為例，指出文學藏品經由「轉譯」，成為故事與商品，得以「從資料庫、詮釋欄位中走出來，迎向大眾」，文學由此獲得「轉生」。[6]

　　經由「轉譯」行動，促發文學「轉生」的，因此也不僅止於研究者。2010 年代以來，多位創作者自覺性地「調度臺灣文學資源」，講述臺灣文學故事，諸如新日嵯峨子《臺北城裡妖魔跋扈》（2015）、黃崇凱《文藝春秋》（2017）、楊双子《花開時節》（2017）、賴香吟《天亮之前的戀愛：日治臺灣小說風景》（2019）與《白色畫像》（2022）等，各從不同的方式「傳承」臺灣文學，同時也「賦予被傳承的遺產後續生命（afterlife）」。[7]不過，目前面對海量資料所發揮的「統整與意義詮釋」以及「傳達並引起對話」的轉譯能力，多仍表現在「紙面文字」，如果以「數位符號」為媒介，又可有怎樣的呈現？2019 年，「臺北地方異聞工作室」[8]以許丙丁（1900-1977）的小說《小封神》為基礎，推出城市文學解謎遊戲《小封神藏寶圖》，將是本文分析的案例：同樣是調度臺灣文學資源，當講述臺灣文學故事的方式離開紙本，來到數位媒介，又可有怎樣的「轉譯」行動與文學「轉生」

6　黃偉誌、林佩蓉，〈文學不死，只是轉生：臺灣文學數位轉譯的第一手觀察〉，聯合新聞網，鳴人堂，2022.02.24，網址：https://opinion.udn.com/opinion/story/122694/6120388，瀏覽日期：2022.03.26。網路原文轉載自《2020 臺灣文學年鑑》。

7　邱貴芬，〈千禧作家與新臺灣文學傳統〉，《中外文學》50.2（2021.06），頁 17、20-21。該文以《花開時節》、《華麗島軼聞：鍵》、《百年降生》三書為例，指認出生於 1980-2000 年間的「千禧世代」作家，創造以「臺灣文學記憶作為文化記憶」的新臺灣文學傳統。本文則認為「調度臺灣文學資源」講述臺灣文學故事，在「世代」之外，亦是「時代」特色，一個臺灣文史資料豐沛的數位時代，因此在列舉文本上列有賴香吟（1969-）。

8　簡稱「北地異」，成立於2014年，主要成員有瀟湘神（羅傳樵）、長安（謝宜安）、清翔（楊昀）等。詳見「臺北地方異聞工作室」網站：https://www.tpelegend.com/#members，瀏覽日期：2022.03.23。

的能量？

二、《許丙丁作品集》與 1990 年代以降研究的「傳承」

　　承前所述，「轉譯」的背景來自論文和書籍等積累的「海量資料」，這其中數位遊戲《小封神藏寶圖》的重要參考，當是呂興昌編校的《許丙丁作品集》上、下兩冊，這是最早「有系統整理許丙丁的著作」，[9] 也是帶動其後《小封神》研究的關鍵出版品。

　　《許丙丁作品集》在 1996 年由臺南市立文化中心出版，是「南臺灣文學——臺南市作家作品集叢書」第二輯十本出版品的其中兩冊。一九九〇年代，自臺中縣立文化中心推出「文學薪火相傳——臺中縣文學家作品集」開始，各縣市政府在行政院文建會的補助下，以每年一輯至多十冊為度，紛紛推出各縣市作家作品集。以臺中縣「薪火相傳」為範式，各縣市作家作品集的「文學傳承」意義濃厚。例如 1990 年「臺中縣文學家作品集」第一輯第一冊是《陳千武（1922-2012）選集》；1993 年「新北市——北臺灣文學」首冊為王昶雄（1916-2000）《驛站風情》；1995 年「臺南市作家作品集叢書」首冊是《水蔭萍（楊熾昌 1908-1994）作品集》。[10] 諸多日治時期的前輩作家作品，因此有

9　陳正雄，原著許丙丁，〈許丙丁簡介〉，收入陳建成主編，《府城的奇幻旅程：走揣小封神的傳奇》（臺南：臺南市文化局，2020），頁 15。

10　張淈雯，〈1990-2019 年「縣市文學」出版與評選機制〉，《「縣市文學」之誕生：臺灣 1990 年代以降地方文學的位置與意義》（臺北：臺灣大學臺灣文學研究所碩士論文，2019），頁 96。各縣市出版狀況詳見附錄二，頁 130-153。

了重新整理出版的機會。以廖清秀為例，1997 年在「北臺灣文學」出版的《林金火與田中愛子》，便是《恩仇血淚記》改寫的「同人」小說。《恩仇血淚記》在 1952 年與潘人木《蓮漪表妹》同年獲得中華文藝獎金委員會的長篇小說獎，但由於書寫的是臺日戀情，與當時代的反共抗戰小說迥異，因此不同於《蓮漪表妹》先後有文藝創作出版社（1952）、純文學出版社（1985）的印行，《恩仇血淚記》自 1957 年作者自費出版後，流通有限，至今是罕見圖書。各縣市作家作品集的意義，在薪火相傳之外，更是臺灣文學史料與記憶的重新組構。

　　薪火相「傳」的是什麼？「傳承」往往攸關對昨日的「選擇」以及在今日的「再生」。對於「傳承」（inheritance）的概念，盧迪內斯庫（Elisabeth Roudinesco）和德希達（Jacques Derrida）曾有一番討論。盧迪內斯庫認為，在今日面對過去，應當是「『有選擇地』繼承過去的精神遺產」，不全面否定，也不全盤接受。德希達相當同意這種「既忠誠又不忠誠」的態度，他以自己為例，從一九六〇年代末，他開始擔任法國精神遺產「繼承者」的角色，體認到「繼承者」的雙重任務：既須熟悉前人的知識，又應將其發揚光大；繼承前人遺產的同時，也同步進行解構，遺產因而得以新的面貌傳世，並回應當代的需求。[11]

　　許丙丁《小封神》作為一九三〇年代臺灣文學的重要遺產，以《許丙丁作品集》新面貌出現時，回應的是一九九〇年代對於臺灣文學史料整理的需求。《許丙丁作品集》上冊同時收錄《小封神》的兩個版本，分別是 1931-1932 年在《三六九小報》的連載版，以及 1956 年南

---

11 德里達、盧迪內斯庫著，蘇旭譯，〈選擇精神遺產〉，《明天會怎樣：雅克・德里達與伊麗莎白・盧迪內斯庫對話錄》（北京：中信出版社，2002），頁 1、4-7。法文原著出版於 2001 年；英譯本名為 *For What Tomorrow*，邱貴芬譯為《明日將來》。

華出版社的印行版。

《小封神》是對明代神魔小說《封神演義》的演繹。《封神演義》藉商周歷史「演義」寫「封神」，「是眾神成神之前的故事總集」。[12] 因為與民間信仰關係緊密，《封神演義》在日治時期被視為是迷信的淵藪之一。[13] 1931 年，許丙丁為「破除迷信，啟發科學教育」，[14] 因而將諸神降格，諧擬戲說做臺南演義，在《三六九小報》發表《小封神》。《三六九小報》（1930-1935）是創辦於臺南的小報，相對於當時在臺北的兩大報《臺灣日日新報》（1898-1944）與《臺灣新民報》（1930-1935），《三六九小報》之「小」，指雕蟲小技，也指瑣屑微言，甚至「從臺音言，則與狂字同意」。[15] 這是創辦人之一王開運（1889-1969）的夫子自道。在如是小報上刊載的《小封神》，所謂的「小」又更具諧擬趣味：篇幅小（百回鉅作 vs. 二十三回）、地方小（中國 vs. 臺南）、寓意小（演「義」vs. 破除迷信）。[16]

不過，在一九九〇年代「臺南市作家作品集」中，《小封神》被標舉的，則是「台語文學」的面向，小報版《小封神》的出土，讓編校者呂興昌驚喜發現這是「臺灣第一部正式發表个漢字台語小說」。[17]

---

12 胡萬川，〈《封神演義》中「封神」的意義〉，《真假虛實——小說的藝術與現實》（臺北：五南圖書，2019），頁 329。

13 羅景文，〈論許丙丁《小封神》民間信仰書寫與啟蒙論述之間的關係〉，《臺灣文學研究學報》8（2009.04），頁 44。

14 許勝夫著，呂興昌編校，〈小封神重刊記事〉，《許丙丁作品集（下）》（臺南：臺南市立文化中心，1996），頁 617。

15 幸鑫（王開運），〈釋三六九小報〉，《三六九小報》創刊號（1930.09），頁 1。

16 高振宏，〈許丙丁《小封神》文學研究〉，收入國立政治大學臺灣文學所編，《第四屆全國臺灣文學研究生學術論文研討會論文集》（臺南：國家臺灣文學館籌備處，2007），頁 206。

17 呂興昌，〈台語文學香火个先覺——《許丙丁作品集》編序〉，許丙丁著，呂興昌編校，

　　《許丙丁作品集》分有五卷，依序是台語文學創作、文學論述、歷史論述、許丙丁研究資料、年表。開卷的第一篇便是三〇年代的〈小封神〉，括弧註記為「台語原版」；文末另有「附錄」是 1956 年「中文改訂版」。於是，在編排上帶有主從意味的「戰前台語版」以及「戰後中文版」的定位，自此建立。

　　《許丙丁作品集》出版定調後，1996 年底先有臺北縣永和市樟樹出版社發行《小封神：日據時期最轟動的台語神怪小說》；2001年再有臺南金安出版社輯錄《許丙丁台語文學選》，皆著重在「台語」面向。有意思的是，樟樹版譯者陳憲國、邱文錫是以「注音符號」標音台語；而金安版譯者黃勁連則用「羅馬拼音」標註。隨著臺灣文學的體制化，稍晚還有呂美親以混合漢字與白話字兩種系統的「漢羅台文」撰寫的碩士論文《日本時代台語小說研究》，亦包含許丙丁《小封神》並指出其在篇名形式「雅言」（*真糊塗魁星被吊*）而內容處處「俗語」（*汝看我翹翹，我看汝霧霧*）的特色。[18]

　　〈小封神〉開始連載時候，正值黃石輝發表〈怎樣不提倡臺灣鄉土文學〉引發「臺灣話文」討論之際，因此不難理解「台語」表述在其間的意義。不過，如果比較九〇年代所定調的「台語原版」和「中文改訂版」，以第五回目為例，從「自轉車驚走三太子」改為「腳踏車驚走三太子」，「自轉車」實際上是日文漢字，在戰後的改訂，更有著「去日本化」的意味。兩個版本差異更大的，可能在於「文言」

　　《許丙丁作品集（上）》（臺南：臺南市立文化中心，1996），頁 3、5。
18 呂美親，〈第四章 台語傳統小說 ê 新思考〉，《日本時代台語小說研究》（新竹：國立清華大學臺灣文學所碩士論文，2007），頁 168。「汝看我翹翹，我看汝霧霧」意指「互相看不上眼」，語出許丙丁，〈小封神（台語原版）〉，《許丙丁作品集（上）》，頁 3。

的濃度，[19] 以〈小封神〉最精彩的臺南「在地轉譯」[20] 為例：

> 貧道自萬仙陣破後，被水火童子放蚊，將我肌膚吃盡，因一
> 點靈魂不滅，龜殼運入煙盤山芙蓉洞，修煉混元槌、芙蓉
> 丸，那槌按天地人三穴，貧道若將芙蓉丸，運用三昧真火熱
> 煉，一種香氣由天穴吹出，任是大羅神仙，即刻魂消魄散……[21]
> 貧道自萬仙陣被水火童子，放蚊將我的肌膚吃盡了後，我師
> 傅將我的龜殼，運回芙蓉洞，修練得復原形，並授我一件法
> 寶混元槌、和散煙袋，任是大羅神仙一遇此寶立刻麻木倒
> 地！[22]

　　《封神演義》虛構闡教、截教兩派的對立，萬仙陣是截教通天教
主的親自布局，門下菁英盡出。引文中的「貧道」是嫡傳弟子之一的
龜靈聖母，戰役中意外死亡，未上封神榜。在〈小封神〉裡，龜靈聖
母還魂，成功解救被小上帝誤縛的魁星，但後來跟雷震子大戰，與手
下九龜同敗，委屈「跳入臺南安平港自盡」，其後「臺南運河裏，發

---

19 另一個較明顯的差異是作者身分轉換的影響，《小封神》在戰前是「警察許丙丁」為「破
　除迷信」的書寫；戰後的「議員許丙丁」則有「時政批評」的擴寫。例如小說最後，當
　李天王為了大戰馬扁禪師，向赤精子、文殊廣法天尊兩位師叔借法寶時，戰後版新增〈天
　宮會傍聽奇問答〉一回，兩位師叔「在靈霄寶殿開天宮會議」，李天王因此被強迫旁聽
　呂洞賓的酒家提案，看到觀世音、南極仙翁出於各種考量的反駁與附議。

20 羅景文，〈論許丙丁《小封神》民間信仰書寫與啟蒙論述之間的關係〉，《臺灣文學研
　究學報》8（2009.04），頁 52。

21 許丙丁著，呂興昌編校，〈小封神──台語原版〉，《許丙丁作品集（上）》，頁 7。

22 許丙丁，〈【附錄】小封神──一九五六年中文改訂初版本〉，同前註，頁 74。

現石龜一隻，就是聖母的肉身化石，現在祀在南廠保安宮」。[23] 許丙丁寫的石龜，原型其實是贔屭，龍生九子之一，喜馱重物。小說由此解釋臺南何以有十隻贔屭，但唯有一隻「脫逃成神仙」獨享香火的理由。[24]

換句話說，三〇年代〈小封神〉的「文體與口吻較像傳統說書」，是「台語書面體」的文體，不同於「現代小說」追求以「口語體書寫」的文體。[25] 也因此，從今天台語文學的發展回看，〈小封神〉甚至可以理解為是在「書同文」的脈絡中，加上在地俗語的組成。而九〇年代以降，「傳承」的重點之所以聚焦在「漢字台語」的部分，係有助於後續「台語文學」研究以及各式拼音創作嘗試的發展。

三、從章回到關卡：二〇一〇年代遊戲中的虛實整合

1931 年，許丙丁〈小封神〉在《三六九小報》連載之初，便有小標註記「滑稽童話」。[26] 當時的「童話」意思，未必等同於今日對於「童話」在文類上的意義。「滑稽童話」的註記，大抵可以理解為

23 同前註，頁 91。

24 許丙丁撰文時，九隻贔屭在大南門外，1965 年移入重新修建後的赤嵌樓今日現址。詳見柯榮三，〈許丙丁《小封神》素材來源再探〉，收入花蓮教育大學民間文學研究所編，《2006 民俗暨民間文學學術研討會論文集》（臺北：文津出版，2006），頁 302-308。

25 呂美親，〈編者導言：成做咱本土語文的「臺灣物語」曲頭〉，收入呂美親主編，《台語現代小說選》（臺北：前衛出版社，2022），頁 18。

26 綠珊盦（許丙丁），〈（滑稽童話）小封神〉，《三六九小報》50（1931.02），頁 3。

「童言童語，勿要當真」，是作者「幽默之筆」的「遊戲文章」。[27]
有趣的是，將近九十年後，《小封神藏寶圖》的製作，讓小說來到真
實意義上的遊戲。

　　遊戲向來被認為是娛樂，部分益智的或教育性的遊戲，會另用
「嚴肅遊戲」（serious game）的說法，來和純粹的娛樂遊戲區隔。[28]
不過，誠如當年王開運、許丙丁等人在《三六九小報》中的「遊戲筆
墨」，柳書琴曾指出這是傳統文人自覺採取「漢文小報＋大眾文藝」
的策略，由此在新文學運動時代裡，自抉出一個「舊又新」的位置；[29]
那麼今天將文學遊戲化，「將文學變成一個實驗場」，[30]也可以視為
是「後 1980 作家群」在數位時代裡，跨媒介發揮「再創作」的策略。
換言之，所謂「遊戲」，不僅並非不嚴肅，而且可以是創作的策略與
角度。

　　《小封神》在各章回「以神制神」，意圖「破除迷信」；《小封
神藏寶圖》則在各關卡，由人類解謎救神收妖，看似背反許丙丁意圖
的「復魅」，[31]實則在尋寶的過程中，重新「拾藏」記憶。許丙丁在《封

---

27 香農（葉書田），〈小封神序〉，收入呂興昌編校，《許丙丁作品集（下）》，頁
　586。原載《小封神》中文改訂、作者自印本書前，1951 年。
28 Jesse Schell 認為「娛樂是件嚴肅的正經事，不該被這樣羞辱」，建議採用「蛻變遊戲」
　（transformational game）一說，強調遊戲的目的是「讓玩家改變」。傑西・謝爾（Jesse
　Schell）著，盧靜譯，〈33 遊戲讓玩家蛻變〉，《遊戲設計的藝術：架構世界、開發介面、
　創造體驗，聚焦遊戲設計與製作的手法與原理》（新北：大家出版，2021），頁 488。
29 柳書琴，〈通俗作為一種位置：《三六九小報》與 1930 年代臺灣的讀書市場〉，《中外
　文學》33.7（2004.12），頁 31。
30 涂銘宏，〈遊戲時代如何「讀遊戲」、「玩文學」〉，《幼獅文藝》789（2019.09）「因
　為遊戲存在」專題，頁 45。
31 借用李時雍博士論文標題。李時雍，《復魅：臺灣後殖民書寫的野蠻與文明》（臺北：
　時報出版，2023）。

神演義》的基礎上，另加入的原創角色馬扁禪師，堪稱全作最大魔王，不僅人如其名地「騙」取了臨水夫人的乾坤斗，並且以一己之力大敗李天王、雷震子、齊天大聖三神明，最後被定慧珠、照妖鏡兩件法寶收服。《小封神藏寶圖》則在《小封神》的世界觀上，再新增主角呂善安，她的身分設定是臺灣文學研究生，[32]也是臺文館「臺文天文臺」寫作計畫成員，[33]負責調閱未展出的藏品，進行轉譯故事寫作。

　　章回小說《小封神》的故事開始於「小上帝調任臺南城」，闖關遊戲《小封神藏寶圖》的故事則開始於「藥王廟求仙草」，沒有點出的主詞是呂善安。呂善安之所以需要到藥王廟求仙草，是因為工作結束在路上「撿到」奄奄一息的神明：臺文館隔壁重慶寺的速報司。為了解救這位被馬扁禪師打成重傷的神明，呂善安開始了 18 個關卡的奇幻旅程。從藥王廟開始，《小封神藏寶圖》遊戲中所「藏」的「寶物」，有博物館的文物，也有臺南廟宇的特藏，乃至於線上電子書資源，擴大了對「藏品」的想像。以遊戲的前兩回為例，藏寶的地點分別是藥王廟與臺灣文學館：

---

32 近年創作中，陸續有以臺文所研究生或畢業生為主要角色的設定，諸如黃崇凱，〈無人稱〉，《字母會 I 無人稱》（臺北：衛城出版社，2018），頁 134，有在馬祖擔任國文老師的林先生，以及《新寶島》（臺北：春山出版社，2021），頁 122，有 2024 年的新任總統高再生。

33 「轉譯研發團」前身「拾藏」的轉譯寫作成員，又稱「臺文天文臺」觀測員。網址：https://vocus.cc/user/5b24d332fd89780001e1fb24，瀏覽日期：2022.03.26。

圖 1 主角呂善安偶遇神明速報司。[34]　　**圖 2** 呂善安在孔廟大成殿外協助解題。

　　第一回合，呂善安來到藥王廟求仙草，而但凡凡人要進入神靈之域、見到神明，就得先通過考驗。玩家的第一個謎題因此是「本王何以服人？」，圖示暗示可以在廟宇中找到相應的答案。作為「城市文學解謎遊戲」，《小封神藏寶圖》的設定是「線上線下虛實整合」的闖關遊戲。玩家可以親臨臺南，實境解謎；不過針對網路鍵盤玩家，也提供了線上解謎秘笈，[35] 可以找到相應的圖示，是畫師潘麗水（1914-1995）學生薛明勳（1936-2001）之作。對照以下兩圖，兩位門神的一手比三，一手比四，結合對聯書寫方向，取右三左四，答案便是「恩德」二字。

---

34 本文遊戲截圖，皆取自國立臺灣文學館「臺灣文學虛擬博物館」網頁「數位‧遊戲」區，網址：https://www.tlvm.com.tw/zh/Game/GameList，瀏覽日期：2022.06.18。

35 遊戲連結網址：https://www.tlvm.com.tw/thecrazygodsshow/static.html。解謎秘笈網址：https://ppt.cc/fDjlux，瀏覽日期：2022.06.18。

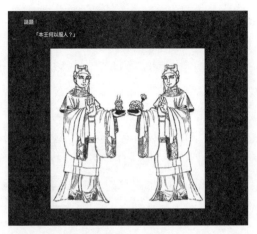

圖3 第一回「藥王廟求仙草」謎題。

圖4 全臺開基藥王廟背面圖繪。（筆者拍攝，2022.02.05）

　　輸入「恩德」之後,闖關成功。不過順利進入藥王廟的呂善安,卻無法跟藥王取得救命仙草,因為「中華民國已經 20 年沒有舉辦相關考試」,[36] 但是必須通過國家考試才能開設中藥行,因此藥王無法配藥。於是一神一人決定就教於最熟悉考試的孔門弟子。在《小封神》裡,孔門三千弟子也曾出場,齊聲反對由龜靈聖母出手救魁星,因為「若藉婦人之力,日後功成,難免笑話。」[37] 在《小封神藏寶圖》的敘事裡,延續了這樣的「性別麻煩」,當女學生呂善安出現在孔廟大成殿外,也引起一陣騷動。和龜靈聖母一樣,呂善安也為一眾孔門子弟,解決了難題:

圖 5　第二回謎題。

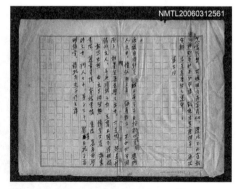

圖 6　臺文館藏「小封神(殘稿)」。[38]

36 相關新聞見張茗喧,〈逾 20 年未發過證照 千名中藥商集結衛福部抗議〉,中央通訊社,2018.11.06。網址:https://www.cna.com.tw/news/firstnews/201811060106.aspx,瀏覽日期:2022.03.09。

37 許丙丁,〈小封神──台語原版〉,頁 8。

38 圖片來源:國立臺灣文學館文物典藏查詢系統,網址:https://collections.culture.tw/nmtl_collectionsweb/GalData.aspx?GID=M1MPMWMIMCMD,瀏覽日期:2022.03.26。系統上「其他說明」欄位註記「手稿背面貼有魁星爺及文昌閣黑白照片 2 張」。

　　第二回的謎面有 NMTL20060312561 字樣，NTML 是國立臺灣文學館的英文縮寫，後面的數字是藏品的入藏登錄號，依循這個線索，可以在線上的「文物典藏查詢系統」找到圖 6「小封神（殘稿）」。手稿的中間右側兩行下方開始，寫道「**眾門人文士，憤怒小上帝，侮辱斯文，不和他爭個面子，枉費全臺首學之文士，可是個個都是懦弱的文人，手無縛雞之力，豆腐石頭不得相觸**」。「小上帝」出現在手稿中間右側第一行，對應過來的左側第二行是答案「縛」字。解謎之後，會看到呂善安在第三回指出「這份殘稿雖然說是《小封神》，不過是戰後的國語版喔，戰前的臺語版不是這樣的」。一般來說，除了研究需求，「文物典藏查詢系統」是甚少會被主動點閱的線上資料庫，但遊戲藉由尋寶設計，一方面讓玩家在資料庫中看見館藏手稿，同時經由呂善安的故事新編，指出《小封神》的書寫，有戰前與戰後的語言差異。《小封神藏寶圖》是無須先備知識即可進入的遊戲，但在謎題的設計上，又潛藏著希望遊戲玩家回到文學文本的用心。

圖 7　尋找破除馬扁禪師黑幕的方法。

圖 8　謎題：49366-2520。

　　在傳統民俗彩繪工藝、作家手稿館藏之外，遊戲第九回是貼合城市空間的設計。依據圖8及相關線索，可以判斷是臺南湯德章（1907-1947）紀念公園的圓環，[39] 左下角處是臺灣文學館，進入臺文館圖書室館藏查詢系統，輸入「49366-2520」可以發現是《幼獅少年》月刊，再依照秘笈指示，可以利用 kono 系統免費試讀〈小封神歷險記〉的三回連載。

　　瀟湘神〈小封神歷險記〉作為《小封神藏寶圖》遊戲的一部分，也是對於《小封神》的續寫之作。許丙丁《小封神》以「龜靈聖母＋九龜精」描述分處兩地的臺南十贔屭；對此，瀟湘神〈小封神歷險記〉則有九龜精的「新說」：

> 那許丙丁將我們寫成龜靈聖母的手下，其實根本不是如此！林爽文事件後，乾隆皇帝為了紀念福康安平定林爽文的大功，特別造了十座石碑，我們就是背負著石碑的「贔屭」，跟石碑一起從中國運過來。本來應該有十隻，但有一隻糊裡糊塗、昏頭昏腦，不知是暈船還是怎樣，上岸時沒站穩，竟跌到水裡。那個笨蛋就是後來被送到南廠保安宮的龜靈聖母。[40]

　　1788年（乾隆五十三年）馱負碑文來臺的十隻贔屭，是以金門花崗岩打造；一隻落海之後，在臺的清朝官員以臺灣砂岩另塑一隻，

---

39 更詳盡的對照圖可參見張玉玲，〈第五章 踏尋《小封神》的現代應用與價值〉，《許丙丁《小封神》研究》（高雄：高師大國文教學碩士論文，2020），頁158。
40 瀟湘神，〈小封神歷險記（1）〉，《幼獅少年》508（2019.02），頁84。

安置於嘉義。當年「暈船」的贔屭，後來在保安宮內被供奉為「白蓮聖母」，擔當治療眼疾的神職。[41] 相形之下，現存於嘉義公園的「臺製」[42]「假貨」[43]，連同現存於赤嵌樓的九隻贔屭，長年在外風吹日曬，受損嚴重。2010 年前後，針對赤嵌樓的九隻贔屭，臺南市政府和文建會，已陸續有是否遷移、如何修護的討論；2017 年臺南市文資處委託南藝大在赤嵌樓做了贔屭複製品。[44] 而有意思的是，《小封神藏寶圖》的最後，依照玉皇大帝御旨，要由十二隻龜精組成陪審團，審判馬扁禪師。於是乎，白蓮聖母、其他九隻花崗岩贔屭、嘉義的砂岩贔屭，以及最年輕的複製品贔屭，各種異質並存，組成「十二怒龜」同赴天界，參與審判。

　　誠如《小封神》結束在「大團圓老土地新婚」，屬於呂善安和《小封神》的故事，也結束在遊戲的第十八回「懸而未解大團圓」，人神共宴。不過，數位遊戲的特點之一是結局往往不會只有一種。以赤燭遊戲的《返校》（2017）為例，有好、壞兩種結局。壞結局是方芮欣無法面對自己、面對過去，而不斷陷入死亡的輪迴；好結局則是魏仲廷回到遊戲起始的教室，與方芮欣相視而坐，暗示著「只有加害者能

---

41 相關說明見李淑如，〈迷信與新創——論許丙丁《小封神》的地景書寫與信仰視野〉，《成大中文學報》71（2020.12），頁 170-172。

42 十隻贔屭的故事也出現在《福爾摩沙惡靈王》，小說中，真正能領導福爾摩沙防衛軍的，是這隻「臺灣土產砂岩製」的「龍子」，而不是其他花崗岩製成的兄弟。林哲璋，〈續曲 福爾摩沙防衛戰〉，《福爾摩沙惡靈王》（臺北：遠景出版，2009），頁 238。

43 臺文館、北地異，〈第十七回 十二怒龜終齊全〉，《小封神藏寶圖》，網址：https://www.tpelegend.com/thecrazygodsshow/軍工廠.html，瀏覽日期：2022.03.26。遊戲中所謂「假貨」是「龜精 B」的台詞，帶有「反串」意味地揶揄「正統」。

44 辛啟松，〈赤嵌樓贔屭碑有複製品 能摸能坐還能拍〉，蘋果新聞網，2017.08.29，網址：https://tw.appledaily.com/life/20170829/LF7DGNUPD2TGFLWZJCJXMCDPWY/，瀏覽日期：2022.03.09。

面對其罪業，受害者與加害者才能開始溝通。」[45]

　　《小封神藏寶圖》也有兩種結局，無分好壞，而是在呂善安和《小封神》的故事主線外，另有隱藏支線。一如遊戲「線上線下虛實整合」的設定，《小封神藏寶圖》的線上故事，在最後的第十八回敘述文字裡，會看見黑底白字的「下方」有張「四個眼睛的臉」。第十八回最後的短片，結束文字是「這場遊戲，您是否遺漏了什麼」。如果利用線上工具，搜尋第十八回的網頁原始碼，會在多行程式碼中，看見一句話「這不是終點，重新開始，說不定會發現什麼……？」依照這個指示，再回到第一回搜尋原始碼，則會看到「在故事的起點——將來你還會回來這裡——『搜尋』起點，或許你能找到什麼線索？」

　　遊戲的開始，是呂善安走出臺文館，發現倒在地上的神明速報司。因此，以「臺灣文學館」作為「故事的起點」，輸入上方欄位搜尋後，會看見文字的部分，有臺灣文學館的簡史，以及館內「葉石濤捐贈展」的介紹；而文字底層的浮水印部分，如圖 9 的左上角與右上角，有「03. 戈」與「四眼人」圖像。

　　玩家由此知道，將前十八回走過的「地景名稱」，與「網頁原始碼」交替輸入檢視，會再得到新的故事。例如奉祀齊天大聖孫悟空的「萬福庵」，在遊戲頁面中搜尋會出現新的角色「簡阿淘」，再以網頁原始碼檢索，則會出現葉石濤小說集《臺灣男子簡阿淘》裡〈紅鞋子〉的片段；進一步檢索小說片段所提及的「皇后電影院」原始碼，則會出現圖 10，文字敘述是〈紅鞋子〉裡的另一段話：

45 戴思博，〈赤燭《返校》〉，《省籍影像與世代遊戲：《牯嶺街少年殺人事件》、《超級大國民》、《返校》的白色恐怖再現》（臺北：國立臺灣大學臺灣文學所碩士論文，2019），頁 94。

圖 9　「臺灣文學館」作為「故事的起點」。

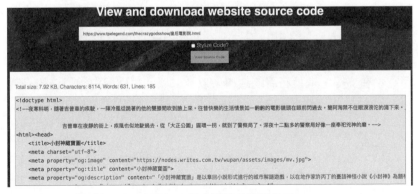

圖 10　從遊戲搜尋「皇后電影院」後，再檢索網頁原始碼的結果。

> 吉普車在夜靜的街上，疾風也似地駛過去，從「大正公園」圓環一拐，就到了警察局了。深夜十二點多鐘的警察局好像一座奉祀兇神的廟。那大門仍然敞開。好似也要把罪孽深重的世人一口氣吞下去似的。[46]

　　日治時期，臺北州廳警察衛生展覽會中的海報，將警察以千手觀音形象呈現：一手拿刀一手拿佛珠，有鞭也有糖，無事不管。[47]白色恐怖時期的警察，則有如遊戲中的四眼人圖示，監視的視線，讓葉石濤借簡阿淘之口說「警察局好像一座奉祀兇神的廟」。「封神／瘋神」至此，意義抽換，昔是妖怪神魔，今是國家機器。《小封神》除魅迷信的企圖，在「藏寶圖」中更新為除魅威權幽靈。

　　依循線索輸入「大正公園」，會是葉石濤小說〈夜襲〉：「這雖然是未經證實的傳聞，但是簡阿淘卻在府城的大正公園親眼看見那身體魁梧的律師湯德章被槍決，他留下來的血跡在大正公園的水泥地上，用水沖了也沖不走。」[48]〈夜襲〉是《臺灣男子簡阿淘》的故事之一，遊戲所節錄的，是簡阿淘在二二八期間的記憶。現在的遊戲，與過去的歷史對應；支線的故事也與主線（圖8）的謎題呼應。「臺灣文學館」作為「故事的起點」因此同時是兩個故事的起點：在主線，是許丙丁的故事，也是臺灣文學研究生走出臺文館外的臺南城市導覽；在支線，是葉石濤的故事，以及二二八事件與白色恐怖的臺灣

---

46 葉石濤，〈紅鞋子〉，《臺灣男子簡阿淘》（臺北：草根出版，1996），頁60。

47 圖示參見臺史博線上博物館，網址：https://the.nmth.gov.tw/nmth/zh-TW/Item/Detail/4f58198a-fbd4-4008-8521-30fdeecd3496，瀏覽日期：2022.03.26。

48 葉石濤，〈夜襲〉，《臺灣男子簡阿淘》，頁14。

大正公園

「這雖然是未經證實的傳聞，但是簡阿淘卻在府城的大正公園親眼看見那身體魁梧的律師湯德章被槍決，他留下來的血跡在大正公園的水泥地上，洗用水沖了也沖不走。」—— 〈夜襲〉

圖 11 葉石濤小說〈夜襲〉（1989）。

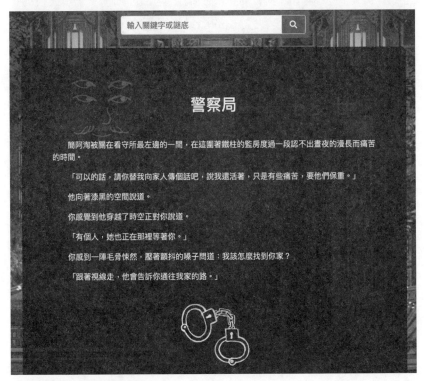

輸入關鍵字或謎底

警察局

簡阿淘被關在看守所最左邊的一間，在這圍著鐵柱的監房度過一段認不出晝夜的漫長而痛苦的時間。

「可以的話，請你替我向家人傳個話吧，說我還活著，只是有些痛苦，要他們保重。」

他向著漆黑的空間說道。

你感覺到他穿越了時空正對你說道。

「有個人，她也正在那裡等著你。」

你感到一陣毛骨悚然，壓著顫抖的嗓子問道：我該怎麼找到你家？

「跟著視線走，他會告訴你通往我家的路。」

圖 12 遊戲提示：跟著視線走。

歷史記憶。

　　而「四眼人」圖像是遊戲支線的重要線索。例如輸入「警察局」之後出現的文字敘述是「跟著視線走，他會告訴你通往我家的路」，這是北地異團隊以簡阿淘之名的再創作，也是重要的遊戲指示。以圖12為例，左上角的四隻眼睛，就是所謂的視線；圖11的眼睛圖示在公事包後方；但凡有四隻眼睛浮水印者，都可以再找到數字與符號，例如圖12右上方是「08. 廿」、圖11中間是「10. 口」。

　　在故事的支線尋獲11個浮水印[49]後，依照順序，以倉頡輸入法組合符號，就會得到最後的答案「傀儡巷」。跟著視線走，我們果然回到少年葉石濤的家。換言之，當我們在主線闖關遊戲的時候，同樣的地景，隱藏的支線，處處有埋伏的眼睛，雙倍的眼睛。一如葉石濤在其極為意識流的小說〈有菩提樹的風景〉裡所述，敘事者「我」常看見「充滿猜疑和邪惡的一雙大眼睛」、「周圍滿是大眼睛」，[50] 寓寫著白色恐怖年代的監控與威脅，如影隨行。線上虛擬的數位遊戲，由此交織著線下城市的歷史記憶。我們也因此可以這樣理解，為什麼遊戲的最後一回合名之為「懸而未解」，這個未解的問題就是誰在幕後操控馬扁禪師，躲在馬扁禪師的法寶「黑幕」之後的究竟是什麼？臺灣文學研究生呂善安作為主角，不乏以文學研究揭開迷霧、轉型正義的努力。

---

49 「四眼人」圖片浮水印，分別出現在臺灣文學館、文昌閣、南門公園、小上帝廟、神農殿、皇后電影院、大正公園、警察局，以及遊戲主線的第 8、12、18 回。感謝臺大臺文所博士生蔡易澄協助解謎。主線 18 回遊戲詳解，可見張玉玲，〈第五章 踏尋《小封神》的現代應用與價值〉，《許丙丁《小封神》研究與應用》（高雄：高師大國文系教學碩士論文，2020），頁 149-166。

50 葉石濤，〈有菩提樹的風景〉，《葉石濤全集 3・小說卷 3》（高雄：高雄市政府文化局，2006），頁 323、331。

四、結語：史料研究的傳承，與紀念物的轉喻

　　美國猶太研究學者詹姆斯・楊（James E. Young，1951-）曾在〈記憶的紋理〉一文中，反思傳統的紀念碑或紀念物，彷彿永遠矗立於某地，代替我們去紀念，因此並不會使記憶具體化，也不會將記憶烙印在公眾意識之中，反而是取代了人們的記憶，[51] 讓我們更加健忘。類似的是，一如博物館內的藏品，或文學作品，我們收藏，我們建檔，恆溫恆濕，安置妥當，但同樣也可能取代了記憶，促成遺忘。

　　所幸，臺灣文學館的「藏品轉譯」遊戲，提供了另一種紀念的方式。「轉譯」一詞，目前在臺灣文學場域的使用，多與實務相關。本文援用德希達討論「傳承」的概念，以及詹姆斯・楊關於「紀念物」的思考，嘗試從理論層面分析「轉譯」的文學史意義。以城市文學解謎遊戲《小封神藏寶圖》為例，首先，因為有 1990 年代，各縣市作家作品集的史料整理，讓諸多日治時期的前輩作家作品，有重新面世的機會，在文學「薪火相傳」脈絡下出版的《許丙丁作品集》，及其所開啟的後續研究，是轉譯的重要立基。其次，2010 年代的遊戲以「關卡」的設計，回應小說的「章回」形式，並利用數位符號的特性，結合臺灣文學館的館藏，在主線許丙丁《小封神》的故事外，另開支線葉石濤《臺灣男子簡阿淘》的故事，經由「藏寶」的設計，以具體物件作為文化記憶的轉喻。許丙丁和葉石濤兩位臺南作家的文學文本，由此組構為重層的「城市文學」：看得見的地景，和看不見的記憶。文學轉生，記憶再生。

---

51 詹姆斯・楊著，〈記憶的紋理：關於大屠殺歷史的紀念物〉，收入阿斯特利特・埃爾（Astrid Erll）、安斯加爾・紐寧（Ansgar Nünning）主編，李恭忠、李霞譯，《文化記憶研究指南》（南京：南京大學出版社，2021），頁 445。

附錄　回目對照表 [52]

〈小封神〉 1931-1932 年 《三六九小報》連載版	〈小封神〉 1956 年 南華出版社修訂版	《小封神藏寶圖》 2019 年 城市文學解謎遊戲版
1. 上帝爺赴任受虧	1. 小上帝調任臺南城	1. 藥王廟求仙草
2. 真糊塗魁星被吊	2. 文魁星遭受飛來禍	2. 孔門子弟遇難題
3. 眾文人大鬧孔子廟	3. 眾文人大鬧明倫堂	3. 重慶寺前答愚問
4. 文武聖計議救魁星	4. 文武聖計議救魁星	4. 吳園洞府會妖仙
5. 自轉車驚走三太子	5. 腳踏車驚走三太子	5. 南門公園現真身
6. 孫真人藥救李天王	6. 吳真人藥救李天王	6. 狂風大作黑幕現
7. 雷震子力賽飛行機	7. 雷震子仙翼賽飛機	7. 小上帝廟眾仙會
8. 黃金棍打破烏龜殼	8. 九龜精陣亡山仔頂	8. 大天后宮 Gambling
9. 九龜精陣亡山仔頂	9. 四大金剛看五穀王	9. 扶鸞更有謎中謎
10. 四大金剛看五穀王	10. 金魚仙巧騙乾坤斗	10. 東奔西跑尋戰友
11. 金魚仙巧借混元斗	11. 報司爺迷色失醋矸 [53]	11. 眾仙會齊士氣雄
12. 報司爺見色失醋	12. 請假神氣走金魚仙	12. 四金剛看五穀王
13. 觀黑幕氣走金魚仙	13. 眾神仙被困天羅陣	13. 風流且尋三太子
14. 眾神仙被困天羅陣	14. 孫大聖威震萬福庵	14. 眾仙會合決戰前
15. 眾惡猴大戰鹿角仙	15. 天羅陣孫大聖逞能	15. 降服馬扁誰問罪
16. 眾神仙重見天日	16. 宴神仙細談天庭事	16. 還魂仙草救聖母
17. 四妖魔逃歸澤龜洞	17. 為解紛討土地奔波	17. 十二怒龜終齊全
18. 宴神仙細談天上事	18. 馬扁仙奪回乾坤斗	18. 懸而未解大團圓
19. 解難排紛老土地奔波	19. 吹黑幕大聖險喪身	
20. 奪混元斗馬禪師逞能	20. 天宮會傍聽其問答	
21. 吹黑幕大聖爺受困	21. 照妖鏡馬扁仙現形	
22. 照妖鏡馬扁師現形	22. 眾神仙聚會封神廟	
23. 封神廟眾仙聚會	23. 大團圓老土地新婚	
24. 大團圓慶祝新婚		

---

52 關於〈小封神〉的兩個版本，在柯喬文碩士論文中，有更詳盡的訊息與對照。柯喬文，〈第六章 擬話本小說〉，《《三六九小報》古典小說研究》（嘉義：南華大學文學研究所碩士論文，2003），頁 160-161。

53 原文為「報司爺迷色失醋」，與其他八字一句格式不符，此處比照 1996 年樟樹版《小封神》加上「矸」字。

漂移、賤斥與不滿：在臺馬來西亞華裔女作家馬尼尼為的小眾創作 [1]

蔡玫姿

一、前言

　　1980 年代《聯合報》與《中國時報》兩大報文學獎促生一批優秀的「在臺馬華文學」作家，自李永平、張貴興至黃錦樹、陳大為與鍾怡雯，不論小說、新詩與散文皆是江山代有才人出。然而隨著 1990 中期地方文學獎雨後春筍般成立，竹塹、府城、南瀛、鳳邑、打狗、後山、蘭陽、桃城、菊島等文學獎承載在地價值，鼓勵書寫在地人事物，分散了兩大報文學獎的單一性。2005 年《自由時報》林榮三文學獎創辦，文學獎形塑之美學品味更形在地化，馬華文學與獲獎之美學越顯疏離。此外又有一強勢因素影響文學場的分配，文學網站、個人部落格吸引大量文學愛好者競逐。可以這麼說，區域文化發展、網絡改變文化傳導方式，解構 1980 年代以來報刊文學獎建立之文學場域。

1　原載《中外文學》49 卷 1 期 (2020.3)，頁 159-190。改寫後增加馬尼尼為授權之作品圖片。感謝《中外文學》編審者、馬尼尼為、成大性別與婦女中心成員。

　　雖然每一年仍有為數眾多馬華背景的留學生在臺生根，但脫離傳統文學獎後，在臺馬華文學呈現何種樣貌？被視為重要馬華文學評論者的黃錦樹，也坦承很難回答誰是馬華文學的後繼者。[2]本文擬加入新角度，當作家身分從僑生、在臺之大馬外籍生，乃至於在臺之外籍配偶時，馬華文學在文學獎中書寫雨林膠園，轉為對臺灣新家園心境上的水土不服，文學獎時代浮現的在臺馬華文學作家與現今的馬華背景藝文創造者，顯然是有所差異的。當後者融入臺灣當代處境，創發的文藝主題是否具備新的意涵？其間之異質性與在地交融為何？

　　以下析論女作家馬尼尼為作品之獨特美學。原名林婉文的馬尼尼為，出生於馬來西亞柔佛州麻坡，畢業於臺灣師範大學美術系、臺灣藝術大學美術所。她以自身婚姻與家庭為題材，刻畫立足異鄉的艱難處境，並以《帶著你的雜質發亮》入圍 2013 年開卷好書獎及當年度法蘭克福書展臺灣館選書。馬尼尼為發表作品近十年，自散文、繪本至詩，均未曾脫離「寫我自己」的主題。《帶著你的雜質發亮》寫她周遭「巨大討厭的臺灣」，但所謂「巨大討厭的臺灣」只是婆婆、先生、自己跟小叔。接續其後的「隱晦家庭繪本三部曲」——《海的旅館》、《老人臉貓》、《After》，採取特別的出版方式，先參與網路募資平臺，2016 年 2 月募款十萬達標後，由南方家園出版社出版。2016 至 2018 年之間陸續創作長篇散文、繪本、詩作，完成《沒有大路》（2018）、《詩人旅館》（2018）、《我和那個叫貓的少年睡過了》（2019）等等。

　　本文綜論其作品並開展三個議題：一、於「在臺馬華文學」中納入婚姻移居女作家的角度，詮釋新的漂移主體。將馬尼尼為置於婚

姻移民範疇，但又提醒並非所有在臺婚姻移民都是同質的，而多元異質書寫正是臺灣文學未來可觀的圖象。二、馬尼尼為高舉「因為恨，所以我創作」，其乖張文字有別於主流繪本的溫暖基調。本文論其從怪胎女兒至仇恨母親的書寫脈絡，參酌克莉絲蒂娃（Julia Kristeva, 1941-）「賤斥」（abjection）概念，詮釋內在創作源源不絕的動力如何產生，而賤斥母職與對新家園之不滿，又如何醞釀為創作型母親的主體自由。三、馬華背景的創作者失去文學獎發表空間，如何因應網路世代文學場的變化？藝術創作者如何拓展發表空間？以馬尼尼為為例，從獨立出版社到使用網路募資這種新的文創產製方式，其作品的出刊正代表「小眾文創」的能動力。

二、在地漂流：在臺馬華作家與婚姻移居創作者的差異

早期馬來西亞背景華人因寫作工作落籍臺灣，新一代則傾向保留大馬國籍。但不論國籍是否變更，二者皆然的生命經驗是在「彼鄉」中尋覓「原鄉」，即使回歸故鄉，故鄉也非原初那一個生命體。彼鄉的愛戀遙不可及，鄉愁成為離散文學主題，曾被余光中嘆呼「綺年麗質」、「繆思寵愛之才女」的在臺馬華女作家鍾怡雯，一系列作品反覆辯證彼鄉之鄉愁。《野半島》中自臺灣凝望三千里外的半島，《麻雀樹》移動是自己的宿命，「馬來西亞已斷成前半輩子的記憶，成為我的生命底色」。[3]

3　鍾怡雯，《麻雀樹》（臺北：九歌，2014），頁 11。

在異地建立新的情感聯繫，漂移主體不僅是屬地性的，更交織著人際關係。與此不同的是，馬尼尼為從外籍生轉為婚姻移居，其自我陳述坦露一種困阨於人際關係的漂移主體形貌。《帶著你的雜質發亮》提到：

> 十年來，作為一個被視為弱勢的外籍女人，我成了一隻動物。我的作用是生育、煮飯。當我反抗這一切，我的婚姻就毀了。
>
> 我知道，我只能隱匿地說這些話，沒有報紙願意刊登這樣的文章。[4]

1990 年代大量婚姻移民衝擊社會文化結構，據統計新住民家庭七成來自中國大陸或港澳，東南亞和其他地區約三成，因應融入在地及發揮親職功能，1999 年 4 月 12 日內政部預算審查附帶決議：「內政部應積極規劃辦理外籍新娘生活適應及語文訓練，輔導其融入我國生活環境辦理」。[5]公部門大量興辦外籍配偶識字班，民間團體更早注意語言文字的需求，1995 年已出現高雄美濃識字班，2003 年美濃識字班發展為南洋臺灣姐妹會，該會透過中文學習結成互助團體，培養新住民之能動力。但是，以中文能力培養作為協助新移民的方式，亦同步強調了新住民「語言缺損」的刻板成見。多數馬來西亞背景之新住民的語言能力，與佔七成的陸配、香港、澳門無異，且更可能因

---

4 馬尼尼為，《帶著你的雜質發亮》（新北：小寫出版，2013），頁 23。

5 葉郁菁，〈跨國婚姻家庭文化與語言學習不對等現象之探討〉，《教育資料與研究雙月刊》97（2010.12），頁 29。

為來臺目的為留學，文化吸收與創造的能力遠勝於其他東南亞移民。

因此，將「在臺馬華作家」改採外籍婚姻移民書寫者的身分，是否質疑並貶低他們的語言嫻熟能力？洪凌在〈乖離之必要，負面之必要，反人類之必要〉便認為閱讀《帶著你的雜質發亮》一書須注意：

> 若是誤用外籍配偶式的悲情求憐憫想像，她（即馬尼尼為）更是毫不容情地刮讀者好幾枚反手巴掌，嚴厲聲稱自己的高度（研究所畢業，取得碩士學位）與反其道而行的兇狠。[6]

2002 年起開放取得「臺灣地區居留證」、「中華民國護照」者，均可進入教育體系進修學校就讀。基層的識字教育對不同地區新住民產生不同感受，例如越南新住民陶氏桂，生長於貧困的北越廣義省，直到十八歲才在河內餐廳首次使用現代化的抽水馬桶。她對於自己能在臺灣從國小就學，取得高中學歷證明，申請入大學，感到自豪而感恩。[7]然而馬尼尼為則是完全不同的感受，當她在家中收到外籍配偶的識字班通知書，感到荒謬與被貶低，直言新移民標籤的不合宜，自己在臺已十八年，既非移民也不入籍臺灣。此間可見法令政策僅考慮國族身分，並沒有「過境」、「暫居」身分的彈性選擇。

最初的漂移主體都是帶著暫居此地的想法，直到想要安居，馬尼尼為描述成為婚姻移民的過程：「大學畢業後我為了居留跑去結婚，我厭惡那張有限制期的證件。我無法理性處理這種事。大學空白的那

6　洪凌，〈乖離之必要，負面之必要，反人類之必要〉，《帶著你的雜質發亮》，頁 11。
7　陶氏桂、劉金芝、蘇玉，《飛越千里追求夢想：花蓮越南新住民生活紀實》（花蓮：花蓮縣文化局，2016），頁 41。

枚褐色印記，漸漸被雨水飛濺，滲透而癱軟」。[8] 不斷被印章提醒限制此地居留，於是選擇了當下認為最適合，但回憶起來平淡的身分措施──結婚。結婚之意義不在浪漫愛情，而在於能長久安居。

　　葉子鳥在〈向撒旦告解的直剖之書〉抨擊馬尼尼為居外籍弱勢的發言位置，她認為馬尼尼為的作品充滿對此地臺灣的不滿，暴露作家本人的精神耗弱。[9] 然而過境的新移民，俯拾可得的日常壓迫，確實是一種不斷累積的精神耗弱過程。馬尼尼為說：

> 我習慣了不被聽見，在這裡的十年。我和你們說著一樣的中
> 文，卻像隔了比任何一種外文更高的山。
> 不要置疑我的中文，全世界不是只有臺灣和中國人才懂中
> 文。[10]

　　因著腔調與語彙差異，馬尼尼為特意在《帶著你的雜質發亮》說明：

> 本書正文作者所使用之異體、錯別字與誤用，例：尘（塵）、
> 忧（憂）……等。皆為作者日常書寫之慣用字體，同時也是
> 作者特意保留之文字。其目的在以凸顯「正典」語言與書寫
> 挾帶的刻板人群分類意識形態，並暗示任何已「正典化」的
> 日常價值規範，所可能帶來對「異質」的壓迫、威逼。[11]

8　馬尼尼為，《帶著你的雜質發亮》，頁 54。
9　葉子鳥，〈向撒旦告解的直剖之書〉，《帶著你的雜質發亮》，頁 171。
10 同上，頁 24。
11 同上，頁 22。

　　馬尼尼為採取的文字異質策略，與馬華前輩大異。李永平《吉陵春秋》二版序宣稱力求「中國文字的純潔與尊嚴」。[12] 同樣置身多語系的南方，馬尼尼為卻高舉「破」華文，肯定歧文異字，不擔心修辭淺顯、句法怪異，立求去畛域化的「東南亞華文」創作。《帶著你的雜質發亮》保留部分被此地視為不正確的簡體文字，挑戰正統中文書寫，並在無窮無盡「寫自己」過程中，發出觀視新家園、賤斥此城市的心聲。

　　較早的馬華文學論及離散生命多屬政治流離變遷下的結果，較少觸及婚姻移居身分形成的漂移主體。本文定義馬尼尼為這樣一個婚姻移居作家的身分，重新理解馬華文學「過境」臺灣的藝文創作。「過境」一語在強調扎根立足的文學史觀中並非讚語。葉石濤《臺灣文學史綱》、彭瑞金《臺灣新文學運動 40 年》就認為 1950 年代白色恐怖下，政治離散作家的漂流心態，存在主義哲學思潮無法具體再現臺灣的土地、歷史、社會現象，批評他們的作品使得臺灣新文學的寫實精神空白。[13] 然而時至今日，「過境」卻是全球移民現象下必然新的一種身分位置。「過境」位置是放棄被國族收編，在非此即他之間產生空隙，也放棄在此地偽裝自我，可以尖銳地說出對此地的不適應。如同馬尼尼為〈活著需要實話實說〉中言：

　　你不需要服從壯大的母愛／活著需要抗議／活著需要錯覺／
　　你不需要背誦壯大的鄉愁。[14]

---

12 李永平，《吉陵春秋》（臺北：洪範書店，1995），頁 ii。
13 彭瑞金，《臺灣新文學運動 40 年》（臺北：自立晚報，1994），頁 107-14。
14 馬尼尼為，〈活著需要實話實說〉，收入《2017 臺灣詩選》（臺北：二魚文化，2017），頁 238。

以「過境」的身分狀態，可以質疑此地，也可選擇協商。如今馬尼尼為的自我介紹是：「苟生臺北。育一子二貓」。[15] 苟且偷生、過境臺灣的創作，不須創作者國籍身分明確，創作者只因孩子與此地締結，而將對此地的感受寫實生動地說出。

三、都指向仇恨及不滿：鄉愁、母職

同為馬華背景的女性藝文工作者，前行者鍾怡雯與馬尼尼為在落腳臺灣之後的女性生命歷程具有顯著差異。鍾怡雯婚配同樣大馬人且學術知識相近的詩人學者陳大為，合力在彼鄉，建構馬華文學史文庫，鄉愁成為共享之文化力量。但馬尼尼為是融入臺灣的外籍配偶，語言的嫻熟遠優於 1990 年代中期大量的東南亞移民。更重要的是我們見到馬尼尼為之創作動力、作品形塑與移民母親身分之間有著切不斷的關係。

舊家園無法回歸也無意迴返，勢必離棄，保有距離才能回望孺慕。以疏離對待家人和故土，也以同樣的情感政治應對新天地的融入，在過境卻原地駐足的歷程裡，恨意不斷恣行。因仇恨而創作，臺灣城市在其筆下是封閉且腐爛的空間，穿著灰色「壽衣」在臺北晃蕩，回家面對的是囤積癖婆婆堆積廢物的房子，就內心主觀層面，她認為：「我們住在發霉沒有牆的倉庫」。[16] 婚姻裡的每一個元素都在

---

15 馬尼尼為，《沒有大路》（臺北：啟明，2018 年）。
16 馬尼尼為：《帶著你的雜質發亮》，頁 76-77。

慢慢地無聲地發臭。「婚姻像條狗鏈，把我栓在像蚊帳的房子裡」。[17]
對馬尼尼為而言，房間是讓她幾乎快窒息的牢籠，不是加斯東·巴舍
拉（Gaston Bachelard, 1884-1962）《空間詩學》（1957）陳述的「幸
福空間」。

　　因仇恨而形成的激憤書寫來自跨國女性長期受到認同與語言的質
疑，在異地空間裡的人際交鋒關係。臺籍先生鄙視她來自「碎爛的地
方，碎爛的氣味」、「你們那落後的地方。你們那不健康的食物」。[18]
但先生也點出一個事實：「你連個台灣人都不是！」。[19]此語一出心
境上如「掉在黑色的水窪裡，無力動彈。」連訴說不快樂的心情都沒
有權力，一旦批評新家園臺灣，很快就被導向：「既然你在這裡不快
樂，就回去吧！」、「他要我像灰尘一樣被吸尘機吸走」。[20]

　　在壓抑自我的生活裡，以漂移主體「過境」觀視，作品主題轉為
個人困厄。馬尼尼為作品中稱：「我剪開這塊土褐色的音樂／挖開我
體內的泥灣／媽媽，我的粗野已經粘在上面／媽媽說，那就帶著你的
雜質發亮吧」。[21]「母親」是象徵系統所排除賤斥的原初雜質與恐懼
對象，必須要以剪開、挖開等內掘動作來展示自己的不堪與劣質。從
內心中滋生母親幻象，才得以重回女兒身分，在溫暖凝視的間隙裡，
得以被撫慰而嶄露發亮的質地。

　　實際母女經驗裡，馬尼尼為訴說的卻是幼兒與母親亦步亦趨的依
戀，「怯生生地拉著她的衣角。她不在時，便想著她，甚至幻聽見開

---

17 同上，頁 80。
18 同上，頁 100。
19 同上，頁 106。
20 同上。
21 同上，頁 42。

門的聲音，甚至因過於害怕失去她，做了她死去的夢，那樣地小，卻要那樣地擔心……」。[22] 然而母親的社會形象卻未必是女兒認同的。馬尼尼為的母親一整天都在做家事、種田，[23]「做菜比餐館還快，她老是在做事，一堆做不完的事。」[24] 母職角色包在底層勞動之中。馬尼尼為的童年看似以藤蔓植物之姿，無止盡纏繞自己的母親，但跨國的女兒在實際行動中，選擇的卻是疏離，「一種逃離在外的身分。」且在極端冷靜中預知未來，「我喜歡這樣冷卻的過程。這樣稀釋的過程。因為注定會有死別，我預習」。[25]

　　逃離至異國，新滋生的母親身分也合法化這種逃離。只是當角色易位，叛逃的女兒卻依然掉陷瑣碎的母職泥淖。《我不是生來當母親的》最初命名為《我夢見成為一名母親》，馬尼尼為真心相信是「夢見」而非實際處境。[26] 母職的沉重讓作家嘶喊滿心的不願意，而這種不願意包含幾個層次。

　　首先，是一種原始強烈的恐懼。精神分析女性主義學者克莉絲蒂娃稱令我們恐懼、噁心、驚悸的事物，往往是某種被我們主體排斥出去的東西，像是：屍體、糞便、經血等等人的排泄物。[27] 無法透過辯證，讓我們產生認同，也非己之延伸，所以並非拉岡的小客體（objet petit a）。克莉絲蒂娃所論之主體，是反向試圖要嘔出客體，此客體與主

22 同上，頁 52。
23 同上，頁 50。
24 同上，頁 51。
25 同上，頁 50。
26 馬尼尼為，〈如何再生創造力〉，臺南成功大學「性別與社會課程」之演講，2019.03.20。（未刊）
27 茱莉亞・克莉絲蒂娃著，彭仁郁譯，《恐怖的力量》（臺北：桂冠，2003），頁 47-50。

體互為產生，是暫時性具體化之客體。當主客體分離時，主體所經歷
之情境為「賤斥感」（abjection）。賤斥感發生在馬尼尼為身上與她
作品中，懼怕的是甚麼？最想從自身主體性中排拒出去的是甚麼？就
生理性別層面（sex）而言，馬尼尼為擁有女性身體，而當成為母親時，
她如此訴說成為母親的心境：

> ……作了生產的惡夢。我看見胎盤脫落。透明胎盤內的嬰兒
> 對我微笑。拖著臍帶。我驚慌地大叫。姐姐替我把胎盤塞回
> 陰道。惡夢又來了。胎盤又出現在我胯下，陪著傾瀉的羊水，
> 那透明的胎盤令人心驚……[28]

　　直白坦率的她無法直視身體變化，反映在夢裡。孕育胎兒的羊水
胎盤，是賤斥所欲排出之「物」。孕育的初始——臍帶、胎盤、羊水，
在我之中，亦在它（嬰兒）之外，形成黏濁包覆的「宮籟」（chora）。
夢中反反覆覆的排阻，畫分自我與它者之界線。與生產有關之不潔
物，是不堪自我的延伸，更遠的延伸則是嬰兒，主體難以決定要割除
或保留，而在夢中留下印記。
　　一旦當它（嬰兒）這個難以言說的「我」具體成形，迎來的卻是
從抽象中墜入真實的處境，以及照護的冗長乏味：

> 我周遭的人事物直直地行進，唯獨我被關在房間哩，住在一
> 個鼻孔裡。穿著鬆垮，渾身汗，奶味，他的屎，尿。我病懨

---

28 馬尼尼為，《我不是生來當母親的》（新北：小寫出版，2015），頁 21。

憊變成一個泛黃斑的母親。我叫他放過我這位髒兮兮的母親。尖聲嘶叫為人母的癱瘓感牢牢地穿在我身上。我的時間盛滿他的哭、尿、糞。他又小到我不忍心將他擊敗。[29]

在《帶著你的雜質發亮》書中內頁，有幅頗堪玩味的木刻圖，漆黑版畫以纖細之線條，寫下歪曲的字：「你沒有血了嗎」。這幾個字同樣也浮現封面，封面摻以淺綠色澤，讓「你沒有血了嗎」帶來一線生機。經年累月的汙穢經血，在姙娠期間暫時純淨，然而母職崇高表象下，是否是更匱乏的主體幻象？

賤斥母職第二層面是社會性別結構（gender）的壓制。全職媽媽負擔起照護幼兒大量的瑣碎工作，「時間是陡峭的，在他啞

圖1 內頁墨色：「你沒有血了嗎」月經的失去意味著母職的開始

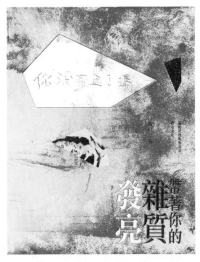

圖2 封面：「你沒有血了嗎」稀薄的綠色帶來一線生機

---

29 同上，頁35。

啞啞的哭聲中滑下去。」、「他要將我擊潰，用重複的巨浪，一種不疾不徐的照護工作。我越來越的稀疏」。[30] 倫理立場上馬尼尼顯然反悔成為母親，並大聲吶喊自己的不滿。

　　馬尼尼為描述移居臺灣的生命經驗，使用的字彙既灰色又尖銳。對他人與自我的存在，以灰燼、鼻涕、眼淚、殘渣、雜質、疤來代替；於自己的感受則充滿嫌棄、厭惡、被壓碎、失敗等動詞。她體察周遭則是發霉、無光、灰塵、枯醜的支架、沒有牆的倉庫；觀視他人更是腫瘤、廢物、病態等形容詞。成為母親之後的身體與生活，整體而言迴響著對自我的嫌惡，深感被棄置於新家園，只能對收養的流浪貓，產生著魔似的迷戀。

　　1990 年代後期臺灣曾發生過一小段異端母職論述，蘇芊玲《不再模範的母親》[31] 批判傳統母親角色，直指文化中形成了犧牲奉獻、無怨無悔、缺乏自我成長的母親角色，也延伸到機關結構，使得學校、公司裡的女性化為「母親」，提供各式各樣的情感服務，導致獨立人格無法出現。[32] 如今馬尼尼為的散文與繪本，重啟並深化異端母職論述，她曾直言創作最大的阻礙是自己的兒子：

> 我一再向他商借時間，來盛我的文字。他不肯。我得專注於他。拖曳著孩子。一身的狼藉，一身歪掉的疲軟。將所有負面詞語拋擲頁面，仍不足以舉起為人母帶來的千瘡百孔，彷彿人生從那一刻起開始穿孔，所有時間破堤流出。[33]

30 同上，頁 30。
31 蘇芊玲，《不再模範的母親》（臺北：女書文化，1996）。
32 蘇芊玲，〈被濫用的母愛〉，《不再模範的母親》，頁 45。
33 馬尼尼為，《我不是生來當母親的》，頁 35。

　　憎恨母職剝奪了創作時間，為了寫作完成自我，與孩子阻離隔絕是必要之惡。

　　無法逃遁避開，難以欣悅其中，百般情緒無路可出，竟開發出一系列創作。2016年完成的「隱晦家庭系列」繪本包括：《海的旅館》、《老人臉貓》、以及《After》，是三本關於母親、孩子、孤獨、寵物的書。此系列昇華了無能、無奈、必須留下的挫折。《海的旅館》寫小朋友找不到媽媽的旅程。《老人臉貓》描述一對母子晃蕩公園，孩子遇到有著古怪「老人臉」的貓。公園裡遊蕩的老人和提供撫慰的家貓形象組合一起，成為孩子替代性的父親。「老人臉貓」這樣一個離奇的異種，在現代社會中替代了父親職責。最後一本《After》召喚母子在「疲累的時候，我們回到童年旅館」。重返童年，「讓你身上的空洞跑出來／讓大海的聲音浸泡你的身體」。媽媽與孩子疊合，母子依偎一起，既孤獨卻又擁有全世界。

　　她反覆使用旅館意象，顯示她過境匆匆的心理狀態。母職是其不願承擔的責任，但弔詭的卻又從此發動創作的實踐。於母親身分的創作者而言，創造不僅是一種文化行為，更是一種情緒與心理的不屈服。關於母職與創作的關係有著正反論述，表象上母職瑣碎反覆，長時間的照護勢必剝奪自我的創作時間。馬尼尼為就坦承婚後無法看嚴肅的東西，只能看作家隨筆，閱讀只能淺嚐。[34] 母職使思想鈍化、馴化，有害創新發展，第二波女性主義經典芮曲（Adrienne Rich）〈當我們全然醒悟：以書寫再現〉指出：「欲發揮母性終日和稚子相處，需要的是幻想的抑制與擱置，並以保守的作風取而代之」；「女人依

圖 3　旅館過渡了「家」固定的意象

圖 4　老人臉的貓成為孩童依賴對象

圖 5　浴缸是最舒適的居家場所

照習俗試圖服從傳統女性的職責，這與具顛覆性的創造力起了極大的衝突」。[35]

　　另一種觀點則強調母職雖有害創作，但卻能成為藝術的本身，其創作行為本身就具有抵抗之意義。埃米莉‧傑里邁亞（Emily Jeremiah）指出自由人文主義關注主體性及創作者身分，以創作具有個人性與自主性，是需要長時間獨處才能達致的心智運作。「母親」身分遠離了創作所需的顛覆性，聯繫的是家庭與私我形象，而家庭工作與私我特質均阻撓了寫作的專業度。[36] 但埃米莉‧傑里邁亞企圖解構自由人文主義立場建構的創作論，她提出當創作者為母親，這樣的身分即已牴觸了公／私領域、心智／身體的僵化二元性，而這正是因為「母親生活經驗的公開化，顛覆了母親作為固有和純粹人體存在的傳統信念，進而挑戰了主流標準的個人性與自主性」。[37] 換而言之，母親身分的創作者代表的是拓寬了做為人之自由的定義，她進一步總結：「身為母親的角色，也許不僅能與藝術相容，而更像是通向藝術的導體」。[38]

　　以下進一步論母親身分／創作者，如何在時間壓縮下完成創作？馬尼尼為講座中[39] 透露四種策略：本能、廢物、日常、不完成。她強調創作是「本能」。單就字面意義，指的是一般人不學而會，以直覺

35　Adrienne Rich, "When We Dead Awaken: Writing as Re-Vision," in *On Lies, Secrets, and Silence* (New York: Norton, 1979), pp.35-49.

36　Emily Jeremiah, "Troublesome Practices: Mothering, Literature and Ethics," *Journal of the Association for Research on Mothering*, 4: 2 (2003), pp.7.

37　同上，pp.13-15.

38　同上，p.16.

39　馬尼尼為，〈如何再生創造力〉，臺南成功大學「性別與社會課程」之演講，2019.03.20。

完成樸拙的工藝。但她也將創作視作與潛意識的對話，創作仍帶有神秘性而令人嚮往。「本能」論與女性主義者西蘇（Hélène Cixous, 1937-）具本質主義傾向的「身體書寫」頗能呼應。西蘇在〈美杜莎的笑聲〉（The Laugh of the Medusa, 1976）中以子宮為蘊生文字寫作的隱喻，並鼓舞女性：

> 緊依著身體和本能書寫……以肉體構成為文本。你們閱讀時，亦如此接受，你感受身體的律動和呼吸。[40]

「本能論」與「身體論」均肯定非專業者的能力並宣揚創作動能。但西蘇的「身體書寫」強調女性身體與生命經驗，「本能論」則鼓勵眾人，包括母親在內都能成為創作者。

其二，繪本成為母職間隙中最佳之創作文類，亦為馬尼尼為異鄉家庭主婦生活中不得不的創作型態。因家庭主婦的侷限空間，繪畫媒材來自隨身可得之物，例如：小朋友剪碎的色紙，自己做壞的版畫碎片。在《我不是生來當母親》一書，馬尼尼為使用廚房冰箱的廢物，如：果皮菜碎、蒜頭皮、洋蔥皮、蔥根、莖葉、廢紙，「細瑣的廢物，很多有毒的油墨從我指間穿過」。[41] 廚房廢物是主婦日常，而今幻化為「有毒」的油墨版畫。之後《馬惹尼》（2018）則蒐集剪壞的色紙，在基礎色塊上安置紅色，加一些素材貼花，進行創造性的拼貼。原本的垃圾經整合、裁剪成為拼貼藝術，媒材的選取具有性別視角，既是侷限又是創新。

---

40 Hélène Cixous, "The Laugh of the Medusa," *Signs*, 1: 4 (1976), p.27.
41 馬尼尼為，《我不是生來當母親的》，無頁碼，單刷版畫。

　　創作策略之三,是以書本為老師,創作者的隨筆尤其能啟發她的
創作。隨筆中公開的是創作者的日常,教會了創作型母親如何讓生活
與創作合謀,而不是斷裂。馬尼尼為在公開演講及繪本專欄、臉書介
紹各類藝術家,如主婦身分的酒井駒子(Sakai Komako, 1966-)是專
業與居家合流的理想模範。[42]

　　第四,馬尼尼為突出了作品不完整的意義。參考荒井涼二
(1956-)探討故事是否必然要吐露宗旨,她認為無用、缺乏目的性
的故事,更勝過縝密籌畫的故事,使人享受故事的樂趣。當生產育兒
打斷了創作時間,作家無法專注經營情節,類似的創作論能安慰母親
創作者,更有利於持續完成作品。[43]

　　不過,即使擁有這四個策略,長篇散文《沒有大路》仍留下無奈
的話語:

> 所有傑出的少女都成為母親。成為母親後就沒有大路。被母
> 親的意念纏繞一輩子。孩子嘈雜不休。先生成了廢人。幾乎
> 就要撐破的表面。[44]

她清楚寫下無法成為傳統母親:

> 我無法和母親鬥爭。我無法灌溉。我不要默認。我不要認同

---

42 馬尼尼為,〈如何再生創造力〉,臺南成功大學「性別與社會課程」之演講,
　2019.03.20。

43 同上。

44 馬尼尼為,《沒有大路》,頁 145。

她。她要我好好做一個女人。做一個像女傭一樣的女人。我
開門見山和她吵。都燒光的甜蜜。都燒光的母愛。是愧疚。
是憤怒。[45]

　　成為母親之後，創作不是寬廣坦途，而是一條羊腸小道。但創造
型的母親則賦予母職新的意涵。

四、「小眾文創」的能動力

　　隨著文學獎世代逝去，新興的文類圖文書是否納入文學史？繪本
文類逐漸走向文學場，1998 年幾米第一本繪本《森林唱遊》出版，
隨後《向左走・向右走》、《地下鐵》，溫暖中參雜憂傷的筆調掀起
繪本創作風潮。幾米是臺灣英美繪本外最受歡迎的本土繪者，墨色國
際公司為幾米開拓文創市場，除以翻譯行銷國際，更改編幾米繪本為
音樂劇、舞臺劇、都市地景等跨領域藝術，圖文書創作者成功的藝術
跨界，鬆動圖文書本來僵化邊陲的位置，閱讀幾米繪本成為成人雅痞
的表徵。幾米的繪本也改造了以孩童為閱讀的出版假設。
　　馬尼尼為的創作從初始就奠基於自己的性別經驗，繪本允許零碎
時間進行，比起長篇鉅作在時間運用上更為經濟，對宅在家照護幼子
的創造型母親更具有便利性。馬尼尼為的繪本以極少頁數和簡化的對
話達成。「隱晦家庭繪本系列」中模糊的碎屑和抽象線條，呼應荒謬

---

45 同上，頁 39。

劇效果的是淡淡哀傷的語言文字。

　　馬尼尼為認為能激發自己創作慾的畫家，是像日本繪本作家 Miroco Machiko（1981-）這類樸拙奔放，較不重視技法的素人藝術家。[46] 網路的興起賦權（empower）素人的創作力。馬尼尼為稱自己即使具學院美術背景，但因荒廢多年，重新創作後仰仗瀏覽 YouTube 自學木刻，理解細部技巧。

　　由於創作是非正式、不完整與突破框架，故而「創作過程」也能當成「思辨過程」，進行行動展演。她曾接受一個委託案是《絨毛兔》插畫。經過閱讀後她定調《絨毛兔》是一個「誰不會被拋棄？」的故事，被拋棄是人類共同經驗，她為這個插畫留下眾多草稿，累積為展覽。展覽強調創作不是從頭開始，而是從最有感觸的畫面開始，一旦進入創作狀態，圖像一半可控制，另一半是不可控制的，彷彿注入的是人生的不可控制。

　　再者，廢物改造的過程也記錄下來，雙語繪本系列《馬惹尼》，大量使用墨汁毛筆刷痕來記錄「刮痕」。最初馬尼尼為見到家人因為割東西，導致在墊底的硬板上留下痕跡。於是她以墨汁填滿此痕跡之隙縫，然後再將墨汁改為版畫，列印後一一剪下，掃描至電腦記錄了「痕跡」。正因為主婦日常往往無聲地度過，才造成創作者反向的費力記錄生活之痕跡，以證明自我的存在。生活的痕跡最後增添了馬來布「峇迪」（Batik），以蠟染工藝定稿花樣。然後將紙本圖片不均勻地塗上亮光漆，產生意想不到的效果。[47] 痕跡往往是日常容易失落的，

---

46 馬尼尼為，〈如何再生創造力〉，成功大學「性別與社會課程」之演講，2019.03.20。（未刊）

47 馬尼尼為，《馬惹尼》（臺北：步步出版社，2018）。

圖 6　「峇迪」（Batik）

當代數位科技能反覆試驗最後擇定圖案，重覆與不斷改造日常的痕跡，加上不均勻的亮光漆、刻不乾淨的木刻，將重覆與不專業，兩者合在一起，締造了粗糙復古的效果。

　　繪本圖文之間允許更有空隙的書寫方式，避開精準中文美化的、扎實的、修辭性的文字規範。《馬惹尼》的文字雖不是純粹中國性與在地性，但在畫面佈局、視角物體之縮放比例，卻有一種中國畫的疏離感受。

　　在創作上馬尼尼為樂觀的說沒有受到歧視，或許因為創作文學場裡，往往讚許並拔擢秀異與獨特性。但進入出版體系，生存異地缺乏人脈的新住民藝術家，如何出版自己的作品？小眾文創如何從邊緣到被主流文化認同？

　　第一本著作《帶著你的雜質發亮》由小寫出版社出版，該社強調以「小小的驚喜」豐富彼此的生命。小眾出版社為有特色的人發聲，

主編具守門人作用，新作《沒有大路》則由以專業翻譯為主的啟明出版社出版，出版者鼓勵他們覺得值得出版的作家，使得另類風格的作家在不符合市場的美學中，找到一條狹窄的路。

除此之外，「隱晦家庭系列」在多次退稿後，於 2016 年使用網路募資的方式出版。雖然繪本發展至今風格多樣，臺灣亦有一部分翻譯或原創繪本著重心理情緒抒解，主題包括：單親、弱勢、隔代教養、新住民等多元家庭。這些新類型繪本探討當家庭發生變化時，孩童面臨的挑戰與解決之道。但是，馬尼尼為的家庭繪本本質上帶著怨恨，埋葬缺席的父親角色，以具老人臉的貓作為孩童依賴的對象。以恨出發的親情關係絕非主流，亦難以獲得實體出版社的青睞。

於是馬尼尼為轉化「募資」概念為「預購」，「隱晦家庭繪本」三部曲的勸募感言，稱：「以募資方式出版是一趟冒險之旅。」，「募資沒有出版社的物資與人力，完全依偎著讀者與作者。冒險的好處是你沒有退路，你必須前進。募資是你和讀者的承諾，書還沒身影就下的訂金」，「冒險意味著未知。未知的他者（讀者）以及必須堅定到底的作者。」[48] 這些承諾有別於商業出版模式，她坦承自己是出版新手，對於是否能持續創作有著恐慌。出版因此成為作家與讀者的溝通方式，募資是作家拋出諾言並信守持續創作。因為你信任，於是我創作，我出版。而不是文學獎因為你得獎，於是我出版的模式。

---

48 馬尼尼為，〈馬尼尼為繪本募資計劃〉，2016.02.24，網址：https://vimeo.com/156522300，瀏覽日期：2021.12.14。

五、結語

　　對照全球女作家作品私語化現象，馬尼尼為依循的依然是書寫私我經驗。上一代馬華文學創作者的文化家國意識，在馬尼尼為的作品中，轉為個人困厄與性別角色的挑戰。母親是一實存勾連鄉愁的線索，又是引動創作的象徵意符。馬尼尼為無意間屈從了她的生理性別（sex），有著經血的女性身體，當汙穢經血暫時純淨，帶來的卻是成為母親崇高表象下更匱乏的自我。照護的疲憊加劇她倫理立場的反悔。就社會性別（gender）層面，呼應1990後期臺灣異端母職論述，正視母職剝奪女性自我的現象。隨後的「隱晦家庭系列」昇華了想遁逃，卻無能、無奈、無用的困境。當百般情緒無路可出，開發出一系列創作。母職雖是不願成為的責任，卻也轉為發動創作實踐的策略。於母親身分的創作者而言，創造不僅是一種文化行為，更是一種情緒與心理的不屈服。

　　本文也指出馬尼尼為詮釋母親身分創作者的策略，有四：一、本能創作。「本能論」與女性主義者西蘇的「身體書寫」呼應，能激發創作、肯定非專業者。二、廢物哲學。創作了垃圾版畫，運用數位科技反覆記錄痕跡展現概念。三、以書本為老師。創作者的隨筆尤具啟發性，隨筆呈現創作者的日常，示範了生活與專業創作之間能合謀共存。四、不完整的特殊性。當育兒照護使創作時間斷裂，無法專注經營情節，允許作品不完整，安慰了創作者，鼓舞其持續完成。

　　生存異地、荒廢多年、缺乏人脈的新住民困境中，馬尼尼為乖張的文字，任意剪貼色塊的圖文結構，雖因為不迎合主流不易出版，但透過小眾出版社與網路募資仍開創了狹小空間。誕生了感性美學外，

形象突出的一種圖文風格。本文從婚姻移居角度，將其納入在臺馬華文學傳統，思考文本底層形構因素，探討其因身分、地域、婚姻角色產生的不妥協現象，如此有力地敲打世界，吶喊母親生命並廣為流佈。

零餘地與間隙者：《餘地》的多重史觀與敘述 [1]
李淑君

記憶是複數的，但紀念很單一，有壟斷性。照亮這個就看不
見那個了。
——顧玉玲《餘地》，頁 184。

一、前言：非虛構到虛構——回應當下

　　顧玉玲《餘地》於 2022 年出版，然而於 2020 年便展開長達八、九個月的時間持續天天寫作，對她而言每天的書寫過程都期待會發生什麼事。完成初稿後寄給「印刻出版社」，安排在 2022 年搭配《印刻》雜誌封面人物出版。然而，從 2021 年 9 月起半年間，《餘地》又進行了大幅度的修改，結構未變，調動的都是對話與行動細節，因為人物會慢慢長出之前初稿時沒有意識到的部分。[2] 本文以顧玉玲的作品《餘地》探討多重史觀、間隙之人、尋根與背叛等議題。

　　顧玉玲橫跨社運者、作家、學術工作者的多重身份。其創作、社運、學術的投注皆不離關注底層、左翼視野、回應社會的關懷。從文

1　本文感謝匿名審查委員具體、仔細、寶貴建議，修改過程獲益良多。特別感謝作者顧玉玲接受本文訪談。

2　顧玉玲受訪、李淑君訪談整理，〈顧玉玲《餘地》之訪談整理〉（2022 年 10 月），未刊稿。

學作品《我們：移動與勞動的生命記事》、《回家》到多篇學術著作，持續多年書寫勞動者的血汗印記、遷徙歷程、跨國勞動市場「工地無國界」的現象。[3] 顧玉玲的作品回應臺灣當下重要的社會命題，字裡行間也呈現自身實踐的痕跡。創作軌跡從《我們：移動與勞動的生命記事》、《回家》到新作《餘地》，可以看見在作品中融入社會實踐、權益抗爭的足跡。

　　前行研究多以《我們：移動與勞動的生命記事》與《回家》展開論述。陳筱筠以華語語系的視野與框架，詮釋顧玉玲作品深化臺灣與菲律賓的連結，拓展華語語系文化的內涵與南方視野。此外，臺灣的跨國移動現象，更拓展跨族群與跨語系的文化創造，其間移動與勞動的歷史過程，更呈現非單一、多元、複數的華語語系創作，在臺灣的各種移動與遷徙，他者與我群相互構成、相互連結成為複數的「我們」。[4] 陳筱筠的研究開創性地將華語語系與移工文學進行連結，將文學創作中的東南亞連結拓展華語語系文化的想像。

　　此外，吳慧娟則從跨國遷徙與障礙觀點討論《我們：移動與勞動的生命記事》與《回家》兩本作品，是少見橫跨障礙研究、文學研究、移工研究的跨領域研究。其從顧玉玲作品論述來臺移工捲入跨國勞動市場後，在跨國資本主義輾壓下成為健常主義中「不健常」的人。其次，深化障礙議題與移工議題的連結。包含聘僱移工看護工的臺灣人大多是急需照顧支持的障礙者，移工與障礙的緊密關聯性不僅是工

3　參考顧玉玲，〈工地無國界：尋找工殤紀念碑裡的移工〉，《臺灣人權學刊》4.2（2017.12），頁 47-72。顧玉玲，〈勞動者的血汗印記：工殤紀念碑與歷史記憶〉，《臺灣社會研究季刊》72（2008.12），頁 229-252。

4　陳筱筠，〈複數的「我們」——《我們：移動與勞動的生命記事》中的主體對話與歷史過程〉，《中國現代文學》32（2017.12），頁 59-74。

殤，更是照顧體系需要打開的視野。吳慧娟將工殤與障礙置放同一框架思考自我與他者以及建立另類結盟的可能。[5]吳慧娟指出顧玉玲書寫中涉及的障礙議題、移工議題、跨國資本的緊密交織。

　　上述研究開拓了顧玉玲書寫中的南方、障礙、複數主體的思考。本文觀察顧玉玲《我們：移動與勞動的生命記事》、《回家》到《餘地》寫作軌跡，有幾點轉變與延續：

　　第一點轉變，從非虛構文學轉向虛構文學。《我們：移動與勞動的生命記事》與《回家》是奠基在多年的勞工抗爭、勞權爭取的行動，書寫風格上是紀實寫作的風格。顧玉玲 2014 年完成的《回家》，是在越南進行實地踏查後的書寫，[6]更融入受訪者的自述以及民族誌的田野紀錄。[7]此非虛構書寫，是創作者與受訪者之間共同創作、相互構成的作品。相較之下，《餘地》虛構小說的特徵，更多寫作者對歷史的思索與對當下的回應。此種差異，顧玉玲認為對她而言，非虛構文學在寫作的當下，是書寫已經得知的事情，只是思考以何種方式與讀者溝通。[8]相對的，虛構寫作則是與筆下的人物對話。因此其書寫軌跡看到非虛構文學到虛構文學之間，寫作者自身對於不同文類的寫作差異思考。

　　根據本文對顧玉玲的訪談，對她而言：「不管虛構寫作或非虛構

5　吳慧娟，〈遷徙與障礙：顧玉玲的《我們》與《回家》〉，《中外文學》47.1（2018.03），頁 77-114。

6　黃慧鳳，〈女性移工的跨域遷徙與回歸——以顧玉玲《回家》為例〉，《藝見學刊》19（2020.04），頁 71-84。

7　顧玉玲，《我們：移動與勞動的生命紀事》（臺北：印刻，2008），頁 121-123。

8　郝妮爾，〈角色在腦海裡敲打 30 格，窮盡一生的田野，捕捉不可言說之事：專訪顧玉玲《餘地》〉，網址：https://www.openbook.org.tw/article/p-66274，瀏覽日期：2022.09.14。

寫作，都是跟著人物走。從此點來說虛構與非虛構差異不大」，差別僅在於「非虛構若沒有採訪到、沒有看到，不能為了情節的推動去創造出來」，此外，「非虛構寫作很有多倫理的考量，包含要暴露到哪裡的考量」，或是關切的事件累積多年，資料繁多，此時想要把社會結構解釋清楚，又想讓讀者認識到事件中人是有血有淚，但倘若一些細節作者不在現場或沒有訪問到，雖然可以從研究相關資料去補足欠缺，但依然有限制。[9]對顧玉玲來說，非虛構寫作更「接近社會責任。」目前依然有非虛構寫作的期望，因為「還有一些該寫但還沒寫的責任感」。[10]虛構寫作上相對自由，此外，小說創作是看向那些幽微不明、曖昧的、費解的另一種可能性，這可能更接近於真實的。[11]因為現實人生不是非黑即白，小說以人物訴說故事，在故事裡頭的人物不需要去說出價值判斷，價值是呈現在行動中，而非論述當中。[12]

　　第二點轉變則是書寫議題上從勞工文學轉向白色恐怖主題。《我們：移動與勞動的生命記事》與《回家》是顧玉玲將自身多年的勞工權益、跨國經驗、社會運動化為文學作品，凸顯受訪者自身的話語與訪談。白色恐怖為主軸的《餘地》，則是以臺灣百年歷史展開，融入多元歷史觀點的書寫。張亦絢也提及《餘地》是以家庭、性別、臺灣敘事作為書寫起點。[13]

　　在創作軌跡的延續上，首先，最明顯的就是可以看到顧玉玲的寫

9　顧玉玲受訪、李淑君訪談整理，〈顧玉玲《餘地》之訪談整理〉，未刊稿。

10 同上。

11 同上。

12 同上。

13 張亦絢，〈若即若離能動性：略談餘地的記憶暫緩與加速〉，《餘地》（新北：印刻，2022），頁 11-16。

作依然有很深的社會介入，以及以書寫回應當下。寫小說或非虛構寫作對顧玉玲來說，「回應當下」的關懷還蠻一致，寫作是回應當下，而不只是看向來路。[14] 此外，童偉格在討論顧玉玲的書寫中，關注我與他者之間的對話，我們與他者之間是具有關聯性的同代人。[15] 本文認為顧玉玲的書寫從《我們：移動與勞動的生命記事》、《回家》到《餘地》，都在思考我們與他者之間的關聯性，是互相照見、相互連結的網絡，以及對當下的回應。

其次，顧玉玲創作的延續性尚包含其書寫不論從非虛構寫作到虛構寫作，其創作過程皆非在書房完成的文學寫作，而是在田野、在街頭、在抗爭、在訪談中完成。寫作從過程到完成，作品都含著實踐性格。如本文訪談，顧玉玲提及：她寫作透過史料、紀錄片、訪談、自身走訪搭建場景，人物才能放置其中。顧玉玲曾經詢問《餘地》廖惜那一輩的人物，就教坐過政治牢獄的前輩來重返現場，藉此細膩地了解時代氛圍與場景的細節。甚至某些場景即使自身曾經非常熟悉，然而時過境遷，依然需要重返場景來進行寫作。此外，作品中有很多史料的轉化，也是長期的累積。教學過程她曾開設「口述歷史」、「記憶政治」等課程，就大量使用小說中所提及的史料，因此小說展開時，已經有一定的把握。而多年身處於勞工議題的關切與投入，也成為寫作的養分。她多年勞動議題的經驗，讓她在創作小說過程會將勞動職業仔細描述，對顧玉玲來說：「在當代社會中每一個人浸泡在工作時間很長，會改變我們的行動與身體。在寫的時候，是有意識把勞動寫

---

14 顧玉玲受訪、李淑君訪談整理，〈顧玉玲《餘地》之訪談整理〉，未刊稿。
15 童偉格，〈在並不慷慨的歷史中〉，《餘地》（新北：印刻，2022），頁 6-10。

進來。」是過去三十年來的經驗，使顧玉玲有把握書寫這些事情。[16]

　　顧玉玲在書寫《我們：移動與勞動的生命記事》與《回家》時，就提及書寫的意義在於留下紀錄。因為倘若沒有紀錄，許多經驗就只是成為個人成長的養分，而沒有推進為一個公共財。因此書寫對顧玉玲而言有一個急迫性：便是希望議題、人物、事件能被別人看到。[17]雖然此為非虛構移工書寫的體悟，但在《餘地》的創作過程，也是參考陳明忠回憶錄等許多史料，呼應她所提及：《餘地》雖然是虛構文學，但「動用的是她一生的田野」。[18]此書也隱含公共發聲的意圖。

　　在面對白色恐怖當下，社會經常充滿寬恕、和解、不要製造對立、讓過去成為過去的輿論，顧玉玲認為書寫《餘地》的目的「並非和解，和解還太遠」，想談的「其實是理解」。[19]在討論寬恕、原諒與過去之前，理解是最重要的一課。《餘地》書名，隱含著「『餘地』多半畸零，崎嶇難立，甚且不得容身，不過是免於僵化罷了」的寓意，[20]歷經多重殖民、政權轉移的臺灣人，彷彿立足於畸零之地，生存的脆危、生命的難為，需要理解畸零之地的處境，才能往理解邁進一步。

16 顧玉玲受訪、李淑君訪談整理，〈顧玉玲《餘地》之訪談整理〉，未刊稿。

17 顧玉玲，〈理論與實踐的辯證：專訪顧玉玲〉，網址：https://www.taiwanhrj.org/interview/203，瀏覽日期：2022.12.13。

18 郝妮爾，〈角色在腦海裡敲打 30 年，窮盡一生的田野，捕捉不可言說之事：專訪顧玉玲《餘地》〉，網址：https://www.openbook.org.tw/article/p-66274，瀏覽日期：2022.09.14。

19 同上。

20 顧玉玲，《餘地》（新北：印刻，2022），頁 367。

二、臺灣本土左翼史觀的白色恐怖

　　《餘地》書寫臺灣百年史，其中包含跨域遷徙、多元族群、多重殖民的歷史記憶。諸多歷史記憶卻在政權轉替的過程成為不可、不能被記憶之禁忌。如臺灣人曾經「身為日本人而戰」；[21] 日治時期躲空襲的回憶、廖惜與母親如混血兒般的膚色，訴說著經歷過荷蘭、日本、國民政府多重殖民歷史，也形塑橫跨原住民族、客家族群、外省族群、跨族群通婚後代的多族群歷史，呈現臺灣多重殖民、多族群下的混種族群（hybrid ethnicity），[22] 此種跨族群、多重殖民的歷史正是以臺灣為書寫主體的史觀。

　　除了混雜的族群與歷史，在白色恐怖的書寫上，顧玉玲呈現了一種結合臺灣主體本土精神與左翼歷史觀共融的特點。在白色恐怖的社會輿論，經常將白色恐怖經歷簡易地區分具有本土史觀的獨派案件與社會主義思想的左翼案件，獨派案件被視為具有臺灣主體意識展現與臺灣本土精神的象徵（如美麗島事件、泰源事件等獨派案件）；相對的，左翼色彩的案件又輕易地貼上左統標籤（傾中、左派、臺灣民族精神的缺乏）來解讀。然而，左翼思潮並無法以今日統獨對立立場來解讀，「左統」一詞為後來的發明，也不適合解釋與理解 1950 年代的社會主義思想。筆者曾經討論過在國際冷戰、國共戰爭結構下，恐共、反左的氛圍使左翼研究成為禁忌與斷層。少數左翼案件研究中，

---

21 梅家玲，〈後戰爭〉，收入史書美、梅家玲等編，《臺灣理論關鍵詞》（新北：聯經，2019），頁 157-165。

22 臺灣多位族群研究學者也以混種族群提及臺灣的族群現象。如謝若蘭，《在，之間。In between 認同與實踐之間的學術研究儀式》（新北：稻香，2017），頁 14。

林正慧以 1950 年代省工委和臺盟案件為例探討組織發展、組織瓦解與判決人數。[23] 林傳凱則針對省工委會的動員模式、意義生產、組織發展深化地下黨的研究。[24] 藍博洲指出臺灣社會雖然對五〇年代政治犯人們有相對友善的眼光；可面對政治犯的左傾思想，還是存在著排斥。[25] 林恕暉也提及國共內戰後左派成為禁忌，白色恐怖更企圖將左派斬草除根，「左」成為負面象徵。[26] 左翼政治事件研究雖然在學術圈有不少成果，但社會氛圍在「反共」的歷史延續下尚處於某程度的禁忌。顧玉玲的書寫則是將臺灣主體與左翼史觀結合，書寫出臺灣本土左翼史觀的視野。

顧玉玲在塑造主角張進善時，是置放在臺灣被殖民的歷史脈絡中。進善日治時期就讀公學校，在學校結識日本女孩純子並產生愛慕之情。12 歲加入「少年海軍工員」，在日本海軍工廠成為少年工，努力不懈希望自己能與日本人平起平坐，甚至認為自己是「偉大戰爭中很小的螺絲釘」。[27] 渴望成為皇民的進善，在昭和天皇玉音放送時，

---

23 林正慧，〈1950 年代左翼政治案件探討──以省工委會及臺盟相關案件為中心〉，《臺灣文獻》60.1（2009.03），頁 395-477。

24 林傳凱，〈胎死的秘密革命家組織：重讀 1940s-50s「省工委」發展中的四項保密機制〉，「2011 臺灣社會學年會」，臺北，國立臺灣大學，2011.12.10-11。林傳凱，〈黑暗中的認知、風險、與共同體想像──省工委（1946-1953）地下抗爭的動員模式與意義產生〉，「2012 年臺灣社會學年會暨國科會專題研究成果發表會」，臺中，東海大學社會科學院 2012.11.24-25。林傳凱，《戰後臺灣地下黨的革命鬥爭（1945-1955）》（臺北：國立臺灣大學社會科學院社會學系博士論文，2018）。

25 藍博洲在書寫余聲潤的訪談也指出對於左翼政治受難者哀悼的禁忌。見藍博洲，《藤纏樹》（臺北：印刻，2002），頁 96。

26 林恕暉，《1990 年代的臺灣左翼媒體──《群眾》雜誌及《群眾之聲》電台之個案研究》（臺北：中國文化大學新聞暨傳播學院新聞學系碩士論文，2017）。

27 顧玉玲，《餘地》，頁 94。

看見工廠領班、舍監毫無保留的痛苦，卻有一股說不清的痛快。「在失敗者的陣地搖身一變成為戰勝者」、「勝利感的取得，不是因為打贏，而是因為打輸」，[28] 充滿殖民地臺灣的矛盾。戰後，進善在各種外省口音夾雜下，再次感到矮人一截。新時代來臨，進善「熟悉的語言一夕間失去效益，淪為文盲。」[29] 甚至因為流利的日語，「到公所辦事被斥責為殖民地奴性」。[30] 此段書寫出臺灣人的困境，在戰前的身分、愛情、語言、工作、努力，在戰後都成為漢奸、殖民地奴性、嫌疑之人的證據。曾經的少年工經歷在改朝換代之後也已成為汙點。這是從臺灣殖民地歷史視角所書寫的臺灣人命運。

然而，進善戰後考入師範學院且參與詩社。詩社指導老師姜秋霞帶領學生談國際情勢、談俄國農民苦難歷史，閱讀高爾基、《大眾哲學》。其中艾思奇《大眾哲學》強調哲學來自大眾；也必須回歸大眾，哲學並非在學院高談闊論的抽象思維，而是必須在街頭、在工廠、在農村中被閱讀的左翼精神。[31] 顧玉玲書寫進善時，細緻地書寫了參與的詩社所閱讀的書籍與討論，呈現了戰後初期很蓬勃的左翼思潮。戰後到 1950 年代，左翼的思想史是中國大陸左翼與臺灣本土左翼作家的匯流。如戰後興起的一波「魯迅熱」，包含國語補習班閱讀魯迅寫的〈聰明人和傻子和奴才〉，亦有巴金、老舍等人的文章。從中國來臺的國語補習班老師計梅真曾教授的簡國賢的〈壁〉與楊逵的〈送報伕〉，可以看見左翼文化與思想，跨越省籍匯流於臺灣這塊土地上，

---

28 顧玉玲，《餘地》，頁 149。
29 顧玉玲，《餘地》，頁 151。
30 顧玉玲，《餘地》，頁 151。
31 艾思奇，《大眾哲學》（成都：四川人民出版社，2017）。《大眾哲學》為 1936 年艾思奇所撰寫的馬克思主義的通俗讀本。

豐厚戰後初期的左翼思潮。在左翼思想的發展上，郵務工會第一任理事長陸象賢提及參與錢靜芝在郵工補習學校時，工人們閱讀《新民主主義論》、《怎樣做一個共產黨員》、《大眾哲學》、《唯物論》等書籍。[32] 顧玉玲書寫張進善，便是將張進善置放在戰後蓬勃的左翼文化思潮當中。

　　當讀到顧玉玲對張進善的塑造，令人深感這一本作品對於歷史十分用功與謙卑。張進善的角色回應了許多左翼案件的實際經驗，如彭金木曾經擔任過日本兵，戰後因為臺灣民主同盟案的左翼案件而入獄；[33] 許金玉、張金爵等人也經歷日本殖民，在戰後參與左翼行動而涉及左翼案件而入獄，皆為經歷臺灣本土殖民經驗的左翼案件。[34] 張進善的塑造，回應了一段臺灣人殖民歷史與戰後左翼思潮的臺灣本土左翼史觀。

　　對顧玉玲來說，本土與左翼的斷裂從來沒有發生，是自身對臺灣本土與左翼斷裂史觀的不滿。然而，進善一角的塑造是呈現那個時代若想改變社會，受到左翼影響是必然的。顧玉玲寫作時「沒有那麼意識到要將左翼與本土結合，但從史料中來看，當時時空背景下，左翼就是進步思潮。進善的設計不是那麼清晰，余啟正相對年紀較長，左

---

32 李淑君，〈一九五〇年代白色恐怖左翼女性政治受難者：女性身份、女性系譜、政治行動〉《臺灣東亞文明研究學刊》18.2（2021.12），頁 75-148。

33 謝南陽等口述，黃旭初主編，《政治標記，白色夢魘：高雄市政治受難者的故事 3》（高雄：高雄市政府歷史博物館，2015）。

34 李淑君，〈一九五〇年代白色恐怖左翼女性政治受難者：女性身份、女性系譜、政治行動〉《臺灣東亞文明研究學刊》18.2（2021.12），頁 75-148。陸象賢，《九三述懷》（臺北：中華基金會、臺中：辜金良文化基金會，2009），頁 179-184。陸象賢主編，《魂繫臺北：紀念臺灣郵電工人運動先驅》（新陽印刷事業有限公司，2002 年 8 月），頁 46。

翼則接近信仰」。[35] 本身就投入勞工運動的顧玉玲，其左翼關懷是長期而持續的；本土史觀則在二十歲時閱讀吳濁流的《臺灣連翹》，就此翻轉在教育體制中的抗日史觀，思考臺灣歷史的主體性。三十年持續閱讀，顧玉玲提及所認識的父執輩，心理總有一種虧欠是：「從來不認識他們。回頭去推算，戰爭時如果他十多歲，那他想從軍嗎？戰爭中他經歷了什麼？這促使我解嚴之後，打開視野，去想我們根本不認識他們。因為長期的壓抑與不能言說。」、「小說中廖惜的那一代，（我們）就需要重新學習。」[36] 所以顧玉玲提及：「動用一生的田野」書寫《餘地》。對顧玉玲而言，歷史敘述經常是單一的、排他的，只紀錄單一甚至經常是可疑的敘述，《餘地》所寫的不是歷史，而是當下。過往沒有意識到自己想寫這本小說，因為當時尚有社會運動的迫切性，對身處第一線運動者多年的顧玉玲來說：「寫作對於運動者來說，是最末端的事情。」[37] 但書寫，一直都是回應所處的當下。

三、零餘者與夾縫中

　　《餘地》以畸零地的意象，回應生存於餘地處境中的間隙者。霍米‧巴巴（Homi Bhabha）在談間隙時提及「間隙文化」（culture's in between），[38] 指涉文化間隙的混雜狀態。然而，顧玉玲小說中，間隙

---

35 顧玉玲受訪、李淑君訪談整理，〈顧玉玲《餘地》之訪談整理〉，未刊稿。

36 同上。

37 同上。

38 Homi Bhabha, "Culture's in-between," in *Question of cultural Identity*, ed. Stuart Hall and Paul

除了混雜的身分，更是非此非彼的尷尬處境與縫隙之人。進善身處夾
縫的意義有三：第一層夾縫為因改朝換代而成為歷史錯的那一方；第
二層夾縫是成為同伴的背叛者，在入獄幾個月釋放後沒有檔案而成為
無法獲得賠償肯認的那方；第三個夾縫為世代斷裂。進善在日治與戰
後皆與父執輩斷裂。戰後白色恐怖經歷使得進善心懷愧疚、自責與恐
懼，以扭曲的心態阻止子女參與社會運動，在上下世代的斷裂中成為
夾縫之人。

　　張進善就讀日治時期公學校時，開始學習「內地」腔調，此種學
舌是被殖民者以殖民者的舌頭取代自己的舌頭；以殖民者的眼睛凝視
自己的自我。進善 12 歲加入「少年海軍工員」，在日本海軍工廠成
為少年工，努力不懈希望自己能與日本人平起平坐。戰後，進善在各
種外省口音夾雜下，「熟悉的語言一夕間失去效益，淪為文盲。」[39]
甚至因為持有流利日語，「到公所辦事被斥責為殖民地奴性」。[40] 在
日本殖民下，進善努力成為日本人，戰後努力成為中國人，正是杜博
依斯（W.E.B. Du Bois）所提及的「雙重意識」。「雙重意識」使受壓
迫者透過他人的眼光觀照自我，利用殖民者世界的捲尺衡量自己的靈
魂。被殖民者總是有雙重性，此雙重性即是被殖民者體內居住著殖民
者的靈魂。[41] 進善以殖民者的眼光看待衡量自己，卻又感受到不平等
的扭曲與憤怒，如即使渴望成為皇民卻在昭和天皇玉音放送時，看著
工廠中的領班、舍監毫無保留的痛苦，卻有一股說不清的痛快。「在

---

du Gay (London: Sage, 1996), pp.1-17.

39　顧玉玲，《餘地》，頁 151。

40　顧玉玲，《餘地》，頁 151。

41　杜博依斯著（W.E.B. Du Bois），何文敬譯，《黑人的靈魂》（新北：聯經，2018），頁
　　74。

失敗者的陣地搖身一變成為戰勝者」、「勝利感的取得，不是因為打
贏，而是因為打輸」的複雜心情，[42] 擁有雙重靈魂的被殖民者，擺盪
在殖民與被殖民之間，在兩者之間無所安頓的狀態便是一種間隙狀
態。

　　進善與上一代的斷裂與間隙狀態，包含他想成為少年工、想成為
皇民、戰前學習日文、戰後學習中文等行徑在不識「國語」（日文、
中文）父母眼中都是「讀冊讀卡頭殼歹去」。[43] 進善身處歷史洪流下
失去與上一代的連結。此外，進善女兒眼中，父親是陰鬱、憤怒、寡
言、不得志的形象。遙遙（進善二女）童年「最怕寒暑假，父親在家
時間長了，她都不敢走進客廳，更長時間地耗在店面當母親的小幫
手，連作業都搬到櫃台寫，就怕不小心掃到父親沒來由的遷怒」，女
兒躲避父親，使得進善與女兒之間的斷裂讓進善更處於縫隙中的人。
進善與上一代的斷裂，重演在進善女兒身上，成為三代人彼此之間的
斷裂。

　　戰後日本經驗的禁忌，則是透過不可說的愛情的闡述。純子象
徵進善的青春時光，也是戰後政權轉移後一段不被承認的人生，這一
段不被承認的人生也成為白色恐怖牢獄後的求生寄託。無法承認的人
生，則是成為間隙之人的另一層次。梅家玲提及「戰後」一詞，不足
以解釋臺灣因戰爭因素體現的複雜性，「後戰爭」則可以關照到臺灣
在戰爭的遺緒與動態的發展。1949 年國府遷臺，戰爭之後更呈現不
同戰爭經驗、戰爭遺緒相互拉鋸的動態發展。[44] 進善在 1945 年之後也

---

42 顧玉玲，《餘地》，頁 149。

43 顧玉玲，《餘地》，頁 93。

44 梅家玲，〈後戰爭〉，收入史書美、梅家玲等編，《臺灣理論關鍵詞》（新北：聯經，

陷入「後戰爭」的拉鋸之中，梅家玲提及「作為日本人而戰」的議
題，更需要思索的是「誰在記憶？誰在敘事？站在什麼位置上記憶與
敘事？」[45] 進善在國民政府時期，「作為日本人而戰」的經驗，而為
不可說的經驗；日本時代的青春愛戀，也只能成為不再實存的追憶。

　　進善戰後考入師範學院，參與詩社閱讀左翼被捕。戰後進善成
為眉宇鬱悶，內在憤懣之人。戰後失語重新學中文，甚至少年工經驗
使得他戰後從歷史對的一方成為歷史錯的一方。白色恐怖大逮捕、大
審判時緊繃氣氛，進善半夜總是獨坐後院，把自己埋藏在菸霧當中。
餘生以簽賭賽鴿轉移自己的注意力。白色恐怖時期，進善曾經招供出
友人余啟正，自責自己是軟弱、怯懦之人而招供。進善招供之後，
寫下悔過書，被無罪釋放成為自新之人，雖是無刑之身，卻是有罪
之人。此罪即是背叛者的罪。終身自我究責為有罪之人。廖惜眼中，
進善「有的恐懼是不能說的，也許因為太久了一直沒有人說過，缺乏
現成的語彙，不曾被定義，若有似無像咒語般解不開。進善很可能就
是受困於無名的恐懼，綑綁一輩子，掙不開。」[46] 蘇珊‧奈門（Susan
Neiman）《父輩的罪惡》提及受害者因為恥辱而沉默；加害者因為
內疚而沉默。羞愧感、罪疚感皆令人痛苦。然而面對羞愧，需要有立
足之地。[47] 進善為同伴們的背叛者與我群之外的餘者，因此身處間隙
與夾縫中。

　　進善逝世多年後，課本才遲來出現白色恐怖的字樣，臺灣才開

2019），頁 157-165。

45　梅家玲，〈後戰爭〉，收入史書美、梅家玲等編，《臺灣理論關鍵詞》，頁 157-165。

46　顧玉玲，《餘地》，頁 191。

47　蘇珊‧奈門（Susan Neiman），張葳譯，《父輩的罪惡：德國如何面對歷史》（新北：衛城，
　　2022），頁 516-517。

始談論這段歷史。然而歷史終於解禁，非獄友的進善其身分又尷尬地處於政治受難者／非政治受難者；背叛者／受難者之間的混雜情境。進善未被判刑，顧玉玲傳達了「那個年代被白色恐怖牽連到的人，判不判刑都是一輩子的陰影，受害如何能夠量化？反帝、反殖民的大敘事，若沒能收束至個人經驗的具體呈現，又如何能夠撼動人心呢？」[48]訴說著判刑與否，不一定是苦難的證明。顧玉玲選擇邊緣的進善作為主角之一，她想說每個人都生活在時代之中，「身邊那些失語的男子，他們都沒有坐過牢，但他們都在時代的籠罩之下。進善的背叛身分都不是那麼直接，但即使如此也都會啃噬、綑綁了他的一生。一開始並沒有此書寫意圖，但在寫的時候，一直回應我所處的當下。」[49]進善因被釋放而成為檔案中沒有紀錄的政治犯。在戰後的補賠償中，進善也成為無名之人，尷尬地承擔歷史卻沒有歷史承認，此亦為間隙之處。

　　此外，《餘地》藉余啟正之口說「我們一票學生都被捉了，那些記者、工人全都被判了重刑，一整串捉起來，還有誰是能夠害到誰呢？」[50]說著招供與否、加害／被害非二分的狀態。《餘地》強調了惡並非與日常無關。對行為者的想像可以更複雜，而不是將行為者妖魔化，因為妖魔化僅是產生「愈壞愈和自己無關」之錯覺。[51]小說中進善、芬芳皆是背叛者。女兒芬芳因為父親進善與好友幼純之間的情誼，向學校告密下課後兩人獨自相處審閱文章。日後芬芳自責因為忌

---

48 顧玉玲，《餘地》，頁 217。
49 顧玉玲受訪、李淑君訪談整理，〈顧玉玲《餘地》之訪談整理〉，未刊稿。
50 顧玉玲，《餘地》，頁 218。
51 顧玉玲，《餘地》，頁 348。

妒而出賣與背叛父親與好友。[52] 小說的背叛者其實也是共痛者。

　　解嚴後，「自認清白的人們籲求真相，他們振振有辭，理直氣壯。進善曾親筆寫下同儕名單的供詞，將如何被檢視？他如何辯稱他審慎考量過，寫出來的全是早已曝光的名字？真的會有人想知道嗎？錯了就是錯了，還狡辯什麼？」[53] 曾被捕的進善，成為沒有檔案的受害者，在補賠償中是無名之人；在檔案檢視中，進善是否會成為供出同儕的加害者？也是顧玉玲透過《餘地》拋出來的重要議題。

　　小說中，進善、芬芳皆是招供、告密與背叛者。顧玉玲思考追求正義過程的罪與罰：

> 我在乎罪與罰在史料不清楚的狀況下不斷被談，我在乎輕易的定罪與輕易的處罰。彷彿定罪與懲罰就盡了社會義務。戰後德國也是不斷進進退退、不斷掏洗對於罪的看法。罪與罰從來不是如此輕易與簡單。背叛是在不同時代背景下發生，背叛造成的傷害是明確的，但背叛有自我撻伐的部分，罪與罰如果太快的定罪，也就太快速的解脫，然後就收進歷史檔案中。[54]

　　顧玉玲認為這幾年的臺灣「轉型正義的推進，太快論定今日就是正義，當很快地單一去指責誰是『抓耙仔』，同時也墊高了自己的政治籌碼，彷彿這些『抓耙仔』經歷了什麼，談都不用談。」、「當時

---

52 顧玉玲，《餘地》，頁 326。

53 顧玉玲，《餘地》，頁 280。

54 顧玉玲受訪、李淑君訪談整理，〈顧玉玲《餘地》之訪談整理〉，未刊稿。

有這麼多的線民，他們跟我們一樣受到忠黨愛國的教育。然而社會非常扁平化面對這些人的認識。事實上，每一個階段都不同，許多（目前）沒有說清楚、混雜的欠缺討論」。[55]

另一位夾縫中人，為政治犯余啟正。余啟正老年時已經不復記憶。五十年代白色恐怖的監獄經驗，在晚年留下的痕跡是隨時高度警覺，在家講電話時會先探頭看看門外；入家門時會掀起百葉窗的小縫往外偵查幾分鐘，確定無人跟蹤時才放心回家；全家出門時余啟正會在門窗縫布置一些隱密的小機關，如落葉，回家後一一檢視是否還在原位。被跟監的時代反映在老去的余啟正的症候上。余啟正的記憶，「不願忘記過往承受的痛苦，彷彿只要一鬆懈了，就是背叛，背叛青春，也背叛死去的人。」[56] 余啟正寫寫藏藏，出獄後如同不曾離開綠島，「他努力以一己之力，抵抗整個社會的集體失憶，綠島的六年刑期，主導了他出獄後六十年的人生。」[57] 對於余啟正來說，「當年被槍決的人還抱著希望，我們這些活下來的人才真的難堪，一事無成啊。」[58] 雖然余啟正與進善同樣被捕，但認為就算同樣被捕，「同樣受到傷害，彼此之間還是有很大的矛盾，無法互相體諒。」闡述經歷過同一件創傷的人，不一定可以理解彼此的痛苦。

身處於餘地的脆危狀態，包含中國大陸遷徙到臺灣的來臺士兵謝蔚海。謝蔚海「生平頭一回見到海就是退敗來臺」，後被退輔會安排投入公路的建設工程，炸隧道時削斷了左腿，左腳因而短了數公分。

---

55 顧玉玲受訪、李淑君訪談整理，〈顧玉玲《餘地》之訪談整理〉，未刊稿。
56 顧玉玲，《餘地》，頁 209。
57 顧玉玲，《餘地》，頁 210。
58 顧玉玲，《餘地》，頁 216。

後到砂石廠當警衛。中年與帶著五歲兒子的銀花結婚。婚後以紅紙寫下「堂上謝姓歷代祖考妣之神位」，有了祭拜之位，人生就此落地生根下來。後謝蔚海身亡於塵肺症，因為當警衛的砂石廠，「翻砂打石的粉塵暴露，就像礦坑一樣。」顧玉玲《餘地》的間隙是互相看見，從本省籍的張進善、余啟正，到外省籍的謝蔚海，都捲入時代浪潮中，人人都身不由己。謝魏海的書寫，顯露出顧玉玲長期對於勞工的關懷，投入國家建設的外省榮民，成為葬身或獻祭於國家的工殤。上述的互相映照，都是身處於餘地的間隙之人的書寫。

四、解密者／解夢者

　　小說中，進善之妻廖惜為客家人，婚後族譜沒有她的名字，身為嫁出去的女兒就此成為閩南人的媳婦，廖惜雖未受太多教育，對於自身家鄉地圖更甚於在學校擔任地理老師的進善。進善因抽離的大中國地理教育而感到苦悶，廖惜卻以雙腳踩在大地上而與土地貼進。廖惜身為客家、女性、未受高等教育的多重身分，反而脫離教育中僵化、疏離、扭曲的黨國教育。廖惜質疑為何臺灣四面環海，卻對海洋如此陌生的戒嚴文化。廖惜不但是貼近土地者，進善無法言說的情感與痛苦，也是由廖惜說出口。廖惜也透過夢境更加理解進善的苦痛，並解開謝真的身世之謎，成為解夢者。

　　相較進善身處體制中而虛無、苦悶與失語，顧玉玲提及廖惜的傷痛則需要一個說法：

她不清楚老公的鬱悶，因此心裡頭是有怨恨的，可是如何解開怨恨與自責？得從歷史給她一個說法，她才能放過她自己。我覺得這反映了七、八十歲那一輩的女性。那一輩的女性都是奮力撐下來的那種人，但是很多加諸在他們身上的各種困頓，缺少一個集體說法。因為那並非個人能否看破或看開，這是集體的社會困境沉沉壓在她們身上，致使她們臨老也無法放鬆，不能放過自己。我特別心疼以及想要趨近這些女性，我生命中親近的年長女性們，以不同的方式撐在那裡，承擔了時代的餘震與難題，但沒有被好好解釋。有些承擔不是因為她做得夠不夠好，而是整個結構的問題，沒有人能倖免於難，她們已經做很多了，可以了。我在小說中，讓廖惜有機會與年輕人一起補課，多一點歷史厚度的理解，進善的扭曲是整個世代的扭曲，不是她的責任。對廖惜來說，傷害已然造成，理解不必然帶來原諒，但也許透過理解才有機會和自己和解，放過自己。我覺得社會對她們欠缺一個解釋。[59]

廖惜的強韌、解夢、寬容、怨恨並存。但小說不太呈現廖惜的怨恨情緒，而是透過面對自己的議題，自身也更加理解過去，並與臺灣歷史條件接軌。

另一位女性角色余啟正之妻、布農女子秋美也是土地象徵。當部落族人從日本殖民、國民政府來臺，被迫更換自己的姓名與語言，

---

59 顧玉玲受訪、李淑君訪談整理，〈顧玉玲《餘地》之訪談整理〉，未刊稿。

相較於余啟正的漢民族情懷，秋美的認同則為部落。然而臺灣在大興土木的經濟起飛階段，部落的河床遭商人偷挖砂石，砂石車來往於部落，秋美因而遭到砂石車撞上身亡。「臺灣經濟起飛了，部落經濟瓦解了，山上的年輕人湧進都市掙錢，再返鄉蓋房子，產業道路上來來去去飛馳的砂石車，換來部落裡一棟棟新蓋的雙層水泥屋。」[60]秋美之亡，是來自經濟對部落的剝削，認同部落的秋美，被輾壓的過程，也是粉碎了部落的狀態。

顧玉玲安排廖惜、秋美，都是更貼近土地、認同部落之人。身為女性、客家人、原住民的身份，在族群上是少數；在性別上是弱勢，少數又弱勢的女性卻是立足於土地、認同於部落、有能力解開身世之謎的人。

五、尋根者與失落者？

尋根者謝真為謝幼純與白色恐怖第二代余霽之子，母親幼純為自覺、自主的女性。幼純年輕時出國生子，並以勞動養活謝真。謝真卻發現進善寫給母親的信，而來到臺灣尋找自己的身世。父祖輩為跨省籍通婚的謝真，在中國大陸尋找到的盡是祖墳。去理解了幼純成長的眷村中，多的是為了把日子過下去「不合格的婚姻、七拼八湊的家庭」。[61]

---

60 顧玉玲，《餘地》，頁 240。
61 顧玉玲，《餘地》，頁 253。

　　進善女兒遙遙因著謝真的信，重新尋找父親的故事，才開始認真思索爸爸的生平，知曉「爸爸年少時去日本做工，雖是製造戰爭機器，但沒真的上戰場殺戮；後來因為白色恐怖被捕，又無罪釋放，也沒真坐過牢。他也許只是個隨波逐流的人，只不過風向轉太快，他被拋到漩渦裡，無力掙扎。在這個翻案的年代，他不是普遍定義下的受害者，也沒什麼具體冤屈好平反，他甚至是隱藏版的出賣者，連創傷都沒得說。」[62] 一直與父親有距離與疏離感的遙遙，透過追尋讀出父親的無奈。在協助母親廖惜、幼純之子謝真前往余啟正之家，更縫合自己與父親進善之間的距離。

　　二代除了是尋根者，也是行動者與失落者並存。身為政治受難家庭第二代的芬芳、余霽，成長過程閱讀《人間》、《南方》雜誌，參與環境自力救濟運動，也經歷風起雲湧的農民運動、大學生訪調行動。參與社會運動過程卻引發父親進善對政治的恐懼，怒斥芬芳對社會運動的投入。父親的經歷對二代來說，彷彿迷霧。然而，進善也曾在戰後初期參與詩社，前往礦坑、工廠與民眾接觸，與年輕的余霽相互呼應。

　　余霽在學生時期是理想與反抗的象徵，成年之後投入政壇選舉，卻不再揭露政治與社會結構問題。推動小孩學習母語，也只是為了向選民交代。身為政治犯家屬與原住民雙重身分都像是政治選戰的加分題。顧玉玲也藉由書寫余霽看似政治正確的政治人物，卻承襲舊政治的權力手段。批判體制內改革的侷限與問題。顧玉玲藉由余霽、亞裔謝真家人對黑人的排斥，說著受壓迫方不必然等於政治正確與正義，

---

62 顧玉玲，《餘地》，頁 297。

而深刻地反思權力本身。余霽某程度是理想的失落者，且是政治手段的繼承者。對顧玉玲而言，覺得對余霽的處理算是公道，當「他為了贏得選票，作了一些退讓。我並沒有那麼負面評價，因為這是他的現實。當下不同的人在不同的位置，做了不同的選擇。」顧玉玲盡量可能讓角色面對甚麼樣的處境，做出什麼樣的回應、選擇。[63]

　　顧玉玲書寫年輕世代中，塑造尋根者，也塑造了行動者與失落者。顧玉玲對於「民主完成式」的論述十分具有警覺與批判性，也就是歷史的發展非線性的過去威權、今日民主這樣的「民主完成式」，[64]而是當下依然有許多待完成的議題，甚至有許多權力的再製。顧玉玲對於余霽的書寫，既回應臺灣政治運動從威權走向民主但其實非線性方向的走法，顧玉玲對於民主完成式的論述具有批判性。

六、結語

　　顧玉玲藉著遙遠之口說著對歷史必須溫柔：「重要的是現在如何說，因為怎麼說都不會是完整的，都可能被記憶改過了，所以要溫柔一點，允許否認，也允許不同意。」[65] 這一段話，對於多重殖民、白色恐怖、跨越族群、勞動底層等紛雜記憶，是一項很溫柔地提醒。

　　本文觀察了顧玉玲的書寫軌跡，從非虛構文學轉向虛構文學、從

---

63 顧玉玲受訪、李淑君訪談整理，〈顧玉玲《餘地》之訪談整理〉，未刊稿。
64 郝妮爾，〈角色在腦海裡敲打 30 年，窮盡一生的田野，捕捉不可言說之事：專訪顧玉玲《餘地》〉，網址：https://www.openbook.org.tw/article/p-66274，瀏覽日期：2023.09.15。
65 顧玉玲，《餘地》，頁 215。

勞工文學轉向白色恐怖主題。在創作軌跡延續深刻地社會介入、回應當下，並在田野、在街頭、在抗爭、在訪談中完成寫作實踐。其次，本文提出《餘地》呈現本土與左翼之間並沒有斷裂臺灣本土左翼史觀，與白色恐怖本土與左翼二分的社會輿論產生對話。

　　《餘地》以畸零地的意象，回應生存於餘地處境中的間隙者。間隙除了混雜的身分，更是非此非彼的尷尬處境與縫隙之人。其中，進善身處夾縫，第一層夾縫是在改朝換代而成為歷史錯的那一方；第二層夾縫是成為同伴的背叛者，在入獄幾個月釋放，成為沒有判刑檔案而無法被肯認的那方；第三個夾縫為世代斷裂而成為夾縫之人。余啟正則一生處於政治創傷的高度警覺、以不敢鬆懈的姿態記憶痛苦來拒絕遺忘，其難以被旁人理解的狀態亦與世代、他人、社會斷裂。此外，謝蔚海從中國遷徙來臺、成為建設工人，工殤而獻祭於國家，成為國家遺忘、階級底層、離鄉背景等間隙狀態。上述角色相互映照，是身處於餘地的間隙之人。

　　《餘地》中的女性為解密者與解夢者。廖惜、秋美都是貼近土地、認同部落之人。其身為女性、客家人、原住民等身份，在族群上是少數；在性別上是弱勢，少數又弱勢的女性卻是立足於土地、認同於部落、有能力解開身世之謎與解開夢境者。顧玉玲書寫年輕世代中，塑造尋根者、行動者與失落者三者並存。新世代勢必尋根才能理解與行動，然而，顧玉玲對於民主發展與轉型正義具有高度警覺，拒絕將歷史簡化為過去威權、今日民主這樣的「民主完成式」。綜上所述，顧玉玲《餘地》開展出白色恐怖、本土左翼、加害受害、女性角色、跨世代的複雜性，且溫柔地對待歷史並展現高度批判、深刻反思的視野。

家庭、性別與族群的三重奏：
以馬翊航《山地話／珊蒂化》為例

王鈺婷

一、前言

　　1982 年出生的馬翊航，是近年來頗受到注目的新世代作家，來自臺東卑南族的馬翊航，成長於池上，父親來自於 kasavakan 建和部落，為臺灣大學臺灣文學研究所博士，曾任《幼獅文藝》主編，出版詩集《細軟》，合著《終戰那一天：臺灣戰爭世代的故事》、《百年降生：1990-2000 臺灣文學故事》，2020 年推出最新散文集《山地話／珊蒂化》。

　　首先，饒富趣味的是馬翊航《山地話／珊蒂化》推出時，在《聯合文學》上所刊登的評論，分別由董恕明與謝凱特所提出原住民文學觀點和同志觀點進行打擂台，董恕明提出從「時髦」的「系譜」觀點，可以將《山地話／珊蒂化》放置在里慕伊・阿紀作品的系譜之中，提到其中相似的日常、感情（愛情、友情、親情）與兩位筆下的詼諧、幽默、靈巧的相互映照；[1] 而謝凱特提出《山地話／珊蒂化》的「我」

1　董恕明 vs 謝凱特，〈【鬥書評】原住民文學觀點 vs. 同志文學觀點——讀《山地話／珊蒂化》〉，《聯合文學》，網址 https://www.unitas.me/?p=18190，瀏覽日期：2020.11.10。

之難以定義，如同各種設定都只能是零散的單點座標，認為《山地話／珊蒂化》書寫的是一個認同的流域，一片自我的海洋。[2] 從原住民文學觀點和同志觀點都映照出《山地話／珊蒂化》中某些深刻面向，董恕明與謝凱特的評論，也直指出《山地話／珊蒂化》難以定位，包括放置在里慕伊・阿紀以降家庭與情感書寫的系譜之中是否適宜？以及從身份切入對於同志認同的重重探問。「山地話／珊蒂化」此一標題標示出馬翊航書寫相互映照的兩面，將不正確的「山地話」陰柔化的「珊蒂化」組構，並直指散文此一高度透明文體中與個人身分組構的疊合度。

　　張亦絢將《山地話／珊蒂化》定位為「二十一世紀臺灣文學工作者的身世溫柔揭祕」，[3] 此一身分的揭秘，除了張亦絢從「二十一世紀臺灣文學工作者」來定位馬翊航，馬翊航也符合詹閔旭所提出1980 世代崛起之「臺灣千禧世代作家」[4] 的標示，邱貴芬亦分析千禧世代作家的創作特色，並強調其彰顯「臺灣文學傳統」與強調「傳承臺灣文學」位置所引發二十一世紀初臺灣文學創作的新潮流；[5] 除此之外，張亦絢強調馬翊航個人組成之複雜，包括「多重身分、光譜與認同組構而成的立體」，在此可以看到馬翊航立體的身分組成與光譜形塑，包括馬翊航受到臺灣文學系所的學科訓練，是為 2000 年後臺

2　董恕明 vs 謝凱特，〈【鬥書評】原住民文學觀點 vs. 同志文學觀點—讀《山地話／珊蒂化》〉，《聯合文學》，網址 https://www.unitas.me/?p=18190，瀏覽日期：2020.11.10。

3　張亦絢，〈推薦序 記性的衝擊〉，馬翊航著，《山地話／珊蒂化》（臺北：九歌，2020），頁 14。

4　詹閔旭，〈媒介記憶 黃崇凱《文藝春秋》與臺灣千禧世代作家的歷史書寫〉，《中外文學》49.2（2020.06），頁 96-97。

5　邱貴芬，〈千禧作家與新臺灣文學傳統〉，《中外文學》50.2（2021.06），頁 15-46。

灣文學體制化所培育的年輕世代，亦參與近年來臺灣文學兩部重要集體書寫計畫，包括《終戰那一天：臺灣戰爭世代的故事》與《百年降生：1990-2000 臺灣文學故事》，此外他在臺大求學階段亦浸潤於 2000 年前後臺灣女性主義學術風潮與後殖民氛圍，2004 年並主演周美玲導演的電影《豔光四射歌舞團》與演唱主題曲〈流水艷光〉，一九九〇年代同志與跨性別運動亦對他有深刻影響，這一切也構成馬翊航個人身世組成之複雜性。

　　以下將從馬翊航所參與的臺灣文學集體書寫計畫進行探討，也是他身為「臺灣文學工作者」的具體實踐。

二、「臺灣文學工作者」的具體實踐

　　馬翊航受到臺灣文學系所的學科訓練，其於 2017 年完成的博士論文《生產、禁制、遺緒：論臺灣文學中的戰爭書寫（1949~2015）》，[6] 探討反共小說，到殖民地二戰經驗、八二三砲戰到晚近的長篇小說梳理臺灣戰爭書寫的承繼與質變，探討戰爭背後與生產、禁制、遺緒現象的互動。此外，馬翊航所參與的臺灣文學集體書寫計畫，包括《百年降生：1900–2000 臺灣文學故事》與《終戰那一天：臺灣戰爭世代的故事》，此兩部作品為千禧世代作家透過集體書寫所形構之創作新趨勢，展現出他以臺灣文學學術研究為基礎，調度臺灣文學資源，於

6　馬翊航，《生產、禁制、遺緒：論臺灣文學中的戰爭書寫（1949~2015）》（臺北：國立臺灣大學臺灣文學所博士論文，2017）。

此進行臺灣文學記憶的召喚。

　　由李時雍主編，邀請 1980 年代十二位作者共同書寫之《百年降生：1900-2000 臺灣文學故事》，透過 101 則臺灣文學故事形塑出二十世紀臺灣文學的面貌，邱貴芬提到《百年降生：1900–2000 臺灣文學故事》可歸類為「臺灣文學史」撰述的作品，[7]十二位作者運用虛實交錯的說故事手法，來顛覆「創作」與「歷史」之分野，[8]李時雍介紹共同執筆的朋友，也特別提到 1980 世代出生的作者群各專擅不同的學術領域，提到「馬翊航有詩人的眼睛，出生臺東卑南族，帶領讀者凝視山海的憂鬱」，[9]也特別強調在作家群中馬翊航所具有的原住民身分。

　　在一百個臺灣文學的故事中，馬翊航在虛構性甚強的歷史故事，書寫六個故事，分別為〈一九四九 天剛亮隨即又陰暗下去〉、〈一九五七 那麼遠，那麼近，鍾理和與他的文友們〉、〈一九六四 雨水和火種〉、〈一九八〇 逝去的是夢，不是毅力〉、〈一九九〇 致星球以時間〉及〈一九九四 自己的名字〉，對照《百年降生：1900-2000 臺灣文學故事》文學故事年表，馬翊航寫下的關鍵歷史時刻，分別為 1949 年蔡德本與台語戲劇社改編曹禺的劇本、1957 年鍾肇政發起《文友通訊》、1964 年吳濁流創辦《臺灣文藝》、1980 年楊牧寫下〈悲歌為林義雄作〉與施明正《魔鬼的自畫像》出版、1990 年野百合學運爆發與林燿德小說、詩集之出版，以及 1994 年瓦歷斯

7　邱貴芬，〈千禧作家與新臺灣文學傳統〉，《中外文學》50.2（2021.06），頁 15-46。

8　同上。

9　李時雍，〈編序 二〇一八‧百年降生〉，收入李時雍主編，《百年降生：1900–2000 臺灣文學故事》，（臺北：聯經，2018），頁 5-6。

諾幹出版詩集《想念族人》這六個歷史「節點」，這六個故事從戰後初期一直延伸至 1990 年代中期，可以看到馬翊航對於戰後臺灣歷史頗為全觀式的關照，其中編年史方式符合邱貴芬所指出此為集體撰述最適合的形式，[10] 從他創作的首篇〈一九四九 天剛亮隨即又陰暗下去〉和最末篇〈一九九四 自己的名字〉，他書寫這些被遺忘的故事，其中包括蔡德本透過台語戲劇社思考台語表現的問題，卻無奈涉入白色恐怖中；身處文壇邊陲的文友通訊文友們彼此的砥礪，和吳濁流創辦本土刊物的孤軍奮鬥；美麗島事件後楊牧與施明正控訴與書寫，1990年代林燿德在文學史的創造力，以及 1980 至 1990 年代原運的正名運動。在此可以看到馬翊航《百年降生：1900-2000 臺灣文學故事》書寫位置有幾項特點，一是他從特殊原住民身分的介入，發掘出臺灣文學的故事，如〈一九九四 自己的名字〉中，馬翊航書寫 1980 至 1990年原運時期尋找族名的歷史記憶；二是以創作者小說形式訴說故事，〈一九九〇 致星球以時間〉想像虛構場景與林燿德對話；三是回應邱貴芬提出傳承臺灣文學的面向，在此認為馬翊航從當時「非主流」的位置介入臺灣文學史的故事之中，並以楊牧〈悲歌為林義雄作〉詩中的「逝去的是夢，不是毅力」，提供文學寫作的感悟，特別是其中「未來性」的部分。

　　《終戰那一天：臺灣戰爭世代的故事》自出版以來，帶領一股熱烈的非虛構寫作風潮，以紀實為基底的《終戰那一天》，具有非虛構書寫的龐雜光譜，本書透過歷史文獻的調查寫作、特定戰爭脈絡的書寫，和當代社會進行深刻對話，並進一步思考何謂終戰的意義，與

---

10 邱貴芬，〈千禧作家與新臺灣文學傳統〉，《中外文學》50.2（2021.06），頁 15-46。

提煉出多元的戰爭視角。《終戰那一天：臺灣戰爭世代的故事》中，馬翊航透過書寫〈菫花，紅十字與南十字星：醫療者的故事〉，重新召喚戰時臺灣人斑駁的歷史，其所書寫的戰爭故事，呈現出戰時體制人物群像中屬於「前線」的視角，特別書寫身處於戰爭的一線的醫護者。[11]〈菫花，紅十字與南十字星：醫療者的故事〉從戰友會出發，馬翊航特別提到戰友會的意義：「**戰爭對於個人影響的兩面性。許多醫護者比較能夠侃侃而談戰爭時的經驗，因為在戰爭中扮演的是救人的角色，戰後也大多繼續擔任醫護者的職業。許多醫療者直到現今還是每年會持續開戰友會，並非支持戰爭，而是戰爭時的特殊時空凝聚了這群人的情感。**」[12]透過兩位從軍看護婦的回溯視角，書寫出殖民地男女納入戰時醫療體制之中的差異，身為弱勢地位的女性透過成為從軍看護婦來改變自己生命，陳惠美曾以如同菫花盛開之純情少女心奉獻於戰爭，廖淑霞則在經歷戰爭的殘酷後以一己肉身來對抗日本政府；而社經地位較高的醫師吳平城在戰爭中體認到國籍、身分與階級隨之解體又陷入顛倒的困局，一生都需自我療癒。本文融入馬翊航的文學想像和剪輯手法，在陳惠美、廖淑霞、吳平城三者之間的故事與敘事觀點中穿行，既批判現代國家體制與帝國幻夢，也帶出軍隊結構的暴力與深藏的人性省思，如馬翊航在文中透過吳平城第三人稱敘事提到「性與病的恥辱，竟仍有階級之分」，[13]這種隨著終戰結束卻消

---

11 蔡孟儒撰稿、攝影，〈「終戰這一天：臺灣人戰爭記憶的歷史空白」講座側記〉，《文化研究季刊》164（2018.12），頁 164。

12 馬翊航，〈菫花，紅十字與南十字星：醫療者的故事〉，《終戰那一天：臺灣戰爭世代的故事》，（臺北：衛城，2017），頁 111。

13 馬翊航，〈菫花，紅十字與南十字星：醫療者的故事〉，《終戰那一天：臺灣戰爭世代的故事》，頁 107。

失不了的記憶刻痕，以倖存者之姿存活的餘生。

　　馬翊航參與《百年降生：1900-2000臺灣文學故事》與《終戰那一天：臺灣戰爭世代的故事》此兩部作品的創作實踐，也回應了埃爾（Astrid Erll）提出「文學來世」（literary afterlives）的說法，探討文學作品和社會、文本與跨媒介互動的關係，[14] 在文學、史料、研究論述與訪談紀錄中進行跨媒介的互動，也介入當代文學史書寫與戰爭記憶之中，並且探詢臺灣文學未來面貌。

三、突破家庭散文的窠臼

　　《山地話／珊蒂化》在臺灣散文書寫系譜中處理家族書寫中許多核心的議題，包括成長過程中自我認同的確立，以及父系母系認同的糾葛的諸多面向，《山地話／珊蒂化》在2010年後臺灣文學家族書寫中擁有獨特的書寫樣態。身為1980年代出生的千禧世代作家，童年俯仰於東部小鎮池上的馬翊航，確實擁有別具特色的池上觀點，多篇書寫池上的散文，在時空交錯的文字敘述中，透過記憶回溯以重構池上特殊的地誌書寫，回到原生家庭故事的起點。

　　〈普通的池水〉中，第一人稱敘述者觀點從福原國小的迷你水池切入，呈現出小鎮兒童另類地誌想像，讓《孽子》中圍著水池轉圈無處燃燒青春的青年，與小鎮兒童百無聊賴的生活面貌意外接合。〈普

---

14 引自詹閔旭，〈媒介記憶 黃崇凱《文藝春秋》與臺灣千禧世代作家的歷史書寫〉，《中外文學》49.2（2020.06），頁117。

通的池水〉提到池上天然斷層湖大坡池是一重要景點，第一人稱敘述者小學時在此一天然生態教室認識植物、水鳥、斷層地形探勘和泥火山踏查，天光開闊的大坡池成為出外求學屢屢回顧的風景，文中提及：「三十年過去，我在平整的環圳車道上騎自行車，還是會忍不住往田溝盡處看去，為那久遠的消失感覺不安。」[15] 家鄉地誌書寫的昨日重現，是為消失的過去而寫，以此標示出文化地理學家 Tim Cresswell《地方：記憶、想像與認同》中空間產生「地方感」，以成為「地方」的依據。[16]

　　家鄉地誌書寫往往連結作者自我認同形塑的歷程，馬翊航在此所選取的書寫題材，也和千禧世代作家所經歷的社會事件與大眾文化輸入有關，亦有世代作家集體記憶書寫的姿態。〈危機小鎮〉勾勒出小鎮中被引誘孩子的奇幻旅程，此一時期陸正被綁票事件是熱門議題，而死裡逃生的經驗，被第一人敘述者珍藏著視為恐怖回饋；而〈比留子〉以小鎮錄影帶店為重要記憶場景，小鎮孩子融入日本電影《怪談》比留子主觀視角，其中詭奇視角，如歌如幻如咒的場景，於此融合看恐怖片的經驗，成長的苦澀與孤寂，馬翊航在文中紀念這段恐怖片情懷，並勾勒往後面對的生命處境課題，頗具深意：「在後比留子時代，也不再恐懼父母是否會一去不返。在他們被時間真正擄獲之前。告別恐怖的下集人生，是注定當個後知後覺的人。」[17] 諸如〈鐵路的旁邊還有什麼〉，透過小鎮兒童的視角和火車乘客視角的雙重視角調換方

---

15 馬翊航，〈普通的池水〉，《山地話／珊蒂化》（臺北：九歌，2020），頁 22。
16 Tim Cresswell 著，徐苔玲、王志弘譯，《地方：記憶、想像與認同》，（臺北：群學，2006），頁 19。
17 馬翊航，〈比留子〉，《山地話／珊蒂化》，頁 31。

向，並在記憶過往與現今中交錯，以手機鏡頭下移動光暈寄託小鎮青年的身世之感。

　　在散文集中，馬翊航透過回顧成長中與父系母系成員的互動記憶，來回溯自我認同的課題，其中透過書寫父親，除了揭露與父親相處的過程，也反芻自己的成長，透過書寫而揭露自我的成長之傷，〈野馬塵埃〉透過二十年後回到小鎮的成長視角，揭開晨間通學道的寒霧，其中第一人稱敘述者在父親早期在臺糖工作時的成長記憶；1994年第一人稱敘述者上國中後，牧場成為販賣蒙古文化的休閒渡假村，突然降臨的夢幻之地，而中學之前如同謎團的父親，和臺灣股票熱相浮沉，對於父親經濟狀況的無從理解與同樣消散的臺東飯店套房形成互喻，結語頗為魔幻寫實：「我騎著腳踏車，進入那尚未起霧的通學道，那帶著蟲蚋的逆風微微碰撞著，告訴我沒有人為此而死去，也沒有人為此而生。」[18]一如對於四口之家幸福圖像的錯覺；〈小型時間〉提到父親夜晚的 CD 時間，也回憶起 2005 年參與原住民文學研討會時偶遇與父親相似的「歷史一樣的男人」胡德夫，提到電視劇《孽子》的柯俊雄與父親的相似，其中特別標舉出池上相對於外界殖民、族群、原運社會議題的「大型時間」，池上與父親所擁有「小型時間」與「小型記憶」可以保留某種空曠與鬆散的依賴。[19]

　　《山地話／珊蒂化》透過家族母系認同之書寫，回溯與家庭母系成員之間相處的點滴，並探討原生家庭的故事，以此演繹記憶、親情與認同間複雜而密切的關係，並且作為理解母系血緣的方式，以此召喚出情感記憶，並處理家族書寫中核心的認同問題，〈攤開時間〉、

---

18 馬翊航，〈野馬塵埃〉，《山地話／珊蒂化》，頁 39。
19 馬翊航，〈小型時間〉，《山地話／珊蒂化》，頁 68。

〈更年〉和〈蝸牛之路〉這幾篇是處理家庭母系認同與自我認同主題之散文。〈攤開時間〉和〈蝸牛之路〉都是以物喻情的作品，以物喻情是散文書寫的主流，然而馬翊航呈現出所托之物的獨特性，與掌握物之特點與在地性，抒發出不同以往主流的「以物喻情」之作。〈攤開時間〉與《山地話／珊蒂化》封面上剖半檳榔之心圖像連結，可視為全書重要意象。〈攤開時間〉談的是父母親離異之後，母親在高雄經營檳榔攤維生，和聚少離多的母親短暫相處的夏天，和歷經生活歷練，與海派豪邁的母親顯得格格不入的兒子，和此一親密卻又尷尬的相處時光，傳遞出母子之間的情感關係。〈攤開時間〉透過檳榔形象隱喻出母子情感，十分別出心裁且獨特，提到「像檳榔內裡被挖掉的心，必須分離一點才不苦」，[20]「自己怎麼把檳榔或母親，與其他時候的自己分開的」，[21] 這種新世代與母親相處的關係，「分離一點才不苦」的糾葛情感，是「攤開時節」與「剖半的心」，也是體認到母親身分與兒子身分的連結與分離，並與自我認同連結。〈蝸牛之路〉可視為懷鄉書寫的飲食散文，直接觸及初鹿外婆捕捉蝸牛的記憶，透過觀察蝸牛的行為舉止，也開展出自我與蝸牛的對話，並且也一定程度反映出這個島嶼原住民族的身世故事。由蝸牛所開展的感官描寫，諸如視覺，形容蝸牛的眼睛「內縮，又緩緩伸出，內縮，再伸出，像重複一些徒勞」；[22] 諸如味覺所提到上桌蝸牛的脆口鹹香；[23] 諸如嗅覺提到蝸牛嗅覺「腥甜如同體液的氣息」，[24] 和多數描述故鄉食物書

---

20 馬翊航，〈攤開時間〉，《山地話／珊蒂化》，頁 76。
21 馬翊航，〈攤開時間〉，《山地話／珊蒂化》，頁 76。
22 馬翊航，〈蝸牛之路〉，《山地話／珊蒂化》，頁 85。
23 馬翊航，〈蝸牛之路〉，《山地話／珊蒂化》，頁 87。
24 馬翊航，〈蝸牛之路〉，《山地話／珊蒂化》，頁 86。

寫的懷舊之作相較，在此呈現出一種蝸牛與自我的牽繫，更代表一種
身分的認同，男友口中「你們山地人愛吃的」食物和在無數陣雨後
「乾脆自己成為蝸牛」的尋路與爬行，文中透過「蝸牛也是，五歲與
三十五歲的自己也是」，[25] 象徵自己和故鄉食物臍帶相連的血緣關係，
與母系血緣外婆所帶出的蝸牛記憶產生密切的連結。

　　〈更年〉則是描述第一人稱的敘事者，在「兩個先後擁有同一個
丈夫，同一個兒子的女人」[26] 之間遞送自身的故事。在這看似「小我」
的家族書寫背後，隱含的是馬翊航對於處於兩位母親之間「中介」情
感狀態的某種思考，其中有對於經歷更年期狀態的母親們身心的理
解，更透過對於自身作為禮物遞送的敘事，傳達出對於自身「存在意
義」的探尋。〈更年〉中第一人稱敘述者首先見證繼母的更年，透過
回溯往事從繼母的情緒波動中體會她的「更年」，繼而書寫生母對於
失去寵物妹妹思念的淚水，和更年期帶來無法控制的哀傷連結，敘述
者提到母親們迅速清理好自身，也處理好面臨同婚公投後兒子表態後
心情的浮亂，而在「兩個母親之間遞送」的自己，則是「想來只有我
仍未清掃，仍在拖緩。但也想讓自己成為禮物，聽她們好好說話，不
用遲至下個更年」，[27] 透過兩個母親之間的位置來述說自己存在之意
義。

---

25 馬翊航，〈蝸牛之路〉，《山地話／珊蒂化》，頁 88。

26 馬翊航，〈更年〉，《山地話／珊蒂化》，頁 78。

27 馬翊航，〈更年〉，《山地話／珊蒂化》，頁 83。

四、性別與族群的多重組合

　　《山地話／珊蒂化》獲得 2020 Openbook 好書獎時，評審李欣倫指出這本書呈現出馬翊航成長與身分的交響曲，特別指出其「**善用了『山地話』的『不正確』，以及『珊蒂化』的陰性提示，嘈嘈切切錯雜彈／談出了一曲關於成長、身分的曼妙交響。**」[28] 李欣倫從音樂性詮釋《山地話／珊蒂化》中每個故事獨特的聲腔與聲線，認為這一曲曼妙交響曲，呈現出「山地話」與「珊蒂化」多元的特質。《山地話／珊蒂化》是性別與族群的多重組合，《山地話／珊蒂化》亦是面對自我性別認同的重新審視與重構，〈走險〉、〈圍籬內的熱病〉、〈敦化南路到敦化南路〉與〈海邊的房間〉書寫的是成長階段在性別認同縫隙中自我探索。〈走險〉中鋪寫幼年與鄰居的曖昧探索；〈圍籬內的熱病〉呈現出圍籬密室在清澈與潔淨之外，這些禁忌與情色如何在不可見的區域中搖動與勃發，如「瘦小如稗草的孩子，心室埋藏著雜音，在合成皮椅留下慾念的汗痕，蝸牛的涎跡。」[29] 又如〈敦化南路到敦化南路〉中敘述者 18 歲手指撫摸諸如《男同性戀電影》等書書脊的渴望；〈海邊的房間〉訴說的是在花蓮高中成長少年苦修的青春、性愛的焦慮與空間的匱乏。

　　其中〈娘娘槍〉與〈試問，單兵該如何處置〉則是軍隊性別規訓下的另類展演，是《山地話／珊蒂化》中難以忽視的華麗高音，挑戰軍隊特殊的陽剛文化，呈現出陰柔男同志主體形構的多重面向。其

---

28 李欣倫，〈2020Openbook 好書獎 年度中文創作 山地話／珊蒂化〉，《聯合文學》，網址 https://www.openbook.org.tw/article/p-64232，瀏覽日期：2020.12.01。
29 馬翊航，〈圍籬內的熱病〉，《山地話／珊蒂化》，頁 47。

中，以「娘娘腔」自我賦名，是從廣播節目中主持人對於「香港腔」
與「娘娘腔」的討論中，對於陰柔性別氣質批評的有利反擊：

> 娘還要更娘，辣成恰查某。誰奈我何或無可奈何的生存美學
> 與哲學。現在想起來在意的是，這個故事的張力，也因為兩
> 種腔不完全是同物，一個通向他方，一個抵達現場。拇指與
> 中指圈出蓮花指，從鳳眼般的孔縫注視他人，洞穿自己。[30]

在此以「娘娘腔／娘娘槍」的諧音，轉化已然標籤化的「娘娘
腔」，從模仿戰鬥美少女的辣，將軍隊中陰柔男同志化為舞台上艷光
四射的提槍擊發，在清槍起立蹲下瞬間伸展美姿美儀：

> 讓雄壯威武解散吧！在斗篷的掩護下偷偷敲擊著新的口令。
> 端莊！賢淑！淫蕩！嬌媚！柔軟！曖昧！緩慢！高亢！尖
> 銳！張狂！飛舞──喔，私自攜帶彈藥是違法的。[31]

在此第一人稱的敘述者透過少女戰隊的「辣妹髮妝」，在新訓戰
鬥課程將自己化為碧昂絲或是高潮的鳳梨，[32]以娘娘槍和月光寶盒、
角膜變色片、唇蜜與褲襪等厚實少女戰隊的裝備，與陽剛制式的軍隊
文化相互衝撞，呈現出更日常戰鬥的臺灣酷兒敘事，讓「那裏看起來
並非那麼無可撼動」。[33]而〈試問，單兵該如何處置〉，其中也善用「當

---

30 馬翊航，〈娘娘槍〉，《山地話／珊蒂化》，頁 205。
31 馬翊航，〈娘娘槍〉，《山地話／珊蒂化》，頁 207。
32 馬翊航，〈娘娘槍〉，《山地話／珊蒂化》，頁 208。
33 馬翊航，〈娘娘槍〉，《山地話／珊蒂化》，頁 209。

兵」的諧音，談出一曲在軍隊強大控管的文化下，與自我孤獨混音的抒情辯證，因為文學系所畢業而在軍中被喚為「詩人」的第一人稱敘述者，其中調動履彊的《少年軍人紀事》、唐捐的〈帶血氣去當兵〉、鯨向海的〈阿凱的原形〉，提問的是在服役的身體之內外「盡其所能（或其不能）地逃避與拒絕」：[34]

> 我精神答數，但不要被發現。所有美德都加上了不字。不雄壯，不嚴肅，不剛直，不安靜，不堅強，不確實，不速決，不沉著，不忍耐，不機靈，不勇敢……。[35]

在當兵正處於「單兵」情感歷程的敘述者，也在那一段國家時光的巨大壟斷中，以逃離處置自身。

在〈鱈魚岬的寶嘉康蒂〉則是從敘述者旅美所發展的一段戀情自省中，揭露了酷兒情慾、地緣政治與身分認同之間的種種脈絡，從後殖民主義（Postcolonialism）的視角觸及權力互動。〈鱈魚岬的寶嘉康蒂〉從波士頓異國的景致切入，93 號州際公路上從北京來的小羊著迷臺灣的 1980 年代，車上播放著臺灣的流行歌，鱈魚岬上靜寂的風景，在此以赤狐串連場景與自我鑑照。赤狐是偶然遇見凝結的臉，留宿小羊家的敘述者眼中自己也如同「我是那隻狐狸」，特別是小羊聽聞敘述者的原住民身分，呼喊他為「小外國人」，敘述者說出我是否為寶嘉康蒂，以及是否應該要唱一首《風中奇緣》的主題曲嗎？從敘述者的自我辯證，涉及權力與知識的觀點「西川滿，佐藤春夫，史

---

34 馬翊航，〈試問，單兵該如何處置〉，《山地話／珊蒂化》，頁 115。
35 馬翊航，〈試問，單兵該如何處置〉，《山地話／珊蒂化》，頁 115。

畢娃克，薩依德，莒哈絲微微笑」，[36] 隱喻其中的是薩依德所建構關
於東方的認知系統，從「他者」想像中所寄託的文化位階與等級，將
東方視為被動與陰性，賦予本質化他者之形象，以此成就西方文化的
優越感、主體性與文化認同；[37] 史畢娃克探討女性從屬者發聲的議題，
闡述在西方知識建構觀點下從屬者如何能發言的論述，也進一步反思
被殖民者建構自我主體位置的實踐行為，探討知識論底下的再現（re-
presentation）課題[38]：「我也想便是那凝視是什麼，但終究分不清是
誰冒犯了誰」，[39] 觸及情感權力矛盾又相容，其中複雜又弔詭的關係。
本文結尾最後唱小羊最喜歡的蔡琴的〈傷心小站〉，來做為敘述者「被
異國情調」的抗議：「我一句一句唱，沒有什麼表情，只是要讓小
羊剛好也可以聽見。」[40] 而「沒有什麼表情」則可視為穿透其中酷兒
情感結構的幽微權力運作。

　　在此，馬翊航將音樂作為族群記憶再現文本，音樂是作者成長與
情感記憶的寶庫，也見證社會與時代變遷，並且延伸為族群認同感的
象徵，〈如果我是鳳飛飛，哥哥你一定會要我〉、〈聽山地人唱歌〉、
〈記憶的女兒〉都保存其中屬於個人與群體間的音樂記憶。〈如果我
是鳳飛飛，哥哥你一定會要我〉，敘述者描述與成長經驗或是家族記
憶連結的山地情歌，將山地情歌視為自己心靈的歸屬，使自己找到精

---

36 馬翊航，〈鱈魚岬的寶嘉康蒂〉，《山地話／珊蒂化》，頁 96。
37 薩依德（Edward W. Said）著，王志弘、王淑燕、莊雅仲譯，《東方主義》（臺北：立緒，
　　1999）。
38 史畢娃克（Gayatri Chakravorty Spivak）著，張君玫譯，《後殖民理性批判：邁向消失當
　　下的歷史》（臺北：群學，2006）。
39 馬翊航，〈鱈魚岬的寶嘉康蒂〉，《山地話／珊蒂化》，頁 96。
40 同上。

神與行動力的定位，也進一步將自我身分轉換為「女主角」，山地情
歌某種程度上也是重現青春期酷兒主體的心靈迴旋曲。「排灣族鄧麗
君」山地情歌天后蔡美雲的〈路上的石頭〉唱出愛情幻夢中的自我挫
傷，而「如果我是鳳飛飛，哥哥你一定會要我」，則是從「如果」轉
換位置，提供彈性的空間，賦予愛戀多角習題的想像迴旋，馬翊航提
到山地情歌的彈性流動：「山地情歌也有一種客製化的特質，歌詞傳
唱之間彈性流動，像可以拉來坐下的小板凳。」[41] 在此示範「如果」
的新時代演繹：「如果我是張孝全，哥哥你一定會要我。如果我是蕭
亞軒，哥哥你一定會要我。」[42] 其中展現出山地情歌的庶民性、流動
性，也深具政治性。饒富趣味的是馬翊航也透過山地情歌的視角再現
地誌空間，歌詞充滿旅情的〈我願像一隻小白鷺〉，一路從三地門瑪
家泰武鄉、來義鄉，飛過獅子鄉到牡丹鄉，一舉囊括了屏東原住民鄉
鎮的分布，「山地版本的轉角遇到愛」〈羅列塔的醉歸人〉，則重現
了從歌詞走出來的醉歸人醉倒「蝸牛攤／露螺仔攤」的生動場景。

　　〈聽山地人唱歌〉和〈記憶的女兒〉則從原住民的音樂，探討其
與身分展演和自我實踐之間不同層次的演繹，〈聽山地人唱歌〉以歌
唱和音樂切入卑南族小說家巴代的《野韻》中對於聲音的細緻處理，
在小說的展演片段，歌唱的場景反映了部落的記憶與時代的面貌，認
為「顯現出相互對應、合聲，充滿韻律的部落／小說生命狀態，一種
充滿彈性，無分主從的史觀」；[43]〈記憶的女兒〉則是從伐伐絲・牟
固那那《火焰中的祖宗容顏》中，曾經青春時期加入「山地文化工作

---

41 馬翊航，〈如果我是鳳飛飛，哥哥你一定會要我〉，《山地話／珊蒂化》，頁 55。

42 同上。

43 馬翊航，〈聽山地人唱歌〉，《山地話／珊蒂化》，頁 163。

隊」吟唱的反共歌曲構成成年的主旋律，掩蔽父親勞動飲酒時吟唱的古調，而古調的記憶點起心中沉寂以久的鄒魂，篝火中忽然閃現的祖先面容創生記憶的女兒：

> 在轉型正義理應被熱議的當下，這樣的理解與注視更有其必要：我們從何處與暴力、死亡擦身而過？如何觸摸傷害與復原的多種形貌？她筆下溫暖的童稚眼光，不只是追昔憶往的情趣，而是為了生存而成形的音樂。我們必須記得，記憶的音色愈是細膩動聽，光明背後的夜暗，愈是苛刻。[44]

　　聽山地人唱歌，而歌也是為自己而唱，〈聽山地人唱歌〉中，在小說演唱的時空與情境之中，歌是都市中的女兒為原住民身分而唱；在〈記憶的女兒〉之中，歌是在古調吟唱的記憶與思念之中，為了重返本真的傳統姓名而唱，以音樂作為族群記憶再現文本，揭示了馬翊航以音樂展現思索原住民身分多重彈性的空間。

五、結語

　　《山地話／珊蒂化》是馬翊航第一本散文集，是其對於過往成長經驗、家族書寫、性別認同與族群記憶的深情書寫，其中演繹馬翊航多元的身分，一步步探勘「二十一世紀臺灣文學工作者」（張亦絢

---

44 馬翊航，〈記憶的女兒〉，《山地話／珊蒂化》，頁 167 至 168。

語），與 1980 世代崛起之「臺灣千禧世代作家」（詹閔旭語）之身
分的形塑。2000 年後臺灣文學體制化所培育的馬翊航，透過參與《百
年降生：1900-2000 臺灣文學故事》與《終戰那一天：臺灣戰爭世代
的故事》此兩部作品的創作實踐，也回應埃爾提出「文學來世」的說
法。《山地話／珊蒂化》在臺灣散文書寫中展現出新聲腔，透過成長
過程中自我認同的確立，以及父系母系認同的糾葛的諸多面向，演繹
記憶、親情與認同間複雜而密切的關係；《山地話／珊蒂化》亦是性
別與族群的多重組合，呈現出陰柔男同志形構的多重面向，並思索被
「東方主義」化跨文化酷兒主體的深刻議題，也從音樂面向處理族群
身分書寫中核心的認同問題。

　　《山地話／珊蒂化》也是馬翊航在 21 世紀成為原住民身分的返
鄉之路，如同 James Clifford 在《復返：21 世紀成為原住民》中提出
彈性、多重、曲線的當代族群方案，馬翊航此一千禧世代的原住民青
年，其返鄉之路也呈現出多重流動的路徑。馬翊航透過族語卑南語的
學習，向家人取得屬於祖父的卑南族名字，紀錄姑姑口中的姊弟鳥傳
說，回到建和部落的 long stay，是為以精油調製臺灣文學的氣味文本
的「返香青年」，在原住民典型化書寫之外，與自我男同志性別認同
辯證下成就更繁複的返鄉路徑，馬翊航和 Apyang Imiq「打開樹洞」
的方式，有相似也有殊異，足見千禧世代原住民青年與家／族之間複
雜的張力，而馬翊航正走在他自我實踐的路途之上，以此重新定義自
我與他人眼中的原住民作家。

少女投胎：
楊双子百合小說的女性主義現象學閱讀 [1]
紀大偉

一、前言

　　就「文學的來世」這個議題而言，作家楊双子（1984-）作品是本研究者的優先選擇。時至 2020 年代，本名楊若慈的楊双子已經是國內外臺灣文學研究者不可忽略的同志文學健筆。但筆者在 2017 年出版的《同志文學史：臺灣的發明》，雖然字數洋洋灑灑逼近二十八萬字，卻隻字未提楊双子在同志文學的貢獻。原來，2017 年對楊双子和筆者而言，都是極具關鍵性的年份：楊双子在 2017 年推出長篇小說《花開時節》之後，才開始在文壇打開知名度；筆者在 2016 年忙著校對《同志文學史》以便在 2017 年初出書的時候，還不知道楊双子其人其文。也就是說，拙作剛好跟《花開時節》擦肩而過。筆者尤其懊惱的是，楊双子的一系列作品其實為拙作提出解答：拙作在尾聲詢問，在二十一世紀，臺灣的同志文學將何去何從？也就是說，拙

1　本文原發表於《中國現代文學》第 42 期（2022 年 12 月），155-174 頁。拙文得以順利發表，本人要特別感謝兩名匿名審查人的寶貴意見，以及該刊編委會與編輯部的建議。

作對於「同志文學」的未來（或來世）並沒有明確的答案。但是等到筆者在近年來細讀楊双子形形色色作品之後才赫然發現，這些作品其實證明了本土同志文學在二十一世紀「來世方長」。筆者交出來的這篇文章，就是要幫《同志文學史》補缺，也是要幫楊双子「討回公道」：她的作品當然應該放入《同志文學史》之中，以便《同志文學史》想像更具體的文學來世。

　　一直要到楊双子在 2017 年出版長篇小說《花開時節》之後，讀者才在臺灣文壇目睹同志歷史小說逐漸萌芽茁壯。短短幾年內，楊双子火力全開，發表多種聚焦於 1930 年代女女情誼的小說。楊双子結合同志情欲和歷史背景的努力，並非蜻蜓點水、偶一為之，而是旗幟鮮明、再接再厲。楊双子展現一方面「將女同性戀歷史化」，另一方面「將歷史女同性戀化」的技藝：一方面將女同性戀置入日治時期臺灣歷史框架，另一方面為大正與昭和時代銘刻女同性戀的痕跡。楊双子嫺熟操作這兩種互補的技藝，在臺灣文壇簡直一枝獨秀。

　　「楊双子」這個筆名本來是由楊若慈和她的孿生妹妹楊若暉共同使用。[2] 妹妹重病早逝之後，姐姐才獨自扛起「楊双子」一名。楊双子自許她將歷史小說和百合小說結合，藉此寫出「日治時代的女性生活史」。[3] 楊双子採用「百合」而非「女同性戀」來指稱女女情慾，倒不是因為女同性戀一詞有何不妥，而是因為百合一詞對楊双子本人更具備非凡意義：藉著使用「百合」，楊双子一方面可以向身為百合

2　楊双子，〈後記：我們仍未知道那天所看見的花的名字〉，《花開時節》（臺北：奇異果，2017；2022），頁 371。

3　愛麗絲，〈找出那些愛無法跨越的藩籬——專訪《臺灣漫遊錄》作者楊双子〉，《閱讀最前線》，https://news.readmoo.com/2020/05/18/travel-around-taiwan/，檢索日期：2022.02.05。

專家的妹妹致意，另一方面也可以承認她自己跟流行文化的淵源。楊若暉專書《少女之愛：臺灣動漫畫領域中的百合文化》指出，所謂「百合」來自「百合次文化」，原本出自於二十世紀下半葉的日本，後來在東亞各國流行開來。楊若暉特別說明，在日本，「百合」一詞還沒有被學界定義，也還沒有進入主流辭典，[4]但曾經跟「女同性戀」一詞相通。[5]不過，百合一詞從日本流傳到中文世界之後，來自不同國家的中文使用者對於百合跟女同性戀的關係，並無共識（例如，中國民眾因為中國社會很忌諱同性戀，極力反對百合跟女同性戀劃上等號）。[6]楊若暉自己則建議，百合可以泛指女女之間多種情誼的流行文化再現，再現的課題從純精神的相知相惜，到純肉體的魚水之歡，都包括在內。[7]小說家楊双子自己一方面長期推廣百合流行文化，[8]另一方面跟本土漫畫家星期一回收日合作出版百合漫畫《綺譚花物語》，[9]顯示她勤奮參與流行文化。

　　2017 年，楊双子的第一部結合歷史和百合的長篇小說《花開時節》面世，以日治時期為背景，描繪本島少女雪子跟內地少女早季子的相互憐惜。楊双子自稱倚重妹妹針對日治時期的歷史考察，因此遣詞用字都在乎字詞承載的歷史意義。既然如此，這部小說也就將兩名

4　楊若暉，《少女之愛：臺灣動漫畫領域中的百合文化》（臺北：獨立作家，2015），頁 30-31。

5　同前註，頁 36。

6　同前註，頁 57-66。

7　同前註，頁 67-70。

8　可參考楊双子個人部落格列舉的文章和演講，http://maopintwins.blogspot.com/，檢索日期：2022.02.05。

9　關於這本漫畫的參與者、贊助者和出版者，可參考 CCC 創作集網站，https://www.creative-comic.tw/book/79/content，檢索日期：2022.02.05。

主要角色標示為「本島」人和「內地」人，而非「臺灣」人和「日本」人，藉此標明臺灣當時臣屬於日本母國（即「內地」）的事實。此書獲得國家文藝基金會長篇小說創作補助，[10] 並入圍臺北國際書展大獎。[11] 同年，楊双子發表結合歷史和百合的短篇小說〈庭院深深〉，刻畫日治時期的才女詩人遭受繼母色慾計算。這則短篇收錄在獲選為網站年度選書的多人合著小說集《華麗島軼聞：鍵》。[12] 2020 年，她再度結合歷史與百合的長篇小說《臺灣漫遊錄》出版，獲得巫永福文學獎[13]、金鼎獎，[14] 並入圍聯合報文學大獎。[15] 此書主人翁內地女作家在昭和時期到本島旅遊，跟隨行的本島女通譯互相欣賞。此外，如先前提及，在「百合」次文化活躍多時的楊双子和漫畫家「星期一回收日」合作，推出濃厚百合情調的《綺譚花物語》的小說版和漫畫版，獲得獎勵本土漫畫的金漫獎。[16]《綺譚花物語》全書收錄的四則百合故事，有三則發生在日治時期（包括從〈庭院深深〉改名為〈庭院深

10 見國家文藝基金會網站說明，https://archive.ncafroc.org.tw/novel/work/4028880e6c0914f001 6c09155277005f，檢索日期：2022.02.05。

11 同前註。

12 見博客來網站說明。阿虎，〈【2017 年度選書】《華麗島軼聞：鍵》｜我們的時代〉，https://okapi.books.com.tw/article/10463，檢索日期：2022.02.05。

13 見中興大學台文所網站公告，〈【賀】2021 中興大學川流臺灣文學駐校作家：楊双子著作《臺灣漫遊錄》榮獲「巫永福文學獎」！〉，https://taiwan.nchu.edu.tw/page. php?id=fece1d41-9c3e-11eb-8079-40b07611d6dc，檢索日期：2022.02.05。

14 見金鼎獎網站公告，https://gta.moc.gov.tw/home/zh-tw/gtawards2021/78435，檢索日期：2022.02.05。

15 見聯合報文學大獎公告，https://event.udn.com/lianfu70/literature/literary/year?year=2021，檢索日期：2022.02.05。

16 見金漫獎網站公告，https://gca.moc.gov.tw/home/zh-tw/comments/78649，檢索日期：2022.02.05。

深華麗島〉）。[17]

　　短短幾年內，楊双子的小說成績斐然，成為不同世代學者的研究對象。筆者受惠於前行研究，但力求避免跟既有研究發生重複。因此，筆者另闢蹊徑，轉而思考文學和哲學的對話可能。筆者建議，楊双子小說可以提供臺灣文學研究和現象學哲學（phenomenology）切磋的契機。筆者這個提議看似異想天開，卻出自於最基本的文本細讀：筆者仔細閱讀楊双子多種小說，看見多種活潑好動的日治時期少女形象，因而一再聯想美國女性主義哲學家艾利斯揚（Iris Marion Young）膾炙人口的文章：〈像女孩那樣丟球：陰性身體舉止，身體部位的機能性，[18] 與空間性的現象學〉（Throwing like a Girl: A Phenomenology of Feminine Body Comportment, Motility and Spatiality）。[19] 艾利斯揚藉著分析女孩怎麼丟球，提供女性主義版本的現象學。筆者則要藉著比對艾利斯揚和楊双子各自寫出的女性，一方面為艾利斯揚的論述提供奠基於臺灣的註解，另一方面也要為楊双

---

17 第四則〈無可名狀之物〉的背景雖然設在當代，但故事仍然結合了歷史跟百合：兩名女性角色共同考察臺中日治歷史遺跡，結果漸漸喜歡彼此。

18 原文標題中的 "motility" 經常中譯為「行動性」、「行動力」，但筆者擔心這些譯法都過於籠統（即，看起來似乎也適用於人類或交通工具的移動能力）。既然文章作者艾利斯揚顯然在回應哲學家梅洛龐蒂（Maurice Merleau-Ponty），筆者就上溯察看梅洛龐蒂的說法。梅洛龐蒂代表作《知覺現象學》（Phenomenology of Perception）的英譯者藍迪斯（Donald A. Landes）指出，梅洛龐蒂筆下的 "motricity"（指人體器官、關節、肌肉的動作）不應該詮釋為過於籠統的 "motility"（頁 xlix-l）。因此，筆者將艾利斯揚的用字 "motility" 更加具體翻譯成「身體部位的機能性」，以便稍微貼近藍迪斯的用意。

19 Iris Marion Young, On Female Body Experience: "Throwing Like a Girl" and Other Essays (New York: Oxford University Press, 2005). 按，雖然〈像女孩那樣丟球〉這篇文章早有中譯版，但筆者選擇細讀英文版，以便確認艾利斯揚原本選用的英文詞彙，以及比對這篇文章跟英文的其他文獻。

子的小說找出哲學觀點介入的機會。

　　艾利斯揚和楊双子的時空脈絡，差異甚大。也因此，筆者並無意將國外哲學硬生生套用在本土小說上。不過，筆者希望在本文有限篇幅內，思考兩個簡單的問題：藉著比對楊双子筆下的「少女」和艾利斯揚所稱的「女孩」，讀者是否可以深化對於兩種女性的理解？另，楊双子小說多次感嘆少女的「投胎」（即，不同少女各自降生到不同種族、不同階級家庭的境遇），是否可以為現象學關鍵詞「拋擲」（thrownness）提供臺灣本土的詮釋？

　　筆者從日治「少女」聯想到美國「女孩」，從臺灣人的「投胎」聯想到哲學的「拋擲」，因此將本文標題寫成「少女投胎」，期許從本文開始初步嘗試臺灣文學的現象學閱讀。

二、為什麼是現象學？

　　筆者首先參考的前行研究，是邱貴芬在 2021 年發表的文章，〈千禧作家與臺灣文學傳統〉。她沿用詹閔旭提出的「千禧作家」定義，指出在 1980 年到 2000 年之間這個區段出生的臺灣作家比他們的文壇前輩更加熱情回顧曾經被威權體制抹煞的本土歷史。邱貴芬的文章聚焦於三組文本，其中第一組為楊双子的《花開時節》系列作品——既然是系列，就不只包括《花開時節》，還包括楊双子的其他相關作品。第二組，為楊双子也參與的《華麗島軼聞：鍵》小說集。也就是說，楊双子作品在邱貴芬論文所佔的比例超過三分之一，遠遠超過同一篇文章提及的其他作家。邱貴芬尤其讚賞楊双子在歷史小說中進行

廣義的翻譯：楊双子故意採用日語翻譯腔的中文，呈現百年前本島少女的言語思想。[20] 邱貴芬的 2021 年文章也就剛好補充、接續了她自己在 2007 年發表的重要文章：〈翻譯驅動力下的臺灣文學生產〉。她在舊文回顧 1960 年代到 1980 年代的現代主義派和鄉土文學辯證，指出兩派都投入廣義的翻譯：當時現代主義派努力翻譯西方，看似跟現代主義派競爭的鄉土文學派其實也在從事翻譯——只不過並不是翻譯西方，而是將當時文壇已經陌生的臺灣本土資產「翻譯」回文學之中。也就是說，鄉土文學派形同「『贖回』被遺忘的臺灣歷史記憶」。[21] 這麼看來，楊双子的小說同時延續了當年鄉土文學派和現代文學派：她的小說跟鄉土文學派一樣贖回本土記憶，而且也跟現代文學派一樣翻譯西方——只不過這裡的「西方」是曾經自詡為西方一員的日本帝國。

　　鄭芳婷的論文〈打造臺灣酷兒敘事學：楊双子《花開時節》作為「鋩角」行動〉，關注小說主人翁從二十一世紀「跌入」日治時期，經歷跨時間旅行，也就是臺灣、中國等地流行文化所稱的「穿越」。在西方酷兒研究紛紛質疑異性戀主流時間之際，鄭芳婷認為楊双子小說的穿越正好證明臺灣酷兒敘事針對線型時間觀的挑戰。[22] 此外，許貽晴的碩士論文《百合少女與歷史轉譯：楊双子「花開時節」系列小說研究》是青年學者研究楊双子作品的傑出代表作之一。這本論文詳盡爬梳楊双子仰賴的文化養分：楊双子多種作品的致敬對象，包括戰

---

20 邱貴芬，〈千禧作家與臺灣文學傳統〉，《中外文學》50.2（2021.06），頁 15-46、頁 28。

21 邱貴芬，〈翻譯驅動力下的臺灣文學生產——1960-1980 現代派與鄉土文學的辯證〉，《臺灣小說史論》（臺北：麥田，2007），頁 199-273、199-201。

22 鄭芳婷，〈打造臺灣酷兒敘事學：楊双子《花開時節》作為「鋩角」行動〉，《女學學誌：婦女與性別研究》47（2020.12），頁 93-126。

前日本的「少女小說」，例如吉屋信子（1896-1973）的《花物語》
（1916-1924），也包括戰後日本的「百合」文學和漫畫，例如《瑪
麗亞的凝望》（小說版：1998-2012；漫畫版：2003-2007）。[23]

　　筆者先前提及，因為楊双子小說讓筆者聯想到艾利斯揚的文章，
所以動念嘗試進行臺灣文學與現象學哲學的接合。這個念頭看似異想
天開，但筆者認為國內外學界動態足以支撐這個念頭。在國內，剛才
筆者提及的邱貴芬、鄭芳婷、許貽晴等人的研究各自採取不同研究焦
點，卻同樣看重楊双子「將百合加以歷史化」和「將歷史加以百合化」
的功夫。筆者認為這兩種功夫，都跟「闢徑」以及「另闢蹊徑」這兩
個現象學基本觀念相通：「闢徑」對應 "orientation"，也就是「找
路」、「找方向」；「另闢蹊徑」則對應 "reorientation"，也就是「另
外找路」、「重新找方向」。楊双子的兩種功夫，就是同時為邊緣化
的百合情誼以及被邊緣化的日治歷史另找出路、生機。

　　在國外，利用現象學為社會弱勢培力的學術研究，正方興未艾。
例如，酷兒學者巴特勒在《戰爭的框架》（*Frames of War*）就為人命
提供現象學式的（phenomenological）分析，指出人命必然有其限制，
需要仰賴自我之外的人事物才得以維持。[24] 另外，根據加拿大媒體研
究者強納森・史鄧恩（Jonathan Sterne）在《削弱的官能：身體損傷
的政治現象學》（*Diminished Faculties: A Political Phenomenology of
Impairment*）爬梳，自從二十世紀晚期以降，女性主義者、酷兒研究

23 許貽晴，《百合少女與歷史轉譯：楊双子「花開時節」系列小說研究》（臺北：國立臺
　　灣師範大學文學院臺灣語文學系碩士論文，2021）。
24 朱迪斯・巴特勒（Judith Butler）著，申昀晏譯，《戰爭的框架》（*Frames of War: When Is
　　Life Grievable?*）（臺北：麥田，2022），頁 66。

學者、身心障礙研究學者、後殖民研究學者在西方學界進行現象學改造工程，將原本看似不關心社會弱勢的現象學傳統，改造為可以為社會弱勢培力的「政治現象學」（political phenomenology）。[25] 史鄧恩自己將身心障礙研究觀點加入「政治現象學」陣營，並且在書中多次指認他在政治現象學的前輩：例如，艾利斯揚的〈像女孩那樣丟球〉就利用女性主義觀點改寫現象學。此外，英國巴基斯坦裔女性主義者阿赫眉（Sara Ahmed）的《酷兒現象學：關徑、客體、他者》（*Queer Phenomenology: Orientations, Objects, Others*）將現象學加以酷兒化。本文對於「關徑」這個觀念的重視，也來自於阿赫眉這本書的啟發——這本書在副標題標示「關徑」（orientations）一詞，也在書中各處強調關徑的政治力量。

　　不過，說到底，現象學到底是什麼？現象學哲學發展到今，流派林立，定義紛多，並無定論。既然筆者從〈像女孩那樣丟球〉得到靈感，便從這篇文章擷取操作的定義。艾利斯揚在閱讀西蒙‧波娃（Simone de Beauvoir）名著《第二性》（*The Second Sex*）發現，《第二性》列舉女人青春期、月經來潮、女人懷孕等等「現象」（phenomena），卻沒有交代這些現象在世界中的處境，也沒有交代這些現象跟周遭環境之間的關係。[26] 從上下文可以推知，艾利斯揚的現象學就是要為《第二性》列舉的這些女體現象提供描述，交代描述它們在世界上的處境，以及它們跟環境的關係。艾利斯揚承襲梅洛龐蒂（Maurice Merleau-Ponty）的看法，認為身體邁向物件和環境的「關

---

25 Jonathan Sterne, *Diminished Faculties: A Political Phenomenology of Impairment* (Durham: Duke University Press, 2022), pp.10-11.

26 Iris Marion Young, *On Female Body Experience: "Throwing Like a Girl" and Other Essays*, p.29.

徑」（orientation）決定了主體和世界之間的關係。[27] 按，"orientation"
經常被翻譯成沒有包含動作的「傾向」一詞，但是筆者為了突顯艾利
斯揚重視的身體動感，便將之理解為包含動作的「關徑」、「找路」
或「找方向」。根據艾利斯揚觀察，在梅洛龐蒂之前的現象學哲學家
認為，主體的「意向性」（intentionality）展現在「意識」跟環境的
接觸；但是梅洛龐蒂卻跟他的哲學前輩不同，改而主張用身體取代意
識，認為主體的意向性主要展現在身體對週遭事物的探索。[28]

　　〈像女孩那樣丟球〉在標題顯示「女孩」和「丟（丟球）」，但
文章內容其實兼及女孩之外的角色（即，跟女孩對比的男性），以及
丟球之外的運動（如，跑、爬山等等）。[29] 根據艾利斯揚的說法，就「身
體部位的機能性」而論，「陰性身體」的超越性是模糊的、意向性是
抑制的、跟周圍環境的連結是斷裂的[30]——也就是說，現象學傳統視
為理所當然的超越性、意向性、主體跟周圍環境的連結，都被關注性
別差異的艾利斯揚打上大大的問號。這裡的超越性，是西方哲學史長
久以來的關鍵詞：借用網路時代用語來說，超越性就是人類擺脫身體
臭皮囊以及俗世責任之後的超脫境界，就好比網路玩家戴上高科技頭
盔、進入虛擬真實世界的仙境。至於這裡的意向性和環境連結，就是
本文這一節前面提及的重點：梅洛龐蒂相信主體利用身體跟周圍環境
發生連結，藉此展現主體的意向性。但是艾利斯揚在跟西蒙波娃切割
之後，在這裡也跟梅洛龐蒂切割：她認為陰性身體無法盡情伸展意向

---

27 同前註，頁 30。
28 同前註，頁 35。
29 同前註，頁 33。
30 同前註，頁 36-38。

性，用臺灣慣用語來說就是「身不由己」、「有志難伸」。需要說明的是，艾利斯揚在此用「陰性身體」而非「女性身體」，是為了強調社會情境比「去歷史化的」（ahistorical）生物條件更能左右女性的處境。[31] 既然「女性身體」一詞經常跟生物條件湊對，艾利斯揚便另外採用「陰性身體」來跟有別於生物條件的社會情境搭配。

　　艾利斯揚自己承認她的文章篇幅有限，只能策略性地聚焦在某一些身體具體動作 [32]──她關注身體，並不意味她反對讀者回頭去檢視有別於身體的意識。筆者察覺楊双子筆下少女的「身不由己」、「有志難伸」往往是抽象意識的困境（例如，想要拒絕結婚，想要繼續升學），未必是具體身體的挫折。也因此，筆者需要在艾利斯揚指認的具體空間（也就是身體的所在）之外，另外承認譬喻而非具體的空間（也就是意識的所在）。在楊双子小說中，意向性的探索有時候發生在譬喻空間，有時候發生在具體空間，有時候兩種空間揉合。例如，邱貴芬稱讚楊双子「以學術考據為基礎，也示範了一種歷史小說的寫作模式」，指認例子之一就是楊双子筆下角色可以「拿到」什麼少女雜誌。一方面，邱貴芬看到主體（楊双子小說裡頭的角色）在具體空間伸手拿取物件（楊双子考據出來的歷史文物，如少女雜誌）所展示的意向性；另一方面，在小說外頭的邱貴芬也藉著讀到楊双子角色拿雜誌的行為，逼近了楊双子筆下「嚴謹的考據所召喚的歷史記憶」，也就是面對了歷史記憶穿越譬喻空間（這裡的譬喻時間，就是時間）所釋出的召喚。邱貴芬的舉例剛好示範兩種空間的疊合。

---

31 同前註，頁 29。
32 同前註，頁 45。

三、女孩，少女

　　不過，她在《花開少女華麗島》的代序〈聽說花岡二郎也讀吉屋信子的少女小說〉也表達她挽回「少女小說」文化記憶的意向。原來，她發現 1930 年霧社事件的關鍵人物之一花岡二郎竟然收藏吉屋信子小說，因而推測內地少女小說曾經在戰前風行本島各地，並且感嘆這個可能一度存在的少女小說風潮已經被今日臺灣遺忘。楊双子置身二十一世紀，卻又頻頻跟二十世紀上半葉的少女小說看齊。

　　楊若暉和許蚨晴這兩位年輕學者都在她們的論述中勤奮引述多種提及日本「少女」的日文文獻。筆者並不擬重複她們的爬梳結果，改而參考《少女時代：日本少女雜誌小說的興起、演化與勢力》（*Age of Shōjo: The Emergence, Evolution, and Power of Japanese Girls' Magazine Fiction*）這本英文專書。出身日本的此書作者朵拉斯（Hiromi Tsuchiya Dollase）在書中指出，「少女小說」（shōjo shōsetsu）可以上溯到少女雜誌興起、女子學校增加的 1910 年代。[33]少女雜誌和女子學校，用現象學用語來說，就是足以左右主體的物件和空間，在楊双子多種小說裡頭舉足輕重。本文先前已經提及，邱貴芬稱讚楊双子善於考據，就是以楊双子文本提及的少女雜誌這種物件為例。吉屋信子代表作的英譯者費德烈克（Sarah Fredrick）指出，吉屋信子以降的「少女小說」特色之一，就是採取女子學校和女子宿舍做為場景。[34]這種空間不只是物理空間，也是促使主體產生愛戀的情

---

33 Hiromi Tsuchiya Dollase, *Age of Shōjo: The Emergence, Evolution, and Power of Japanese Girls' Magazine Fiction* (Albany: State University of New York Press, 2018), p.xii.

34 Yoshiya Nobuko, *Yellow Rose* (1923), trans. Sarah Frederick (Expanded Editions Press, 2016). 此書

感空間。

　　一般認為，本島第一位女記者楊千鶴（1921-2011）的著名短篇〈花開時節〉（1942）就是《花開時節》的致敬對象（邱貴芬 2021: 21）。但是〈花開時節〉篇幅短小，《花開時節》卻野心勃勃，祭出橫跨許多章節的少女私奔計畫。《花開時節》裡頭，早季子為了延續她跟雪子的親密關係，不惜安排兩人一起離開本島、前往內地繼續升學。這種以求學之名行私奔之實的狂放橋段，簡直脫胎自費德烈克在吉屋信子代表作《黃薔薇》（1923）指認的經典情節：在東京任教的年輕女老師立志拒絕跟男人結婚，後來跟捧著黃薔薇的女學生相愛（這種寫法，就是將女學生比擬為黃薔薇），計畫兩人一起前往美國。孰料花朵一般的女學生被迫跟男人結婚，女老師只好獨自赴美。楊双子筆下的早季子私奔計畫，剛好呼應朵拉斯在少女小說觀察到的計謀：朵拉斯發現，就算少女已經發育成熟、已經具有生育能力，但是只要保持學生身份，就可以免於結婚之類的社會責任。[35] 也就是說，早季子跟雪子只要一直當學生，似乎就可以一直不跟男人結婚。

　　說到底，楊双子的作品到底是「百合小說」，還是「少女小說」？於此，筆者察覺現象學可以提供一種釐清說法。對生於二十世紀末而不是二十世紀初的楊双子而言，二十世紀末期萌生的「百合小說」是她伸展意向性的基礎，二十世紀初期的「少女小說」則是意向性的目標。換句話說，她要藉著撰寫在二十世紀末期萌生的百合小說，「復刻」二十世紀初期的少女小說，以及這種文類中的少女主體。

格式特殊，並無頁碼。

35 Hiromi Tsuchiya Dollase, *Age of Shōjo: The Emergence, Evolution, and Power of Japanese Girls' Magazine Fiction*, pp.xii-xiii.

綜覽《花開時節》全書，讀者可以發現「百合」一詞只用來稱呼
文類，較常出現的「少女」一詞（和較少出現的「女孩」一詞）才用
來稱呼主體。書中「女孩」和「少女」兩詞的功能不同：女孩看起來
只是通稱，但是少女卻承載特殊的歷史意義。如，在第十四章〈苦楝〉
中，女校校歌歌詞即有「綻放的苦楝⋯⋯日本的少女⋯⋯」等句，[36]
如果改成「日本的『女孩』」恐怕歷史風味就會打折。少女是女孩的
一種，但是反過來說，不是任何女孩都算是少女。

　　但既然少女也是女孩，那麼〈像女孩那樣丟球〉的描述，是否
也適用在楊双子小說？楊双子小說中，少女角色的身體活動琳琅滿目
──用現象學的詞彙來說，這些身體活動將主體和周圍環境牽連在一
起。例如，在《花開時節》，在標題為〈蓮〉的第八章，雪子跟早季
子「在內埕打毽毛球」、「去海水浴場游泳」、「去登山步道遠足」。[37]
在標題為〈苦楝〉、〈仙丹花〉的十四章、十五章，早季子的父親跟
雪子的富商叔父分別到臺中大肚山打高爾夫球。[38] 在《花開時節》，
不同性別、不同世代的角色對應不同運動、置身不同空間。跟球類
運動相比，《花開時節》對於游泳的刻畫更多。身為富商么女的靜枝
這個配角，跟雪子一樣，也是極少數跟內地人同校求學的本島人幸運
兒。在全書序幕〈孤挺花〉中，靜枝身為女校游泳隊中堅，一度有志
參加「帝國的明治神宮運動大會」，[39] 也就是想要跟東京的空間發生
關係。

---

36 楊双子，《花開時節》，頁 273。

37 同前註，頁 156-157。

38 同前註，頁 270、298。

39 同前註，頁 17。

　　《花開時節》和稍後筆者將討論的《花開少女華麗島》一樣，「裡裡外外」充滿花朵，在文本裡面穿插多種花卉，並且在文本外面——筆者是指全書書名到各章篇名——到處花團錦簇。為什麼文本「裡頭」這麼多花？費德烈克提醒，吉屋信子以降的「少女小說」特色之一，就是描繪大量花朵。那麼，為什麼文本「外面」也百花盛開？費德烈克表示：戰後日本少女小說紛紛模仿《花物語》，用不同的花朵來為每一篇章標題命名。看起來，身為《花物語》仰慕者的楊双子也效法前人手法，在文本的裡面和外面都向《花物語》致敬。

　　在《花開時節》首度登場的少女們，在 2018 年出版的短篇小說集《花開少女華麗島》再續前緣。《花開少女華麗島》全書分成三輯，其中第二輯「花物語」再一次效法《花物語》，收錄四則以不同花朵做為標題的小說。其中，〈金木犀銀木犀〉這篇小說刻畫一對本島少女和內地少女，但不再是雪子與早季子，而是靜枝與弓子。當年立志從本島前到東京深造的幾位雪子同學，但只有本島女孩靜枝和身為美術高手的內地女孩弓子達成心願。[40] 在弓子眼中，靜枝在本島游泳的時候，展現「劃破水波的身姿」、[41] 宛如「分開紅海的摩西」。[42] 在弓子眼中，在中學游泳隊的靜枝曾經展現鮮明而非模糊的超越性（例如，她果決下水，並不遲疑）、豪放而非抑制的意向性（她不但邁向泳池這個空間，後來更邁向內地），跟周圍環境（即，包裹靜枝軀體的泳池水波）的連結沒有斷裂。看起來，靜枝跟艾利斯揚描述的丟球女孩正好相反。

---

40 楊双子，《花開少女華麗島》，頁 186。

41 同前註，頁 183。

42 同前註，頁 203。

　　不過，艾利斯揚其實也承認，某些女人還是可能以不同程度、在不同領域達至超越性，因為不同的女人各自受制於或受惠於不同的社會情境。[43]艾利斯揚的補充說明，可以用來解釋靜枝後來的生命起落。在楊双子筆下，直到靜枝在東京跟內地人丈夫發生婚變之後，[44]才被迫褪去昔日英姿。值得注意的是，靜枝失去超越性，並不是因為內在生物條件的匱乏，而是因為外在社會條件的箝制：首先，她不再是跟男性無關的未婚少女，而是被丈夫決定命運的已婚婦女；其次，她一從本島進入內地，就成為低人一等的外來者兼被殖民者，不是高人一等的內地人。[45]按，她的內地人丈夫外遇對象，是一位身為診所看護婦的內地女人，而不是像靜枝一樣出身富貴的本島人。靜枝享有階級優勢，但坐困種族弱勢。〈金木犀銀木犀〉的篇名就在彰顯內地女人和本島女人的不同交換價值：雖然同樣都是桂花（即，木犀），但是內地的桂花（譬喻內地女人）看起來是金色的（金黃色的），比較高貴，但是本島桂花（本島女人）看起來是銀色的（銀白色的），比較廉價。[46]弓子憐愛靜枝卻不免心虛，因為她知道自己貴為金黃桂花，而閨蜜靜枝卻是銀白桂花。

　　艾利斯揚屢屢指稱，女性身體遭受的妥協，與其歸咎於女人的生理條件，不如歸咎於女人所處的社會情境。在文章最後，艾利斯揚就強調，女人淪為客體，就要歸咎於父權。[47]楊双子小說則呈現更為複雜的社會情境圖像：父權、殖民以及階級共同決定了少女所處的社

---

43 Iris Marion Young, *On Female Body Experience: "Throwing Like a Girl" and Other Essays*, p.31.

44 楊双子，《花開少女華麗島》，頁 187。

45 同前註，頁 187、頁 196。

46 同前註，頁 194、頁 202。

47 Iris Marion Young, *On Female Body Experience: "Throwing Like a Girl" and Other Essays*, p.44.

會情境。因為父權，靜枝遭受男女不平等待遇；而且，因為殖民，靜枝赫然發現本島女人跟內地女人根本不能等量齊觀；同時，卻也因為階級，靜枝才得以享受一度在本島女校跟內地少女平起平坐的假象。艾利斯揚自己強調，她針對女孩的描述有其侷限，並非放諸四海皆準。她承認，她描述的女子置身「當代先進工業的、都會的、商業的社會」，[48] 所以她的觀察未必適用於其他社會、其他時代的女子身上——看起來，對艾利斯揚來說，女孩和女子就是同義詞，可以互換。既然楊双子小說另闢蹊徑，將女性角色送入有別於艾利斯揚所處當代的日治時期，那麼戰前日本少女（這裡的日本包含本島也包含內地）看起來就有別於戰後美國女孩。

　　戰後美國女孩和戰前日本少女不同，並不只是因為她們來自截然不同的時空脈絡，還因為不同時空各別造就的不同主體。以〈金木犀銀木犀〉為例，筆者發現文中少女至少有兩點有別於美國女孩：一、這則故事的少女不能只有靜枝唱獨角戲，還必須搭配弓子在旁一搭一唱，這樣故事才可以藉著推出一對少女展現出兩名少女之間的親密；二、跟男性結婚形同詛咒，足以將靜枝這位昔日天之驕女打入地獄。這兩點呼應了剛才朵拉斯觀察少女小說的歸納：少女希望延遲畢業，以便跟女同學繼續親密；只要少女留在學校，就可以暫時避免跟男性結婚。楊双子筆下的少女需要同性密友，而且忌諱跟男性結合；相比之下，艾利斯揚筆下的女孩卻彷彿自我完整不假外求，未必需要跟同性配對，也未必迴避跟男性成婚。

　　這兩種主體的差別，也就可以解釋為何艾利斯揚筆下的女孩跟女

---

48 同前註，頁 30。

人宛如可以互換的同義詞，但是《花開少女》卻堅持突顯少女跟女人的差異：學生年紀的少女堅持跟女伴在一起，拒絕跟男性結合；年紀較大的女人失去學生身分，必須面對跟男人結婚的義務，也就被迫跟女女親密的機會告別。

四、丟球，投胎

筆者在上一節檢視女孩和少女的異同之後，筆者還要緊接著討論女孩和少女各別連接什麼動詞，畢竟現象學的焦點並不是放在這些主體本身，而是放在主體透過身體行為跟周圍環境產生的關係。把身體跟環境連起來的東西，就是動詞。

在《綺譚花物語》小說版的第一篇故事——〈地上的天國〉，昭和時期的女學生詠恩造訪大肚山高爾夫球場。但她不是丟球的女孩，而是被球丟的對象——她被高爾夫球意外擊斃。[49] 家族長輩擔心詠恩死後淪為野鬼，便將她當作鬼妻，嫁入一個大家族——詠恩因此變成英子這位中學女生的三嬸婆。[50] 故事後來才揭曉，原來英子正是詠恩死前摯愛的學妹。如果詠恩沒死，就要在女校畢業之後跟男人結婚，並且因而跟英子分開；怎知道，詠恩意外死亡之後，就陰錯陽差成為鬼嬸婆，因而跟英子復合。也就是說，本來一心想要追求天上天國的基督教徒詠恩，後來卻回歸人間，在英子的家裡找到地上（按，地上

---

49 楊双子，《綺譚花物語》（臺北：東販，2020），頁 37。
50 同前註，頁 15。

是天上的相反）的幸福天國。這篇塞翁失馬的悲喜劇，乍看只是輕鬆小品，卻刺激筆者進一步檢視艾利斯揚的文章：為何艾利斯揚只談女孩怎麼丟球，卻沒有談女孩怎麼被球丟？也就是說，為何她只談女孩怎麼以「行為人」的身份導致事件發生，卻不談事件怎麼發生在做為「被行為人」的女孩身上？

　　原來，艾利斯揚也關心做為被行為人的女孩，只不過這一點不是清楚寫在〈像女孩那樣丟球〉，而是藏在別處。筆者發現，〈像女孩那樣丟球：陰性身體舉止，身體部位的機能性，與空間性的現象學〉這篇文章的主標題和副標題之間存有奇妙張力。在原文中，主標題的 "throw" 這個動詞，在文中的確是指「人丟球」這個行為。但是，在副標題提及的「現象學」， "throw" 通常意味「人被丟入世界」這個狀態。哲學研究者陳榮華在《海德格《存有與時間》闡釋》寫道，「海德格稱此有的『被丟擲性』（thrownness），因為這似乎是未經此有的同意，就丟擲給它」。[51] 陳榮華又說，「人被丟擲到他的事實性裡，這已指出人是被丟擲到種種設計中，而他只能根據它們去理解一切。人是被丟擲到他的**在世存有**……」（黑體字為原文所有）。[52] 從陳榮華的脈絡中，「此有」就是 "Dasein" ，[53]「在世存有」就是 "being-in-the-world" [54] ──兩者都是現象學關鍵詞。

　　事實上，在收錄〈像女孩那樣丟球〉的論文集《像女孩那樣丟球：論女性身體經驗》之中，艾利斯揚也用 "throw" 一詞指示人的

---

51 陳榮華，《海德格《存有與時間》闡釋（三版）》（臺北：國立臺灣大學出版中心，2003；2017），頁 120。
52 同前註，頁 130。
53 同前註，頁 17。
54 同前註，頁 48。

「被丟擲性」，只不過並不是寫在〈像女孩那樣丟球〉，而是寫在另一篇論文：〈月經冥想〉。在提及海德格的「被丟擲性」說法之後，艾利斯揚寫道：存在，就是一直面對我們已經總是被丟擲到這個世界的事實。[55] 她這番話，跟剛才海德格的說法異曲同工。不管是經歷月經還是從事各種運動，女人都要迎接被丟擲到人世的種種事實，從給女人的機會到給女人的限制都包括在內。也因此，筆者認為 "Throwing Like a Girl" 這個標題，除了可以解讀為「像女孩那樣丟球」，也可以讀作「像女孩那樣被拋擲」。前者發生在具體空間，後者則發生在譬喻的層次。《像女孩那樣丟球：論女性身體經驗》全書不只包括看重身體但擱置意識的「丟球」（如〈像女孩那樣丟球〉描述），其實也包括看重意識的「被拋擲」（如〈月經冥想〉所述）。

　　楊双子筆下少女有時候也遇到丟球（以及其他身體活動）的挑戰，但更常遇到被拋擲到人世的難題。按照臺灣通俗說法，人被拋擲到人世幾乎就是「投胎」。〈地上的天國〉中，詠恩在具體空間被球打中之後，馬上經歷譬喻空間的被拋擲：她死後形同再一次投胎，在要好學妹的家族重新開展新的生命。而在〈金木犀銀木犀〉裡頭，靜枝的人生先喜後悲，終究也是由她的投胎條件決定。因為她生在富豪之家，所以她才有幸跟內地人讀同一家女校，成為該校的游泳隊，甚至得以立志進軍內地的游泳界；也因為她生為本島人而非內地人、生為女性而非男性，所以才會成為深感日臺不平等、男女不平等的失婚女子。《花開時節》的女主角雪子能夠從二十一世紀初期穿越到日治時期，也是因為她在字義上的層面以及在隱喻上的層面都被拋擲了：

---

55 Iris Marion Young, *On Female Body Experience: "Throwing Like a Girl" and Other Essays*, p.120.

起鬨的同學將女主角整個人拋擲到中興大學的校園湖泊裡，結果女主角就掉到——也就是投胎到——楊姓大家族，成為千金小姐雪子。日治時期大戶人家特有的權勢和脆弱，用海德格的用詞來說，就成為雪子這個「在世存有」的「事實性」。

　　雪子面對的事實性，並非只有一組，而是兩組：畢竟身為穿越小說主人翁的她帶著二十一世紀的知識和記憶達到二十世紀初。她一方面要在二十世紀初期學習認識日治時期的事實性，她另一方面也無法擺脫二十一世紀的包袱——二十一世紀的知識和記憶掉到二十世紀初，同時是先見之明（是二十世紀初期人們所預想不到的）也是後見之明（是二十世紀初期之後的人們才知悉的），對於雪子來說是資產也是負債。先見之明暨後見之明有時候等於資產，所以她才可以在女校高調質疑為什麼女校校長竟然是男人而不是女人，因而在女學生之間博取「女校長」的綽號。《花開時節》和《花開少女華麗島》兩書都強調雪子超越時代的女性主義見解：男人的任何職位，女人都可以勝任。不過這種女性主義見解勝之不武：這種見解對於日治時期來說是天方夜譚，但是對於二十一世紀的臺灣民眾來說卻是常識版本的女性主義。先見之明暨後見之明有時候更等於負債，所以她才要面對「怖慄」的挑戰：根據陳榮華的說法，海德格所稱的「怖慄」（Angst, anxiety）「讓我們得到本真存在，理解我們的存有」。[56]雪子深陷怖慄，因為她知道二戰即將發生、日本即將戰敗、日治時期即將變成昨日黃花，但是她不能夠跟身邊的早季子或是楊氏家族任何人揭露這個跨越歷史的祕密知識。也就是說，雪子的千頭萬緒，正好體現巴特勒所稱

---

56 陳榮華，《海德格《存有與時間》闡釋（三版）》，頁 123。

的「戰爭框架」：圍繞著戰爭的計算。臺灣同志文學端出的角色眾多，但是楊双子的雪子卻是其中極少數受制於——也受惠於——戰爭框架的奇葩。

《花開時節》最後的情節高潮——或者反高潮，就是雪子一再婉拒早季子提議的雙姝私奔，從本島奔赴內地的浪漫走天涯。雪子一再婉拒，看起來是因為她受制於楊氏家族的牽制——她必須留在本島守護楊家，無法拋開家族前往內地享受個人幸福。也就是說，她的意向性看起來遭受家族責任給箝制了：這麼看來，家族是主體，少女是客體。但是雪子再三婉拒的理由，事實上是因為她知道戰爭即將發生，所以她最好以不變應萬變、留在本島不動、不要輕舉妄動前去內地，才可以協助眾人度過戰爭劇變。也就是說，意向性的關鍵性絆腳石，與其說是檯面上的家庭責任，不如說是雪子不可說出口的戰爭框架。但是，戰爭框架看似阻撓了雪子的意向性，卻似乎更允諾她意向性的超越：眾人都即將懵懵懂懂被動成為戰爭的犧牲者，但是雪子卻得以基於先見之明暨後見之明，先知先覺面對戰爭，展現主動減害的潛力。這麼看來，家庭反而是客體，少女則是主體。

五、結語

本文從艾利斯揚文章擷取分析楊双子小說的現象學方法，並且從楊双子小說發現足以增補艾利斯揚文章的空間。畢竟艾利斯揚的文章聚焦在戰後美國女孩，但楊双子小說再現戰前大和少女。少女並不等於女孩，不只因為她們處於截然不同的社會情境，也因為不同的社會

情境創生大異其趣的主體。巴特勒在近年專書《非暴力的力量》（*The Force of Non-Violence*）延續了《戰爭的框架》，她批判主體的個人主義，推崇主體跟他者的相互依存。[57] 筆者發現，巴特勒筆下的前一種個人主義主體類似艾利斯揚筆下未必需要人際關係的女孩，後一種相互依存的關係則類似楊双子筆下閨蜜（例如，早季子和雪子兩人）相互扶持的少女組合。

　　在指認大和少女跟美國女孩的差異之餘，筆者也要承認少女和女孩的部分疊合。畢竟，楊双子塑造的角色雪子以及楊双子並非跟美國絕緣：《花開時節》中，雪子在投胎到日治時期之前，曾經在二十一世紀的美國華盛頓州留學數年；[58] 楊双子的養成環境是戰後臺灣社會以及二十世紀末期日本流行文化，兩者都遭受美國文化霸權制約。雪子跟楊双子接受的價值觀（包括對於性別平權的觀念），未必跟艾利斯揚分道揚鑣。做為被拋擲到世界的主體，雪子這個角色跟楊双子這個作家都致力於闢徑甚至另闢蹊徑，因而啟動臺灣文學跟現象學初步交集的可能。

57　茱蒂斯・巴特勒（Judith Butler）著，蕭永群譯，《非暴力的力量：政治場域中的倫理》（*The Force of Nonviolence: The Ethical in the Political*）（臺北：商周，2020）。見〈前言〉各處。
58　楊双子，《花開時節》，頁 42。

成為原住民（文學）：原住民族文學獎場域中的同志議題與非寫實風格 [1]

陳芷凡

一、前言

　　學界開始關注千禧世代作家作品，源於一種面向臺灣文學學科「過去」與「未來」之思考，現階段臺灣文學如何回應時代所需？「世代」是一個有意義的切入點。臺灣文學學會定義 1980 年以後出生之作者為「新世代作家」，學者張誦聖定義 1980-2000 年之間出生的作者為「千禧世代」，後有學者詹閔旭、邱貴芬以此為名進行論述。[2] 在「世代」議題的關切下，2020 年 12 月《文訊》422 期設定「21 世紀上升星座：1970 後臺灣作家作品評選 2000-2020）」專題、《聯合文學》434 期推出「二十位最受期待的青壯世代華文小說家」專輯，

1　本篇文章發表於《臺灣文學研究學報》34（2022.04），頁 81-119（華藝電子期刊檔案為 79-117 頁）。本篇專書論文經過修改與調整而成。

2　本論文採取「千禧世代」一詞，參考張誦聖、詹閔旭以及邱貴芬的定義。張誦聖，〈迂迴的文化傳遞〉，收入黃崇凱，《文藝春秋》（臺北：衛城出版社，2017），頁 295-306。詹閔旭，〈媒介記憶：黃崇凱《文藝春秋》與臺灣千禧世代作家的歷史書寫〉，《中外文學》49.2（2020.06），頁 93-124。邱貴芬，〈千禧作家與新臺灣文學傳統〉，《中外文學》50.2（2021.06），頁 15-46。

以及 2020 Openbook 好書獎評選。《中外文學》推出「2001-2020 臺
灣青壯世代小說初探」專題，專輯主編劉亮雅將青壯世代的年齡設定
為 1964-1981 年出生的作家群，進一步探問：「**兩千年來的青壯世代
作家如何想像臺灣？如何看待臺灣與世界的關係？是否關切或發掘了
新的議題？是否創造了新的小說次文類？寫作手法與視野是否歷經演
變？青壯世代作家是否集結形成新的文學現象？在書寫與傳播或社群
經營方式上展現何種新貌？如何在小說裡描寫他／她們所身處的社會
的過去、現在與未來？**」[3] 相關論述，顯現了學界與文壇視「世代」
為評選依據的積極思考。

在這波臺灣文壇對「千禧世代作家群」的關注中，被提出的原住
民作家作品有三筆。其一，臺灣文學學會所建構的新世代作家名單，
納入沙力浪——這位擔任高山嚮導，致力於布農族山林書寫的作家，
以及《祖居地‧部落‧人》、《用頭帶背起一座座山：嚮導背工與巡
山員的故事》等作品。其二，2020、2021 Openbook 好書獎分別評選
了馬翊航《山地話／珊蒂化》、程廷《我長在打開的樹洞》。臺灣文
學學會評選的基本準則，是以該作者的出版數量與質量為首要考慮；
再加上 Openbook 好書獎的評選對象為前一年度 11 月 1 日至當年度
10 月 31 日期間出版的書籍，[4] 使得這波討論中僅有沙力浪、馬翊航、
程廷納入行伍。事實上，曾擔任《幼獅文藝》主編馬翊航在「動詞的
原住民文學」專輯中，指出林櫻、黃璽、潘宗儒、嚴毅昇……等人皆

3　劉亮雅，〈專輯導言〉，《中外文學》49.2（2020.06），頁 7。

4　2020 Openbook 好書獎、網址：https://www.openbook.org.tw/2020openbookaward，瀏覽日期：2021.10.15。2021 Openbook 好書獎，網址：https://www.openbook.org.tw/2021openbookaward，瀏覽日期：2022.03.15。

透過得獎作品被肯認為「新世代原民創作者」。[5] 因此，尋求出版機會之前，千禧世代的作品都曾在文學獎場域現身。

　　本論文援引學界、出版界側重「千禧世代」與媒體高度連結的網絡關係，進行原住民族文學獎場域的觀察。1980 年代原運、1990 年代原住民文學獎的設立、報刊媒體與出版界支持，皆影響原住民族文學的發展，原住民族文學「世代」的論述正是立基於上述基礎。學者蕭阿勤援引社會學者卡爾·曼海姆（Karl Mannheim）之論點，指出「世代」概念在分析上的有效性，不在於人們年齡一致或相近，而是說明他們如何因為經歷類似的社會變遷力量，而在生活及反應上有某種共同性。[6] 蕭阿勤以此建構了臺灣一九七〇年代的「回歸現實世代」，同樣地，我們可留意成長在全球化資訊流動當中的「千禧世代」。筆者認為千禧世代書寫者的加入，將是觀察原住民族文學獎場域的重要視角。本論文將側重由原民會自 2010 年起每年辦理四大文類的「臺灣原住民族文學獎」（2010-2020），[7] 原因在於 1994 年至 2007 年由山海雜誌社統籌辦理的七次文學獎，已奠定幾位主流文壇所肯認的「作家」，2007 年之後山海雜誌社無資源繼續辦理文學獎，直到

5　馬翊航，〈封面專題：動詞的原住民文學〉，《幼獅文藝》776（2018.08），頁 27。

6　蕭阿勤，《回歸現實：臺灣一九七〇年代的戰後世代與文化政治變遷》（臺北：中央研究院社會所，2010），頁 12-33。

7　國立臺灣文學館亦辦理原住民族文學獎，包括「2010 原住民漢語報導文學獎」、「2013 原住民短篇小說獎」、「2016 原住民新詩獎」、「2017 原住民漢語短篇小說獎」、「2018 原住民漢語散文獎」、「2019 原住民漢語新詩獎」、「2020 原住民華語文學創作獎」。本論文不列入臺文館辦理原住民族文學相關獎項，其因是 2010、2013、2016-2019 年獎項設定一個特定文類，2020 年才同時有小說、散文與新詩獎項，比較困難從單一文類的發展脈絡討論千禧世代原民得獎作品之面貌。

2010 年原民會補助支持。2010-2020 年間 [8] 11 屆文學獎得獎作品當中，可見千禧世代原民書寫者的踴躍身影，他們嘗試不同的主題與形式，朝著成為「作家」的目標邁進。此外，著墨於同志議題，思索非寫實筆法的千禧世代作品比例增加、內容推陳出新，筆者認為這些得獎作品展現了面向文化身分轉變的獨特姿態，不僅成為原住民族文學美學建構的重要參考，也回應學界對千禧世代作家、後鄉土論述的討論。本文將從三個向度回應這個觀察：（一）梳理臺灣原住民族文學獎所觸及的文學場域，定位千禧世代作者的書寫位置。（二）考察得獎作品所觸及的同志議題與身分認同辯證，呈現作者回應「成為什麼樣的原住民」的考慮。（三）透過得獎作品非寫實風格的表現，論述千禧世代如何以「成為什麼樣的原住民族文學」為中介，與「後學」的反思進行對話。

二、 原住民族文學獎場域的建構

1993 年山海文化雜誌社發行《山海文化》雙月刊，推動了文學獎機制並衍生後續的書寫世代。原住民族文學獎的活動主題、徵獎說明、得獎作品建構該獎項的特殊屬性，主辦單位、承辦單位及評審們也參與了該文學獎場域的建構。山海文化雜誌社持續承辦由原民會支持的文學獎活動（2010-2020）。我們可從承辦單位的活動說明，確

---

8 本論文寫作完成時間點落在 2020 年，在研究考量下分析 2010-2020 年間的文學獎得獎作品。

認該文學獎項所支持的文學觀。2021 年承辦單位以排灣語「umaq」
（「家」之意），號召「**各族文學意識的甦醒、投入與回家**」；2020
年以泰雅族詞彙「mlata」（狩獵的總稱），強調書寫能「**詮釋原住
民族文學山海世界的格局、自然屬性的文化思維**」；2019 年以阿美族
詞彙「milekalay」（去喚醒別人的人），指出「**能喚起內在書寫的泉
源與靈感，詮釋、延續族群的記憶與技藝。**」[9] 筆者認為每年文宣所
指定的母語詞彙、或是附加說明顯現了原住民族文學獎辦理的基本立
場：復振文化、延續記憶與傳統。這個立場，一方面為 1980 年代之
後原住民族身分認同的重點，另一方面則強化第一人稱漢語書寫與寫
實風格之實踐。原運之後備受矚目的作家作品，內容觸及資本主義、
漢人沙文主義之批判，也包括作家們重新感受、學習、體會耆老的日
常生活。這些以「土地」為中心而延伸的議題，包括傳統領域、土地
正義、部落社會變遷、文化復振等，多半以寫實風格呈現，諸如散文
的第一人稱書寫，是原住民族回答「我是誰」的重要姿態；報導文學
強調「在場」的書寫情境，更成為見證的重要方式。讀者預期寫實風
格作品必然反映「真實」的處境與生命經驗，作品的寫實感建立了主
流社會與邊緣主體互動的基礎。

　　原住民族文學獎場域中生成的文化復振立場、寫實風格特點，呈
現主流文壇、原住民文化運動、部落文化體系思考「原住民性」的軌
跡。2017 年連載於聯合副刊電子報的「文學相對論」，馬翊航指出
年輕世代的他們感受、建構的「原住民性」與臺灣主流社會有更深刻

9　山海文化雜誌社網頁，網址：https://tivb.pixnet.net/blog，瀏覽日期：2021.06.20。

的互動，文學的「學」是仿效、重新踐行、活出當代的身體經驗。[10]
「活出身體經驗」意味著什麼？千禧世代的得獎者多半曾於大城市就
學、工作，接受高等教育的他們，受到主流社會對於性別平權、政治
與公民權論述的影響，這些經驗無疑成為年輕族人創作的靈感與反
思，包括沒有部落經驗的年輕人如何召喚原鄉情感？如何讓都市成為
原民新生代實踐夢想的地方？如何串連不同世代對於族群、性別、環
境議題的想望？獲得 104、107 年新詩獎的潘宗儒，其得獎感言提及
「我們的面貌也早已層疊了歷代墾殖者的模樣」，這也是他活出身體
經驗，並展開身分與主體思索的起點。潘宗儒同為《沒有名字的人：
平埔原住民族青年生命故事紀實》作者之一，他指出自己的原住民族
身分、名字，以及這個身分直接扣連的使命感、文化復振，對此，潘
宗儒感到認同的壓力與張力：「從出生到現在，漢族在我血液裡未曾
消逝，加上排灣化的卑南族的認知，卑南、排灣好像都沾上了某種心
理認定。在恆春一帶的族群複雜程度，似乎馬卡道、阿美族也成了可
能，姓氏同一的『潘』，排灣姓『潘』、平埔也是，恆春阿美亦是。」[11]
這段描述顯現了潘宗儒思考「協商主體」與「認同選擇」的考慮。筆
者認為潘宗儒標舉其混血身分，展現「原住民性」在不同情境下的情
感需求，千禧世代有更多的機會察覺、對外宣稱這些「形形色色」的
族群認同。

　　除了「原住民性」的對應，側重文化復振、寫實風格的文學獎場
域也產生一些變化。首先，這十年原住民作家作品如巴代《巫旅》與

---

10 〈文學相對論〉，網址：http://www.piercesmg.com/lc02/archives/6649，瀏覽日期：
　 2019.07.05。

11 方惠閔、朱恩成、余奕德、陳以箴、潘宗儒，《沒有名字的人：平埔原住民族青年生命
　 故事紀實》（臺北：游擊文化出版社，2019），頁 53。

《月津》、里慕伊・阿紀《懷鄉》、李永松《雪國再見》、乜寇・索克魯曼《東谷沙飛傳奇》展現了書寫策略的改變，他們嘗試寫實之外的筆法，或者是從性別、宗教視角提煉文化復振的層次。作品風格的嘗試，影響著擔任文學獎評審的他們對類似作品的高度關注。其次，這一世代的書寫者，屬於二十一世紀踏入文壇的千禧世代，從小成長於民主化後各種資訊百無禁忌的臺灣社會，學者張誦聖指出從世界的發展局勢來看，冷戰終結也為資本打通了更多流通管道，全球市場形形色色的文化產品、美學資源，只要有意願，便多數垂手可得。[12] 除了張誦聖指稱的「千禧世代」的特點，學者王國安、詹閔旭皆指出這一世代創作者在媒體高度發達的環境中成長，書寫者可透過媒介吸收來自世界各地的文化知識，形成媒介與文化養成的互相生成。[13] 在這樣的成長背景下，千禧世代原民書寫者對此展現了不一樣的策略：題材方面更加自由，並擅用各式技巧鋪陳故事。語言方面，熟稔的漢語表述豐富了意象、情節與形式張力。書寫態度方面，他們開始省思個人、社會議題與傳統文化的多重連結，一方面從私領域、微歧視[14] 等向度深化「認同的汙名」，另一方面也刻意呈現成長過程中族群、性別與信仰認同的交會與爭議，試圖實踐「認同的選擇」。千禧世代書

---

12 張誦聖，〈迂迴的文化傳遞〉，收入黃崇凱，《文藝春秋》（臺北：衛城出版社，2017），頁 295-306。

13 王國安，《小說新力：臺灣一九七〇年後新世代小說論》（臺北：威秀經典出版社，2016）。詹閔旭，〈媒介記憶：黃崇凱《文藝春秋》與臺灣千禧世代作家的歷史書寫〉，《中外文學》49.2（2020.06），頁 93-124。

14 微歧視（Microaggression）指的是民眾忽略當代原住民族在殖民壓迫的歷史創傷和社會變遷下，有著多元的樣貌和經驗，相反地以主流社會對原住民族之印象注視、要求族人符合「他者」期待。參看 Ciwang Teyra，〈認識原住民族歷史創傷與微歧視〉，網址：insight.ipcf.org.tw，瀏覽日期：2020.12.20。

寫者透過各式媒介，依據社會網絡的流動關係建立新的主體經驗。他們以自己為圓心，書寫成長歷程、媒介中介下所經驗的多重身分認同與性別反思，反省不斷被社會召喚的原住民符碼或集體文化認同。

三、成為什麼樣的原住民：同志認同與文化認同的辯證

　　對部分的千禧世代書寫者而言，展現集體與個人認同之間的辯證，是他們表述自身為「新世代」的方式，而那些形形色色的身分認同，多半來自對「自我」的思索。評審之一董恕明指出：「**有別於過往大多作者著力凸顯原住民和非原住民的「民族／身分」衝突，今年（106 年度）小說中的「人物」本身即具有代表性，他們首先要面對的，都是「自我」如何可能的疑問。**」[15] 其中，以同志題材回應「自我如何可能」的比例最高。同志題材自 102 年度開始出現於得獎作品當中，[16] 這些作品側重角色出櫃與否的掙扎、出櫃之後所造成的人際關係變化，以及同志與伴侶之間微妙的互動，這些都呼應臺灣同志文學的關懷主軸。評審紀錄展現了他們對這一類題材的評選標準，如「**形成了原住民文學與文化的新議題**」[17]、「**作者能從本身的文化發掘相**

---

15 《106 年第 8 屆臺灣原住民族文學獎得獎作品集》（臺北：原住民族委員會，2017），頁 26。

16 這些作品如〈從心看部落裡的漂亮男生〉（102 年度報導文學獎第二名）、〈tminun yaku‧編織‧我〉（104 年度散文獎首獎）、〈姊妹〉（104 年度小說獎佳作）、〈姐姐〉（106 年度小說獎首獎）、〈謊〉（106 年度散文獎佳作）、〈臉書〉（109 年度小說獎首獎）、〈你那填滿 Bhring 的槍射向我〉（109 年度散文獎佳作）、〈搭建 Syaw na hongu utux 的生命力〉（109 年度報導文學獎佳作）。

17 巴代，《102 年第 4 屆臺灣原住民族文學獎得獎作品集》（臺北：原住民族委員會，

關元素，用以詮釋同性戀現象，令人感到十分難能可貴！」[18]、「今年（106 年度）的作者是寫有點曖昧的情事，寫得最委婉、幽微的一屆，可是又能寫出要表達的意思，這是今年的進步。」[19]、「我覺得這幾屆寫同婚的都特別細膩，處理的方法特別厲害。」[20] 這些意見，呈現了評審觀點的變化。

　　文學獎場域中的同志題材，和他們在都市生長求學，以及受到臺灣婚姻平權觀念的經驗相關，出櫃以及書寫同志議題展現了千禧世代原民書寫者對於個人自主和被肯認的渴望，對現代性的追求，也因此成為他們身分認同的資源與危機。〈臉書〉（109 年度小說獎首獎）呈現了性別認同與文化認同的夾擊。小說描述了一個有同性戀情，回部落蹲點進行文史工作計畫的女孩，酒醉墜樓而昏迷致死的故事。故事中的角色選擇出櫃、選擇回到部落，想藉此確認自我認同。不過，卻無法迴避來自各方的期待，女孩寫了：「**我說錯話了，我對不起全世界，我閉嘴，然後，管他部落去死吧！**」並附上一張色彩濃烈的面具妝：

　　　你的動態消息從來沒有超過二十個讚，這是第一次超越了百
　　　人關注，只是給予你的負面表情「嗚」和「怒」，比起「讚」、

2013），頁 189。

18　楊翠，《104 年第 6 屆臺灣原住民族文學獎得獎作品集》（臺北：原住民族委員會，2015），頁 152。

19　舞鶴，《106 年第 8 屆臺灣原住民族文學獎得獎作品集》（臺北：原住民族委員會，2017），頁 24。

20　浦忠成，《109 年第 11 屆臺灣原住民族文學獎得獎作品集》（臺北：原住民族委員會，2020），頁 32。

「大心」、「加油」、「哈」等正面表情，多出了幾十倍。
中性的「哇」反而是所有表情中數量最少的，彷彿大家的
情緒都在一個極致，而你的情緒，正不斷地被這些情緒公
審。……這不是你挑起的戰爭，戰火卻延燒到了你的臉上。
文字形成利刃，鋪天蓋地而來，將你的臉割得支離破碎。[21]

　　女孩受到的夾擊，在於「原住民需不需要靠回部落，說族語，
證明自己是原住民」、「身為女性，是否可參與部落男人的公共事
務」、「身為女同志，是否不同婚，找個男人結婚，穿上傳統的紅裙，
對父母有交代，然後繼續維持同志伴侶關係」等議題進行表態。即使
女孩知道臉書並不是一個可以展現真實情感與想法的地方，當她選擇
了立場，卻在社群媒體受到大肆攻擊與公審。這些情緒公審不亞於女
孩的部落族人與家人。這篇小說展現了女孩出櫃、回部落、種植小米
的選擇，看似擺脫部落社會、家族的規範與限制，但這些選擇的風險
卻在社群媒介同時展現。除了〈臉書〉，近期得獎作品如〈你那填滿
Bhring 的槍射向我〉（109 年度散文獎佳作）在社群平台評論同志伴
侶的情節；〈斷層，獠牙〉（105 年度新詩獎第二名）指出原住民的
孩子都在虛擬而遠大的方形世界（電腦）奮鬥，顯現了遭受網路公審
的可能風險。除了外部的社群媒體公審，族人內部的期待亦為原住民
同志的苦衷。學者 Ciwang Teyra 特別指出都市原住民青年不僅面對社
會的刻板印象，回到部落原鄉，他們卻被視為外人。面對這樣的雙重
歧視，都市原住民青年對於「成為原住民」的內部期待有所顧慮。這

---

21 然木柔・巴高揚，〈臉書〉，《109 年第 11 屆臺灣原住民族文學獎得獎作品集》，頁
52。

些期待假設了具備某些特徵的原住民才能被稱作原住民，忽略當代族人在歷史創傷和社會變遷下的多元經驗，包括同志身分的表態。同志議題、同志身分的展演，揭示了家族、部落、宗教層次的壓力，也遭逢社群媒體、部落內部期待的挑戰。出櫃，呈現了千禧世代書寫者宣示「我可以成為這樣的原住民」的姿態與風險。

　　「要成為什麼樣的原住民」之思考，不必然只能針鋒相對，〈tminum yaku・編織・我〉從部落文化發現同志、同性戀概念的存在，成為令人驚豔的原住民同志書寫。104 年度散文首獎〈tminum yaku・編織・我〉，是程廷首次以同志題材而獲獎的作品。程廷以太魯閣族織布傳統為切入點，說明男性無法碰觸織布機的禁忌，同時隱喻了男人喜歡男人亦不被祖靈接納。然而，作者提供另一種理解「同志」的觀點，即「同志」並非外來概念，相反地，「hagay」存在於太魯閣族文化脈絡中。漢語翻譯為男同志、男同性戀的「hagay」，太魯閣族語是同時擁有男性和女性靈魂的巫師，是能預知眾人命運的巫師。身為 hagay 的作者期待可以藉此觸摸 ubung（織布機），完成 tminum（織布），突破性別框架的禁忌，也能讓祖靈接納：

> 「你知道 hagay 原來的意思嗎？ hagay 是指擁有兩種靈魂的人，分別是男性和女性的靈魂，在過去的部落裡面，hagay 通常扮演巫師，可以與 utux 對話。」……有一天我會真正觸摸 ubung，和她對話，告訴她我是 hagay，跟她介紹我的男人，我們一起來幫他 tminum，好嗎？[22]

---

22 程廷，〈tminum yaku・編織・我〉，《104 年第 6 屆臺灣原住民族文學獎得獎作品集》，頁 167、168。

　　程廷選擇彰顯「hagay」——同時具有男性與女性靈魂的身分，作為自己存在的方式，也為同志的能動性下了一個來自於「傳統」，卻又超脫出「傳統」的註腳。作者行文中提及部落耆老拆解美援毛衣，抽出有別於過往的毛線，以自身熟悉方式呈現嶄新紋路。評審駱以軍肯定這樣的參照：「**就好像我們這群『同志』，毋寧也是傳統與現代共同編織出來的花樣。**」[23] 程廷呈現原住民同志是傳統與現代共同編織出來的花樣，從太魯閣族文化底蘊折射出「同志」的光譜，這樣的書寫基調，也在〈你那填滿 Bhring 的槍射向我〉（109 年度散文獎佳作）一文展現，文中作者賦予了一個剛柔並濟的男同志獵人形象。筆者認為程廷對「hagay」的詮釋，明確地連結太魯閣巫師文化與「同志」現代概念的交會。雖然這樣的詮釋不一定廣泛且有效，但這類作品揭示了一種千禧世代面對傳統與面對未來的想像。

四、成為什麼樣的原住民族文學：非寫實筆法的實踐

　　非寫實筆法將是本文觀察原民文學獎場域的第二個視角。筆者受到後鄉土論述的啟發，思考得獎作品實踐非寫實筆法的層次與效果，如何成為原住民族文學美學建構的一環。學者范銘如觀察九〇年代中期以後以鄉土為題材的小說大量出現，這些小說的敘述形式沿襲鄉土小說既有的寫實與現代主義，並融入魔幻、後設、解構等當代技巧以及後現代反思精神，范銘如指出這類作品是「**綜合臺灣內部政治社會**

---

23 駱以軍，《104 年第 6 屆臺灣原住民族文學獎得獎作品集》，頁 152。

文化生態結構性調整、外受全球化思潮滲透衝擊的臺灣鄉土再想像產物」，[24] 歸因於文化政策的轉變與後學思潮的影響。在這樣的脈絡下，范銘如定義「後鄉土文學」的涵義有三：第一重指涉時間的先後順序；第二重是指後鄉土對鄉土文學形式與內涵既延續甚或擴充超越的發展；第三重，也是最重要的，後（post）的基本精神與八〇年代後期以迄九〇年代襲捲臺灣知識界、藝文界的後結構思潮，如後現代、後殖民、女性主義、解構主義、新歷史主義等等「後學」，一脈相承，因此它對鄉土的固有概念或敘述形式不乏嘲擬、解構與後設性反思。其中，寫實性的模糊是後鄉土小說的特徵之一，該特徵所蘊含的解構與後設反思是本節論述的重要依據。2000 年之前的原住民族文學獎得獎作品，以寫實為主要的書寫風格，寫實手法強化了 1980 年代以來族人呼籲、論辯公共議題之作為，這也形成原住民族文學的政治性格與美學主張。不過，千禧世代書寫者以非寫實筆法進行嘲諷、解構並反思現實，不僅是范銘如所言：「藝術自覺性下想像、構思的素材與空間」，筆者認為該手法也寄託了這一世代反思族群自覺的結果。

　　特異的時空設置，是千禧世代以非寫實手法再現土地議題之策略。土地議題是原住民族文學的重要主題，包括土地上的部落家園與族人、歲時祭儀與生命禮俗，伴隨著土地意象與傳統、族群文化的密切關係。因此，「土地」對應了深厚的文化內涵，「消逝的土地」也因此成為族群、傳統、文化凋零的深刻比喻。朱克遠〈赤土〉（99年度小說獎第三名）、陳筱玟〈失樂園〉（100 年度小說獎第二名）、〈Matengen〉（105 年度小說第一名），這些作品以特異的時空並置

---

24 范銘如，〈後鄉土小說初探〉，《臺灣文學學報》11（2007.12），頁 21-49。

折射現實與真實。〈赤土〉、〈失樂園〉描繪並行的兩個世界：一是過著傳統生活的部落，另一為「政府」。小說亮點呈現了主角驚覺部落的日常生活、傳統文化、甚至是記憶，都只是為了滿足「政府」等觀光客的需求而存在；〈Matengen〉更創造一個未來的蘭嶼家園，那是一個曾經歷海洋生態劫難，在族人自主將小島劃為生態示範區的未來家園。這些得獎作品從後設視角思考「我」與土地的關係。

　　除了特異時空，角色的時空穿梭亦為後設技巧的展現，角色穿越時空的當下，藉「彼時」強化作者欲突顯的現世處境。胡信良〈鐵絲網外的天空〉（108 年度小說獎第二名）描寫獵人與被財團把持的「獵場」。由於獵場成為投資客的私人土地，鐵絲網成為禁止進入獵區的警告，然而，胡信良運用時空穿越的筆法，讓角色們陰錯陽差地回到日治時期，鐵絲網成為隘勇線，不變的是族人躲避日警追趕的情節：

> 尤命半跪姿，喜嵐使勁地拉起他。兩人開始奔跑，……他心想，跑得了一時，跑得了一世嗎？當年祖父脫離了剪短髮的人的統治，卻不也是逃不了國民政府強收租地。他朝前大聲叫道：「遠離鐵絲網內的叢線就真的自由了嗎？」「至少等到我們被收割後，就會有被我們馘首的短髮人在身後回到厄度汗向祖靈們交代了。」[25]

　　時空穿越的書寫策略並非新穎，然而，作者比附鐵絲網和隘勇線、深化了獵人與「被獵的人」、獵場與財團私有土地的衝突。評審

---

25 胡信良，〈鐵絲網外的天空〉，《108 年第 10 屆臺灣原住民族文學獎得獎作品集》（臺北：原住民族委員會，2019），頁 64。

之一阿女烏指出「作者使用當代鐵絲網外的原住民，和日治時期隘勇
線內的原住民，交織出一段與泰雅獵人的對話，以及對土地的敬慕，
和面對傳統文化 gaga 的崇敬。」[26] 作者運用時空穿越的戲劇張力，讓
不同世代共同憑弔「最後的獵人」與「消逝的土地」。後現代風格反
思意義的單一性，拚貼、重組而讓意義更加不穩定，〈口傳史詩〉（108
年度新詩獎第一名）正是這樣的作品。〈口傳史詩〉以獨特形式展現
土地、獵人、歷史、傳統於當代的「掉落」。作者游以德將此作品命
名為「口傳」史詩，其巧思在於第一個段落是祖訓的口述版本，不過，
歷經幾個版本的變遷，第四個版本透過掉字的設計展現張力：

巴度囑咐他的兒子尤敏：
天地萬物緣起
轟隆隆
巨石崩裂
祖先的輪廓穿越朦朧的塵土悠悠浮現
泰雅主宰了世界
三位勇士與中箭而亡的烈日
打獵、紡織，勤勞的人必得賞賜
散漫、懶惰，祖靈懲罰變成猴子
生命笑有時、淚有時……
莫忘，你是祖靈驕傲的泰雅之子。

---

26 利格拉勒·阿女烏，《108 年第 10 屆臺灣原住民族文學獎得獎作品集》，頁 29。

高彼得囑咐他的兒子高家豪：
　　萬物

崩裂
祖先
　　　宰了
　　勇士　中箭而亡
打獵、　　　，　　　的人必得
　　　、　　，　　　懲罰
　　　　、淚　……
　　忘，　　祖靈　　的泰雅　　　　。[27]

　　作者運用泰雅族父子連名的命名傳統，從「巴度囑咐他的兒子尤敏」、「尤敏囑咐他的兒子一郎」、「一郎囑咐他的兒子高彼得」到「高彼得囑咐他的兒子高家豪」呈現日治時期至今的社會變遷。透過減字產生的第四個段落，成為與祖訓意義截然不同的圖像詩。評審之一解昆樺表示：「是一首很後現代又有歷史感的詩。」另一位評審吳懷晨指出：「口傳過程逐段失去字詞或詩行，到了最末段，所餘已全不成句，僅剩零落詞彙，文化失落的寓意，不言而喻。」[28]評審們均肯定這樣的表現形式。作品在掉字的過程中，從祖訓「泰雅主宰了世界」、「你是祖靈驕傲的泰雅之子」的自信，逐一失去整個句子，只遺留「崩裂」、「勇士中箭而亡」、「打獵的人必得懲罰」等句式。

---

27 游以德，〈口傳史詩〉，《108 年第 10 屆臺灣原住民族文學獎得獎作品集》，頁 226、228。

28 《108 年第 10 屆臺灣原住民族文學獎得獎作品集》，頁 214、218。

雖然評審定調了這首詩呈現當代族人命運的衝擊，然而，第四個版本的意義也在拼貼、重組的過程中流動。讀者可以自由重組句子，句子可以是「祖先宰了勇士」或「勇士中箭而亡」；可以是「打獵的人必得懲罰、淚、忘」或是「打獵的人必得懲罰、淚忘，祖靈的泰雅」。伴隨句式改變，意義隨之衍生。相較於第一版本祖訓的清楚明示，第四版本字句重組而衍生意義，說明了意義的遺落與增生同時存在。

五、結語

　　千禧世代得獎者在題材、語言與書寫姿態的實踐有別於過往，稱之為「新」，並不意味他們與前輩作家作品風格的斷裂，相反地，他們都得正面回應前輩作家們對自身的影響。不論抗議敘事或文化復振敘事，原住民族文學的重要意義之一，在於呈現族人如何面對國家治理政策、資本主義、西方宗教與地方社會的挑戰，相較於此，千禧世代得獎作品側重第一人稱「我」或是角色內心的矛盾糾葛，聚焦於主體內在的挫敗與重生，如同評審之一李永松指出「年輕人大都寫認同的問題」，以及浦忠成提及「這次比較多人寫混血，我沒想過他們會這麼煎熬」。[29] 換言之，千禧世代書寫者對於「原住民族」這個群體內部差異的探究，更有共鳴。

　　千禧世代原民書寫者以同志題材為策略，從中揭示性別認同與文化認同的折衝，個人選擇的自由與風險，躍然紙上。當這些得獎作品

29　《108 年第 10 屆臺灣原住民族文學獎得獎作品集》，頁 12；《107 年第 9 屆臺灣原住民族文學獎得獎作品集》（臺北：原住民族委員會，2018），頁 12。

刻意再現出櫃而來的風險，角色們即透過性別認同揭示身分認同的張力，並在「成為什麼樣的原住民」的思索下展開主體協商與選擇。當同志議題成為書寫者的意識時，評審一開始因為同志類議題比較特殊而給予肯定，後期便關注作品如何敘事、如何表現曲折幽微的同志情誼，更加留意內容與形式搭配，「成為什麼樣的原住民族文學」便是在此關注下的提問。相較於寫實風格、單向的文化復振，千禧世代原民書寫者透過各式媒體取得文化資本，得獎作品實驗了時空穿越、後設、後現代等方式，這些得獎作品的書寫形式勾勒了內容的（超）現實感，成為作品脫穎而出的關鍵。本文以非寫實風格的土地作品為分析對象，發現書寫者以時空置換的衝突，強調「當下」最後的獵人、最後的土地以及最後的樂園；結合神話傳說與泛靈信仰的得獎作品，角色感知跨物種聲息的不同機運，作者思考在理性、科學之外，族人以泛靈信仰思索自身存在的方式，非寫實筆法形構了現實與真實的辯證關係，讓土地、原住民族、個人、存在的連結更為多向。這些得獎作品的出線，也逐漸影響評審對於原住民族文學的審美觀點。歷年擔任評審的李永松、巴代指出：「在創作的意識上更多元、更多角度去反思以『人』為主體的文學」、「原住民部落從來不缺故事、題材，但如何掌握小說創作的技術和藝術，……我認為得透過大量閱讀現代小說，努力創作，勇敢嘗試新的創作手法。」千禧世代得獎者將非寫實筆法視為一種方法與手段，在解構與反思之間，回應當代原住民族現實生活的張力，也側重自身追尋內在價值的真實與渴望。

　　本篇論文從原住民族文學獎與文學場域出發，論述千禧世代得獎作品的意義。在內容與形式方面，他們延續前輩作家對「文學」的提問，卻以不同樣態創造文學的未來。

路線問題：《殖民地之旅》、《新寶島》、《橫斷記》的位移、體感與文學方案
馬翊航

> 所謂的文學，不就是人生行路的山林間，在寂寞之餘呼求同類的蕃人們的叫聲的一種嗎？我走在林道間繼續想著這件事。[1]

一、前言：路上有人

　　高俊宏在《拉流斗霸》中，有一段對於山林路線的描繪。他走在中嶺山的山稜，其幽靜陌生使人不安，除了聽聞鳥獸聲響，遠方也傳來國軍戰機演練的音爆。在陌生的山徑尋路，使他想起「路的三大定律」：「（一）每條路均有其功能；（二）每條路均以最省力的途徑達成其功能；（三）功能越大的路路跡越大。」然而這樣的定律在中嶺山的寬稜上卻近乎失效：「那裡的路是網狀的，每一條路同時是對的和錯的總和。也像三角洲網流狀的胡志明小徑，不是每一條路都以最有效的方法到達目的地，反而有時候錯的路因為被走過多次，看起來卻像是主路。這時候你就會發現自己又迷路了，身陷在雪山山脈的

1　佐藤春夫，《殖民地之旅》（臺北：前衛，2016），頁 389。

某一個無名之地，被周遭一百種說不出名字的植物包圍著。」[2] 關於路的功能、方法、途徑、恐懼相互混合，也像一片複雜網絡，卻沒有任何指南能夠依循。

　　在山林間尋路是冒險，「尋路」作為寫作（或任何志業）的隱喻，也不免面臨相似的拓展與險境。《拉流斗霸》是高俊宏關於大豹溪流域隘勇線的踏查與寫作，此前他已著有《橫斷記》，以四塊臺灣山林地，走進帝國殖民、山林開發、歷史傷痕、私人記憶的幽暗網羅。《橫斷記》山路的行走與書寫的探詢，概括來說，至少切入了以下幾個面向：考察從清帝國到中華民國政府，不同政治體系在山林間的統治遺跡與進行式；山林的知識、技術，如何改變、甚至截斷「人」與山林的關係；作者以「空間」取代寫作之敘事時序，反思受「時間」所支配的歷史想像；納入私人（包含寫作者與事件當事人）的記憶與影像，與史料、國家敘事之間形成辯證性的關係。而這些觀點之所以顯得醒目、銳利，具有延展性，或來自於《橫斷記》中身體經驗、私密記憶、歷史遺產、空間感（與空間生產）的反覆交錯；除了身體的踏足、涉入，也透過其文學表述，形成來往過去與未來、公眾與私人、思辨論述與感性經驗的特殊通道。

　　在《橫斷記》（2017）之後，有兩部臺灣文學作品，與《橫斷記》處理的主題，有可茲對話之處，分別是瀟湘神《殖民地之旅》（2020）、黃崇凱《新寶島》（2021）。前者刻意「重走」佐藤春夫百年前的旅臺路線，以散文形式重探佐藤春夫旅臺相關創作中，殖民視線、族群關係、文學想像的複雜問題，展開與臺灣現實當下的對話

2　高俊宏，《拉流斗霸》（臺北：遠足，2020），頁 232。

與企圖；《新寶島》想像了 2024 年臺灣與古巴發生的「大交換」，在種種日常與非常的擬想之下，使臺灣－人的內外問題，在種種「位移」的狀態下重新顯露。在這三本不同狀態的文學寫作中，至少出現了幾個面向的連結：（一）旅行與移動引發的交會與差異；（二）個人經驗與政治體制的衝突；（三）歷史（或記憶的）遺產與未來；（四）族群關係的再想像——後三個面向，並不是臺灣文學中陌生的主題，但它們在這三部作品中，卻多經由旅行與移動而觸發。臺灣文學對移動故事的關照、路線問題的探問，從文學史上的經典篇目〈她將往何處去〉即現出端倪，我們也難以跳過巫永福〈首與體〉中精神、身體的多重位移軌跡，小說提示了同代與後人，去與回往往不只是選擇，而是問題所在；戰後外省族群的懷／離鄉敘事、原住民族文學經驗中的遷移與復返、同志文學中家國、身份界線的論辯與跨越……移動經驗的關注與再詮釋，延展了主體經驗、記憶、敘事、邊界、國境的複雜度，也重新定位個人、群體、文學表述間的互動關係。[3]

　　這三部作品都處理了移動與行動、歷史與記憶，且選擇了特定的

3　關於「移動性」、移動經驗、物質性與社會構成的關注，可參考 John Unry, *Sociology beyond societies, mobilities for the twenty-first century* (London: Routledge, 2000)；Mimi Scheller, John Urry, *The New Mobility Paradigm, Eviroment and Planning A*, Volume 38 (2006), p.207-226；彼得・艾迪（Peter Adey）著，徐苔玲、王志弘譯，《移動》（臺北：群學出版，2013）。近年臺灣人文學界以「移動性」作為核心概念，對臺灣文學文本進行討論的學者，如黃宗潔，〈在移動中尋路：從劉克襄的香港書寫論港台環境意識之對話與想像〉，《東華漢學》25（2017.06），頁 203-228；范銘如，〈小說中的線〉，《臺灣文學學報》30（2017.06），頁 27-52。此外亦有數篇學位論文以交通工具、大眾運輸、移動經驗為討論對象，如王悅丞，《臺灣戰後文學小說中的現代交通移動性及其空間敘事（1948-2008）》（臺北：國立政治大學臺灣文學研究所碩士論文，2017）；賴玟秀，《路上軌跡：侯孝賢與楊德昌電影的交通工具空間與移動性》（臺北：國立政治大學臺灣文學研究所碩士論文，2021）。

寫作形式及路線，為作品引入多重的對話關係。其複數路線的佈置選擇，不只是聚焦寫作者、角色人物的個人體驗，更納入了以「文學」回應複雜歷史遺緒的期許、未竟與想像。因此本文意圖推展的面向包括，在面對不同主題的歷史遺緒時，他們如何以其寫作回應其疑問、嘗試與所得？他們以什麼樣的「路線」推動、探索這些問題點？它們又各自遭逢、提示了何種（面對過去、現在、未來的）路線與指引？以下我將分別從三部作品切入，回應以上的好奇與觀察。

二、島內異國：《殖民地之旅》

　　瀟湘神的《殖民地之旅》於 2020 年出版，[4] 對百年前佐藤春夫的臺灣行，執行了一次明快、豐富的「重寫」。[5] 日本作家佐藤春夫於 1920 年 7 月抵達臺灣旅行，並在返回日本後發表〈霧社〉（1925）、〈女誡扇綺譚〉（1925）、〈殖民地之旅〉（1932）等多篇與此趟臺

4　瀟湘神寫作計畫為國藝會補助計畫，其計畫獲 2019 年第二期文學類常態補助。其計畫摘要簡要說明寫作企劃要旨：「希望以這些文章為歷史的地圖，把真實存在的地景當作為鑰匙，透過重新再走一次佐藤春夫的旅程，將古今串連起來，並探討當年佐藤春夫所看見的殖民地處境，今日的臺灣是否完全脫離了？〔……〕根據筆者自身的考察，再現殖民地之旅，尋求古今對話的管道。」以上說明見「國藝會補助成果檔案庫」，網址：https://archive.ncafroc.org.tw/result?id=2ac0f733f23e45a9b169a4df9e6b3b12，瀏覽日期：2022.08.30。

5　此一「重寫」並非同樣主題、篇目、書名的再次寫作，也包含了作者刻意引入的，人文地理學中據以討論地景、記憶關係的「重寫本」概念。以描繪記憶、感官、政治、經濟、觀光等因素，如何細微地交疊作用於（多層次的）空間，以及其消隱、殘存、疊加、視而不見的後果與效果。

灣之旅密切相關的作品。臺灣於二十一世紀重新翻譯、編輯出版的
《殖民地之旅》（草根：2002；前衛：2016），小說譯文前皆收錄有「佐
藤春夫臺灣島內旅行日程推定表」，供讀者推敲參照其旅臺足跡。[6]
2020 年為佐藤春夫來台一百週年，國立臺灣文學館舉行指標性展覽
「百年之遇──佐藤春夫 1920 臺灣文學旅行展」，並集結研究成果、
文物圖錄等，後續出版《文豪曾經來過：佐藤春夫與百年臺灣》，納
入近年對佐藤春夫旅臺作品研究的嶄新觀察。小說家瀟湘神的《殖民
地之旅》同樣選擇於佐藤春夫來臺百年之際出版，除了書名對映，作
品更有意複製佐藤春夫 1920 年的部份路線，產生致敬、對話、思辨
的效果。本文以下將試圖指出，瀟湘神是如何藉由策略性地模擬、追
蹤、重寫，補充自身與當前學術界對佐藤春夫的理解，拓展旅行書寫
的時空想像。

（一）有所本的旅行／書寫

　　瀟湘神於書中所提及之旅行地區與路線，大致跟隨其選取的佐藤
春夫篇章，包含臺南、安平（〈女誡扇綺譚〉）、埔里、日月潭（〈日
月潭遊記〉）、霧社（〈霧社〉）、霧峰（〈殖民地之旅〉）。[7]他
的多重追蹤（包含重走與重寫），不只是旅行經驗的挪移復刻，更是

6　見佐藤春夫著，邱若山譯，《殖民地之旅》（臺北：草根，2002），頁 6-7；佐藤春夫著，
　　邱若山譯，《殖民地之旅》（臺北：前衛，2016），頁 24-25。
7　瀟湘神《殖民地之旅》中另有一篇〈奇談〉，對應佐藤春夫《殖民地之旅》中的〈太陽
　　旗之下〉（〈奇談〉為佐藤春夫原題）。〈太陽旗之下〉虛構了一個由「收信者」轉述
　　出來的故事，似乎不涉及佐藤春夫的旅臺經驗；瀟湘神的〈奇談〉同樣不直接對應瀟湘
　　神的追蹤旅行，而是一篇記載主人對客人講述（或虛構）近百年前與森丑之助相識、交
　　遊，氛圍奇異的小說。

對佐藤春夫殖民地經驗的當代詮釋,並且擴充了當代「歷史書寫」、「旅行文學」的範疇。蘇碩斌曾於〈旅行文學之誕生:試論臺灣現代觀光社會的觀看與表達〉,指出「旅行文學」是對「旅行平庸化」的對抗,同時也透過孤絕、艱苦等經驗重新凝視內在,以「風景」的再發現,產生新的文體。[8]瀟湘神的《殖民地之旅》,同樣以旅程的曲折、旅人心境與外在景物的交會,形成獨具一格的旅行描繪。但他不僅表達旅人之內向凝視,其旅行路線「疊合」的內容,更包含了「佐藤春夫的旅程」、「佐藤春夫的作品」、「臺灣的歷史記憶」。如瀟湘神這般伴隨舊地圖、文獻資料行走,促成歷史與當下反覆交錯的臺灣-記憶之旅,使人聯想到的文學個案,至少有朱天心的〈古都〉(1997)與賴香吟的〈島〉(2000)。前者以殖民者地圖,將在地/臺灣「異國化」,暴露了記憶、族群經驗、政治想像的衝擊與裂變;後者小說敘事者致男友「島」的傾訴,與臺灣「島」的隱喻相互纏結,情感的親密與歧異,與個人「歷史空白」的驚異,在南城之旅曲折交織。[9]

另外,瀟湘神的執行方式,亦可與另一種特殊寫作類型——「跟隨作品/作家去旅行」——相互連結。此類作品至少有李昂《漂流之旅》、李桐豪《綁架張愛玲:手繪上海文學地圖》、陳銘磻《跟著夏目漱石去旅行》、鍾文音《憂傷向誰傾訴》等。此類型創作,以旅行文學形式,交融了文學思索、情志感懷,有其古典傳承(如中國古典文學的「登臨」傳統)與現代發明(帶領讀者共遊的作者-讀者關係、

8　見蘇碩斌,〈旅行文學之誕生:試論臺灣現代觀光社會的觀看與表達〉,《臺灣文學研究學報》19(2014.10),頁 255-286。

9　更深入的討論,可參考劉亮雅,〈女性、鄉土、國族——以賴香吟的〈島〉與〈熱蘭遮〉以及李昂的《看得見的鬼》為例〉,《臺灣文學研究學報》9(2009.10),頁 7-36。

旅遊便捷化）。[10] 在此類型寫作之中，李昂的《漂流之旅》或許在文體、執行方式、與企圖心上，與《殖民地之旅》最具「可比性」。[11]《漂流之旅》是李昂追尋、考察謝雪紅生命足跡的成果，[12] 此一記憶之旅，她大膽地說「島嶼被迫失去遺跡，無從建構記憶，自然也沒有歷史。」[13] 在李昂所謂「被迫失憶」的島嶼上，其寫作有其失落、激進、追懷的一面，例如吳桂枝概括此作是「傳記、小說與遊記交織互文，以多重聲音（Polyphony）呈現歷史的虛構性。」[14]

　　但以上兩種書寫模式，包括《古都》、〈島〉中「私人」、「內在」與「公眾」糾纏的記憶蛛網，或者李昂《漂流之旅》與謝雪紅生命經驗的回溯、交融，對照瀟湘神的寫作重心，並不全然聚焦其旅行／抒情主體的內在凝視，或凸顯旅行個人主體遭遇的位移與異變、耗費與獲得。[15] 瀟湘神更明確地企圖「導引、導遊」閱讀大眾，以交談、引導的語氣，與讀者對話，修補過去「將歷史拒於生命的外側」之狀

---

10 文本閱讀與地方旅遊的當代共創，可參考陳敬介，《文學招領：文學、旅遊與文創產業的多元共構》（高雄：讀冊文化，2019）。

11 李昂，《漂流之旅》（臺北：皇冠，2000）；李桐豪，《綁架張愛玲：手繪上海文學地圖》（臺北：牛奶出版，2006）；陳銘磻，《跟著夏目漱石去旅行》（臺北：大塊，2013）；鍾文音，《憂傷向誰傾訴》（臺北：大田，2014）。

12 但討論度較高的，是另一部同樣奠基於謝雪紅生命經驗、同年出版的作品：李昂，《自傳の小説》（臺北：皇冠，2000）。

13 李昂，《漂流之旅》（臺北：皇冠，2000），頁48。

14 吳桂枝，〈歷史的虛構性與她的故事（Her Story）──讀李昂《自傳の小説》與《漂流之旅》〉，收入《不凋的花季》（臺北：聯合文學，2012），頁231-257。引得處見頁253。

15 見胡錦媛，《在此／在彼：旅行的辯證》中總論〈旅行經濟學〉的歸納。不過我要強調的，並非瀟湘神此書中旅行寫作，已然脫離旅行出發、回返的結構，只是其敘述重心並不在個人旅行主體，而是試圖引導「讀者」也成為共同的旅者，進入此處─彼方的差異辯證中。見胡錦媛，《在此／在彼：旅行的辯證》（臺北：書林，2018），頁9-25。

態。[16] 這種企圖，則必須落實於他強調的「後外地文學論」：將歷史空間化，將旅行時間化。

（二）昨日他方：時間異國論的發動與內省

　　瀟湘神《殖民地之旅》開篇以〈女誡扇綺譚〉為題，推斷、考辯佐藤春夫〈女誡扇綺譚〉寫作的材料、經驗、地景，也如同旅遊指南般為讀者引路。此篇作品置於全書之前，具有一定的導引功能，指出其書寫策略乃是「將佐藤春夫走過的地方化為『重寫本』」，並進行一種「後外地文學」的書寫策略與想像。[17] 對人文地理學相關理論稍有涉略的讀者，必不陌生「重寫本」刮除、重寫的狀態，與地景、記憶的連動關係。[18] 但瀟湘神除了描摹如重寫本般「新舊並陳」的建築狀態（如書中所述之「廠仔」一帶），「重寫本」成為了他據以開啟「後外地文學」的鑰匙——但他所謂的後外地文學是什麼？與島田謹二的「外地文學論」有何種連結？

　　若簡要歸納瀟湘神《殖民地之旅》中的說法，所謂「後外地文學」，乃是轉化了「外地文學論」中，將殖民地「異國情調化」的美感模式，重新以文學之幻想、歷史感，將日常習而不察的「在地」再次異國化；通往「被時間隔絕的異國」，以破除大眾對歷史陌生、無感的障壁。他以此創造性詮釋，展開了兩個面向：其一是擺脫「外地

---

16 瀟湘神，《殖民地之旅》，頁 34。

17 瀟湘神，〈女誡扇綺譚〉，《殖民地之旅》（臺北：衛城，2020），頁 6-38。

18 可參照 Mike Crang 著，王志弘、余佳玲、方淑惠譯，《文化地理學》（臺北：巨流，2005），頁 27。

文學」的印象與成見，進行對佐藤春夫的追蹤與重讀；[19] 其二則是以
「後外地文學」的概念，將歷史記憶的回溯，轉化成空間的旅行與位
移。「敘事空間化」的轉向，可以蘇珊・斯坦福・弗里德曼（Susan
Stanford Friedman）的《圖繪：女性主義與文化交往地理學》為例。
她將過去敘事理論中佔據主導位置的，以時間為線索的範式，導向更
具空間導向的框架，但其論述繼之強調的是，並非意圖以「空間模式」
壓制「時間模式」，而是在跨文化交往的文本敘事中，重新取得對空
間運動、旅程的關注。[20] 值得留意的是，瀟湘神雖將歷史－時間的關
切，主動編入其旅行敘事，他卻也警醒於讓歷史成為「情調」或「情
懷」的危機；即便作為「時間」的旅者，也需要察覺是否有另一種「觀
光客的凝視」：[21]

> 「外地文學」有缺陷，不是嗎？這就是它在文學史上備受批
> 評的原因。如果我們擅自將歷史幻想化、浪漫化，讓歷史成
> 為凝視的對象，歷史就淪於虛構，不，甚至可能淪為獨斷者

---

19 如何檢視佐藤春夫的臺灣寫作，與「外地文學」、「異國情調」、「殖民者凝視」的關係，
　　是學界討論佐藤春夫的重心之一，如藤井省三、河原功、邱雅芳、吳佩珍等。其中如吳
　　佩珍，即曾關注如何再讀／再寫佐藤春夫的《殖民地之旅》，過往解讀、詮釋佐藤春夫，
　　多聚焦於其筆下異國情調、浪漫主義之面向，而忽略了他對臺灣的觀察與描繪，其實寄
　　寓了社會主義的傾向、對殖民主義的批判。見吳佩珍，〈《殖民地之旅》再讀之可能性
　　──以〈女誡扇綺譚〉與〈霧社〉為例〉，收入佐藤春夫著，邱若山譯，《殖民地之旅》
　　（臺北：前衛，2016），頁 432-441。
20 蘇珊・斯坦福・弗里德曼（Susan Stanford Friedman）著，陳麗譯，《圖繪：女性主義與
　　文化交往地理學》（南京：譯林出版社，2014），頁 194-195。
21 對於觀光客與觀光區之間的凝視、參與、展演的複雜互動，可參考約翰・厄里（John
　　Urry）、約拿斯・拉森（Jonas Larsen）著，黃宛瑜譯，《觀光客的凝視 3.0》（臺北：書林，
　　2016）。

的意淫。

是的，我同意。所以對歷史，我們非得抱持基本的謙卑。[22]

　　回到先前所提及，蘇碩斌所辨識出「旅行文學」中，旅行中的「艱苦」內涵，是使旅行有別於觀光客、使其「文學化」的特徵之一。而蕭湘神《殖民地之旅》內的「艱苦」，則同時出現了身體的艱苦與「認知的艱難」。前者可以〈日月潭遊記〉中，敘事者對於漫長的步行產生的肌肉酸痛，與佐藤春夫曾以「椅轎」代步的物理條件差距，產生的情緒為例；[23]但「認知的艱難」，則來自於即使進行再細緻的路線追蹤、細節考察，那受時間阻絕的「他方」，仍有其終極限制：

> 不過，我也不認為試著走這段路毫無意義。其實效法是不可能的。因為霧社事件是不同部落多線前進，中途還指派部落成員到其他部落聯繫，戰場就該是這樣；像我這樣憑自己的一雙腳，不可能再現霧社事件的行徑實況。但聖地巡禮的虔敬，也不是只追尋表面的形式而已，至少對我來說，試著再現霧社事件的路徑，是想盡一絲「理解的努力」。[24]

　　他的追蹤、引路，前往「時間的異國」之旅，若以「起點－抵達－回歸」的模式來想像，很可能引發強烈的徒勞之感。但若對照弗里德

---

22 蕭湘神，《殖民地之旅》，頁 35。
23 蕭湘神，《殖民地之旅》，頁 65。書中亦有許多段落，描述佐藤春夫受各方禮遇、協助的條件。
24 蕭湘神，《殖民地之旅》，頁 114。

曼《圖繪》所述：「旅行——作為一種穿越空間的運動形式——使得自我在地理上、心理上或文化上的間隙空間與他者相遇。」其所提示，是種種接觸引發的激發與交會、提供的敘事能量泉源，那麼瀟湘神的《殖民地之旅》，在空間移動與歷史想像上同時製造出的接觸區域，亦雙重拓展了移動與遭逢的狀態。

三、線內線外：高俊宏《橫斷記》

　　與瀟湘神《殖民地之旅》相類，《橫斷記》的書名，亦對應臺灣殖民地時期的官方書籍——《臺灣中央山脈橫斷記》，取其對帝國主義「反諷與自我警惕」之意。[25] 如上節所引述，瀟湘神《殖民地之旅》中，表白了「理解的努力」與未竟，高俊宏的《橫斷記》似乎對「空白」、「失效」、「無法抵達」的狀態，有著更強烈的追問。《橫斷記》以四個章節〈大豹〉、〈眠腦〉、〈龜崙〉、〈大雪〉，分別切入四片山林地，除了歷史文獻、知識上的預備，也必然面臨山林中個人生命的威脅與危險。此類帶有歷史省思的入山，林克孝的《找路：月光·沙韻·Klesan》、沙力浪的《用頭帶背起一座座山》，或可作為參照，這兩位寫作者皆以個人經驗，入山之挑戰作為起點，林克孝與原住民登山者、在地社群的情誼，或者沙力浪書中所聯繫的部落遷移史（相對應清帝國、日本殖民者的征伐、山林路線），都為臺灣登山經驗的寫作，展開了另一層反思。但若對照於高俊宏的寫作，我們或會發現，

---

25 見《橫斷記》封底介紹文字。高俊宏，《橫斷記》（臺北：遠足，2019）。

其行動意義不只在於歷史記憶的深入考掘，他更疊合了對入山行動、路線的繁複思考。《橫斷記》中的出－入山之旅，除了難以以單一目的簡化其旅程，其寫作文體亦游移於田野筆記、深度報導、個人追憶之間。[26] 對於高俊宏走入山林的行動，黃舒楣將其描述為「作者以最緩慢方式，一步一步地在舊地圖與山野之間來回」。[27] 以下我想以《橫斷記》中提及的三種地圖，說明高俊宏如何凝視、查驗諸多「路線」，所引發的思辨與想像。

（一）空白地圖

《橫斷記》中收錄多種不同性質的圖片、影像、文件，包含作者的實地攝影、手繪、日本殖民時期征討原住民之影像、手寫信件、偶然拾遇的紙本殘篇、人像攝影等，以此作為其思索、探入特定時空與議題的開關。在此之中，「地圖」因其背後蘊藏的意識形態、權力關係，在《橫斷記》中佔有重要位置。《地圖的力量》一書中，作者丹尼斯・伍德（Denis Wood）清晰地點出，無論地圖以何種形式、語彙、技術繪製，且其繪製內容為何，皆為特殊的目的、利益而服務，即使其服務者往往隱而不顯，鑲嵌於特殊的歷史結構中。[28]「地圖」是高

---

26 在《橫斷記》出版時的「書系總序」中，提及高俊宏以「口述回憶、文獻檔案、影像紀錄加上實地踏查，一層一層地將其辯證性揭開。」見林志明〈寫在出版之前〉，收入高俊宏《橫斷記》（臺北：遠足，2017），頁8。這樣的寫作挑戰，在他的「群島藝術三面鏡」中早已顯現，尤以《小說：台籍日本兵張光正與我》中，對「文學－虛構－寫作」之間交纏關係，著力最深。「群島藝術三面鏡」包含《諸眾：東亞藝術佔領行動》、《小說：台籍日本兵張正光與我》、《陀螺：創作與讓生》，皆由遠足文化於 2015 年出版。

27 黃舒楣〈行走於帝國的棄路〉，收入高俊宏，《橫斷記》（臺北：遠足，2017），頁9。

28 丹尼斯・伍德（Denis Wood），《地圖的力量》（北京：中國社會科學出版社，2000）。

俊宏執行單人入山行程的必要之物，也是據以回到歷史現場的、推敲出未明歷史的憑依。[29] 他在《橫斷記》中收錄的地圖，包括尚・巴提斯特・杜赫德，〈福建省圖〉（Province de Fo-kien，1735）、〈全臺前後山輿圖〉（1880）、《臺灣堡圖》（1898）、〈隘勇線前進圖〉，《臺灣日日新報》（1906）、〈橫坑仔庄附近之戰鬥圖〉（1904）、〈討伐第一守備隊地案第三次作戰一覽圖〉（1913）、〈大雪山林道分佈示意圖〉[30]、〈第二十二團保衛金門之役戰鬥經過要圖〉（1949）等。地圖的功能雖在於協助感知、呈現（處理過的）現實、建構世界、連結未知領域，但地圖也總是懸置於「信服」與「懷疑」中。[31] 我們不妨留意，在寫作中多次運用、引用地圖的高俊宏，是如何處理觀視地圖時意義的擺盪。

　　他所處理的第一批可疑感受，是兩幅地圖的「空白」引起的不安感。其一是法籍耶穌教會教士尚・巴提斯特・杜赫德的〈福建省圖〉（Province de Fo-kien，1735），其二是《臺灣堡圖》（1898）。[32] 前者地圖描繪的臺灣東部是一片空白：「更像是一種外加上去的粉刷──猶如用白漆塗抹在原住民土地上一般，覆蓋了原住民族已然生活在山裡千年，具有豐厚文化的事實。」後一張《臺灣堡圖》，他所選取範圍，在隘勇線內的大豹社生活領域，於地圖上是一片留白，幾乎意味著日本殖民統治下對原住民「人格」之取消：「基本上，它可被視為過去臺灣島內的『帝國邊界』或『內戰的前線』；同時，這條線

---

29 高俊宏，《橫斷記》，頁 102、196。

30 作者高俊宏於森林遊客中心翻攝，未註年份。

31 丹尼斯・伍德（Denis Wood），《地圖的力量》，頁 2-38。

32 高俊宏，《橫斷記》，頁 35。

也是律法見解創造出來的抽象的線，或者——透過人類學視域強迫畫出來的邊界。」[33] 從以上討論相連、推進的，則是大豹社後人、白色恐怖受難者樂信・瓦旦（Losing Watan）的一張肖像照。此張樂信・瓦旦省議員時期的肖像照，高俊宏認為此中「無聲」、「與書寫者的對視」，引發了強烈的辯證感；被攝者一面受困、凝聚於悲劇性的政治與族群命運，同時也是自我的決斷、返回（包含消失的故土與將消失的自我），此類「顯現－存在」與「空白－取消」之間的辯證，貫穿了全書。[34]

（二）失效或有效的地圖

在諸多高俊宏據以探路、觀看的地圖中，有一張地圖的性質卻大不相同。這張地圖是王阿貴女士所手繪的「路線圖」：王阿貴的胞兄王清捲入「匪樹林三角埔隱蔽基地叛亂案」，逃亡期間藏匿於龜崙嶺山區（此山區鄰近高俊宏住家）長達四年，最終仍被逮捕判處死刑。此地圖為王阿貴回憶如何為藏匿山區的王清送飯，重新繪製出的路線圖。相較於《橫斷記》中諸多基於林業資源、治理、征討戰爭等精密之製圖，筆者試圖指出此一「路線圖」的幾項差異與特徵：（一）時間的不持續（當王清被捕，此路線就失效）；（二）目的性有限（為了維持王清的生命）；（三）非公眾（此路線圖並不為公眾服務；王阿貴女士為回憶而繪製）；（四）事後性（此地圖在行動進行當時並不存在）。

---

33 高俊宏，《橫斷記》，頁 37。

34 如「單攀」一節中關於「遺書」的討論；「加羅山神社」一節中對開墾廢墟、殘餘物的觀察與想像；「無可決定性」一節中關於工寮影像、死去父親的追想等等。

如果前一類的「空白地圖」使人意識到某種繪製／詮釋權力關係上的不對等，乃至地圖所繪製境域內／外，所意味的「抹除」；高俊宏在這張性質特殊的路線圖，則連結了其他面向的空白：包含他過去對王清事件的未知（即使這塊山區與他的成長記憶緊密相連）；王清行刑前遺照中「未來」生命的消除；白色恐怖時期相關資料、檔案的缺漏與空白。然而對高俊宏來說，這些空白，卻可能蘊藏著重新認知的啟動力：「或許正因為文獻上的空白——或者話語上的沉默，讓這段歷史不但沒有消失，反而成為重構當代臺灣史的重要基礎。」[35]

（三）地圖線外

地圖的圖例、符號、語言，有其特定的產製系統；地圖也因為功能的選擇、使用條件，產生種種簡化、遮蔽、誤差；若地圖是一扇「透明」的窗，為了看見風景，我們也可能需要試著不在意「窗框」（意味著略過地圖的偏誤、減省）。[36] 第三種高俊宏處理的地圖，即與這種「簡化」的感受相關，包含一張〈大雪山林道分佈示意圖〉，以及軍事部署圖〈第二十二兵團保衛金門之役戰鬥經過要圖〉。這兩張地圖都以相當簡要的線條構成，林道示意圖的抽象線條，使他產生如箭矢朝山林心臟涉入的視覺聯想，同時也喚起他曾在「國家發展委員會檔案管理局」看過的戰役路線圖，「兩者之間似乎有一種模糊的相似性，姑且將他們稱為『戰爭之線』」。高俊宏除了指出山林開發與二戰、冷戰的連結，他認為這些被高度簡化、抽象化後的「線」，猶如

---

35 高俊宏，《橫斷記》，頁 189。
36 丹尼斯・伍德（Denis Wood），《地圖的力量》，頁 26-30。

被移除、排斥的生命，如幽靈般游離，「以至於我們的歷史，大致上就是一幅由各種線條組成的抽象畫。」[37] 此處「線」、「戰爭」、「生命」的連結與聯想，我們不難意會到巴特勒「戰爭之框」（frames of war）的討論，[38] 但在高俊宏的討論中，除了思考被排除的線／框外的生命，他也要指出「線」外的掙脫：包含人之生命如何游離於書寫、文明、規章系統之外；乃至山林動物之活動，如何在人造林道系統上產生新的路線，改異以人類為中心的地景。[39]

　　從以上三種地圖，以及此「線外」的想像，或許我們能略為貼近高俊宏關於行路、書寫的體驗與體察。他在《陀螺：創作與讓生》中，曾有過這樣的一段話：「文學不只僅是『書寫自己』的那種內在過程，文學恰恰只是人們『書寫不了自己』的一疊證據〔……〕這很像走山，當我們赤裸地走入山裡，並不會每次都像我們的區公所製作的『北臺灣步道導覽』一樣，人在裡面好像可以全然自在，山林總對我們施展一種無法到達的迷宮圖像，展現了到不了的文學性威力。」[40] 此一「到不了」的憂懷，與前述瀟湘神《殖民地之旅》中「理解的努力」並置，同樣展現其寫作實踐的積極涉入與辯證，收納多重的自我警醒與回返——路線不只為了抵達。

---

37 高俊宏，《橫斷記》，頁 250-252。

38 朱迪斯・巴特勒（Judith Butler）著，申昀晏譯，《戰爭的框架：從生命的危脆性與可弔唁性，直視國家暴力、戰爭、苦痛、影像與權力》（臺北：麥田，2022）；將「戰爭之框」的概念，與臺灣戰爭歷史、記憶相連結的討論，可參見汪宏倫，〈東亞的戰爭之框與國族問題：對日本、中國、臺灣的考察〉，收入《戰爭與社會：理論、歷史、主體經驗》（臺北：聯經，2014）。

39 高俊宏，《橫斷記》，頁 254。

40 高俊宏，《陀螺：創作與讓生》（臺北：遠足，2015）。

四、虛線實線，快速慢速：黃崇凱《新寶島》

　　高俊宏《橫斷記》裡〈帝國的凝視 1903〉一章，描述大豹社領袖瓦旦・燮促與日本帝國交涉，以兒子樂信・瓦旦作為人質，交換大豹社復歸的承諾。但在日本帝國與大豹社不對等的政治關係下，此交換行動走向悲劇：瓦旦・燮促（Wadan Shetu）於 1904 年病逝，樂信・瓦旦被「交換」後，經殖民者培植為菁英，復又於國民政府來台後，捲入「高砂族自治案」而被槍決。[41] 黃崇凱的《新寶島》，也處理了原住民族菁英高一生與白色恐怖此一主題。他虛構了 2024 年中華民國總統就職前夕，臺灣與古巴兩地原因不明的「大交換」，以及大交換前後的日常生活、統治腳本、歷史記憶、文學想像。小說中臺灣第一位具有原住民身份的民選總統高再生，正是高一生的家族後人。小說各章節以多變的敘事形式推進，且不乏自我指涉、檢視地，佈置了小說內的小說（一篇名為《新大陸》的小說）、一場讀書會紀錄、一篇書評，[42] 產生現實虛構的交錯相映。此類以當前政治狀況進行推想與假設的小說，讀者並不陌生，陳冠中《建豐二年：新中國烏有史》、《盛世》即是經典案例。2022 年臺海危機之際，朱宥勳的小說《以下證言將被全面否認》出版，恰恰虛構了 2067 年臺海戰爭爆發二十

---

41 相關人物傳記、相關研究可參照：吳叡人，〈「臺灣高山族殺人事件」──高一生、湯守仁、林瑞昌事件之政治史的初步重建〉，收錄於許雪姬編，《二二八事件 60 週年紀念論文集》（臺北：臺北市政府文化局，臺北二二八紀念館，2008），頁 325-363；范燕秋等，《泰雅先知：樂信・瓦旦──桃園老照片故事 2》（桃園：桃園縣政府文化局，2005）。

42 《新寶島》在完成初稿，正式出版之前，同時也邀請讀者進行封測讀書會，與小說內部的情節又做出了一層對照。

年後的境遇與記憶，小說與現實於此持續地交火分歧。

　　《新寶島》出版前，黃崇凱在《字母會》創作的數篇短篇小說，包括〈I 無人稱〉、〈W 沃林格〉、〈Z 零〉，皆提前以移動、身份、未來製作了幾種擬想可能（不妨讀作《新寶島》的 Demo 帶）。如〈I 無人稱〉設想，臺灣以一日一公里的速度向東漂移，預測的終點則是夏威夷，在可預想的時程內，臺灣島將完成地理上「脫亞入美」的任務。臺灣的東方離島（綠島、蘭嶼）隨著臺灣一齊東移，西方離島（澎湖、金門、馬祖）則緊緊附著於歐亞大陸板塊，並無飄移跡象。臺灣與離島的距離、主客從屬情結逐漸「擴大」，演變成為紮實的地緣政治問題。獲得諸多肯定的《文藝春秋》中，以未來世界為背景的篇章如〈如何像王禎和一樣活著〉，其中移民火星後的「課堂作業」，也埋設了新世界與舊事物，彼此交互纏結的關係。[43] 詹閔旭在〈媒介記憶：黃崇凱《文藝春秋》與臺灣千禧世代作家的歷史書寫〉一文指出，黃崇凱從《靴子腿》、《黃色小說》開始，即著意勾勒媒介、個人、歷史記憶之間緊密的互動關係，《文藝春秋》則透過媒介展現了以個人情感、另類方式介入、重塑臺灣文學／史的可能。[44]《新寶島》也不例外，當國土與人民脫離，小說中的「通訊」便饒富意味：從大交換初期失去手機、網路、電腦的危機應變，到線上實體並行的投票、

---

43 在訪談中黃崇凱曾提及：「『新寶島』的『新』，會不會變成一個反諷？即使交換了，立即而明顯的改變會不會仍是幻覺？這是我自己對生活在當下的反省，然後用了一個虛構的形式來思考。」見李時雍〈如果臺灣／古巴、中國／美國人民「大交換」，世界將如何大亂鬥？──專訪黃崇凱《新寶島》〉，博客來 OKAPI 文學生活誌：https://okapi.books.com.tw/article/14577。

44 詹閔旭〈媒介記憶：黃崇凱《文藝春秋》與臺灣千禧世代作家的歷史書寫〉，《中外文學》49.2（2020.06），頁 93-124。

監督立委問政的線上遊戲、如同「與鬼魂同行」的全息影像視訊、為展覽設計的「雲端公民」制度等……當媒介、記憶與關係網絡彼此纏結，產出新的身份狀態與想像，卻也在小說中引發另類的歷史感知。

　　《新寶島》中〈優雅的女士〉一章，小說以總統高再生的Podcast節目，回溯（重播？）了家族內部的生命故事。此章節結尾於一句：「這次故事說得有點太長了」。此「太長」不只是錄製時間／篇幅超出預設，也接近於：這些故事要如何說得完？漫長的記憶如何被容納？小說設計以Podcast「說故事」，帶動了聲音與聆聽經驗的親密感；[45]但他在敘述中卻未直接透露家族關係，直至最後才以「我是高再生」間接地提示。[46]作者以距離感（沒有交代關係）與親密感（聆聽經驗、敘述對象的個人經驗）產生張力，也與後一章〈總統先生〉中的「專訪」模式裡，總統身份、公共政策上的決斷、思辨產生對照。此「仿」Podcast模式的敘述，延展了黃崇凱對媒介、記憶的敏銳想像，同時有意識地引導讀者進入公眾、私人領域重疊的地帶：我（們）由什麼所組成？當我（們）被交換後，將往何處去？

　　在〈總統先生〉一節，種種關於族群、身份、施政、國家的問答中，「路線」不免意味著國家與國民距離重組之後的政治藍圖，但若聯繫起高總統的原住民經驗時，也是一條認同之路，且「並不總是直線，我可能花了更多時間彎彎曲曲繞路，有點起伏。」[47]我們對「路徑」與「認同」的隱喻關係並不陌生，范銘如也曾於〈小說中的線〉裡指

---

45 關於廣播形式、社群媒介引發的互動、親密感，可參見賴筱茜、陳延昇〈不只是聽廣播：廣播與社群媒介匯流的擬社會互動經驗〉，《廣播與電視》38（2015.06），頁1-33。
46 小說要到下一章節〈總統先生〉，才以模擬「人物專訪」的形式，陳述其身世與記憶。
47 黃崇凱《新寶島》，頁123。

出臺灣小說中「路」的多重意涵與功能，包含：展現角色在旅程中的流離蛻變；以「路」作為生命處境擺盪、猶疑的隱喻；透過路程中種種流變的見聞導引敘事；以旅途路徑作為敘事線索的隱喻等。[48] 若將此對於「路線」的關注與好奇，移轉到《新寶島》之上，我們似乎也能夠讀取出幾條具體或尚未彰顯的「路線」。除了以上所提及，國家之未來走向、個人之認同曲徑，可被理解為路，小說敘事之前提（臺灣與古巴（或美國與中國）人民的「大交換」），也是連接兩地實體之「路」被抽取（或壓縮、跳躍、超連結……）後，兩地重新連結、造路的過程；瞬間的空間移轉後，國家與人民遭遇的緩慢的重組與復返。

對蹠點：鏡子與名字

小說中〈我們在哈瓦那的人〉一章，擬想了眾多大交換後，他方的臺灣日常：3D 列印懷舊傢俱的臺菜餐廳、夜市、哈瓦那的媽祖遶境……種種「就地」而生、維持節奏與情懷的日常挪動，使人重新意會、察覺「臺灣－人」的成分，有其強韌的生命力、難以瞬間改異。但異地而處的，不只是「儘可能像從前一樣活著」的日常願望、超級適應力。小說中哈瓦那的中央公園，仍有著凱道、二二八公園原住民族傳統領域的抗爭。看似不合時宜，卻也因為移地狀態，讓小說中對於「原住民族傳統領域」的思索，得以藉由抗爭現場的年輕排灣族女生口中，遞出有力的陳述。[49] 此章人物中的一句玩笑話：「臺灣人整

---

48 范銘如，〈小說中的線〉，《臺灣文學學報》30（2017.06），頁 27-52。
49 黃崇凱，《新寶島》，頁 194。

包放到古巴還是臺灣人，有些事是不會變的。」此刻出現了正反的雙重力道。

　　小說也置入不只一組「兩兩照映」的設計、暗示，包括名為《新大陸》的小說、在古巴的臺灣人設計的「革命之路」套裝行程、藝術家瑞秋如同巨型雙面鏡的作品、一檔名為「錯誤的歷史」的展覽等等。在〈憂鬱的亞熱帶〉一章，取材了王志明、丘延亮、邱水金、胡台麗等人的經歷，以人類學家移動在各種界域之間的故事，或取得新的名字，或因死亡與消逝而憂悒，為《新寶島》留下了一個看似抒情的收尾。此章中，插入了一封「阿德姆絲」寫給「阿德姆絲」的信件：

> 我與妳，我們是彼此的阿德姆絲對蹠點。穿過**時間的直徑**，
> 我 vuvu 看到同名的我如何在一個新時代成長，一如我看到
> 與我同名的妳，如何在另一個新世界成長。也許有一天，你
> 也會遇見下一個阿德姆絲。我希望你可以告訴她，我們曾經
> 在這裡努力過的故事。[50]

　　信件中的兩代情感，承接排灣族襲名制「與過去聯結」的文化內涵，[51] 鑲嵌於此，又與小說敘事合成一種新的思維。名字與名字若是「時間的直徑」，讓綿長的血緣線條，得以壓縮、跳轉。在一部看似關注地理、空間、地緣政治的小說中，此「時間的直徑」所起的提示意義，並不亞於空間的對比相映。但他所要、所能提示的終歸是什麼

---

50 黃崇凱，《新寶島》，頁 340。引文字體變化為筆者所加。

51 蔣斌，〈墓葬與襲名：排灣族的兩個記憶機制〉，收入黃應貴主編，《時間、歷史與記憶》（臺北：中央研究院民族學研究所，1999），頁 157-228。

呢？瑪麗‧路易斯‧普拉特的《帝國之眼：旅行書寫與文化互化》裡，除了描繪十八世紀中期以來的旅行敘事、帝國關於博物、探索、征服的特殊文體，她也提出了對「流動性」的關注與提示：流動並不往往處於一種自然、均勻的平衡，而流動的隱喻，可能使我們忽視了其中的停滯與匱乏。[52]〈憂鬱的亞熱帶〉的末尾，是哈雷彗星通過近日點的 1986 年。一雅士與妻子談論政府不妨嘗試十年原漢「互換」一次身份，以深刻體會對方處境。但一雅士的妻子黜臭：「我看吶，我們大概還是會在這裡，抱怨看不到彗星。」[53] 2061 年哈雷彗星再次來的時候，寶島就會成為新寶島嗎？「新」會讓我們遺忘「舊」嗎？讓我們回頭看，小說扉頁引用的楊澤詩作〈新寶島曼波〉：「慢車，每站必停的慢車／慢車，開往過去的慢車」，也早有了關於速度的暗示與預告。《新寶島》的新，不只是表面上的未來、改造、推想，更包含諸多既「推進」又「返回」的狀態下，所產生的速度不均等，進而引發的張力、批判與提示。

五、結語：百年的路上

> 「一百年過去了，我們還在路上。」——《新寶島》
> 「就等候下一個百年吧。」——《殖民地之旅》[54]

---

52 瑪麗‧路易斯‧普拉特（Mary Louise Pratt），《帝國之眼：旅行書寫與文化互化》（南京：譯林出版社，2017），頁 321。

53 黃崇凱，《新寶島》，頁 351。

54 黃崇凱，《新寶島》，頁 237；瀟湘神，《殖民地之旅》，頁 276。

　　在《新寶島》大交換事件的二十年前，臺灣也曾出現過一個「國中之國」的覆滅事件：2004 年，位於高雄大寮鄉，由來自各地的原住民組成的新聚落「高砂國」，被拆除撤離。[55]「高砂國」的「建立」，似受到陳水扁執政期間「新夥伴關係」之觸發，但此一缺乏指導路線，與國家治理系統根本牴觸的「國家」，有其註定覆滅的命運；此一「另類國家」帶給我們的啟悟與疑問，似乎不是第一次，可能也不是最後一次。從瀟湘神《殖民地之旅》的「旅行書寫」中，時間、空間的交互涵化，書寫體類的擴增補充，進而思索其未來；到《橫斷記》裡關於地圖的觀視與論辯，《新寶島》中新／舊、快／慢的對照與重組。這三部關於移動與旅行的作品，反覆顯現的，可能更是緩慢、猶疑、逗留；在表述形式各有差異的寫作「旅程」上，產生了肉身、空間、歷史關懷、文學想像的複雜交會。

　　然而受書寫篇幅、聚焦主題所限，這三部作品中另一值得關注的面向，乃是原－漢關係的重新觸碰與勘定。例如《殖民地之旅》中對於日月潭、霧社地區，觀光文化、族群歷史記憶的考察，與佐藤春夫《殖民地之旅》的視線，如何進行聯繫？《橫斷記》中隘勇線內／外的調查、再寫，也需要延展至其後《拉流斗霸》的寫作工程中；《新寶島》中的原住民總統，如何回應「國外之國」的領域問題與族群狀態？如何透過這三部作品中繁複深刻的歷史想像與文學表述，延展至文學中「原－漢關係」的思辨，或許是下一步值得執行的工作。

---

55 此一高砂國事件，起源於漢人蘇宗榮向臺糖承租六公頃農地，並廣邀原住民族人入駐，建立聚落，建立自主的「高砂國」。可見蔡一峰導演之紀錄片《獨立之前》（2008，64 分鐘）。

參考書目

一、中文

（一）專書

《文訊》422 期，臺北，文訊，2020。

《聯合文學》434 期，臺北，聯經，2020。

《藝術觀點 ACT》82 期，臺南，國立臺南藝術大學，2020。

Antoine de Baecque 著，蔡文晟譯，《迷影：創發一種觀看方法，書寫一段文化的歷史 1944-1968》，武漢，武漢大學，2021。

Bill Nichols 著，井迎兆譯，《紀錄片導論》，臺北，五南，2020。

Denis Wood 著，王志弘等譯《地圖的力量》，北京，中國社會科學，2000。

Gaston Bachelard 著，龔卓軍譯，《空間詩學》，臺北，張老師文化，2003。

Iris Marion Young 著，何定照譯，《像女孩那樣丟球：論女性身體經驗》，臺北，商周，2006。

Jacques Derrida、Elisabeth Roudinesco 著，蘇旭譯，《明天會怎樣：雅克·德里達與伊麗莎白·盧迪內斯庫對話錄》，北京，中信，2002。

Jacques Rancière 著，楊成瀚、關秀惠譯，《感性分享：美學與政治》，臺北，商周，2021。

James Clifford 著，林徐達、梁永安譯，《復返：二十一世紀成為原住民》，苗栗，桂冠圖書，2017。

Jesse Schell 著，盧靜譯，《遊戲設計的藝術：架構世界、開發介面、創造體驗，聚焦遊戲設計與製作的手法與原理》，新北，大家，2021。

John Urry、Jonas Larsen 著，黃宛瑜譯，《觀光客的凝視 3.0》，臺北，書林，2016。

John Wylie 著，王志弘、錢伊玲、徐苔玲、張華蓀譯，《地景》，新北，群學，2021。

Judith Butler 著，蕭永群譯，《非暴力的力量：政治場域中的倫理》，臺北，商周，2020。

Judith Butler 著，申昀晏譯，《戰爭的框架：從生命的危脆性與可弔唁性，直視國家暴力、戰爭、苦痛、影像與權力》，臺北，麥田，2022。

Julia Kristeva 著，彭仁郁譯，《恐怖的力量》，臺北，桂冠圖書，2003。

Mary Louise Pratt 著，方杰、方宸譯，《帝國之眼：旅行書寫與文化互化》，南京，譯林，2017。

Mike Crang 著，王志弘、余佳玲、方淑惠譯，《文化地理學》，臺北，巨流，2005。

Peter Adey 著，徐苔玲、王志弘譯，《移動》，臺北，群學，2013。

Pierre Bourdieu 著，石武耕、李沅洳、陳羚芝譯，《藝術的法則：文學場域的生成與結構》，臺北，典藏藝術家庭，2016。

Robert Stam 著，陳儒修、郭幼龍譯，《電影理論解讀》，臺北，遠流，2006。

Susan Neiman 著，張葳譯，《父輩的罪惡：德國如何面對歷史》，新北，衛城，2022。

Susan Stanford Friedman 著，陳麗譯，《圖繪：女性主義與文化交往地理學》，南京，譯林，2014。

Tim Cresswell 著，徐苔玲、王志弘譯，《地方：記憶、想像與認同》，臺北，群學，2006。

W. E. B. Du Bois 著，何文敬譯，《黑人的靈魂》，新北，聯經，2018。

山海文化雜誌社編輯群，《用文字釀酒，用筆來唱歌：99 年臺灣原住民族文學獎得獎作品集》，臺北，原住民族委員會，2010。

山海文化雜誌社編輯群，《撒來伴，文學輪杯：100 年臺灣原住民族文學獎得獎作品集》，臺北，原住民族委員會，2011。

山海文化雜誌社編輯群，《Balhiu：101 年臺灣原住民族文學獎得獎作品集》，臺北，原住民族委員會，2012。

山海文化雜誌社編輯群，《Pudaqu：102 年臺灣原住民族文學獎得獎作品集》，臺北，原住民族委員會，2013。

山海文化雜誌社編輯群，《Tminun：103 年臺灣原住民族文學獎得獎作品集》，臺北，原住民族委員會，2014。

山海文化雜誌社編輯群，《Vaay：104 年臺灣原住民族文學獎得獎作品集》，臺北，原住民族委員會，2015。

山海文化雜誌社編輯群，《komita'：105 年臺灣原住民族文學獎得獎作品集》，
　　臺北，原住民族委員會，2016。

山海文化雜誌社編輯群，《kavaluwan：106 年臺灣原住民族文學獎得獎作品集》，
　　臺北，原住民族委員會，2017。

山海文化雜誌社編輯群，《mapatas：107 年臺灣原住民族文學獎得獎作品集》，
　　臺北，原住民族委員會，2018。

山海文化雜誌社編輯群，《milekalay：108 年臺灣原住民族文學獎得獎作品集》，
　　臺北，原住民族委員會，2019。

山海文化雜誌社編輯群，《mlata：109 年臺灣原住民族文學獎得獎作品集》，
　　臺北，原住民族委員會，2020。

公共電視、原子映象，《天橋上的魔術師：影集創作全記錄》，臺北，木馬文化，
　　2021。

方惠閔、朱恩成、余奕德、陳以箴、潘宗儒，《沒有名字的人：平埔原住民族青
　　年生命故事紀實》，臺北，游擊文化，2019。

王甫昌，《當代臺灣社會的族群想像》，臺北，群學，2003。

王海波編，《魯迅全集（卷二）》，北京，人民文學，2005。

王國安，《小説新力：臺灣一九七零年後新世代小説論》，臺北，威秀經典，
　　2016。

臺灣民間真相與和解促進會編，《記憶與遺忘的鬥爭──卷三：面對未竟之業》，
　　臺北，衛城，2015。

史書美，《反離散：華語語系研究論》，臺北，聯經，2017。

史書美，楊華慶譯，《視覺與認同：跨太平洋華語語系表述‧呈現》，臺北，聯
　　經，2013。

史書美、梅家玲等編，《臺灣理論關鍵詞》，新北，聯經，2019。

甘耀明，《殺鬼》，臺北，寶瓶文化，2009。

白靈，《2017 臺灣詩選》，臺北，二魚文化，2017。

朱宥勳，《以下證言將被全面否認》，臺北，大塊文化，2022。

朱嘉漢，《醉舟》，臺北，印刻，2022。

艾思奇，《大眾哲學》，成都，四川人民，2017。

佐藤春夫，邱若山譯，《殖民地之旅》，臺北，草根，2002。

佐藤春夫，邱若山譯，《殖民地之旅》，臺北，前衛，2016。

何敬堯、楊双子、陳又津、瀟湘神、盛浩偉，《華麗島軼聞：鍵》，臺北，九歌，2017。

吳明益，《以書寫解放自然——臺灣現代自然書寫的探索》，臺北，大安，2004。

吳明益，《天橋上的魔術師》，臺北，夏日，2011。

吳明益，《臺灣現代自然書寫的探索 1980～2002：以書寫解放自然 BOOK 1》，臺北，夏日，2012。

吳明益，《自然之心——從自然書寫到生態批評：以書寫解放自然 BOOK 3》，臺北，夏日，2012。

呂美親編，《台語現代小說選》，臺北，前衛，2022。

李有成，《踰越：非裔美國文學與文化批評》，臺北，允晨文化，2007。

李昂，《漂流之旅》，臺北，皇冠，2000。

李時雍，《復魅：臺灣後殖民書寫的野蠻與文明》，臺北，時報，2023。

李時雍編，《百年降生：1900-2000 臺灣文學故事》，臺北，聯經，2018。

李潔珂，《山與林的深處：一位臺裔環境歷史學家的尋鄉之旅，在臺灣的植物、島嶼風光和歷史間探尋家族與自身的來處與記憶》，臺北，臉譜，2022。

周芬伶，《聖與魔——臺灣戰後小說的心靈圖像（1945-2006）》，臺北，印刻，2007。

周婉窈，《暴風雨下的中師——臺中師範學校師生政治受難紀實》，臺中，臺中市文化局，2018。

周婉窈，《轉型正義之路：島嶼的過去與未來》，新北，國家人權博物館，2019。

林哲璋，《福爾摩沙惡靈王》，臺北，遠景，2009。

林淇瀁，《書寫與拼圖：臺灣文學傳播現象研究》，臺北，麥田，2001。

邱貴芬，《後殖民及其外》，臺北，麥田，2003。

邱貴芬，《「看見臺灣」：臺灣新紀錄片研究》，臺北，國立臺灣大學出版中心，2016。

凃幸枝編，《柴山主義》，臺中，晨星，1993。

胡萬川，《真假虛實——小說的藝術與現實》，臺北，五南圖書，2019。

胡錦媛，《在此／在彼：旅行的辯證》，臺北，書林，2018。

范欽慧，《跟著節氣去旅行：親子共享的 24 個旅程》，臺北，遠流，2010。

徐振輔，《馴羊記》，臺北，時報文化，2021。

栗光，《再潛一支氣瓶就好》，臺北，有鹿文化，2022。

浦忠成，《臺灣原住民族文學史綱》，臺北，里仁書局，2009。

馬尼尼為，《帶著你的雜質發亮》，新北，小小書房，2013。

馬尼尼為，《我不是生來當母親的》，新北，小小書房，2015。

馬尼尼為，《After：「隱晦家庭」繪本三部曲之三》，臺北，南方家園，2016。

馬尼尼為，《老人臉貓：「隱晦家庭」繪本三部曲之二》，臺北，南方家園，2016。

馬尼尼為，《海的旅館：「隱晦家庭」繪本三部曲之一》，臺北，南方家園，2016。

馬尼尼為，《吃風集》，臺北，步步，2018。

馬尼尼為，《沒有大路》，臺北，啟明，2018。

馬尼尼為，《馬惹尼》，臺北，步步，2018。

馬尼尼為，《詩人旅館》，臺北，啟明，2018。

馬翊航，《山地話／珊蒂化》，臺北，九歌，2020。

高俊宏，《小說：台籍日本兵張正光與我》，臺北，遠足文化，2015。

高俊宏，《橫斷記》，臺北，遠足文化，2019。

高俊宏，《拉流斗霸》，臺北，遠足文化，2020。

張卉君、劉崇鳳，《女子山海》，臺北，大塊文化，2020。

張誦聖，《現代主義‧當代臺灣：文學典範的軌跡》，臺北，聯經，2015。

曹永和，《臺灣早期歷史研究續集》，臺北，聯經，2001。

許丙丁著，呂興昌編校，《許丙丁作品集（上）》，臺南，臺南市立文化中心，1996。

許勝夫著，呂興昌編校，《許丙丁作品集（下）》，臺南，臺南市立文化中心，1996。

連明偉，《藍莓夜的告白》，臺北，印刻，2019。

陳又津，《準台北人》，新北，印刻，2015。

陳月霞，《大地有情：臺灣植物的四季》，臺北，玉山，1995。

陳正芳，《魔幻現實主義在臺灣》，臺北，生活人文，2007。

陳玉峰，《展讀大坑天書》，臺北，臺灣地球日，1996。

陳育萱，《不測之人》，桃園，逗點文創，2015。

陳宗暉，《我所去過最遠的地方》，臺北，時報文化，2020。

陳芳明，《臺灣新文學史》，臺北，聯經，2011。

陳信元編，《臺灣現當代作家研究資料彙編41 陳冠學》，臺南，國立臺灣文學館，2013。

陳冠學，《田園之秋》，臺北，前衛，2007。

陳建成編，《府城的奇幻旅程：走揣小封神的傳奇》，臺南，臺南市文化局，2020。

陳國偉，《越境與譯徑：當代臺灣推理小說的身體翻譯與跨國生成》，臺北，聯合文學，2013。

陳敬介，《文學招領：文學、旅遊與文創產業的多元共構》，高雄，讀冊文化，2019。

陶氏桂、劉金芝、蘇玉等著，《飛越千里追求夢想：花蓮越南新住民生活紀實》，花蓮，花蓮縣文化局，2016。

彭瑞金，《臺灣新文學運動 40 年》，臺北，自立晚報，1994。

黃崇凱，《文藝春秋》，臺北，衛城，2017。

黃崇凱，《新寶島》，臺北，春山，2021。

黃崇凱等著，《字母會 I 無人稱》，臺北，衛城，2018。

黃暐婷，《少年與時間的洞穴》，臺北，時報文化，2021。

黃儀冠，《從文字書寫到影像傳播──臺灣「文學電影」之跨媒介改編》，臺北，學生書局，2012。

黃錦樹，《謊言或真理的技藝：當代中文小說論集》，臺北，麥田，2003。

黃錦樹，《文與魂與體》，臺北，麥田，2006。

黃錦樹，《論嘗試文》，臺北，麥田，2016。

黃瀚嶢，《沒口之河》，臺北，春山，2022。

新日嵯峨子，《金魅殺人魔術》，臺北，奇異果文創，2018。

新日嵯峨子、瀟湘神、臺北地方異聞工作室，《臺北城裡妖魔跋扈》，臺北，奇異果文創，2015。

新日嵯峨子、瀟湘神、臺北地方異聞工作室，《帝國大學赤雨騷亂》，臺北，奇異果文創，2016。

楊双子，《花開時節》，臺北，奇異果文創，2017。

楊双子，《花開少女華麗島》，臺北，九歌，2018。

楊双子，《臺灣漫遊錄》，臺北，春山，2020。

楊双子，《綺譚花物語》，臺北，東販，2020。

楊若暉，《少女之愛：臺灣動漫畫領域中的百合文化》，臺北，獨立作家，
　　2015。

楊富閔，《花甲男孩》增訂新版，臺北，九歌，2017。

葉石濤，《臺灣男子簡阿淘》，臺北，草根，1996。

葉石濤，《葉石濤全集3‧小說卷3》，高雄，高雄市政府文化局，2006。

劉克襄，《旅次札記》，臺北，時報文化，1982。

劉克襄，《鳥的驛站──淡水河下游四季鳥類觀察》，臺北，中華民國自然生態
　　保育協會，1984。

劉克襄，《隨鳥走天涯》，臺北，洪範書店，1985。

劉克襄，《小綠山之歌：臺北盆地四季的自然觀察》，臺北，時報文化，1995。

劉克襄，《野狗之丘》，臺北，遠流，2007。

劉泰雄，《臺灣海岸攝影》，臺北，人人，2003。

蕭阿勤，《回歸現實：臺灣一九七〇年代的戰後世代與文化政治變遷》（臺北：
　　中央研究院社會所，2010。

蕭新煌，《我們只有一個臺灣──反污染、生態保育與環境運動》，臺北，圓神，
　　1987。

賴俊雄，《批判思考：當代文學理論十二講》，臺北，聯經，2020。

戴樂為、葉月瑜著，黃慧敏譯，《東亞電影驚奇──中港日韓》，臺北，書林，
　　2011。

謝南陽等口述，黃旭初編，《政治標記，白色夢魘：高雄市政治受難者的故事3》，
　　高雄，高雄市政府歷史博物館，2015。

謝若蘭，《在，之間。In between 認同與實踐之間的學術研究儀式》，新北，
　　稻香，2017。

鍾怡雯，《垂釣睡眠》，臺北，九歌，2006。

鍾怡雯，《野半島》，臺北，聯合文學，2007。

鍾怡雯，《麻雀樹》，臺北，九歌，2014。

韓韓、馬以工，《我們只有一個地球》，臺北，九歌，1983。

簡義明，《寂靜之聲──當代臺灣自然書寫的形成與發展（1979-2013）》，臺南，
　　臺南文學館，2013。

藍博洲，《藤纏樹》，臺北，印刻，2002。

瀟湘神，《殖民地之旅》，臺北，衛城，2020。

瀟湘神，《魔神仔：被牽走的巨人》，臺北，聯經，2021。

蘇芊玲，《不再模範的母親》，臺北，女書文化，1996。

蘇碩斌等著，《終戰那一天：臺灣戰爭世代的故事》，臺北，衛城，2017。

顧玉玲，《我們：移動與勞動的生命紀事》，臺北，印刻，2008。

顧玉玲，《餘地》，新北，印刻，2022。

（二）專書論文

Astrid Erll，〈文學、電影與文化記憶的媒介性〉，《文化記憶研究指南》，南京，南京大學，2021，頁 389-495。

James E. Young，〈記憶的紋理：關於大屠殺歷史的紀念物〉，《文化記憶研究指南》，南京，南京大學，2021，頁 441-453。

吳乃德、陳明通，〈政權轉移和菁英流動：臺灣地方政治菁英的歷史形成〉，《臺灣史論文精選（下）》，臺北，玉山社，1996，頁 351-386。

吳佩珍，〈《殖民地之旅》再讀之可能性──以〈女誡扇綺譚〉與〈霧社〉為例〉，《殖民地之旅》，臺北，前衛，2016，頁 432-441。

吳桂枝，〈歷史的虛構性與她的故事（Her Story ）──讀李昂《自傳の小説》與《漂流之旅》〉，《不凋的花季》，臺北，聯合文學，2012，頁 231-257。

邱貴芬，〈翻譯驅動力下的臺灣文學生產──1960-1980 現代派與鄉土文學的辯證〉，《臺灣小説史論》，臺北，麥田，2007，頁 199-273。

孫大川，〈山海世界：《山海文化》雙月刊創刊號序文〉，《臺灣原住民族漢語文學選集 評論卷上》，臺北，印刻，2003，頁 52-56。

孫松榮，〈實驗性紀實〉，《臺灣當代影像──從紀實到實驗》，臺北，同喜文化，2006，頁 143-151。

張茂桂，〈多元主義、多元文化論述在臺灣的形成與難題〉，《臺灣的未來》，臺南，成大社會科學院，2002，頁 223-273。

陳榮華，《海德格《存有與時間》闡釋（三版）》，臺北，國立臺灣大學出版中心，2017。

蔣斌，〈墓葬與襲名：排灣族的兩個記憶機制〉，《時間、歷史與記憶》，臺北，中央研究院民族學研究所，1999，頁 157-228。

鄭梓，〈戰後臺灣行政體系的接收與重建──以行政長官公署為中心之分析〉，《臺灣史論文精選（下）》，臺北，玉山社，1996，頁 233-272。

（三）期刊論文

Benjamin Morgan 著，楊晗譯，〈批評的共情：弗農·李的美學及細讀的起源〉，《澳門理工學報：人文社會科學版》21.3（2018.07），頁 154-168。

王德威，〈華夷風起：馬來西亞與華語語系文學〉，《中山人文學報》38（2015.01），頁 1-29。

王曦，〈「年代錯位」與多重時間性：朗西埃論歷史敘事的「詩學程式」〉，《文藝研究》5（2020.05），頁 15-26。

吳明益，〈戀土、覺醒、追尋，而後棲居──臺灣生態批評與自然導向文學發展的幾點再思考〉，《臺灣文學研究學報》10（2010.04），頁 45-79。

吳慧娟，〈遷徙與障礙：顧玉玲的《我們》與《回家》〉，《中外文學》47.1（2018.03），頁 77-114。

呂佩怡，〈製造南方：「南方」作為臺灣當代策展之方法〉，《現代美術學報》41（2021.05），頁 65-98。

李育霖，〈朝向少數的文學史編纂：論《日曜日式散步者》紀錄片的音像配置〉，《中外文學》50.4（2021.12），頁 43-73。

李淑如，〈迷信與新創──論許丙丁《小封神》的地景書寫與信仰視野〉，《成大中文學報》71（2020.12），頁 161-203。

李淑君，〈一九五〇年代白色恐怖左翼女性政治受難者：女性身份、女性系譜、政治行動〉《臺灣東亞文明研究學刊》18.2（2021.12），頁 75-148。

林正慧，〈1950 年代左翼政治案件探討─以省工委會及臺盟相關案件為中心〉，《臺灣文獻》60.1（2009.03），頁 395-477。

林怡君，〈書寫的斷裂：日本記憶在臺灣的轉換〉，《臺灣學誌》7（2013.04），頁 89-120。

邱貴芬，〈文學影像與歷史──從作家紀錄片談新世紀史學方法研究空間的開展〉，《中外文學》31.6（2002.11），頁 186-209。

邱貴芬，〈千禧作家與新臺灣文學傳統〉，《中外文學》50.2（2021.06），頁 15-46。

邱貴芬，〈從「臺灣文學大典」到維基百科詞條建置：（臺灣）文學的轉譯與研究課題〉，《人文與社會科學簡訊》23.2（2022.03），頁 40-49。

邱貴芬，〈以紀錄片創造文學後續生命──《願未央》與《我記得》〉，《文訊》436（2022.02），頁 67-70。

邱德亮，〈亦毒亦藥與鴉片政權〉，《新史學》20.3（2009.09），頁 127-155。

侯作珍，〈吳明益小說的空間日夢、死亡記憶與魔幻敘事——以《天橋上的魔術師》為探討中心〉，《文學新鑰》2（2015.06），頁 1-30。

柳書琴，〈通俗作為一種位置：《三六九小報》與 1930 年代臺灣的讀書市場〉，《中外文學》33.7（2004.12），頁 19-55。

范銘如，〈後鄉土小說初探〉，《臺灣文學學報》11（2007.12），頁 21-49。

范銘如，〈小說中的線〉，《臺灣文學學報》30（2017.06），頁 27-52。

孫松榮，〈「複訪電影」的幽靈效應：論侯孝賢的《珈琲時光》與《紅氣球》之「跨影像性」〉，《中外文學》39.4（2010.12），頁 135-169。

徐瑞鴻，〈觀看與實踐——視覺文化與吳明益小說中的觀看思維〉，《中國文學研究》37（2014.01），頁 155-193。

海瑟愛（Heather Love）著，張永靖譯，〈汙名的比較：殘障與性〉（"The Case for Comparison: Stigma between Disability and Sexuality"），《文化研究》13（2011.09），頁 282-295。

馬翊航，〈封面專題：動詞的原住民文學〉，《幼獅文藝》776（2018.08），頁 27-54。

張誦聖，〈戰時臺灣文壇：「世界文學體系」的一個案例研究〉，《臺灣文學學報》31（2017.12），頁 1-31。

郭楓，〈新一代城市移民的臺北敘事〉，《中國文學研究》47（2019.02），頁 151-180。

陳志柔、吳家裕，〈臺灣民眾對外籍配偶移民的態度：十年間的變化趨勢（2004－2014）〉，《人文及社會科學集刊》29.3（2017.09），頁 415-452。

陳俊宏，〈博物館與轉型正義國家人權博物館的民主實驗〉，《臺灣民主季刊》18.3（2021.09）。

陳紅華，〈課綱新議－東南亞史觀何去何從？〉，《教科書研究》13.2（2020.08），頁 89-118。

陳國偉，〈無聲無襲？——華語語系、民族國家與聲音的視覺化〉，《中國現代文學》32（2017.12），頁 21-38。

陳惠齡，〈從「生產鄉土」到「科幻鄉土」——臺灣新世代鄉土小說書寫類型的承繼與衍異〉，《國文學報》55（2014.06），頁 259-295。

陳惠齡，〈從景觀符號、民俗儀典到資訊媒介：作為「生產地方性」的新鄉土小說書寫現象〉，《東海中文學報》27（2014.06），頁 241-272。

陳筱筠，〈複數的「我們」——《我們：移動與勞動的生命記事》中的主體對話與歷史過程〉，《中國現代文學》32（2017.12），頁 59-74。

陳鴻瑜，〈評析南向政策的倡議和成效〉，《展望與探索月刊》19.4（2021.04），頁 41-64。

曾秀萍，〈鄉土女同志的現身與失聲：《失聲畫眉》的女同志再現、鄉土想像與性別政治〉，《淡江中文學報》35（2016.12），頁 1-35。

黃宗潔，〈劉克襄動物小說中的自然觀〉，《東華漢學》10（2009.12），頁 285-324。

黃宗潔，〈論吳明益《天橋上的魔術師》之懷舊時空與魔幻自然〉，《東華漢學》21（2015.06），頁 231-260。

黃宗潔，〈在移動中尋路：從劉克襄的香港書寫論港台環境意識之對話與想像〉，《東華漢學》25（2017.06），頁 203-228。

黃偉誌，〈擴增研究，轉譯延伸〉，《閱：文學——臺灣文學館通訊》73（2021.12），頁 40-43。

黃健富，〈之間的風景，與（應有的）潛行——青壯世代臺灣小說家創作觀察〉，《聯合文學》434（2020.12），頁 62-68。

黃慧鳳，〈女性移工的跨域遷徙與回歸——以顧玉玲《回家》為例〉，《藝見學刊》19（2020.04），頁 71-84。

黃錦樹，〈「旅臺文學特區」的意義探究〉，《大馬青年》8（1990），頁 39-47。

葉郁菁，〈跨國婚姻家庭文化與語言學習不對等現象之探討〉，《教育資料與研究雙月刊》97（2010.12），頁 25-42。

詹閔旭，〈媒介記憶：黃崇凱《文藝春秋》與臺灣千禧世代作家的歷史書寫〉，《中外文學》49.2（2020.06），頁 93-124。

廖如芬、張茂桂，〈從教案徵選看中小學教師「多元文化」想像的一些問題〉，《教育資料與研究》97（2010.12），頁 83-108。

廖紹凱，〈陳雪 × 胡淑雯 × 黃麗群 × 黃崇凱看二十一世紀臺灣小說：青壯作家座談會側記〉，《中外文學》49.2（2020.06），頁 125-140。

劉乃慈，〈從偉大到日常——《黃色小說》的情色矛盾與自我技術〉，《臺灣文學研究學報》30（2020.04），頁 299-336。

劉弘毅，〈東部地區原住民青少年的生活與發展困境：助人者觀點〉，《輔仁社會研究》8（2018.01），頁 119-152。

劉亮雅，〈女性、鄉土、國族——以賴香吟的〈島〉與〈熱蘭遮〉以及李昂的《看得見的鬼》為例〉，《臺灣文學研究學報》9（2009.10），頁 7-36。

劉亮雅，〈專輯導言〉，《中外文學》49.2（2020.06），頁 7-18。

蔡孟儒，〈「終戰這一天：臺灣人戰爭記憶的歷史空白」講座側記〉，《文化研究季刊》164（2018.12），頁 107-114。

鄭芳婷，〈打造臺灣酷兒敘事學：楊双子《花開時節》作為「鎧角」行動〉，《女學學誌：婦女與性別研究》47（2020.12），頁 93-126。

鄭毓瑜，〈轉譯的意義〉，《人文與社會科學簡訊》20.4（2019.09），頁 1-3。

蕭新煌，〈重新認識東南亞的幾個課題：臺灣觀點〉，《東南亞區域研究通訊》3（1997.12），頁 26-31。

蕭義玲，〈一個知識論述的審查——對臺灣當代「自然寫作」定義與論述的反思〉，《清華學報》37.2（2007.12），頁 491-533。

賴筱茜、陳延昇，〈不只是聽廣播：廣播與社群媒介匯流的擬社會互動經驗〉，《廣播與電視》38（2015.06），頁 1-33。

藍建春，〈自然烏托邦中的隱形人——臺灣自然寫作中的人與自然〉，《臺灣文學研究學報》6（2008.04），頁 225-271。

藍建春，〈類型、文選與典律生成：臺灣自然寫作的個案研究〉，《興大人文學報》41（2008.09），頁 173-200。

瀟湘神，〈小封神歷險記（1）〉，《幼獅少年》508（2019.02），頁 76-87。

羅景文，〈論許丙丁《小封神》民間信仰書寫與啟蒙論述之間的關係〉，《臺灣文學研究學報》8（2009.04），頁 37-63。

蘇碩斌，〈旅行文學之誕生：試論臺灣現代觀光社會的觀看與表達〉，《臺灣文學研究學報》19（2014.10），頁 255-286。

顧玉玲，〈工地無國界：尋找工殤紀念碑裡的移工〉，《臺灣人權學刊》4.2（2017.12），頁 47-72。

顧玉玲，〈勞動者的血汗印記：工殤紀念碑與歷史記憶〉，《臺灣社會研究季刊》72（2008.12），頁 229-252。

（四）學位論文

王悅丞，《臺灣戰後文學小説中的現代交通移動性及其空間敘事（1948 － 2008）》，臺北，國立政治大學臺灣文學研究所碩士論文，2017。

吳倍華，《文學作家傳記紀錄片中的人物形象敘事策略：以〈尋找背海的人〉為例》，臺北，世新大學口語傳播學系碩士論文，2013。

呂美親，《日本時代台語小説研究》，新竹，國立清華大學臺灣文學研究所碩士論文，2007。

李時雍，《復魅：臺灣後殖民書寫的野蠻論述與文明批判》，臺北，國立臺灣大學臺灣文學研究所博士論文，2021。

林恕暉，《1990 年代的臺灣左翼媒體──《群眾》雜誌及《群眾之聲》電台之個案研究》，臺北，中國文化大學新聞暨傳播學院新聞學系碩士論文，2017。

林傳凱，《戰後臺灣地下黨的革命鬥爭（1945-1955）》，臺北，國立臺灣大學社會科學院社會學系博士論文，2018。

柯喬文，《《三六九小報》古典小説研究》，嘉義，南華大學文學研究所碩士論文，2003。

馬翊航，《生產、禁制、遺緒：論臺灣文學中的戰爭書寫（1949-2015）》，臺北，國立臺灣大學臺灣文學研究所博士論文，2017。

張玉玲，《許丙丁《小封神》研究》，高雄，國立高雄師範大學國文學系碩士論文，2020。

張浥雯，《「縣市文學」之誕生：臺灣 1990 年代以降地方文學的位置與意義》，臺北，國立臺灣大學臺灣文學研究所碩士論文，2019。

許貽晴，《百合少女與歷史轉譯：楊双子「花開時節」系列小説研究》，臺北，國立臺灣師範大學文學院臺灣語文學系碩士論文，2021。

賴玟秀，《路上軌跡：侯孝賢與楊德昌電影的交通工具空間與移動性》，臺北，國立政治大學臺灣文學研究所碩士論文，2021。

戴思博，《省籍影像與世代遊戲：《牯嶺街少年殺人事件》、《超級大國民》、《返校》的白色恐怖再現》，臺北，國立臺灣大學臺灣文學所碩士論文，2019。

（五）報紙・網路

（1）報紙

王德威，〈微物、唯物與即物〉，《聯合報》聯合副刊，2016.06.28。

幸盦（王開運），〈釋三六九小報〉，《三六九小報》創刊號，1930.09。

邱莉玲，〈公視攜產業界推億級旗艦劇 傀儡花、天橋上的魔術師製作預算各砸 1.55 億，創國內電視劇最高規格〉，《工商時報》A11 版，2018.03.26。

涂銘宏，〈遊戲時代如何「讀遊戲」、「玩文學」〉，《幼獅文藝》789，2019.09。

袁世珮，〈七等生削瘦的靈魂 朱賢哲用影像捕捉〉，《聯合報全文報紙資料庫》C5 版，2021.03.16。

郝妮爾、馬尼尼為，〈時間，從孩子手上偷來的〉，《聯合文學》410，2018.12。

張小虹，〈影像時代的文學魅力〉，《聯合報全文報紙資料庫》A4 版，2011.06.06。

郭佳容，〈吳明益〈石獅子〉阮光民細雕琢〉，《中國時報》A16 版，2015.09.28。

游千慧，〈消失，是「登大人」的開始：《天橋上的魔術師》原著改編 導演楊雅喆紙上導覽〉，《Verse》4，2021.02.05。

黃錦樹，〈「我生來不是」──讀馬尼尼為《沒有大路》〉，《聯合文學》405，2018.07。

綠珊盦（許丙丁），〈（滑稽童話）小封神〉，《三六九小報》50，1931.02。

黎紫書，〈討論文學／關於胡蘿蔔，關於燈〉，《聯合報電子報》4076，2012.10。

陳國偉，〈妖怪，是日本的名字──專訪日本小說家京極夏彥〉，《自由時報》副刊，2012.10.28，網址：http://news.ltn.com.tw/news/supplement/paper/626080，瀏覽日期：2017.10.09。

辛啟松，〈赤崁樓贔屭碑有複製品 能摸能坐還能拍〉，蘋果新聞網，2017.08.29，網址：https://tw.appledaily.com/life/20170829/LF7DGNUPD2TGFLWZJCJXMCDPWY/，瀏覽日期：2022.03.09。

張茗喧，〈逾 20 年未發過證照 千名中藥商集結衛福部抗議〉，中央通訊社，2018.11.06。網址：https://www.cna.com.tw/news/firstnews/201811060106. aspx，瀏覽日期：2022.03.09。

黃偉誌、林佩蓉，〈文學不死，只是轉生：臺灣文學數位轉譯的第一手觀察〉，聯合新聞網，鳴人堂，2022.02.24。網址：https://opinion.udn.com/opinion/story/122694/6120388，瀏覽日期：2022.03.26。

（2）網路

Ciwang Teyra，〈認識原住民族歷史創傷與微歧視〉，網址：insight.ipcf.org.tw，瀏覽日期：2020.12.20。

Openbook 好書獎，網址：https://www.openbook.org.tw/2020openbookaward，瀏覽日期：2022.03.15。

八貓，〈「中國模式」如何變成一種政治成功學？〉，網址：https://theinitium. com/article/20201001-opinion-china-model/，瀏覽日期：2022.07.26。

土拉客實驗農家園，〈2016 年春。土拉客穀東招募〉，網址：https://landdykecsa.blogspot.com/2016/03/?view=classic，瀏覽日期：2022.09.30。

小封神藏寶圖解謎秘笈，網址：https://ppt.cc/fDjlux，瀏覽日期：2022.06.18。

小封神藏寶圖遊戲連結，網址：https://www.tlvm.com.tw/thecrazygodsshow/static.html，瀏覽日期：2022.06.18。

山海文化雜誌社網頁，網址：https://tivb.pixnet.net/blog，瀏覽日期：2021.06.20。

不當黨產處理委員會網站，網址：https://www.cipas.gov.tw/，瀏覽日期：2022.07.26。

內政部移民署，〈外籍配偶人數與大陸（含港澳）配偶人數按證件分 11005〉，網址：https://www.immigration.gov.tw/5385/7344/7350/8887/?alias=settledown，瀏覽日期：2022.09.02。

文化部「前瞻基礎建設計畫專區」，網址：https://www.moc.gov.tw/content_419.html，瀏覽日期：2022.03.23。

文學拾藏，網址：http://nmtltrans.tlvm.com.tw/about，瀏覽日期：2022.03.23。

王怡蓁，〈臺灣促轉會走入歷史，轉型正義的「未竟之業」何去何從？〉，網址：https://theinitium.com/article/20220530-taiwan-transitional-justice-commission-disband/，瀏覽日期：2022.07.26。

臺灣民間真相與和解促進會網站，網址：https://taiwantrc.org/about/objects/，
　　瀏覽日期：2022.07.26。
朱宥勳，〈妖怪的後殖民生活：讀瀟湘神《臺北城裡妖魔跋扈》〉，網址：
　　https://chuckchu.com.tw/article/175，瀏覽日期：2022.07.26。
朱宥勳，〈從負債，變成資產：重回「臺灣」的新世代文學創作〉，網址：
　　https://chuckchu.com.tw/article/228，瀏覽日期：2022.07.26。
朱宥勳，〈遲到的青年如何翻譯時間：《臺灣男子葉石濤》觀後〉，網址：
　　https://chuckchu.com.tw/article/344，瀏覽日期：2022.07.26。
但唐謨，〈書評：一場文化的乾坤大挪移：評莎拉・華特絲《指匠情挑》〉，網址：
　　https://www.openbook.org.tw/article/p-63964，瀏覽日期：2020.09.13。
吳乃德，〈民主時代的威權遺產──轉型正義的使命和難題（上）〉，網址：
　　https://www.storm.mg/article/69941?page=1，瀏覽日期：2022.07.26。
李欣倫，〈2020Openbook好書獎 年度中文創作 山地話／珊蒂化〉，網址：
　　https://www.openbook.org.tw/article/p-64232，瀏覽日期：2020.12.01。
李時雍，〈如果臺灣／古巴、中國／美國人民「大交換」，世界將如何大亂
　　鬥？──專訪黃崇凱《新寶島》〉，網址：https://okapi.books.com.tw/
　　article/14577，瀏覽日期：2022.07.01。
沈眠訪，〈專訪《南方從來不下雪》作者陳育萱：我們一直以臺北為中心，但
　　南方觀點呢？〉，網址：https://www.thenewslens.com/article/131471/
　　fullpage，瀏覽日期：2020.12.30。
林泰瑋，〈【他們在島嶼寫作】楊順清：這不是「作家身影」那樣的紀錄片〉，
　　網址：https://okapi.books.com.tw/article/1061，瀏覽日期：2022.03.17。
金漫獎，網址：https://gca.moc.gov.tw/home/zh-tw/list，瀏覽日期：2020.09.
　　13。
阿虎，〈【2017年度選書】《華麗島軼聞：鍵》｜我們的時代〉，網址：
　　https://okapi.books.com.tw/article/10463，瀏覽日期：2020.09.13。
阿桂，〈我的生活就是我的社運場域：冬山女農陳怡如的半農半X與性別運動〉，
　　網址：https://www.hisp.ntu.edu.tw/news/epapers/37/articles/123，瀏覽日
　　期：2022.09.30。
促進轉型正義委員會網站（典藏版），網址：http://webarchive-sys.ncl.edu.tw/
　　disk6/30/202204000030/8765606641/web/TJC_GOV/INDEX.HTM，瀏覽日
　　期：2022.07.26。

郝妮爾，〈角色在腦海裡敲打 30 年，窮盡一生的田野，捕捉不可言說之事：專訪顧玉玲《餘地》〉，網址：https://www.openbook.org.tw/article/p-66274，瀏覽日期：2022.09.14。

馬尼尼為，〈馬尼尼為繪本募資計劃〉，網址：https://vimeo.com/156522300，瀏覽日期：2021.12.14。

國立臺灣文學館「臺灣文學虛擬博物館」網頁「數位‧遊戲」區，網址：https://www.tlvm.com.tw/zh/Game/GameList，瀏覽日期：2022.06.18。

國立臺灣文學館文物典藏查詢系統，網址：https://collections.culture.tw/nmtl_collectionsweb/GalData.aspx?GID=M1MPMWMIMCMD，瀏覽日期：2022.03.26。

國藝會補助成果檔案庫－長篇小說專題－作品－花開時節，網址：https://archive.ncafroc.org.tw/novel/work/4028880e6c0914f0016c09155277005f，瀏覽日期：2020.09.13。

陳之馨，〈群眾募資在臺灣如何發展演變？圖文數據大公開讓你一次就懂〉，網址：https://buzzorange.com/techorange/2016/03/09/crowdfunding-in-taiwan-2012-2015/，瀏覽日期：2022.03.09。

勞動部勞動統計查詢網，〈產業及社福移工人數按開放項目分〉，網址：https://statdb.mol.gov.tw/evta/jspProxy.aspx?sys=100&kind=10&type=1&funid=wqrymenu2&cparm1=wq14&rdm=I4y9dcli，瀏覽日期：2022.09.02。

黃崇凱，〈【閱讀小說‧字母會 I】無人稱 － 上〉，網址：https://art.ltn.com.tw/article/paper/1168984，瀏覽日期：2022.07.26。

愛麗絲，〈找出那些愛無法跨越的藩籬——專訪《臺灣漫遊錄》作者楊双子〉，網址：https://news.readmoo.com/2020/05/18/travel-around-taiwan/，瀏覽日期：2020.09.13。

楊双子，〈百合是趨勢！——立足 2020 年的臺灣百合文化回顧與遠望〉，網址：https://www.creative-comic.tw/special_topics/48，瀏覽日期：2022.07.26。

楊双子、瀟湘神，〈楊双子 vs. 瀟湘神／「臺灣書寫意識」萌發的時刻〉，網址：https://reading.udn.com/read/story/7048/6424643，瀏覽日期：2022.07.26。

楊双子、瀟湘神，〈楊双子 vs. 瀟湘神／我們所有人都正在重新學飛〉，網址：https://reading.udn.com/read/story/7048/6435702，瀏覽日期：2022.07.26。

董柏廷，〈我們在《新寶島》幹過的蠢事，以及尬聊小說：黃崇凱X賀景濱〉，網址：https://www.openbook.org.tw/article/p-64791，瀏覽日期：2022.07.26。

董恕明、謝凱特，〈【鬥書評】原住民文學觀點 vs. 同志文學觀點一讀《山地話／珊蒂化》〉，網址：https://www.unitas.me/?p=18190，瀏覽日期：2020.11.10。

臺文館、北地異，〈第十七回 十二怒龜終齊全〉，網址：https://www.tpelegend.com/thecrazygodsshow/ 軍工廠 .html，瀏覽日期：2022.03.26。

臺北地方異聞工作室網站：https://www.tpelegend.com/#members，瀏覽日期：2022.03.23。

臺史博線上博物館，網址：https://the.nmth.gov.tw/nmth/zh-TW/Item/Detail/4f58198a-fbd4-4008-8521-30fdeecd3496，瀏覽日期：2022.03.26。

蔡雨辰，〈不適合當母親，不代表無法成為一個好母親──馬尼尼為的「隱晦家庭」繪本三部曲〉，網址：https://okapi.books.com.tw/article/9095，瀏覽日期：2022.03.09。

蔡晏霖、陳怡如，〈拉子女農的進擊！〉，網址：https://bongchhi.frontier.org.tw/archives/28582，瀏覽日期：2022.09.30。

勵心如、楊卓翰，〈他們用電玩說臺灣故事攻佔全球〉，網址：https://www.businesstoday.com.tw/article/category/80394/post/201701260047/，瀏覽日期：2022.07.26。

聯合副刊電子報，〈文學相對論〉，網址：http://www.piercesmg.com/lc02/archives/6649，瀏覽日期：2019.07.05。

轉譯研發團，網址：https://vocus.cc/user/5b24d332fd89780001e1fb24，瀏覽日期：2022.03.26。

瀟湘神，〈創作計畫說明摘要〉，網址：https://archive.ncafroc.org.tw/result?id=2ac0f733f23e45a9b169a4df9e6b3b12，瀏覽日期：2022.08.30。

顧玉玲，〈理論與實踐的辯證：專訪顧玉玲〉，網址：https://www.taiwanhrj.org/interview/203，瀏覽日期：2022.12.13。

（六）其他

朱賢哲，《削瘦的靈魂》，臺北，目宿媒體，2021。

曾壯祥，《笑嘲人生的悲喜──王禎和》，臺北，春暉影業，2000。

黃以功，《永遠的《臺北人》——白先勇》，臺北，春暉影業，2000。

黃亞歷，《日曜日式散步者》，臺北，目宿媒體，2015。

林傳凱，〈胎死的秘密革命家組織：重讀 1940s-50s「省工委」發展中的四項保密機制〉，「2011 臺灣社會學年會」，臺北，國立臺灣大學，2011.12.10-11。

林傳凱，〈黑暗中的認知、風險、與共同體想像——省工委（1946-1953）地下抗爭的動員模式與意義產生〉，「2012 年臺灣社會學年會暨國科會專題研究成果發表會」。臺中，東海大學社會科學院 2012.11.24-25。

柯榮三，〈許丙丁《小封神》素材來源再探〉，《2006 民俗暨民間文學學術研討會論文集》，臺北，文津出版，2006，頁 291-320。

范銘如，〈文學市場萎縮中的穩定支柱〉，《國家文化藝術基金會 20 週年回顧與前瞻論壇會議手冊》，臺北，國藝會，2016，頁 68-76。

馬尼尼為，〈如何再生創造力〉，臺南成功大學「性別與社會課程」之演講，2019.03.20。（未刊）

二、外文

Ahmed, Sara, *On Being Included: Racism and Diversity in Institutional Life* (Durham: Duke University Press, 2012).

Ahmed, Sara, *Queer Phenomenology: Orientations, Objects, Others* (Durham: Duke University Press, 2006).

Bhabha, Homi, "Culture's in-between," in *Question of Cultural Identity*, ed. Stuart Hall and Paul du Gay (London: Sage, 1996), pp.1-17.

Bourdieu, Pierre, *The Field of Cultural Production: Essays on Art and Literature* (Cambridge: Polity Press, 1993).

Butler, Judith. *Frames of War: When Is Life Grievable?* (2009). (London: Verso, 2016).

Butler, Judith. *The Force of Nonviolence: An Ethico-Political Bind*, (London: Verso, 2016).

Casetti, Francesco. *The Lumiere Galaxy: Seven Key Words for the Cinema to Come*. (New York: Columbia University Press, 2015).

Cixous, Hélène, *"Coming to Writing" and Other Essays*, ed. Deborah Jenson, Intro. Susan Rubin Suleiman, trans. Sarah Cornell, Deborah Jenson, Ann Liddle, and Susan Sellers (Cambridge, MA: Harvard University Press, 1976).

Cixous, Hélène, "The Laugh of the Medusa," *Signs*, 1: 4 (1976), pp.875-93.

Derrida, Jacques, and Elisabeth Roudinesco, *For What Tomorrow: Dialogue*, trans. Jeff Fort (Stanford: Stanford University Press, 2004).

De Lauri, Antonio, ed., *Humanitarianism: Keywords*. (Leiden, The Netherlands: Brill, 2020).

Dollase, Hiromi Tsuchiya, *Age of Shōjo* (Albany: State University of New York Press, 2018).

Erll, Astrid, Ansgar Nünning, and Sara B. Young, eds., *Cultural Memory Studies: An International and Interdisciplinary Handbook*. (Berlin, New York: Walter de Gruyter, 2008).

Erll, Astrid, *Memory in Culture*, trans. Sara B. Young. (Hampshire: Palgrave Macmillan, 2011).

Freeman, Elizabeth, *Time Binds: Queer Temporalities, Queer Histories* (Durham and London: Duke University Press, 2010).

Gallagher, Catherine, *Telling It Like It Wasn't: The Counterfactual Imagination in History and Fiction* (Chicago: University of Chicago Press, 2018).

Gerber, Nancy, *Portrait of the Mother-Artist: Class and Creativity in Contemporary Amarican Fiction* (New York: Lexington, 2003).

Halberstam, Judith, *Skin Shows: Gothic Horror and the Technology of Monsters*. Durham, (NC: Duke University Press, 1995).

Haraway, D. J., *Staying with the Trouble* (Durham: Duke University Press, 2016).

Hirsch, Marianne, *Family Frames: Photography, Narrative, and Postmemory* (Cambridge: Harvard University Press, 1997).

Jeremiah, Emily, "Troublesome Practices: Mothering, Literature and Ethics," *Journal of the Association for Research on Mothering*, 4: 2 (2003), pp.7-16.

Kymlicka,Will, *Multicultural Citizenship: A Liberal Theory of Minority Rights* (Oxford: Oxford University Press, 1996).

Lacan, Jacques, Écrits: *A Selection*, trans. Alan Sheridan (New York: Norton, 1977).

Laubscher, Leswin, Derek Hook, and Miraj U. Desai, eds., *Fanon, Phenomenology, and Psychology* (New York: Routledge, 2021).

Manovich, Lev, *The Language of New Cinema* (Cambridge MA: The MIT Press, 2001).

Merleau-Ponty, Maurice, *Phenomenology of Perception* (1945), trans. Donald Landes (Donald Landes. London: Routledge, 2013).

Mortimer-Sandilands, Catriona, and Bruce Erickson, eds., *Queer Ecologies: Sex, Nature, Politics, Desire.* (Bloomington: Indiana University Press, 2010).

Murphy, Patrick, *Farther Afield in the Study of Nature-Oriented Literature* (Charlottesville and London: University Press of Virginia, 2000).

Rancière, Jacques, *The Politics of Aesthetics: The Distribution of the Sensible,* trans. Gabriel Rockhill (London and New York: Continuum, 2004).

Rancière, Jacques, *The Future of the Image* (London: Verso, 2007).

Rich, A., "When We Dead Awaken: Writing as Re-Vision." in *On Lies, Secrets,and Silence* (New York: Norton, 1979), pp.35-49.

Rohy, Valerie, *Anachronism and Its Others: Sexuality, Race, Temporality* (Albany: State University of New York Press, 2009).

Scheller, Mimi, and John Urry, "The New Mobility Paradigm," *Eviroment and Planning A*, volume 38 (2006) , pp.207-226.

Sterne, Jonathan, *Diminished Faculties: A Political Phenomenology of Impairment*, (Durham: Duke University Press, 2022).

United Nations, *Guidance Note of the Secretary-General: United Nations Approach to Transitional Justice* (New York: United Nations, 2010).

Unry, John, *Sociology beyond Societies, Mobilities for the Twenty-First Century* (London: Routledge, 2000).

Williams, Raymond Henry, *The Long Revolution. Penguin: Harmondsworth*, 1965.

Yoshiya, Yukiko, *Yellow Rose* (1923), trans. Sarah Frederick (Expanded Editions Press, 2016).

Young, Iris Marion, *On Female Body Experience: "Throwing Like a Girl" and Other Essays* (Oxford: Oxford University Press, 2005).

Yu, Timothy, *Race and the Avant-Garde: Experimental and Asian American Poetry since 1965* (Stanford, CA: Stanford University Press, 2009).

京極夏彦『姑獲鳥の夏』、東京：講談社ノベルス、1994。

諸岡卓真『現代本格ミステリの研究──「後期クイーン的問題」をめぐって』、札幌：北海道大学出版会、2010。

蔓葉信博「「新本格」ガイドライン、あるいは現代ミステリの方程式」、限界研編『21 世紀探偵小説 ポスト新本格と論理の崩壊』、東京：南雲堂、2012、頁 225-255。

作者簡介
（以姓氏筆畫排序）

王鈺婷 / 清華大學臺灣文學研究所教授

　　國立成功大學臺灣文學系博士，現任國立清華大學臺灣文學研究所教授兼所長，曾任國立清華大學臺灣研究教師在職進修碩士學位班主任，研究領域為臺灣戰後女性文學、散文研究、臺港文藝交流。著有《女聲合唱—戰後臺灣女性作家群的崛起》（2012）、《身體、性別、政治與歷史》（2008）；主編《性別島讀：臺灣性別文學的跨世紀革命暗語》(2021)；並編選《臺灣現當代作家研究資料彙編：郭良蕙》（2018）、《臺灣現當代作家研究資料彙編：艾雯》（2013）等書。

王萬睿 / 中正大學臺灣文學與創意應用研究所副教授

　　英國艾克斯特大學電影學博士，現任國立中正大學臺灣文學與創意應用研究所副教授、文化研究學會副理事長。曾任職香港中文大學、德國柏林自由大學訪問學者、臺灣文學館駐館研究員。主要研究領域為電影史、文化研究、跨媒介敘事。相關著作發表於《中外文學》、《臺灣文學研究學報》、《中國現代文學》、《藝術學研究》等學術期刊。

呂　樾 / 臺灣大學臺灣文學研究所博士生

　　現為國立臺灣大學臺灣文學研究所博士生，研究興趣為臺灣自然導向文學、生態批評與人類世研究。曾獲臺灣大學優秀博士生獎學金。

相關著作散發於《清華藝術學報》、《成為人以外的：臺灣文學中的動物群像》與《藝術松》等處。並與臺北表演藝術中心、臺灣數位藝術基金會、在地實驗等單位合作，擔任藝術策展顧問或前行研究員。

李淑君 / 高雄醫學大學性別研究所副教授

國立成功大學臺灣文學系博士，現任高雄醫學大學性別研究所副教授。曾任紐約大學訪問學者、國科會人文社會科學研究中心博士後研究員。研究興趣包含白色恐怖、臺灣文史與性別議題。相關著作發表於《臺灣社會研究季刊》、《臺灣文學學報》、《中國現代文學》、《臺灣東亞文明研究學刊》、《淡江中文學報》、《近代中國婦女史研究》等學術期刊。

紀大偉 / 政治大學臺灣文學研究所副教授

美國加州大學洛杉磯分校比較文學博士，現任國立政治大學臺灣文學研究所副教授。主要研究領域為酷兒理論和身心障礙研究。著有學術專書《同志文學史：臺灣的發明》，以及酷兒小說《感官世界》、《膜》、《珍珠》等等。《膜》已經在日本、法國、美國、義大利、韓國、丹麥等國翻譯並出版。《珍珠》已經在法國翻譯並出版。

馬翊航 / 臺北教育大學語文與創作學系兼任助理教授

臺東卑南族人，池上成長，父親來自 Kasavakan 建和部落，臺灣大學臺灣文學研究所博士，曾任《幼獅文藝》主編、國立臺北藝術大學通識中心兼任助理教授，現為國北教大語創系、清大中文系兼任助理教授，研究領域為臺灣文學中原住民族、性別相關議題。著有個人

詩集《細軟》、散文集《山地話／珊蒂化》，合著有《終戰那一天：臺灣戰爭世代的故事》、《百年降生：1900-2000臺灣文學故事》、《成為人以外的：臺灣文學中的動物群像》等。

張俐璇／臺灣大學臺灣文學研究所副教授

國立成功大學臺灣文學系博士，現任臺灣大學臺灣文學研究所副教授，兼任吳三連獎基金會秘書長，曾任臺灣文學學會創會秘書長。研究領域為戰後臺灣小說、白色恐怖時期文藝報刊。曾與臺大臺文所研究生共同研發桌遊《文壇封鎖中》；著有《兩大報文學獎與臺灣文學生態之形構》、《建構與流變：「寫實主義」與臺灣小說生產》；主編有《臺灣文學英譯叢刊》第50期、《出版島讀：臺灣人文出版的百年江湖》、《吳三連獎文學家的故事》。

陳國偉／中興大學臺灣文學與跨國文化研究所副教授

現任國立中興大學臺灣文學與跨國文化研究所優聘副教授，曾任文化研究學會理事長、臺灣人文學社理事長、東京大學訪問學人、早稻田大學訪問學人。研究領域包括臺灣現當代文學、大眾文學、推理小說、流行文化、視覺影像、怪物研究等。曾獲國科會、國立編譯館學術專書出版獎助；國科會優秀年輕學者研究計畫、松本清張研究獎勵事業等。著有專書《越境與譯徑：當代臺灣推理小說的身體翻譯與跨國生成》、《類型風景：戰後臺灣大眾文學》、《想像臺灣：當代小說中的族群書寫》，以及主編日文學術專書《交差する日台戰後サブカルチャー史》（北海道大学出版会）、韓文學術專書《臺灣文學：從殖民的遊記到文化的平台》（HUiNE韓國外國語大學知識出版院）。

陳芷凡 / 清華大學臺灣文學研究所副教授

現任清華大學臺灣文學研究所副教授、清華大學原住民資源中心諮詢委員、清華大學人文社會學院「世界南島暨原住民族中心」執行委員。曾任清華大學臺灣研究教師在職專班主任、北京中國社科院民族文學所訪問學人、山海文化雜誌社編輯。研究領域為族裔文學與文化、臺灣原住民族文獻、十九世紀西人來臺踏查研究。著有《臺灣原住民族一百年影像暨史料特展專刊》、《成為原住民：文學、知識與世界想像》；共同主編 The Anthology of Taiwan Indigenous Literature：1951-2014、《臺灣原住民文學選集‧文論選》。

湯舒雯 / 德州大學奧斯汀校區亞洲研究學系博士候選人

現為美國德州大學奧斯汀校區亞洲研究系博士候選人、中央研究院中國文哲研究所訪問學員，曾任北美臺灣研究學會（North American Taiwan Studies Association）會長。研究興趣包括現當代華語文學與電影美學、文化冷戰與情動理論等，博士論文主題（Taiwan and the Alternative Aesthetic Regime in Post-Socialist China）曾獲美國國務院傅爾布萊特計畫獎學金、臺灣教育部留學獎學金、臺灣科技部人文及社會科學研究海外人才培育計畫、蔣經國國際學術交流基金會博士論文獎學金、德州大學 University Graduate Continuing Fellowship 等獎助。

蔡玫姿 / 成功大學中國文學系教授

國立清華大學文學博士，現任國立成功大學中文系教授。曾任美國德州大學奧斯汀校區訪問學人 (2003-2004)、美國柏克萊大學訪

問學人 (2013-2014)，成功大學性別與婦女中心主任 (2016-2019)、通識中心組長 (2023-)。獲 109 年度教育部教學實踐計畫績優獎，110 年度成功大學優良教師。研究領域為現當代文學、性別與文學、北美漢學研究。著有學術書《天才、日常與獨創——性別視角下閱讀蘇雪林》(2022)、《親臨陌異地——五四作家跨國經驗形構的文學現象》(2010)、教材書《小說跨界應用》(2018)、校史書《不安於室：成功大學的人文景觀》(2011)、小說集《指染女身》(2001)。

詹閔旭 / 中興大學臺灣文學與跨國文化研究所副教授

國立成功大學臺灣文學系博士，現任國立中興大學臺灣文學與跨國文化研究所副教授。曾任臺灣文學學會秘書長（2018-2020）、臺灣人文學社秘書長（2015-2016）、美國 UCLA 大學亞洲語言與文化系傅爾布萊特訪問學人（2012-2013）、北京大學中文系訪問學人（2010），另曾獲科技部 2030 跨世代年輕學者方案「新秀學者研究計畫」。研究興趣為臺灣現當代文學、移民與種族研究、東南亞華語語系文學。

謝欣芩 / 臺灣大學臺灣文學研究所副教授

美國奧勒岡大學東亞語言與文學系博士，現任國立臺灣大學臺灣文學研究所副教授。曾任教國立臺北教育大學臺灣文化研究所、美國衛斯理安大學東亞研究學院，曾擔任臺灣文學學會秘書主任、德國杜賓根大學歐洲當代臺灣研究中心訪問學者，目前為 Cambria Sinophone Translation Series 編輯委員。研究領域為當代臺灣文學、紀錄片、移民、女性研究，關注跨國移動與當代臺灣文化生產的關係，研究獲得「科技部年輕學者養成計畫（愛因斯坦培植計畫）」補助。

國家圖書館出版品預行編目 (CIP) 資料

臺灣文學的來世 / 王鈺婷等作；陳芷凡，詹閔旭，
謝欣芩，王鈺婷主編 . -- 初版 . -- 新竹市：國立陽明交通
大學出版社，2023.11　面；　公分 . -- (臺灣研究系列)
ISBN 978-986-5470-80-7(平裝)

1.CST: 臺灣文學 2.CST: 文集

863.07　　　　　　　　　　　112017661

臺灣研究系列

臺灣文學的來世

主　　編：陳芷凡、詹閔旭、謝欣芩、王鈺婷
作　　者：王鈺婷、王萬睿、呂　樾、李淑君、紀大偉、馬翊航、張俐璇、
　　　　　陳國偉、陳芷凡、湯舒雯、蔡玫姿、詹閔旭、謝欣芩
　　　　　（依姓氏筆畫序）
責任編輯：陳幼娟
封面設計：萬亞雰
內頁排版：the Band・變設計

出 版 者：國立陽明交通大學出版社
發 行 人：林奇宏
社　　長：黃明居
執行主編：程惠芳
地　　址：新竹市大學路 1001 號
讀者服務：03-5712121 轉 50503（週一至週五上午 8:30 至下午 5:00）
傳　　真：03-5731764
E - m a i l：press@nycu.edu.tw
官　　網：http://press.nycu.edu.tw
FB 粉絲團：http://www.facebook.com/nycupress
印　　刷：長達印刷有限公司
初版日期：2023 年 11 月
定　　價：420 元
I S B N：978-986-5470-80-7
G　P　N：1011201408

展售門市查詢：
陽明交通大學出版社 http://press.nycu.edu.tw
三民書局（臺北市重慶南路一段 61 號）
網址：http://www.sanmin.com.tw　電話：02-23617511
或洽政府出版品集中展售門市：
國家書店（臺北市松江路 209 號 1 樓）
網址：http://www.govbooks.com.tw　電話：02-25180207
五南文化廣場臺中總店（臺中市臺灣大道二段 85 號）
網址：http://www.wunanbooks.com.tw　電話：04-22260330